Maureen F. McHugh

ABC Zhang

Vollständige überarbeitete Neuausgabe

SF - Social Fantasies 2053

ariadne

SF - Social Fantasies
Herausgegeben von Else Laudan und Hannes Riffel
www.socialfantasies.de

Titel der amerikanischen Originalausgabe: China Mountain Zhang

Der Text basiert auf der ersten deutschen Übersetzung (Heyne 1995) von Michael Windgassen, die nach der von der Autorin durchgesehenen Ausgabe (Tor Books 1997) von Hannes Riffel und Iris Konopik vollständig überarbeitet und teilweise neu gefasst wurde.
Mit freundlicher Genehmigung von Michael Windgassen
Herzlichen Dank an die Autorin für die gute Zusammenarbeit

Vollständig überarbeitete Neuausgabe

Eppendorfer Weg 95a, 20259 Hamburg
Telefon 040/4018000 – Fax 040/40180020
www.argument.de
Texterfassung: Ronald Hoppe
Umschlaggestaltung & Satz: Martin Grundmann
Belichtung: Satzwerk, Göttingen
Druck: Alfa Druck, Göttingen
Gedruckt auf säure- und chlorfreiem Papier
ISBN 3-88619-953-3

Eine bewährte Art, eine Stadt kennen zu lernen,
besteht darin herauszufinden, wie ihre Bewohner arbeiten,
wie sie lieben und wie sie sterben.

Albert Camus, *Die Pest*

China Mountain

Zhang

Der Vorarbeiter schnattert Meihua, die herrliche Sprache, Singapur-Englisch. »Komm er hier rüber! Dieser ganze Abfall! Haben wenig Zeit.« Er ist ein gedrungener kleiner Chinese, der oft enttäuscht wurde. »Übernimmt jemand den Schneidbrenner, *xing buxing?*«

Gemeint bin ich, der Techniker vor Ort. »*Xing*«, sage ich. »Okay.« Die wertvolle Ausrüstung kann nicht dummen New Yorkern anvertraut werden. Ich packe mir den Schneidbrenner und stütze ihn mit den Schenkeln ab. Meine Schutzbrille blendet ab und die Gebäude ringsum aus – einschließlich des Bauplatzes, den wir freiräumen.

»Okay«, sagt er und geht weg. Er ist froh, einen ABC-Techniker zu haben. ABC: American Born Chinese, in Nordamerika geborener Chinese. Oder wie die *waiguoren*, die Nicht-Chinesen, sagen: Another Bastard Chink, noch so ein verdammtes Schlitzauge. Durch die dunklen Brillengläser sehe ich nur noch die Glut des Brenners, der sich durch verrostete, verdrallte Stahlträger schneidet, die wie ein Fadenknäuel ineinander verflochten daliegen. Der Schneidbrenner geht durch wie Butter, und an den Trennstellen glänzt der Stahl, sauber und ohne Rost. Flüssiges Metall spritzt wie Quecksilber grellweiß auseinander. Die Luft riecht nach einem aufziehenden Gewittersturm.

Auf Spanisch verwünsche ich leise den Vorarbeiter, doch er ist zu weit weg und hört mich nicht, zum Glück. Er weiß nicht, dass ich Spanisch spreche. ABC; er weiß, dass ich Mandarin – *Poutonghua*

– spreche sowie Amerikanisch und Singapur-Englisch, das die Asiaten *Meihua* nennen und die *waiguoren* Chinglish. *(Waiguoren* verstehen den Wortwitz nicht. *Meihua*, die herrliche Sprache, denn wir sind in *Meiguo* – Amerika. Auf Mandarin bedeutet Meiguo »herrliches Land«, denn »Meiguo« entspricht für chinesische Ohren dem Klang von A-mer-i-ka.)

Der Vorarbeiter ist ganz in Ordnung, bedenkt man, dass er drinnen geboren wurde. Sein Englisch klingt, als hätte er es auf einer Schule in Shanghai gelernt, was auch zutrifft, aber immerhin spricht er, ohne auf ein Implantat zurückzugreifen. Er mag mich. Ich arbeite hart und mein Mandarin ist besser als das der meisten ABCs. Ich gehe fast als waschechter Chinese durch. Meine Manieren sind gut. Ein Beispiel dafür, dass sich entsprechendes Erbgut durchsetzt, selbst in einem zweitrangigen Land wie diesem. Vorarbeiter Qian kann sich mit mir unterhalten, und er trifft am Tag wahrscheinlich nicht viele Menschen, mit denen er sich unterhalten kann. »Wieso du hier?«, hat er mich gefragt. »Du gescheit. Wieso du nicht in Shanghai?« Drinnen glauben alle, dass der Rest der Welt darauf brennt, nach China zu gehen.

Würde ich nach China gehen, um dort zu studieren, stünden meine Chancen sehr viel besser als hier auf der Baustelle. Vielleicht brennt der Rest der Welt wirklich darauf, in China zu leben, mich eingeschlossen. Aber vielleicht ist Spanisch die erste Sprache, die ich gelernt habe, weil der Mädchenname meiner Mutter Teresa Luis lautet, und ich sehe nur deswegen wie ein Schlitzauge – wie mein Vater – aus, weil meine Eltern viel Geld dafür ausgegeben haben, die genetische Ausstattung ihres Sohnes korrigieren zu lassen. Davon weiß Qian also nichts. Mein Nachname ist Zhang und ich spreche Mandarin. Wenn er mich fragt, warum ich nicht zum Studium nach Shanghai oder Guangzhou gehe, zucke ich nur mit den Achseln.

Mein Achselzucken ärgert ihn gewaltig. Er findet, dass eine solche Geste typisch ist für die Gleichgültigkeit und den Fatalismus der Einheimischen. Aber es genügt noch nicht, wie ein Chinese auszusehen, um nach China zu gelangen. Meine Eltern waren nicht reich, und es ist teuer, an Genen herumzubasteln. Vielleicht würde ich bei einer Genanalyse als Chinese durchgehen; aber vielleicht würde sich auch herausstellen, dass ich von niedrigem spanischem Adel abstamme. Ich stelle keinen Antrag um der medizinischen Untersuchung aus dem Weg zu gehen.

Es dauert nicht lange, bis der Stahl zerschnitten ist und abtransportiert werden kann. Ich schalte das Gerät aus, meine Schutzbrille hellt auf, und ich kehre in die Wirklichkeit zurück. »Lasst es eine Viertelstunde abkühlen«, sage ich, »und dann weg damit.« Die Männer haben mir beim Schneiden zugesehen, sie nutzen jede Gelegenheit, nicht zu arbeiten. Der Vorarbeiter steht daneben, die Hände in die Hüften gestemmt. *Waiguoren* sind der Meinung, dass Chinesen nie eine Miene verziehen, und natürlich entspricht er ihren Erwartungen, genau wie ich. Also denken die Männer, dass wir über ihr Nichtstun verärgert sind, und gehen langsam wieder an ihre Arbeit. Sie sind ein gutes Team, nur wenn Vorarbeiter Qian in der Nähe ist, kann ich sie nicht mehr dazu bewegen, einen verdammten Handschlag zu tun.

»Zhang«, sagt der Vorarbeiter und ich folge ihm ins Büro. Auf einem Schild über der Tür steht: »Die Revolution lebt in den Herzen der Menschen«, doch die Farbe verblasst bereits. Es ist wahrscheinlich zur Zeit der Großen Läuterung angebracht worden. Ich glaube kaum, dass Vorarbeiter Qian besonders linientreu ist, dafür interessiert er sich zu sehr für das, was unterm Strich hängen bleibt. Das erinnert mich an das Kruzifix im Flur vor der Wohnung, in der ich aufgewachsen bin: etwas, woran man täglich vorbeigeht. Ich glaube an niemanden, weder an Christus noch an Mao Zedong.

»Ich dich oft gefragt, was du mit deinem Leben machen. Du sein guter Junge«, sagt Vorarbeiter Qian. »Du und ich, wir Respekt füreinander, *dui budui?*«

»*Dui*«, antworte ich. Richtig.

»Hier du sein Techniker. Arbeit so lala.«

»*Bu-cuo*«, sage ich. Nicht übel.

»Ich habe Tochter«, sagt Vorarbeiter Qian. »Lade dich ein zu mir nach Hause, sie kennen lernen. *Hao buhao*?«

Ich habe kurzzeitig das Gefühl, dass mir diese Unterhaltung, die Qian und ich nicht zum ersten Mal führen, soeben über den Kopf gewachsen ist. »Vorarbeiter Qian«, stottere ich, »ich – ich kann nicht … ich bin nur ein Techniker …«

»Du kein Narr sein«, sagt er und verfällt dann in Mandarin. »Wie alt bist du? Fünfundzwanzig?«

»Sechsundzwanzig, Sir.«

»Meine Frau und ich, wir haben eine Tochter. Sie kennt hier kaum jemanden. Ich möchte sie mit einem netten jungen Mann bekannt machen.«

»Vorarbeiter Qian.« Ich weiß nicht, was ich sagen soll.

»Ich habe keinen Sohn und werde nicht mehr nach China zurückkehren –« Er ist ein chinesischer Bürger und hat es nur zum Vorarbeiter beim Bau gebracht. Er muss in Ungnade gefallen sein. Ich frage mich, was Qian während der Großen Läuterung getan hat, um sich solchen Ärger einzuhandeln. »Ein Cousin von mir lehrt an der Universität von Shanghai. Als meinen Schwiegersohn würde ich dich dort finanziell unterstützen.«

Das kommt unerwartet. Das ist eine Katastrophe. Wie kommt der alte Qian darauf, dass ich einen guten Schwiegersohn abgeben würde? Von außen betrachtet wirkt sein Angebot überaus verlockend: Er verspricht einem Sechsundzwanzigjährigen nicht nur ein Studium an der Universität von Shanghai, sondern darüber hinaus auch eine Einbürgerung durch Heirat, was fast so viel wert ist wie Bürgerschaft durch Geburt. Vielleicht würde ich die Gelegenheit bekommen, drinnen zu bleiben, dann hätte seine Tochter dort ein Zuhause. Vorarbeiter Qian und seine Frau könnten sich in China zur Ruhe setzen und bei ihrer Tochter und ihrem Schwiegersohn wohnen.

»Ich bin mir bewusst, dass du meine Tochter noch nicht einmal kennen gelernt hast«, sagt Vorarbeiter Qian. »Du sollst dich auch nur mit ihr treffen, mehr nicht.«

»Unmöglich, ehrwürdiger Qian.« Aus Verlegenheit werde ich auf geradezu drollige Art förmlich und gebrauche Wendungen, wie sie in Mandarin-Schulbüchern stehen, groteske Phrasen. »Ich bin dessen nicht würdig.« *Mea culpa*. Ich werde knallrot. Zum ersten Mal seit Jahren wird mir ganz heiß im Gesicht. »Ich, ich bin ein Fremder.«

Er winkt ab. »Zufällig am falschen Ort geboren.«

Ich öffne den Mund, um ihm zu widersprechen, aber ich kann es nicht sagen. Es wäre nicht nur unhöflich, ich kann es einfach nicht sagen. Ich bin unrein, ein Mischling. Ich bin ein Hochstapler. Auch sonst weiß er einige Dinge über mich nicht. Wenn ich ihm sage, was ich bin, würde er wie ein Narr dastehen, weil er mich für einen Chinesen hält. Er würde sein Gesicht verlieren, und wir müssten so tun, als hätte dieses Gespräch nie stattgefunden. Und wenn der Auftrag hier erledigt ist, wird er mir zu verstehen geben, dass die Firma keine Verwendung mehr für mich hat. Es ist nicht leicht, einen neuen Job zu finden.

»Denk darüber nach. Triff dich mit ihr. Vielleicht passt ihr zueinander, vielleicht nicht. Es schadet nicht, wenn ihr euch kennen lernt.«

Ich sollte ihm reinen Wein einschenken, ihm alles erklären. Stattdessen nehme ich Reißaus.

Ungefähr alle sechs Monate treffe ich mich mit meiner Mutter zum Essen. Eine familiäre Verpflichtung. Teresa Luis wohnt in Pennsylvania, pendelt aber nach Manhattan zur Arbeit. Sie hat eine neue Familie, einen Mann und zwei Söhne. Von meinem Vater wurde sie während der Großen Läuterung geschieden. Vater Zhang lebt an der Westküste und ist Manager in einem Unternehmen, das hoch entwickelte Roboter für Präzisionsarbeiten baut. Ich habe ihn seit fünfzehn Jahren nicht mehr gesehen.

Ich bin mit ihr auf dem Markt verabredet und steige am Times Square aus.

Ich weiß nicht, warum sie so gerne auf dem Markt isst; ich finde, er hat ein schäbiges Ambiente, mit all den engen Straßen, den Verkaufsständen und fliegenden Händlern. Sie sagt, die Gegend habe Charme. Meine Mutter arbeitet für Citinet in der Abteilung für internationales Bankwesen. Sie ist Büroangestellte. Sie trägt immer diese Anzüge, die fast wie Uniformen aussehen – in tristen Farben und mit Jackenschößen, die ihr bis zu den Kniekehlen reichen. Nicht zu lang, nicht zu kurz. Sie ist sehr religiös und sie glaubt an Marx und Mao Zedong. Allerdings wäre es ein Fehler, sie für dumm zu halten. Sie muss eine Menge Kierkegaard und Heiler bemühen, um manche Dinge zu erklären, aber sie kann lockere Rundumschläge verteilen.

»Hallo«, sagt sie und nimmt mich in den Arm. Ich bin mir nie sicher, ob ich ihr Sohn bin, auch wenn mein Verstand keine Zweifel zulässt. Unser Verhältnis ist einfach ziemlich oberflächlich. Vielleicht habe ich so wenige Gene von ihr geerbt, dass wir eher Verwandte zweiten Grades sind.

»Zhong Shan, was ist los mit dir?« Zhong Shan ist mein chinesischer Name, Rafael ist mein spanischer Name. Sie haben nichts gemeinsam. Ich bin nach einem chinesischen Revolutionär benannt und nach ihrem spanischen Ururgroßvater, der vor dem großen Kollaps Gewerkschaftsfunktionär war. Während der geheimen Tage der Zweiten Depression war er Parteimitglied und später, während des Amerikanischen Befreiungskriegs, Märtyrer.

»Ich stecke in Schwierigkeiten«, antworte ich und berichte ihr von Qians Angebot. Während ich rede, betrachte ich die Kupferkontakte an ihrem Handgelenk. Dann betrachte ich die Kupferkontakte an meinem Handgelenk, die fast wie Prellungen aussehen. Sie schließt sich tagtäglich an ihr Terminal an – ich gebrauche meine Anschlüsse nur, wenn ich mit Maschinen arbeite. Über diese Anschlüsse hat Vorarbeiter Qian Zugriff auf meine Daten. Jedoch nur auf meine allgemeinen Daten, an die geschützten Daten kommt er nicht ran. In der allgemeinen Personaldatei befinden sich keine persönlichen Informationen, und der Name meiner Mutter ist als Li Taiming aufgeführt, der Name also, den sie sich während ihrer Zeit als aktives Parteimitglied zugelegt hatte.

Als ich ihr alles erzählt habe, sagt sie: »Chinesen sind die schlimmsten Rassisten auf der ganzen Welt.« Das überrascht mich nicht, noch hilft es mir weiter. Es ist politisch äußerst unklug, es zu sagen, aber alle wissen es. »Was wirst du tun?«, fragt sie.

»Sein Angebot ablehnen. Ich kenne das Mädchen nicht einmal. Selbst wenn sie mir gefallen würde … für einen Antrag muss ich mich medizinisch untersuchen lassen. Sie würden einen Abstammungstest machen. Selbst wenn ich die Untersuchung bestehe, werde ich beim Abstammungstest durchfallen.« Vor dem Gesetz sind zwar alle gleich, doch selbst hier, am anderen Ende der Welt, in den Sozialistischen Staaten von Amerika, wissen wir es alle besser. Ob in Rom oder Beijing, wir leisten alle unseren Tribut, aber man lässt uns nicht rein. Unglücklich der Tag, an dem ich geboren wurde.

»Lass dich ruhig zum Abendessen einladen«, sagt sie. »Vielleicht kann dich die Tochter des Hauses nicht leiden. Vielleicht vergisst du deine gute Kinderstube und niest über den Tisch.«

»Es ist eine Lüge«, sage ich, »und du hast mir immer beigebracht, dass durch Lügen alles nur schlimmer wird.« Dabei ist bereits mein Gesicht eine Lüge, und die hat sie auch stillschweigend gebilligt. Ich bin sicher, dass sie meinen Vorwurf heraushört, doch wir sprechen nie über die Widersprüche meiner Mutter.

Obwohl sie mich nie berührt, habe ich für einen Augenblick das Gefühl, dass sie ihre Hand auf meine Hand legen wird, und ich habe Angst.

»Die Revolution trifft keine Schuld«, sagt sie. »Fehler machen nur die Menschen, die sie in die Tat umsetzen.«

Ich glaube nicht an den Sozialismus, aber ich glaube auch nicht an den Kapitalismus. Wir sind klein, Regierungen sind mächtig, und wir überleben in den Grauzonen. Schaler Trost.

Es gibt ein Spiel, das ich spiele, wenn ich allein unter Menschen bin. Ich spiele es während der Fahrt nach Hause, als ich in die Gedärme der Stadt hinabsteige und mit der dreihundert Jahre alten U-Bahn bis auf den Grund der Insel und unter dem verstopften Hafen hindurch nach Brooklyn fahre. Die U-Bahn schaukelt hin und her und wie Idioten nicken wir mit den Köpfen. Mein Spiel geht so: Ich verwandle mich in jemand anderen.

Ein Mann liest den Ausdruck eines Schummelblattes und

überlegt, auf welches Pferd er setzen soll. Ein Büroangestellter in einem weit geschnittenen Anzug. An diesem Abend bin ich eine Energietechnikerin, eine junge Frau, die in der U-Bahn unter einem Schild mit einer Telefonnummer sitzt, unter der man sich über eine Umsiedelung auf den Mars informieren kann. Sie trägt das Grün der Edison Fission-Behörde, und ihre stämmigen Waden zeichnen sich unter den engen Hosenbeinen ihres Overalls ab. Den ganzen Tag über verkauft und verteilt sie Strom, und ich stelle mir vor, wie die gesamte Energie der Stadt durch ihre Hände fließt, wie die statische Ladung die Haare auf ihrem Kopf aufrichtet. Natürlich trifft das nicht zu, sie sitzt an einem Computer und gibt Daten ein, beobachtet Kurven, setzt Kapazitäten frei, wenn der Bedarf steigt, und füllt die Speicher, wenn der Bedarf fällt.

Der Zug hält an der Lawrence und die Türen gehen auf. Meine Energietechnikerin steigt aus und ich bin nur noch Zhang, einsachtzig groß (fast), vierundsechzig Kilo schwer, der mit gespreizten Beinen an der Tür lehnt, um nicht das Gleichgewicht zu verlieren, direkt unter einem Schild, auf dem in englischer, spanischer und chinesischer Sprache »Nicht an die Tür lehnen« steht. Ich könnte die Jagdgründe testen, im Zug bleiben und bis nach Coney Island rausfahren. Dort könnte ich jemanden aufgabeln. Aber damit würde ich nur vermeiden, über Vorarbeiter Qian nachzudenken, und außerdem bin ich von der Arbeit viel zu müde.

Trotzdem steige ich an meiner Haltestelle nicht aus, sondern fahre bis zur Endstation durch. Coney Island war einmal eine nette Wohngegend mit Eigentumswohnungen direkt am Wasser und allen Schikanen, bis der Geruch alle Anwohner vertrieben hat. Mittlerweile riecht es nicht mehr so schlimm, da alles Wasser, das in die Bucht strömt, gefiltert wird. Aber Coney Island ist immer noch Endstation. Trotz der hohen Kriminalitätsrate ziehen immer mehr junge Paare hierher, um Berechtigungsscheine für die günstigen Wohnungen zu erhalten und Kommunen zu gründen, in denen jeder jeden kennt. Bald werden alle Schlange stehen, um eine Wohnberechtigung für diese Gegend zu beantragen, und die kleinen, unabhängigen Lebensmittelläden werden wieder eröffnet. Doch im Augenblick ist Coney Island grau und im Übergang begriffen, und lüsterne Falken wie ich fahren hierher, um ihre Flügel auszubreiten.

Grau ist ein gutes Wort. Es dämmert, als ich die Straße entlanggehe, die Häuser sind grau, der Wind vom Wasser her riecht grau und nach Asche. Es ist still. Stille ist draußen ein schlechtes Zeichen. Meine Jacke ist nicht besonders warm, trotzdem gehe ich zum Wasser hinunter. Ich frage mich, ob ein Teil des Hafens erneut gebrannt hat, aber die Asche am Ufer kann auch alt sein.

Ich gehe den zersprungenen Betonstreifen am Ufer entlang. Sand wird darüber geweht und knirscht unter meinen Schuhen. Ein junger Mann lehnt sich an eine Bank und mein Herz schlägt schneller. Er sieht wie zwanzig aus, jünger als ich. Er trägt einen Overall in Einheitsblau, an Schenkeln und Hüften eng anliegend. Allerdings ist er dunkelhäutig und ich muss immer an den blonden Peter denken. Wir sehen uns an. Sein Blick ist arrogant und finster, ruht aber einladend lange auf mir. Ich überlege, ob ich stehen bleiben und fragen soll, was er so treibt, gehe aber weiter. Ich bin eigentlich nicht hier, um mich nach Häschen umzusehen. Als ich zurückblicke, sehe ich, dass er steifbeinig in die entgegengesetzte Richtung davonschleicht.

Also suche ich mir eine öffentliche Sprechzelle. Die Kette des Armbandes ist kurz, um die Wahrscheinlichkeit zu verringern, dass sie von jemandem herausgerissen wird. Entsprechend taste ich einhändig nach meinem Adressbuch und lese Peters Nummer ab. Klickend kommt die Verbindung zustande. Ich warte auf Antwort. Mir ist durch und durch kalt, nur die Anschlussstelle am Handgelenk ist warm, eine bloße Täuschung, hervorgerufen durch die Reizung der Nerven am Kontakt.

»Ich bin's, Zhang«, sage ich.

»Hallo«, sagt Peter. Er sieht beschäftigt aus, denn er schaut nicht mich an, sondern etwas auf seinem Schoß.

»Hallo. Ich bin am Strand.«

Er spitzt die Ohren, richtet die blaugrauen Augen auf mich und klingt interessiert. »Ja? Komm hoch.«

Peter wohnt in einer heruntergekommenen Kommune, Lenin mag wissen, wie er und seine Mitbewohner an den Berechtigungsschein gekommen sind. Das beweist einmal mehr, dass vor fünf Jahren jeder eine Wohnberechtigung für Coney Island bekommen konnte. Die Parole über der Tür lautet: »Die Kraft im Herzen des Volkes ist die Revolution« – aus dem *Xiao Hongshu*, dem kleinen Roten Buch. Ich lege mein Handgelenk an den Kontakt und die Tür springt auf. Anscheinend hat Peter dem Haus meine Ankunft gemeldet.

Ich steige über die Treppe nach oben, weil ich die Theorie vertrete, dass mich Peters Haus nicht leiden kann, und deshalb den Fahrstuhl meide. Peter wohnt auch nur im zweiten Stock. Ich klopfe an, er öffnet die Tür und küsst mich draußen im Flur. Hier nimmt niemand Anstoß, beteuert er immer wieder, trotzdem hasse ich es. Wenn bekannt würde, dass ich andersrum bin, könnte ich meinen Job verlieren. Auch wenn Lisa und Aruba, die nebenan wohnen, nicht unbedingt die Richtigen sind, sich über unsere Auffassung von Moral zu beschweren.

»China Mountain«, sagt er, »wo zum Teufel hast du gesteckt?« Chinaberg ist *eine* mögliche Übersetzung meines Namens. Peter gefällt sie.

»Ich arbeite«, antworte ich. »Hast du *pijiu* im Haus?«

Er reicht mir ein Bier. Peter und ich haben drei Monate zusammengelebt, wir sind nach wie vor gute Freunde. Als Liebespaar waren wir weniger gut. »Kommst du mit zu den Drachenrennen?«, fragt er. Peter arbeitet in einem Büro, doch Schlafentzug hat ihm nie etwas ausgemacht.

Nein, ich habe keine Lust, zum Drachenrennen zu gehen. »Vorarbeiter Qian will mir ein Studium an der Universität von Shanghai finanzieren.« Ich sitze in einem seiner dicken Kissen, versinke darin wie in einer Umarmung. Es vibriert sanft und gleich wird mir wärmer.

»Das nenne ich eine Überraschung.« Auf seiner Stirn zeigen

sich drei kleine Falten. Seine Augenbrauen wölben sich wie Möwenflügel. Sie sind heller als sein Sommerteint, der langsam wieder verblasst.

»Er will, dass ich seine Tochter heirate. Dann besuche ich die Uni, nehme einen Job in China an, und er kann sich dort zur Ruhe setzen.«

Einen Moment lang sieht es so aus, als würde Peter vor Lachen losprusten, doch stattdessen nimmt er einen tiefen Schluck aus seiner Flasche. »Das soll doch wohl ein Witz sein, oder? Ich meine, solche arrangierten Ehen sind doch ziemlich feudalistisch.«

»Tja, er ist eben ein ziemlich feudalistischer Typ.«

Peter denkt eine Weile nach. »Kannst du ihm nicht sagen, dass du bereits verlobt bist?«

»Nein, er hat mich vorher gefragt.«

Peter schüttelt den Kopf. »Mann, dein Privatleben ist wirklich ganz schön kompliziert.«

Allerdings.

»He, China Mountain, sitz nicht wie versteinert da. Du ziehst dich mal wieder ganz in deinen Schädel zurück. Komm schon, Rafael, spiel nicht das Schlitzauge.«

»Vielleicht hätte ich nicht kommen sollen«, sage ich schmollend.

»Schuld, Schuld, Schuld, mir geht es ja so schlecht. Setz deinen Arsch in Bewegung und komm mit zu den Drachenrennen. Ich stelle dich einem der Flieger vor, er ist dünn und blond, du könntest deiner Leidenschaft für strohgelbe Typen frönen. Er hat zwar kein Hirn in seinem hübschen Köpfchen, aber er ist immerhin *hao kan.*«

»Wenn ich mitkomme, bin ich die ganze Nacht auf und morgen auf Arbeit ein Wrack.« Trotzdem begleite ich ihn und wir schauen die ganze Nacht den Seidengleitern zu, die über dem *Washington Square* mit roten und gelben Segeln im Sturzflug durch das Scheinwerferlicht rauschen. Peters Pilot lässt sich nicht blicken.

Tags darauf, Freitag. Ich fahre zurück in meine Wohnung, dusche, ziehe mich um und steige in die Bahn nach Manhattan. Wie schafft Peter das nur? Ich bin um Viertel vor sieben auf der Baustelle und trinke Kaffee in der trügerischen Hoffnung, wach genug zu werden, um mir mit dem Schneidbrenner nicht aus Versehen die Füße abzutrennen. Vorarbeiter Qian kommt gegen halb acht. Ich weiß nicht, was ich zu ihm sagen soll. Ich werde ihm sagen, dass ich doch eine Freundin habe. Ich werde ihm sagen, dass ich in Einfuhr und Verkauf illegaler Waren verwickelt und entsprechend kein angemessener Ehemann für seine Tochter bin. Ich werde ihm sagen, dass ich gegen solch feudalistischen Arrangements bin. Ich werde ihm sagen, dass ich unheilbar krank bin und nur noch sechs Monate zu leben habe.

Ich folge ihm in sein Büro und er setzt sich hin. Mir fällt auf, dass ihm die Wangen über die Kinnlade hängen wie bei einer müden Bulldogge. Ich starre über ihn hinweg an die Wand hinter seinem Rücken.

»Ingenieur Zhang«, sagt er auf Mandarin. »Bitte komm am Sonntag zum Abendessen.«

Die Wand ist weiß und müsste gestrichen werden. »Vielen Dank, Vorarbeiter Qian«, antworte ich. »Es wäre mir eine Ehre.« Dann schleiche ich mich nach draußen auf die Baustelle.

Ein schrecklich langer Tag. Bei jeder Gelegenheit lächelt mir Vorarbeiter Qian als seinem zukünftigen Schwiegersohn zu. Die Mannschaft spürt, dass etwas im Busch ist, und weil Qian die ganze Zeit auf der Baustelle herumschleicht, wird nichts gearbeitet. Ich rüge sie niemals direkt, denn das nützt wenig. Stattdessen drücke ich mein Missfallen auf Umwegen aus. Aber mein Herz ist nicht bei der Sache. Am Mittag lege ich mich auf einen Sack Zement in die Sonne – nicht gerade bequem, aber ich will mich nur eine Minute hinsetzen. Ich lege mir den Unterarm über die Augen und schlafe ein, schrecke auf und trinke noch mehr Kaffee. Um vier Uhr sind wir endlich fertig. Während ich die Lohnzettel verteile, schaue ich jedem in die Augen: »Dein sauer verdientes Geld«, sage ich.

Ich höre Kevin aus Queens murmeln: »Qian hat dem Schweinehund wieder mal den Arsch versohlt.«

Du hast ja keine Ahnung.

Am Freitagabend schlafe ich fünf Stunden und treffe mich um elf mit Peter, um auf der Party eines Freundes vobeizuschauen. Ich habe mir fest vorgenommen, um zwei, spätestens um drei Uhr zu Hause zu sein. Als ich nach Hause komme, ist es acht Uhr früh und ich verschlafe den ganzen Tag. Obwohl ich entschlossen bin, Samstagabend zu Hause zu bleiben, lande ich schließlich doch bei Freunden, mit denen ich mir ein Vid ansehe. Sonntagmorgen bin ich, wie immer, hundemüde. Ich bin pleite und meine Wohnung muss dringend geputzt werden. Sie ist nicht groß, es dauert nicht lange, sie aufzuräumen, ich komme nur einfach wochenlang nicht dazu.

Gegen sechs bitte ich in Apartment sechzehn eines Wohnkomplexes bei Bay Shore um Einlass. Mein Gastgeschenk ist Sun-zis Klassiker über Kriegsstrategien, in Geschenkpapier gewickelt. Zwar glaube ich nicht, dass Vorarbeiter Qian an diesem Thema sonderlich interessiert ist, aber die Abdeutung, dass ich ihm die Lektüre der Klassiker zutraue, wird ihm wohl schmeicheln.

Qians Tochter macht mir die Tür auf. »Sie sind Ingenieur Zhang?«, sagt sie. »Ich bin Qian San-xiang.«

Sie ist erstaunlich hässlich. Mehr als hässlich, mit den Knochen in ihrem Gesicht scheint etwas nicht zu stimmen.

Sie ist ein flachgesichtiges Mädchen zwischen zwanzig und zweiundzwanzig Jahren. Dem Aussehen nach stammt sie aus Süd-China. Sie hat ein kleines, quadratisches Affengesicht und ihre Augen sind selbst für chinesische Verhältnisse winzig. Ihr kleines, verschrumpeltes Gesicht überrascht mich so, dass ich unwillkürlich blinzeln muss. Ich denke sofort an einen Knochendefekt, denn sie hat so gut wie kein Kinn. Sie mustert mich mit ausdrucksloser Miene, senkt dann den Blick und schaut ihre Mutter von der Seite an. Ihre Mutter ist eine Matrone von einer Frau, die mir mit gefalteten Händen zulächelt. Vorarbeiter Qian tritt in die kleine Diele und sagt Hallo. Da stehen wir nun, zu viert in dem engen Vorraum. San-xiang schlüpft zwischen ihrem Vater und ihrer Mutter hindurch und verschwindet im Zimmer nebenan.

»Geben Sie mir Ihre Jacke«, sagt ihre Mutter. »Ich heiße Liu Su-ping.« Chinesinnen nehmen nicht den Namen ihres Mannes an, und es ist offensichtlich, dass ich den Westen im Treppenflur hinter mir gelassen habe.

Ich schlüpfe aus der Jacke und lege mein Geschenk unauffällig auf das Tischchen neben der Tür. Als höflicher Mensch vermeide ich es, ihre Aufmerksamkeit auf das Geschenk zu lenken; als höfliche Menschen vermeiden es die Qians, von meinem Mitbringsel Notiz zu nehmen. Wir betreten das Wohnzimmer, es steht voll schwerer Holzmöbel, die allem Anschein nach aus China stammen. Das kunstvoll bemalte Fenster geht auf den Hafen hinaus. Die Wohnung ist hübsch, aber ungewöhnlich voll. Ich setzte mich und bekomme etwas zu trinken angeboten. Ich lehne ab.

»Ach, bitte nehmen Sie doch«, insistiert Liu Su-ping. Ihre kleinen, weichen Hände sind immer noch gefaltet. Ich lehne höflich ab. Ob ich sicher bin, dass ich keine Tasse Tee möchte? »San-xiang«, ruft sie, »bring Ingenieur Zhang eine Tasse Tee.«

»Nein, machen Sie sich keine Umstände«, sage ich. Ich bin kein Ingenieur, ich bin Techniker. Meine Ausbildung hat zwei Jahre gedauert und nicht vier. Ich hasse es, wenn Leute Ingenieur zu mir sagen.

»Meine Schwester hat ihn mir geschickt. Drachenquell-Tee, aus Huangzhou«, sagt sie.

Nachdem ich das Angebot dreimal abgelehnt habe, kann ich es jetzt annehmen. Ja, über eine Tasse Tee würde ich mich sehr freuen. Es ist einfacher, ein Angebot anzunehmen als den Anbieter davon zu überzeugen, dass du nicht bloß höflich bist, sondern wirklich nichts willst.

Während San-xiang Tee macht, breitet sich Stille aus.

»Tja«, sage ich auf Mandarin, »was ich Sie immer schon fragen wollte, Vorarbeiter Qian: Woher stammt eigentlich Ihre Familie?« Jetzt kommt eine kleine Unterhaltung in Gang. Seine Familie stammt aus Chengde im Westen Chinas. Ihre Familie stammt aus Wenzhou im Süden. Sie haben sich kennen gelernt, als er für zwei Jahre in ihrer Provinz arbeitete. Woher meine Familie stammt?

Ich kann nur sagen, dass ich das nicht weiß. Vater Zhang wurde in den Staaten geboren und ist dort aufgewachsen. Mein Großvater lebt an der Westküste, allerdings habe ich ihn seit zwanzig Jahren nicht gesehen. Es gibt keinen Grund, über meine Mutter zu sprechen, also erwähne ich sie nicht.

»Ihr Mandarin ist ausgezeichnet«, sagt Liu Su-ping. »Wo haben Sie es gelernt?«

»Ich bin in Brooklyn auf die Mittelschule für Theorie und Geschichte gegangen, dort wird ausschließlich auf Mandarin unterrichtet«, antworte ich. »Ich fürchte jedoch, dass ich meinen Klassenkameraden immer etwas hinterher war. Mein Mandarin ist schlecht.«

O nein, o nein, sagen sie, es ist sehr gut, sehr flüssig. O nein, sage ich; sie schmeicheln mir.

Wieder tritt Schweigen ein. Mein einziger Trost ist der Umstand, dass ich keinen guten Eindruck machen muss.

San-xiang bringt Tee auf einem Tablett. Aus einer hübschen Porzellankanne schenkt sie ein. Der Tee ist gut, dampfend heiß und stark. Ich sage ihr das.

San-xiang setzt sich und senkt den Blick. Sie ist hübsch angezogen, allerdings legerer als ich es erwartet hatte. Vorarbeiter Qian trägt einen handgeschneiderten Overall, genau wie täglich zur Arbeit. San-xiang und ihre Mutter dagegen tragen Hosen und darüber ein weites Hemd mit Mandarin-Kragen. Äußerst leger. Die Kleider könnten sogar aus China stammen. Ich bin viel zu förmlich und konservativ angezogen, ich trage ein langes schwarzes Hemd, das bis zu den Waden reicht. Ich habe mich auf eine förmliche Begegnung eingestellt. Jetzt ist es zu spät, um sich deswegen Sorgen zu machen. Hätte ich doch nur den Mut, etwas wirklich Unverschämtes zu tun.

Nach einer Weile steht San-xiang auf, geht in die Küche und kommt mit einer Schale voller Erdnüsse, kandierter Walnüsse und falscher Wachteleier zurück. Ich hasse falsche Wachteleier, koste aber vorsichtig von allem.

Ich bin froh, dass ich morgen früh aufstehen muss, eine gute Entschuldigung, um mich zeitig zu verabschieden.

Die Mahlzeit verläuft weitgehend so wie der ganze Abend, das heißt schleppend und unerquicklich. Das Essen ist gut: Schweinefleisch mit einer Füllung aus hart gekochten Eiern, dazu Mehlklöße und frischer Salat, zum Abschluss eine Suppe. Vorarbeiter Qian und ich unterhalten uns übers Geschäft. Seine Tochter wechselt im Verlauf des Abend kaum ein Wort mit mir. Ich warte die ganze Zeit darauf, dass sie etwas sagt. Wenn sie den Mund aufmacht, klingt ihre Stimme hell und zart wie die eines kleinen Mädchens. Ich weiß, dass sie knapp über zwanzig ist. Ein wohl behütetes Kind, denke ich.

Gegen neun entschuldige ich mich und sage, dass ich morgen sehr früh zur Arbeit erscheinen muss, mein Boss sei streng. Vorarbeiter Qian lacht. »Schön, dass du gekommen bist. Wir haben nur selten Gäste.«

Das überrascht mich nicht, die Qians sind nicht besonders unterhaltsam oder charmant. »Es war ein schöner Abend«, lüge ich.

»Mir fällt auf, dass ihr zwei kaum Gelegenheit hattet, euch näher kennen zu lernen«, sagt Vorarbeiter Qian. »Das nächste Mal müsst ihr etwas Zeit miteinander verbringen.«

San-xiang wirft ihrer Mutter einen scheuen Blick zu. Ich spüre, wie mir das Blut ins Gesicht schießt. Warum klingt sein Vorschlag irgendwie anstößig? Er ist nicht sexuell gemeint, trotzdem fühle ich mich geradezu kompromittiert. »Ja«, stimme ich zu. »Vielleicht haben wir das nächste Mal mehr Gelegenheit, uns zu unterhalten.«

»Wie wär's mit Samstag? Nehmt euch Zeit und lernt euch kennen.«

Lenin und Mao Zedong. Trotzdem lächle ich wie ein Idiot. »Ja, das wäre schön«, sage ich. »Samstag.«

»Abgemacht«, sagt Vorarbeiter Qian. »Überlegt euch, wie ihr den Tag verbringen wollt. Und wir sehen uns morgen.«

Die Tür geht zu und ich stehe im Flur. Ich starre die geschlossene Tür an.

O Scheiße.

»Vielleicht«, schlage ich Vorarbeiter Quian vor, »hat Ihre Tochter Lust, mit mir ins Kino zu gehen.« Wir spielen eine hässliche Komödie, eins von Shakespeares Problemstücken wie *Maß für Maß*. Eine Tragödie, die die Nerven verloren hat und verzweifelt versucht, Hauptdarsteller zu verkuppeln, die nichts miteinander zu tun haben wollen.

Er nickt, er ist gerade mit der Buchhaltung beschäftigt. Als er seine Schreibarbeit endlich abgeschlossen hat, blickt er zu mir auf. »Ich glaube, du solltest gehen mit ihr zu Drachenrennen. Du mir gesagt, dass du oft da. *Hao buhao?*«

»Ich weiß nicht. Ob sie daran interessiert?«, sage ich und verfalle in Chinglisch.

»Sie noch nie da gewesen, wäre erstes Mal. Sie mir gesagt, sie neugierig.«

»Ah, gut«, antworte ich. »Dann wir gehen zu Drachenrennen.«

Ich will sie nicht mit zu den Drachenrennen nehmen, sie fangen erst gegen halb zehn an, und wenn wir ins Kino gingen, könnte ich sie um halb acht abholen und nach vier Stunden, spätestens um Mitternacht, nach Hause bringen. Wenn sie genauso charmant ist wie beim Abendessen, wird mir der Abend sowieso wie sechs Monate vorkommen.

Also klopfe ich am Samstag wieder an die Tür zu Apartment sechzehn im Wohnkomplex bei Bay Shore. Liu Su-ping, San-xiangs Mutter, öffnet die Tür und drängt mir ein Gespräch auf, während sich San-xiang fertig macht. Endlich kommt sie, in langer Hose und einer langen roten Jacke. Sie hat Geschmack, aber schon jetzt fühle ich mich so unwohl wie damals in der Mittelschule, wenn ich ein Mädchen ausführte. Wenigstens hege ich heute nicht mehr die Hoffnung, dass ein Rendezvous mit einem Mädchen latente heterosexuelle Neigungen in mir wecken könnte.

Uns wird aufgetragen, einen schönen Abend zu verbringen, dann gehen wir. Sie betrachtet den Boden und dann die Knöpfe im Fahrstuhl. Ich widerstehe dem Impuls, »Schönes Wetter heute« zu sagen.

Unterwegs zur U-Bahn sagt sie plötzlich auf Englisch: »Ich möchte, dass du weißt, dass mir das alles sehr Leid tut.«

»Es gibt nichts, was dir Leid tun müsste«, sage ich heiter.

Sie schaut mich an, der gleiche scheue Blick von der Seite, mit dem sie ihre Mutter anschaut. »Ich weiß, dass du den Samstagabend nicht damit verbringen wolltest, mich zum Drachenrennen mitzuschleppen. Ich weiß, das du das nur wegen meinem Vater tust. Wahrscheinlich hast du eine Freundin.« Der letzte Satz klingt so verbittert, dass es mich verblüfft, während ich gleichzeitig ihr Englisch bewundere.

»Nein«, antworte ich wahrheitsgemäß. »Ich habe keine Freundin.«

»Hör mal, wir gehen für eine Weile zu den Drachenrennen, dann nehme ich ein Taxi nach Hause und du kannst tun und lassen, was du willst.«

Die Welt ist unnatürlich grausam zu hässlichen Mädchen. »Warum gehen wir nicht einfach zu den Drachenrennen und machen uns weiter keine Gedanken«, sage ich. »Warst du schon mal dort?«

»Nein, bislang habe ich es nur im Vid gesehen.«

»Nun, vor Ort ist es viel großartiger.«

Ich kaufe uns U-Bahn-Karten und wir fahren nach Manhattan und steigen am Union Square aus. In der U-Bahn unterhalten wir uns nicht, es ist auch viel zu laut dafür. Vom Union Square aus gehen wir durch den Huang-Fußgängertunnel zum Washington Square Park, wo sich Start und Ziel des Rennens befinden. Samstags abends ist der Washington Square voller Menschen. Ich kaufe uns Eintrittskarten für die Tribüne, weil ich am liebsten eingeklinkt bin. »Möchtest du etwas trinken? Ein Bier?«, frage ich.

Sie schüttelt den Kopf.

»Sei nicht so höflich«, sage ich lächelnd. »Ich bin New Yorker. Ich genehmige mir jetzt ein Bier. Hast du schon zu Abend gegessen?« Sie lässt sich zu einem Bier überreden und ich kaufe außerdem noch eine Tüte Fingerklöße. Wir gehen zu unseren Plätzen. Für gewöhnlich reichen mir die Hinweise auf der Anzeigetafel, doch heute kaufe ich sogar zwei Programmhefte.

Wir setzen uns und sie hält ihr Bier sehr vorsichtig. Ich beobachte sie eine Weile, aber sie trinkt nichts. Vielleicht mag sie kein Bier.

»Wie alt warst du, als du nach New York kamst?«, frage ich.

»Neun«, sagt sie.

»Gefällt es dir hier?«

»Am Anfang habe ich es gehasst, aber so übel ist es eigentlich gar nicht.« Sie zuckt mit den Achseln. »Im Grunde ist es überall gleich auf der Welt.«

»Findest du?«, sage ich. »Ich bin erst einmal aus New York rausgekommen, da war ich sechs und wir sind zu meinen Großeltern nach San Diego gefahren. Alles schien dort anders zu sein.«

»Natürlich gibt es Unterschiede«, sagt sie. »New York ist ganz anders als China, bei weitem nicht so ...« Sie stockt und sucht nach Worten, die unverfänglich sind.

»Wir sind rückständig«, sage ich schmunzelnd.

»Nicht rückständig«, sagt sie. »Mag sein, dass hier vieles weniger fortschrittlich ist. Früher dachte ich immer, ich bin unglücklich, weil mein Vater Ärger bekam und wir hierher ziehen mussten, aber inzwischen glaube ich, dass es nicht darauf ankommt. Manche Menschen sind immer unglücklich, egal wo sie sind.«

Zweifellos zählt sie sich genau zu diesen Menschen.

»Bist du glücklich?«, fragt sie mich.

»Jetzt, in diesem Moment, oder überhaupt?«

»Mit deinem Leben überhaupt. Antworte, ohne lange zu überlegen.«

»Nein«, sage ich.
»Wärst du in China glücklicher?«
»Das weiß ich nicht. Ich war noch nie in China.«
»Möchtest du gern dorthin?«
Ich frage mich, ob sie ein Spiel mit mir spielt. Weiß sie, dass mir ihr Vater China als Mitgift unter die Nase gehalten hat? »Natürlich«, sage ich möglichst lässig. »Ich hätte nichts dagegen, China kennen zu lernen.«
»Würdest du dort leben wollen?«
»Und zur Schule gehen? Für immer dort bleiben?« In China gilt Liebe unter Männern als Schwerverbrechen. Ich weiß nicht, ob ich in einem Land leben möchte, wo ich dank meiner natürlichen Veranlagung mit einer Kugel im Hinterkopf enden könnte.
»Es macht keinen Unterschied, so oder so«, sagt sie, »du würdest immer noch du sein. Wenn du hier unglücklich wärst, würdest du auch dort unglücklich sein.«
»Aber unser Unglück ist zum größten Teil durch die gesellschaftlichen Umstände bedingt«, sage ich.
»Das ist naiver Sozialismus«, sagt sie angewidert.
Eigentlich war es als Ausweichmanöver gedacht. Wie sind wir bloß auf dieses Thema gekommen? Vielleicht verrät mein Gesichtsausdruck mein Unbehagen.
»Tut mir Leid«, sagt sie. »Ich wollte nur erklären, was ich meine.«
Ihr Anblick fasziniert mich. Ihre Zähne sind gerade, die Haare schön, ihre Kleider stehen ihr gut. Aber die Gesichtszüge sind alles andere als fein und ebenmäßig. Die Nase ist zu breit, die Lippen sind zu schmal, die Stirn ist zu niedrig. Und sie hat kein Kinn. Ihr Gesicht ist erstaunlich typisch siamesisch. Ich muss sie immer wieder anschauen. Woher hat sie nur dieses Gesicht? Vater Qian sieht zwar nicht unbedingt gut aus, aber sein Gesicht ist runder. Und ihre Mutter, Liu Su-ping, ist ebenfalls keine Schönheit, aber im Gesicht ihrer Tochter kann ich keine ihrer Züge wieder erkennen.
»Warum siehst du mich ständig an?«, sagt San-xiang plötzlich.

Ertappt. Ich wende meinen Blick ab. »Schließlich gehe ich mit dir aus«, sage ich. »Wenn du kein Bier magst, trinke ich deins. Möchtest du ein Mineralwasser?«

»Ich mag Bier«, sagt sie und nimmt einen Schluck aus ihrem Becher.

Sie mag kein Bier. Ich unterhalte mich mit ihr übers Drachenfliegen, und jedes Mal, wenn ich sie ansehe, nimmt sie einen Schluck aus ihrem Becher, dessen Rand vom Lippenstift rot gefärbt ist. Die Flieger schlängeln sich träge zum Himmel hinauf, strahlende Seide in Rot und Blau. Ich erkläre ihr, wie man eine Wette setzt, und schließe sie ans System an. »Um einen Kontakt herzustellen, musst du auf einen der Drachenflieger wetten«, sage ich. »Sobald der Kontakt da ist, kannst du zusätzliche Wetten abschließen. Du kannst sogar gegen deinen Drachenflieger wetten. Normalerweise klinke ich mich in Anfänger ein, weil sie noch nicht so viele Rennen geflogen sind. Das ist aufregender.«

Sie knabbert vor Konzentration an ihrer Unterlippe. In weiten Bögen steigen die Drachen auf und streben dem dunklen Luftraum über dem Union Square zu. Das System schaltet sich dazwischen und plötzlich bin ich mit einem Flieger namens Eisberg synchronisiert, einem Anfänger. Ich spüre, wie seine/meine Muskeln arbeiten, ich sehe die anderen Drachen vor mir herfliegen, während uns vom Union Square herauf die Scheinwerfer anstrahlen. Die Drachen fliegen einen Bogen und nehmen wieder Kurs auf den Washington Square, um dort das Rennen zu beginnen. Mein Flieger ist nervös und angespannt. Es ist nicht das Gleiche, wie wenn ich selbst fliegen würde, ich erlebe seine Gefühle nur indirekt und gedämpft. Ich weiß, dass er friert, obwohl mir nicht kalt ist. Ich öffne die Augen und sehe die Seidensegel über mir.

Ich blicke kurz zu San-xiang. Sie starrt hinauf in die Finsternis, und als die Drachen in das strahlende Licht über dem Washington Square eintauchen, zittert sie und nimmt einen Schluck von ihrem Bier.

Ich kann nicht erklären, warum es so viel aufregender ist, das

Rennen live zu erleben. Zu Hause klinken sich auch alle ein. Auf dem Bildschirm ist außerdem viel mehr zu sehen. Aber es ist großartig, sie dort oben zu beobachten und gleichzeitig in der Lage zu sein, die Augen zu schließen und ihre Wahrnehmungen zu teilen.

Das Rennen dauert nicht lange – zwei Runden, wie immer – und Eisberg ist weit abgeschlagen. »Willst du noch ein Bier?«, frage ich.

»Ja, bitte«, sagt San-xiang. Sie hat Farbe im Gesicht, ob vom Rennen, vom kühlen Wind oder vom Bier – ich weiß es nicht.

Als ich mit zwei vollen Bechern zurückkomme, lächelt sie mir entgegen. »Vielen Dank.« Sie nimmt das Bier. »Es macht Spaß. Bist du oft hier?«

»Eigentlich schon«, sage ich.

»Wärst du auch gerne Drachenflieger?«

»Dafür bin ich zu schwer«, sage ich und lache. Drachenflieger sind klein, für gewöhnlich um die vierzig, fünfundvierzig Kilo.

»Ja, aber wärst du es nicht gerne? Wenn du könntest?«

»Wenn ich oft gewinnen würde.«

Sie lacht und trinkt ihr Bier, während sie mich über den Becherrand hinweg beobachtet. Sie flirtet. Wir vertiefen uns ins Programm. Keiner der fürs nächste Rennen aufgeführten Flieger ist mir ein Begriff, aber ich kenne etliche aus den letzten drei, den großen Rennen. San-xiang will nicht auf Außenseiter setzen, sie will gewinnen.

Sie gewinnt weder im zweiten noch im dritten Lauf. Dafür kommt ihr Flieger im vierten Lauf als zweiter durchs Ziel, was ihr den dreifachen Einsatz einbringt. Die Gewinnlampe leuchtet auf, und gemeinsam gehen wir los, um ihren Bon abzuholen. Als sie aufsteht, ist sie vom Bier etwas wacklig auf den Beinen. Ich biete ihr meinen Arm an, doch sie hakt sich nicht ein. Als sie den Gewinn einstreicht, wendet sie mir ihr flaches, viereckiges Gesicht zu und strahlt.

»Ein wunderschöner Abend«, sagt sie. »So viel Spaß habe ich lange nicht gehabt.«

Statt direkt auf unsere Plätze zurückzukehren, schlendern wir umher. Die kühle Luft klärt ihren Kopf.

»Wir werden doch das nächste Rennen nicht verpassen, oder?«, fragt sie.

Ich schüttele den Kopf. »Zwischen den ersten vier und den nächsten vier Rennen ist eine Pause. Die ersten vier Rennen sind sozusagen das Vorspiel, danach geht es um den großen Einsatz. Dann steigen die besten Flieger auf.«

Peter steht mit einem Typen aus dem *Bed-Stuy*, wo wir immer stehen, neben dem Triumphbogen. Ich hatte gar nicht vor, in die Richtung zu gehen, reine Gewohnheit. Ich überlege, ob ich so tun soll, als würde ich sie nicht sehen, denke dann aber, zur Hölle damit, und winke. Peter winkt grinsend zurück.

»Wer ist das?«, flüstert San-xiang.

»Ein guter Freund von mir«, sage ich.

Wir bleiben stehen, um mit Peter und Bed-Stuy zu plaudern, an dessen wirklichen Namen ich mich im Augenblick nicht erinnern kann. »Peter, das ist Qian San-xiang. Mein Freund Peter und –« Gestikulierend gebe ich zu verstehen, dass mir der Name entfallen ist.

»Kai«, sagt Bed-Stuy.

»Ist das ein amerikanischer Name?«, fragt San-xiang.

»Skandinavisch«, sagt Bed-Stuy. »Aber ich bin Amerikaner.« Peter und Bed-Stuy sind beide blond, beide angelsächsisch hübsch. Keiner von beiden entspricht dem chinesischen Schönheitsideal – sie haben große Nasen und insbesondere Kai hat ein kantiges Gesicht, was Chinesen nicht gefällt. Chinesen sind immer der Ansicht, dass die Augen der Westler viel zu tief in den Höhlen liegen und dass sie deshalb ein bisschen wie Neandertaler aussehen. Dieses Vorurteil teile ich nicht. Aber Peter und Kai sind gut angezogen, sie tragen beide Pullis mit Lederschleifen, von den Schultern baumeln glänzende, spiegelnde Metallstreifen, und die Spiegelbrillen stecken hochgesetzt im Haar. Bed-Stuy hat seine Haare zu einem Schwanz zusammengebunden, wie ich. Sie sehen beide so schwul aus, dass ich mich frage, ob sie etwas ahnt.

Wir halten uns sehr zurück, reden darüber, wer wohl den siebten und achten Lauf gewinnen wird. Dann sage ich, dass San-xiang und ich wieder auf unsere Plätze müssen.

»Wir gehen anschließend ins *Commemorative*«, sagt Peter. »Kommt doch vorbei, wenn's euch nicht zu spät wird.«

»Okay«, sage ich und gehe mit San-xiang zur Tribüne zurück.

»Was ist das *Commemorative?«*, fragte San-xiang.

»Eine Szenekneipe der Drachenfliegern. Peter ist dort Stammgast«, sage ich. »Willst du noch ein Bier?«

Ich kaufe noch zwei Bier. Dann setzen wir uns und vertiefen uns wieder ins Programm. Ich bin müde und würde gern nach Hause gehen, doch San-xiang hat offensichtlich viel Spaß, und den möchte ich ihr nicht verderben. Sie nippt an ihrem Bier und blinzelt mir aus den Augenwinkeln zu. Aus Verlegenheit tue ich so, als würde ich ihre Blicke nicht bemerken. Dass ich schwul bin, ist ihr offenbar noch nicht aufgefallen, und das beruhigt mich, aber der Abend schlägt mir mehr und mehr aufs Gemüt.

»Deine Freunde sehen sehr gut aus«, sagt sie.

»Findest du?«, frage ich. *You da bizi.*« Sie haben große Nasen. Umgangssprachlich heißen die Westler »große Nase«.

Sie kichert und schaut in ihr Programm.

Endlich fangen die letzten vier Rennen an. Alles sehr gemischt, das siebte Rennen sieht gut aus. Beim fünften Rennen suche ich mir wahllos einen Flieger aus, San-xiang überlegt noch, setzt dann aber auf den Favoriten. Immer wieder ertappe ich mich dabei, wie ich zwischen den Rennen nach Peter und Bed-Stuy Ausschau halte. San-xiang ist enttäuscht, dass ihr Flieger es nicht ins Ziel schafft. Doch im sechsten Rennen gewinnt sie und verschüttet vor Aufregung ihr Bier. Ich besorge ihr ein neues, nicht ohne Bedenken. Sie hat jetzt zweieinhalb Becher getrunken, und mir ist klar, dass sie nicht viel verträgt. Aber ich hoffe, sie ist bald so betrunken und müde, dass sie gleich nach den Rennen nach Hause will.

Schließlich entscheide ich mich im achten Rennen für einen Flieger. San-xiang kichert und zappelt herum.

»Hast du Hunger?«, frage ich.

»Was ist mit der Kneipe, in die deine Freunde gehen? Gibt's da was zu essen?«

»Um diese Zeit nicht mehr«, antworte ich. »Ich kenne ein kleines thailändisches Restaurant an der West 4th Street, nicht weit von hier.«

»Ich amüsiere mich so gut, ich möchte die ganze Nacht durchmachen«, sagt sie. »Geht's dir auch so?«

»Natürlich«, sage ich. »Mit jemandem zum Drachenrennen zu gehen, der noch nie dort war, erinnert einen an das eigene erste Mal.«

»Es ist so aufregend. Viel besser als im Vid.«

Sie wird diesen Abend ihr Leben lang nicht vergessen – die Nacht, als sie die Drachenrennen besuchte. An wie viele Nächte kann ich mich erinnern? Wie viele Nächte meines Lebens sind etwas Besonderes gewesen? Ist es so viel verlangt, auf eine Nacht zu verzichten?

»Lass uns essen gehen, und je nachdem, wie spät es dann ist, können wir noch etwas zusammen trinken«, sage ich. Sie lächelt zu mir auf. O gefährliches Mitleid.

Das Restaurant ist voller Gäste, also bestellen wir Curry und Nudeln und essen im Stehen auf der Straße. Es wimmelt hier von Studenten in ausgefallenen Klamotten. San-xiang beobachtet ein Mädchen in einem lavendelfarbenen, an den Seiten offenen Kasack, der von einem Gürtel gehalten wird. Darunter trägt sie einen blassgrünen, durchsichtigen Body. Sie streitet sich mit einem Jungen und schüttelt entschieden ihr kupferfarbenes Haar. Der Junge – im Unterschied zu ihr völlig unscheinbar – steckt in einer dieser grauen Windelhosen, wie sie in Indien getragen werden. Darunter staken spindeldürre, schwarz bestrumpfte Beine hervor. Wie er wohl aussähe, wenn seine Haare nicht gefärbt wären? »Lass sie in Ruhe!«, ermahne ich ihn im Stillen. Er ist wütend, fixiert das Mädchen mit geschwollenen Augen, verschränkt die Arme vor der Brust und verlagert das Gewicht von einem Bein auf das andere. Er ist so dünn, dass unter der Haut lange, faserige Muskeln zum Vorschein kommen. Das Gesicht scheint nur aus

Haut und Knochen zu bestehen. Plötzlich macht er auf dem Absatz kehrt und verschwindet.

Das Mädchen zeigt ihm den Finger, stocksteif vor Wut, dann wirbelt sie herum und eilt die Straße entlang.

»Hund«, flüstert San-xiang auf Chinesisch und blickt zu mir auf. Ich nicke zustimmend, obwohl mir klar ist, dass sie den Jungen meint. Sie hakt sich bei mir unter und ich verkrampfe mich erschrocken, doch davon merkt sie nichts.

Das *Commemorative* ist brechend voll und laut. Stickig heiß. Peter und Bed-Stuy sind nirgends in Sicht, also nehme ich San-xiang bei der Hand und dränge mich durch die Masse. Schließlich sehe ich die beiden, am Ende des Tresens. Sie unterhalten sich mit einem Flieger, der Peter nur bis zur Schulter reicht. Er ist dunkelhäutig und hässlich. Die wenigsten Flieger sehen gut aus. Wie bei den meisten wirkt sein Kopf im Verhältnis zum Körper viel zu groß.

»Zhang!«, ruft Peter. »Das ist –«

Der Name geht im Lärm unter. Trotzdem nicke ich und lächle. Ich teile Peters Vorliebe für Flieger nicht. Er sagt, sie seien athletisch und gut im Bett. Mit einem Fingerzeig bestelle ich bei der Frau hinterm Tresen zwei Bier, die sie sofort auf die Theke stellt. Peter reicht mir die Getränke, ich komme im Gedränge nicht an sie heran. Peter ist aufgekratzt und versucht sich mit seinem Flieger zu unterhalten. Bed-Stuy kultiviert den gleichgültigen Blick eines Mannes, der oft in Bars herumhängt und geduldig darauf warten kann, dass sich das Glück zu seinen Gunsten wendet. San-xiang scheint völlig überwältigt.

Ich lächle sie an und zucke entschuldigend mit den Achseln. Sie lächelt und trinkt einen Schluck Bier.

Ich beobachte sie, und sie beobachtet mich. Dann läuft sie rot an und starrt ins Glas. Sie ist wirklich faszinierend. Ich kann nicht umhin, sie anzusehen, um herauszufinden, was an ihr nicht stimmt. Was müsste sie an sich verändern, um schöner zu sein? Die Augen vergrößern? Das Kinn aufpolstern? Warum hat sie das noch nicht getan?

Wir bleiben nicht lang, es ist zu laut. Sie schwankt ein wenig, als wir die Bar verlassen.

»Geht's dir gut?«, frage ich sie.

Sie lehnt sich an mich und flüstert verschwörerisch: »Ich bin ein bisschen beschwipst.« Ihre Bewegungen und Gesten gleichen denen aller Mädchen, die sich auf einen Flirt einlassen, doch wenn sie zu mir aufblickt, sehe ich in dieses viereckige Affengesicht, in diese winzigen Schweinsaugen. Sie kraust die Nase, worauf ihre Augen fast gänzlich verschwinden. Der Anblick ist so grotesk, dass ich aus dem Staunen nicht herauskomme.

Ich komme mir unanständig vor. Mein ganzes Leben lang habe ich darauf geachtet, nicht zu starren. Ich starre keine Kriegsversehrten an, ich starre keine Obdachlosen an. Ich glaube, ohne es genau zu wissen, dass ich auch keine hässlichen Menschen anstarre. Aber San-xiang kann ich anstarren. Ich habe plötzlich das Bedürfnis, ihr einen Kuss auf die Stirn zu geben. Warum, weiß ich nicht.

Wir fahren mit der U-Bahn nach Brooklyn hinaus und gehen zur Wohnung der Qians. Im Flur bleiben wir stehen, und ich muss an meine Schulzeit denken, wenn ich das Mädchen zur Tür brachte und mich nicht entscheiden konnte, ob ich sie küssen sollte oder nicht. Ich gebe San-xiang einen Kuss, einen artigen, brüderlichen Kuss.

»Es war wunderschön«, sagt sie und schenkt mir ein bebendes Lächeln. »Du bist sehr nett.«

»Du auch«, sage ich.

»Warum hast du keine Freundin? Du siehst gut aus.«

Wie jeder andere höre ich solche Komplimente gern, doch von San-xiang verunsichert es mich. Ich mache das *Nali-nali*, die Sprechen-wir-nicht-darüber-Handbewegung, und schaue verlegen weg. »Es gibt keinen besonderen Grund«, sage ich. »Ich will im Moment einfach keine feste Freundin. Glaube ich zumindest.« Die Wände im Flur sind chinarot.

Sie fährt sich mit dem Handrücken über die Augen, und ihre Stimme ist tränenerstickt, als sie sagt: »Ich muss jetzt rein. Gute Nacht.«

Sie öffnet die Tür und schließt sie hinter sich, und ich bleibe allein im Flur zurück und denke: Was habe ich bloß getan?

Ich rechne nicht mit ihrer Stimme, als ich den Anruf entgegennehme. Es ist Dienstagabend und ich bin erst seit wenigen Minuten von der Arbeit zurück.

»Zhong Shan?«, sagt sie. »Hier ist San-xiang.« Wir wechseln ein paar belanglose Worte, wie läuft's auf der Arbeit? Ich frage sie nach ihrer Arbeit und merke erst jetzt, dass ich nicht weiß, was sie tut.

»Donnerstagabends treffe ich mich immer mit ein paar Freunden zu einer politischen Gesprächsrunde«, sagt sie. »Nun, im Grunde sitzen wir bloß herum und unterhalten uns über dies und das. Ich dachte, vielleicht hättest du Lust, auch zu kommen. Es wird nie spät, ich weiß, du musst am Freitag arbeiten. So geht es uns allen, und darum ... wird es nie sehr spät. Aber wenn du etwas anderes vorhast, kann ich das auch verstehen. Ich meine, das kommt ziemlich kurzfristig, und ich weiß, du hast schon andere Pläne, wahrscheinlich hast du schon etwas anderes vor. Das wollte ich damit sagen, du hast ziemlich viel um die Ohren und vielleicht passt es dir ja nicht ...«

Sie ist nervös, ich will ihr aus der Verlegenheit helfen. »Nein«, sage ich, »ich habe noch nichts vor. Allerdings bin ich nicht sonderlich politisch. Ich habe keine Ahnung von Politik.«

»Aber du warst doch auf der Mittelschule für politische Theorie, oder?«, sagt sie.

»Ja, aber das ist zehn Jahre her, und über Politik hat man uns nicht viel beigebracht. Wir haben hauptsächlich Mandarin gelernt.«

»Oh«, fiepst sie. »Das macht nichts. Unsere Gespräche sind immer sehr allgemein.«

»Na schön. Um wie viel Uhr?«

»Um halb sieben«, sagt sie und nennt mir den Treffpunkt. Meine Arbeit endet für gewöhnlich gegen halb fünf, es bliebe mir also noch genügend Zeit, nach Hause zu gehen und mich umzuziehen. Doch ausgerechnet an diesem Donnerstag wird es dann später. Wir arbeiten zur Zeit an einem Projekt, das eine Feuerwand mit einer künstlichen Wasserwand einschließt sowie einen der Öffentlichkeit zugänglichen Innenhof. Die Wand muss in einem Guss hochgezogen werden, und aus allen bekannten Gründen verschiebt sich die Prozedur. Natürlich ist eine Spezialtruppe damit beauftragt, aber ich muss bis zur Fertigstellung dabeibleiben, um die Baustelle zu sichern.

Gegen sechs fahre ich nach Brooklyn – in Overall und Arbeitsstiefeln. Das Proletariat. Nun, in diesem Aufzug müsste ich in San-xiangs politischer Runde gut ankommen.

Ich verspäte mich, es ist Viertel vor sieben, als ich die Adresse erreiche, die San-xiang mir genannt hat. Ich brauche eine Dusche und ein Bier, nicht unbedingt in dieser Reihenfolge. Die Tür geht auf und ich sage: »Entschuldigen Sie, ich bin ein Freund von San-xiang?«

In der Tür steht ein Chinese, ungefähr in meinem Alter. »Kommen Sie herein«, sagt er. »Wir dachten schon, Sie hätten sich verlaufen.«

»Tut mir Leid«, antworte ich. »Ich musste länger arbeiten.«

In dem kleinen Wohnzimmer des Apartments sitzen fünf Personen, einschließlich San-xiang, deren Augen vor Freude fast verschwinden.

»Sie sind also der Mann mit dem unglaublichen Namen«, sagt eine Frau gedehnt. Sie ist keine Chinesin.

Ich lächle und nicke. »Man kann sich seine Eltern nicht aussuchen.« O meine dämliche Mutter. Zhong Shan ist der Name eines berühmten chinesischen Revolutionärs, des ersten Präsidenten der Republik. Das ist die mandarinische Entsprechung des kantonesischen Namens Sun Yat-sen. Genauso gut könnte man ein Kind George Washington Jones nennen. Ich setze nicht neben San-xiang und sie stellt mich den anderen vor. Ich behalte nur zwei Namen. Die Frau heißt Ginny und der ABC, der mir die Tür geöffnet hat, heißt Gu Zhongyan. Außerdem ist noch ein Paar anwesend, eindeutig verheiratet und um die vierzig, wie ich vermute.

Noch einmal entschuldige ich mich für meine Verspätung und bitte um Nachsicht dafür, dass ich keine Gelegenheit hatte, mich frisch zu machen.

»Wir wollen irgendwann eine Nachbarschaftsgruppe oder eine Kommune gründen«, erklärt Gu Zhongyan, »aber noch sind wir finanziell nicht in der Lage dazu. Darum treffen wir uns vorläufig in dieser Arbeitsgruppe.«

Die männliche Hälfte des Ehepaares verteilt Ausdrucke eines Aufsatzes. Politische Theorie. Ich überfliege die ersten Absätze und verstehe nicht eben viel. Es geht um die optimale Größe von Kommunen. San-xiang nimmt die Lektüre sehr ernst. Schließlich steckt sie ihr Exemplar in einen Aktenordner und holt einen weiteren Stoß Ausdrucke hervor, auf denen einzelne Stellen sorgfältig markiert sind. An den Rändern hat sie sich auf Chinesisch Notizen gemacht. Ihre Schriftzeichen sind winzig und verschnörkelt.

Sie reden eine Weile über den Artikel. Ginny und Gu haben ihn anscheinend nicht besonders aufmerksam gelesen. Die männliche Hälfte des Ehepaares ist eindeutig am engagiertesten. Im Verlauf des Gesprächs erfahre ich, dass er und seine Frau schon einmal in einer Kommune gelebt haben, sie aber wegen irgendwelcher Schwierigkeiten verlassen haben.

Peters Kommune ist die einzige, die ich besser kenne. Sie ist weitgehend ideologiefrei und lediglich eine Zweckgemeinschaft von Hausbewohnern, die sich um den Erhalt des Gebäudes kümmern – was ihnen nicht besonders gut zu gelingen scheint. Ich bin müde, es war ein langer Tag, und sie diskutieren ausführlich über den Zusammenhang von Wettbewerb und Produktivität.

Da kann ich nicht mithalten. Ich weiß, dass Politik wichtig ist, aber ich will mir einfach nicht den Kopf darüber zerbrechen. Über meine Ansichten bin ich mir selbst nicht im Klaren, ich weiß nur, dass sehr wenig von dem, was ich höre, je etwas mit mir oder mit meinem Leben zu tun hat.

Diese Wohnung gehört einem ernsthaften Menschen. Unordnung, aber eine ernsthafte Unordnung – eine große Anlage an der Wand, ausgerüstet für Information und Musik, allerdings ohne

Vid. Auf dem Boden stapeln sich Berge von Papier, eindeutig Ausdrucke aus dem Netz. Selbst gebaute Regale nehmen die gesamte Rückwand ein; sie sind voll mit Büchern und gebundenen Ausdrucken. Die Bücher sehen wie Sachbücher aus. Während meiner entfremdeten Jugend habe ich viel gelesen. Romane. Ein Buch liegt auf dem Boden neben Gus Stuhl, *Die soziale Matrix: Religiöse Gemeinden im kapitalistischen Amerika*.

San-xiang ergreift das Wort. Sie ist ernst und beflissen. »Eine Gemeinschaft muss nicht unbedingt autonom sein«, sagt sie. »Ihre Mitglieder können auch außerhalb der Gemeinschaft einer Arbeit nachgehen.«

»Was macht denn dann eine Gemeinschaft aus?«, fragt Gu Zhongyan gereizt.

»Eine Gemeinschaft ist eine Gruppe von Menschen, die gemeinsame Interessen verfolgen«, sagt San-xiang. »Das kann die Arbeit sein, die Familie oder sogar etwas wie ein Theater. Deshalb sollte eine Gemeinschaft immer etwas tun, gemeinschaftlich ein Produkt herstellen, denn Erfolg und Misserfolg eint die Menschen.«

»Womit wir wieder beim Wettbewerb wären«, sagt der Ehemann. »Wettbewerb aber führt zwangsläufig zu Ungleichheit. Manche Mitglieder können weniger zur gemeinsamen Sache beitragen als andere.«

»Die Gemeinschaft gleicht das aus«, sagt San-xiang. »Die Gemeinschaft passt sich an. Wir sind erwachsene Menschen und wissen, dass jemand, der ein Neugeborenes versorgt, weniger Zeit hat, oder dass jemand anderes sich nicht mit Buchführung auskennt.«

»Aber Wettbewerb trübt das Urteilsvermögen mancher Leute«, bemerkt die Ehefrau. »Ressentiments sind die Folge. Man kann von den Leuten nicht erwarten, dass sie einen klaren Blick bewahren und sich anpassen, einige werden sich übervorteilt fühlen.« Sie klingt wehmütig, als würde sie aus Erfahrung sprechen.

»Manchmal passt sich eine Gemeinschaft nicht an«, sagt San-xiang, »und manchmal funktioniert es nicht. Aber das bedeutet nicht, dass wir es nicht versuchen sollen.«

Im Anschluss an die Diskussion gibt es grünen Tee und Gebäck. Dann begleite ich San-xiang zur U-Bahn.

»Wie hat es dir gefallen?«, fragt sie.

»Ich glaube, du bist ziemlich klug«, antworte ich.

Sie runzelt die Stirn. »Nein, ich will wissen, ob du interessiert bist.«

»Ich soll eurer Kommune beitreten? Ich weiß nicht.«

»Noch haben wir keine Kommune«, sagt sie. »Du hast nicht viel gesagt. Es ist wohl nicht so spannend wie Drachenrennen.«

»Ich bin nicht besonders politisch«, versuche ich mich zu entschuldigen.

Sie wirft mir einen kritischen Blick zu, sagt aber nichts.

»Im Ernst«, sage ich. »Ich schaue nicht einmal gerne Nachrichten. Ich bin einfach kein Mensch, der sich mit politischen Dingen befasst.«

»Jeder ist mit Politik befasst.«

»Ich nicht«, sage ich. »Was nicht heißen soll, dass ich Politik für schmutzig halte. Ich weiß, ich sollte mich damit befassen, aber ich bin zu faul.«

»Nein, hör mir zu. Jeder ist politisch. Ob du willst oder nicht. Du triffst andauernd politische Entscheidungen, ebenso wie moralische Entscheidungen.«

Ich zucke mit den Achseln.

»Zhong Shan«, sagt sie leise, »krieg das in deinen hübschen, leeren Schädel, okay? Niemand kann der Politik entkommen. Du bist ein ABC. Bist du auch Parteimitglied?«

»Nein«, sage ich und rechne damit, dass ich sie mit dieser Antwort enttäusche. Viele ABCs sind Parteimitglieder. »Wie gesagt, es interessiert mich nicht. Im Übrigen bin ich der Meinung, dass die meisten nur in der Partei sind, um ihre Karriere zu befördern.«

»Genau, und deshalb ist deine Entscheidung, nicht beizutreten, eine politische Entscheidung.«

»Nun, dann ist es meine politische Entscheidung, nicht politisch zu sein.«

»Genau, das ist eine politische Aussage. Du äußerst deine Meinung über die gegenwärtige Politik. Du bist politisch, alles, was wir tun, ist politisch«, sagt sie verbissen. »Du mietest eine private Wohnung, oder?«

»Ja, denn wenn ich eine öffentliche Wohnung in Anspruch nehmen würde, müsste ich in irgendeinen Wohnkomplex nach Virginia oder Pennsylvania umziehen«, sage ich gereizt.

»Aber dadurch unterstützt du Hauseigentümer.«

»Ach was«, erwidere ich. »Es ist eine praktische Entscheidung, keine politische. Die Kampagne der Großen Läuterung ist zu Ende, San-xiang. Wir müssen nicht ständig jedermanns Leben nach Motiven durchforsten.«

»Ich habe nicht gesagt, dass das falsch ist«, sagt sie ruhig. »Ich habe nur darauf hingewiesen, dass dein Leben etwas über deine politischen Ansichten aussagt, ob du über sie nachdenkst oder nicht. Du kannst es einfach nur geschehen lassen oder aber darüber nachdenken, welche Entscheidungen du treffen willst.«

»Ich würde gerne weiterhin Entscheidungen fällen, die meinem Leben entsprechen und nicht irgendeiner Ideologie«, sage ich. »Meiner Erfahrung nach ist Ideologie der Religion sehr ähnlich. Sie ist ein Glaubenssystem, und die meisten Menschen halten auch dann noch daran fest, wenn längst offensichtlich ist, dass ihre Ideologie die wirklichen Verhältnisse nicht abbildet.«

Sie lächelt mir zu. »Eine bessere Beschreibung einer angewandten politischen Theorie habe ich noch nicht gehört.«

Ich schaue in ihr kleines Affengesicht und sage kühl: »Nicht schlecht für einen dummen Bautechniker, nicht wahr?«

»*Bu cuo*«, flötet sie. Nicht schlecht.

Hässliche Mädchen müssen sich an irgendetwas hochziehen, denke ich. Sport oder Politik.

Lenin und Mao Zedong. Ich sitze vor dem Vid und schnüre meine Arbeitsstiefel auf, als ein Anruf hereinkommt. Ich vermute, dass Peter am Apparat ist, und nehme mir vor, mich diesmal zu keiner Unternehmung überreden zu lassen. Es ist

Dienstagabend, ich bin müde. Mit der Bierflasche in der Hand gehe ich in die Küche, um den Anruf entgegenzunehmen, und schleife die langen Schnürsenkel hinter mir her.

»Hier Zhang«, melde ich mich und verzichte darauf, das Bild einzuschalten.

»Zhong Shan?«, sagt San-xiang.

»*Wei*«, antworte ich überrascht und ein wenig enttäuscht.

»Meine Eltern haben mich rausgeworfen«, sagt sie in ihrer hohen, weichen Mädchenstimme.

»Was? Wieso denn das?«

»Wir haben uns gestritten.«

»Worüber?«, frage ich ohne nachzudenken.

»Ach, über alles Mögliche. Kann ich zu dir kommen?«

»Natürlich«, sage ich. Ich erkläre ihr den Weg, schnüre die Stiefel und renne runter in das kleine Thai-Restaurant (Die Rubinrote Küche), um mir Nudeln und frittiertes Huhn einpacken zu lassen. Außerdem besorge ich einen Vorrat an Bier. In meiner Wohnung nehme ich die Hemden, die ich von der Wäscherei abgeholt habe, vom Sessel und werfe sie in meinem Zimmer aufs Bett. So weit sieht alles ganz ordentlich aus. Ich müsste zwar mal wieder putzen, aber darüber mache ich mir jetzt keine Gedanken.

Und dann warte ich, sitze auf der Sesselkante und schaue Vid. Wenn ich mich anlehne, schlafe ich wahrscheinlich ein. Ich schlafe oft in diesem Sessel ein, wenn ich abends vor dem Vid sitze.

Die Hausanlage meldet, dass jemand vor der Haustür steht. Ich werfe einen Blick auf den Monitor und da steht sie, mit einer Tasche über der Schulter. Erst als ich die Tasche sehe, wird mir klar, dass sie vermutlich hier übernachten will. Teufel auch, hat sie denn keine Freunde? Ich öffne die Tür, lasse San-xiang von der Hausanlage registrieren und speichere den Befehl, ihr jederzeit freien Zutritt zu gewähren. Dann lasse ich die Wohnungstür angelehnt.

San-xiang bleibt an der Tür stehen. Ich bin in der Küche, aber ich höre ihre Absätze und stelle mir vor, wie sie stehen bleibt, ihr kinnloses kleines Gesicht nach oben gewandt. »Ich bin in der Küche«, rufe ich.

Als sie die Küche betritt, hat sie die Tasche bereits abgestellt.

»*Yao pijiu ma*?«, frage ich und reiche ihr ein Bier, ohne auf eine Antwort zu warten.

»Hallo«, sagt sie und starrt das Bier an, als wüsste sie nicht, ob sie es will oder nicht. Sie trinkt einen Schluck. Sie steht da und weiß meinen Empfang nicht recht zu deuten.

»Das ist meine dekadente Wohnung«, sage ich mit einer ausladenden Geste. Sie besteht aus zwei Zimmern sowie einer Küche und einem Badezimmer, die etwa die Größe eines Wandschranks haben. Verglichen mit der Wohnung von San-xiangs Eltern haben sie etwa die Größe von Schubladen. Meine Wohnung ist ein Rattenloch. Der Bodenbelag besteht aus dem üblichen Plastikzeug und reicht nicht ganz bis in die Ecken. Die Wände müssen unbedingt neu tapeziert werden. Alles ist braun, bis auf die grauen Ecken, wo der Beton durchkommt. Ich könnte das in Ordnung bringen, gelegentlich denke ich darüber nach, aber wer weiß, wie lange ich hier noch wohne. Außerdem halte ich mich nur zum Essen und Schlafen hier auf.

Sie sieht sich um und dann wieder mich an. »Tut mir Leid, dass ich hier einfach so aufkreuze.«

»Setz dich«, sage ich. »Nimm dir etwas zu essen und erzähl mir, was passiert ist.«

Sie setzt sich. Ich reiche ihr einen Teller samt Stäbchen und verteile die Nudeln. Dann setze ich mich hin und nehme mir vom Huhn.

Sie sitzt einen Augenblick reglos da und starrt die Nudeln an, ohne sie jedoch zu sehen. Ihre Haltung erinnert mich an jemanden, der ein Gebet spricht. Ich lege ihr ein Stück Hühnerfleisch auf den Teller. »Danke«, sagt sie.

Ich esse und sehe ihr beim Essen zu. Schließlich sagt sie: »Ich habe mich mit meinen Eltern gestritten.«

»Worüber?«, frage ich.

Sie zuckt die Achseln. »Über nichts. Geld. Alles.«

Ich warte.

»Es hat ganz harmlos angefangen, aber dann kam eins zum

anderen. Von wegen ich würde nicht fleißig genug für die Uni-Aufnahmeprüfung lernen, und dass mein Vater alles Geld ausgegeben hat, das eigentlich für mich bestimmt war, für …« – ihre Stimme ist kaum mehr zu hören – »… mein Gesicht.«

Spontan denke ich, sie meint »Gesicht« im chinesischen Sinne, wie in »nicht das Gesicht verlieren«. Dann wird mir klar, dass sie ihr körperliches Gesicht meint.

»Mein Vater meint, dass ich darauf sparen soll und nicht auf die Kommune.«

Mir fehlen die Worte, jede Antwort könnte falsch sein, also sage ich etwas Unverfängliches. »Und was meinst du?«

»Ich bin erwachsen und es ist meine Entscheidung«, sagt sie. »Er sagt, solange ich in seinem Haus lebe, sei es seine Entscheidung. Aber solange ich nicht verheiratet bin, bekomme ich keinen Wohnberechtigungsschein, und ich will mein Geld sparen anstatt es für Miete auszugeben. Aber vielleicht ist das nur ein Vorwand, um zu Hause wohnen zu bleiben?«

»Ich finde, es klingt vernünftig«, sage ich.

»Hältst du mich für unreif?«, fragt sie.

Ja, doch das kann ich ihr nicht sagen. »Ich halte dich für sehr vernünftig.«

»Du lebst nicht bei deiner Familie.«

»Ich habe keine Familie«, antworte ich, was genau genommen nicht stimmt, aber mein Vater ist seit Jahren weg und meine Mutter hat eine neue Familie. Ich könnte weder bei ihm noch bei ihr leben. Und würde es auch nicht wollen.

»Du hast eine schöne Wohnung«, meint sie.

Ich lache und sie erschrickt. »Eine Bruchbude«, sage ich. »Aber mehr kann ich mir nicht leisten.«

Wir essen.

»Ich muss morgen früh raus«, sage ich. »Ich mach dir jetzt dein Bett.«

Sie nickt, völlig angespannt.

Ich gehe ins Schlafzimmer und krame ein Laken aus dem Kleiderschrank. Auf dem Bett liegen zwei Kopfkissen, also ziehe ich eines ab und streife ihm einen frischen Bezug über. San-xiang steht in der Tür und beobachtet mich. Ich habe das Gefühl, dass irgendetwas nicht stimmt, weiß aber nicht, was es ist. Mein Schlafzimmer ist nicht aufgeräumt, ich frage mich, ob sie das irritiert. Hatte sie die Vorstellung, dass ich ein elegantes Leben führe? Wenn ja, könnten die schmutzigen Kaffeetassen in meinem Schlafzimmer leicht beunruhigend wirken.

Mit dem Laken, dem Kopfkissen und einer Steppdecke mache ich ihr auf der Couch ein behelfsmäßiges Bett. Es passt sich zwar nicht der Körpertemperatur an, ist aber halbwegs bequem. Wahrscheinlich sollte ich ihr mein Bett anbieten und selbst auf der Couch schlafen, aber verdammt noch mal, ich habe sie nicht hergebeten und außerdem sind alle anderen Laken dreckig, und ich habe keine Lust, das Bett neu zu beziehen.

»Ich muss morgen um sieben auf der Baustelle sein«, erkläre ich. »Also werde ich kurz nach sechs aus dem Haus gehen. Wann musst du zur Arbeit?«

»Um neun«, antwortet sie.

»Wann musst du aufstehen?«

»So gegen halb acht?«, sagt sie.

»Gut. Ich sage der Anlage Bescheid. Kaffee und Tee sind in der Küche. Du kannst gerne noch Vid schauen. Fühl dich ganz wie zu Hause.«

Sie setzt sich auf die Couch und faltet die Hände im Schoß. Wieder habe ich das Gefühl, dass sie verstimmt ist. Wahrscheinlich ist ihr hier alles fremd.

»Bist du schon mal von zu Hause weg gewesen?«

»O ja«, antwortet sie. »Ich fahre jedes Jahr für ein paar Wochen weg. Vor zwei Jahren hat mich Cuo zur Weiterbildung nach Arkansas geschickt. Für achtzehn Wochen.« Sie blickt zu mir auf, dieses Mal direkt und nicht von der Seite. »Warum musterst du mich immer?«

Nervös frage ich: »Wie kommst du darauf?«

»Du siehst mich immerzu an. Ist es, weil ich so hässlich bin?«

»Nein«, sage ich zu schnell. »Natürlich nicht.«

»Schon gut«, sagt sie. »Ich weiß, dass ich hässlich bin. Eines Tages, wenn ich genug Geld habe, werde ich mir das Gesicht richten lassen. Mit meinen Knochen stimmt etwas nicht, das passiert ein Mal in zwanzigtausend Fällen. Es ist weniger teuer, wenn man es frühzeitig in Ordnung bringen lässt, aber mein Vater hatte Schwierigkeiten. Deswegen sind wir hier.«

»Was hat dein Vater denn getan?«

»Er hat in Guangzhou eine Zweigstelle von Huang-Kamakai geleitet und sie haben viel Geld verloren, Hunderttausende von Yuan. Darum ist er in die Vereinigten Staaten versetzt worden, um für das Bauunternehmen Hong Fangzhen zu arbeiten. Hong Fangzhen gehörte damals noch zu Huang-Kamakai. Aber während der Großen Läuterung haben sie so viel Geld verloren, dass es an einen ABC verkauft wurde, also kann mein Vater nicht mehr nach China zurückversetzt werden.«

Tja, ich muss früh raus, also gehe ich ins Bett. Nach ein paar Minuten höre ich das Vid, es ist sehr leise gestellt. Ich lege mich schlafen und drehe dem Lichtspalt unter der Tür den Rücken zu.

Die Anlage weckt mich und ich schleiche durchs Wohnzimmer ins Bad, wasche mich und ziehe mich an. Als ich aus dem Bad komme, bewegen sich die Berge und Täler auf der Couch und San-xiang setzt sich auf.

»Schlaf weiter«, flüstere ich. »Es ist erst Viertel vor sechs.«

»Ich bin wach«, sagt sie, dreht das Licht an und blinzelt mir entgegen. »Ich kann dir Kaffee machen.«

»Den trinke ich immer erst auf der Baustelle«, sage ich. »Leg dich wieder schlafen.«

Aber sie steht auf, sie trägt ein weites Unterhemd und ist barfuß. Ihre Haar ist zerstrubbelt, sie nimmt ihre Tasche und geht ins Bad. Wenn ich wie heute früh dran bin, sitze ich für gewöhnlich noch rum, schaue Vid und trinke Kaffee. Oder ich schlafe länger und muss um halb sieben Hals über Kopf aufbrechen.

Heute mache ich mir Kaffe und setze mich mit der Tasse hin. Ich frage mich, wie lange sie bleiben will. Allerdings ist mir nicht danach, sie gleich am frühen Morgen darauf anzusprechen. Sie kommt angezogen aus dem Bad.

»Kaffee?«, frage ich.

Sie schenkt sich eine Tasse ein.

»Zucker steht bei der Spüle, Milch ist keine da«, sage ich.

Sie holt Zucker, setzt sich auf die Couch, lässt aber die Tasse unberührt.

»Hast du gut geschlafen?«, frage ich.

»Wunderbar«, antwortet sie heiter.

Wir unterhalten uns ein bisschen. Ich erkundige mich nach ihrer Arbeit, sie ist bei Cuo angestellt, einem der großen chinesischen Konzerne, in der Abteilung für internationalen Transport. Sie arbeitet in der Auftragsabwicklung.

Sie mag keinen Kaffee und ich tue so, als würde ich es nicht merken. Nach wenigen Minuten breche ich auf.

Als ich am Abend gegen halb acht nach Hause komme – wir sind auf Eilschicht, was bedeutet, dass wir Überstunden machen –, ist sie bereits da. Von der Diele aus höre ich sie in der Küche hantieren. Das Wohnzimmer ist aufgeräumt, Laken und Steppdecke liegen ordentlich zusammengefaltet am einen Ende der Couch. Ich warte, bis die Hackgeräusche in der Küche aufhören, und rufe »Hallo«.

»Zhong Shan?«

Ich bin müde bis auf die Knochen. Vorarbeiter Qian war heute nicht auf der Baustelle, ein schwacher Trost, aber es gab einfach zu viel zu tun. In zwölf Stunden harter körperlicher Arbeit habe ich Formteile für die Fassadenverkleidung nachbehandelt und poliert. Minuziöse Handarbeit mit einer Mannschaft, die nichts anderes im Sinn hatte, als möglichst früh Feierabend zu machen. Vor lauter Schreierei bin ich heiser. Das Team meutert. Aber der Auftrag wird am Freitag termingerecht fertig, wenn uns kein schlechtes Wetter dazwischenkommt.

Auf Gesellschaft bin ich wirklich nicht erpicht. Wenn Peter jetzt anriefe, würde ich ihm einen Korb geben. »San-xiang«, grüße ich. Es riecht nach gekochtem Reis.

»Kommst du immer so spät?«, fragt sie. Sie hackt Schalotten.

»Nein«, sage ich, »normalerweise bin ich um fünf zu Hause.« Ich hole mir ein Bier und lasse mich auf einen Stuhl fallen.

»Hast du meinen Vater gesehen?«

»Er war heute nicht auf der Baustelle. Vielleicht kommt er morgen.«

»Wirst du ihm sagen, wo ich bin?«

»Wenn er fragt.«

Mit gerunzelter Stirn starrt sie den Wok an, wendet Hühnerfleisch in Sesamöl. Der Duft erinnert mich an meine Kindheit. »Sag ihm bitte nichts. Sag ihm, dass du nicht weißt, wo ich bin. Er braucht es nicht zu wissen.«

Das missfällt mir. Ich zucke mit den Achseln.

Sie rührt das Fleisch um, gibt grüne Schalotten hinzu, chinesische Chilis und einen Teelöffel Sesampaste. Dann verteilt sie alles auf zwei Teller. »Hast du Hunger?«

»Und wie«, sage ich. »Das ist nett von dir.«

»Es ist nett von dir, dass du mich hier wohnen lässt«, sagt sie.

Dass sie länger bleibt, hatte ich nicht geplant. »Wie lange willst du bleiben?«, frage ich.

»Wenn ich gehen soll, sagst du es mir. Ich werde es verstehen.«

Ich weiß nicht genau, was ich darauf antworten soll. Noch heute Abend. Ich will, dass du noch heute Abend gehst. Zieh doch zu einem deiner Freunde aus der politischen Gesprächsrunde. Ich sage nichts und schaufle das Essen in mich hinein, während ich darüber nachdenke.

Ich nehme mir vor, ihr morgen zu sagen, dass sie gehen soll. »Schmeckt sehr gut.«

»Vielen Dank.«

Ich sollte ihr sagen, dass sie nur bis zum Wochenende bleiben kann. Ich sollte es ihr gleich sagen. Doch es wäre gemein, sie so unter Druck zu setzen, während ich esse, was sie gekocht hat. Morgen werde ich essen, bevor ich nach Hause gehe. Sie kann sich nicht vorstellen, in was für eine Lage sie mich bringt, weil sie selbst keine Freunde hat und nur selten in Gesellschaft ist. Ich bin wütend. Aber wie immer bringe ich es nicht über mich, sie vor den Kopf zu stoßen. Ich schaue in dieses Affengesicht und denke, dass sie schon oft genug zurückgewiesen und verletzt worden ist. Also sage ich nichts. Ich bin ein Feigling.

Eine Weile sitzen wir da und schauen Vid. »Willst du Drachenrennen sehen?«, fragt sie.

»Nicht unbedingt«, sage ich. Eigentlich sehe ich mir die Rennen im Vid nur äußerst selten an, aber seit ich sie dorthin mitgenommen habe, glaubt sie, dass es für mich nichts Wichtigeres gibt. Wir schauen uns eine Serie an. Wir unterhalten uns ein bisschen. Ich schlafe im Sessel ein und wache mit einem Ruck wieder auf. Wo kann sie hin? Ohne die elterliche Trennungsbestätigung bekommt sie keinen Wohnplatz zugeteilt. Sicher hat sie Freunde. Sicher ist das nicht mein Problem.

Ich gehe ins Bett und schlafe schlecht. Ich träume von der Mittelschule.

Als ich am Morgen aufstehe, bleibt San-xiang liegen. Also mache ich mich beizeiten auf den Weg, ohne Kaffee getrunken zu haben. Um Viertel vor sieben bin ich auf der Baustelle, trinke Kaffee und warte im Morgengrauen darauf, dass der Tag beginnt. Das Team trudelt ein, sieht den Techniker auf der Rücklehne einer Betonbank hocken und zetert: »Zhang, du wirst uns doch nicht wieder den ganzen Tag schuften lassen.« Der Ton für den Tag ist angestimmt.

Wir liegen gut im Zeitplan und ich nehme die Männer hart ran, ich will nicht den Freitagabend hier verbringen und bei Flutlicht arbeiten. Noch weniger will ich den Samstag hier verbringen. Wenn wir am Samstag arbeiten, werden die Arbeiter einen saftigen Bonus verlangen, und ich bekomme entsprechend Ärger.

Vorarbeiter Qian kreuzt kurz vor neun auf und verschwindet gleich in den Bauwagen. Wenn er im Bauwagen bleibt, kann ich die Mannschaft vielleicht zum Arbeiten bewegen. Aber nichts da. Mit einer Tasse in der Hand kommt er raus und wirft einen prüfenden Blick in die Runde.

»Zhang!«, bellt er.

»Vorarbeiter Qian«, sage ich und trotte zu ihm hin. Gehorsamer Hund.

»Du glauben, schon Freitag sein fertig?«

Auf Chinesisch antworte ich: »Wenn das Wetter gut ist, ja. Wenn das Wetter schlecht ist oder Probleme auftauchen, nein.«

Vorarbeiter Qian nickt. Nimmt einen Schluck von seinem Morgentee.

»Ingenieur Zhang«, sagt er. »Hast du mit meiner Tochter gesprochen?«

»Kürzlich?«, frage ich. »Nicht seit Donnerstag.«

Er sieht unglücklich und müde aus. »Sobald sie dich anruft, sagst du mir Bescheid, okay?«

»Stimmt etwas nicht?«, frage ich.

»Ein Missverständnis«, antwortet er. »Sie ist zu einer Freundin gezogen.«

Ich nicke. In scheinbarer Kameradschaft stehen wir eine Weile zusammen und sehen den Männern bei der Arbeit zu. Dann trotte ich zurück und Vorarbeiter Qian geht wieder in den Bauwagen. Ich will mit dieser Sache nichts zu tun haben, heute Abend werde ich ihr sagen, dass sie ihn anrufen soll. Dann bin ich diese Sorge los.

Am Nachmittag höre ich den Wetterbericht – auf der Baustelle läuft immer das Radio, Sender Brooklyn. Freitag Regen. Die Männer sehen mich an, sie wissen, was kommt. Ich stütze den Polierer auf dem Rand des Granitblocks ab, an dem ich gerade arbeite.

»Okay«, sage ich, »ihr habt's gehört. Morgen fangen wir erst um zwölf an. Sagt euren Müttern, sie sollen das Essen warm stellen. Wir werden bei Flutlicht arbeiten.«

»Scheiße«, sagt jemand. Aber ich schalte den Polierer an, mache mich wieder an die Arbeit und überhöre ihr Fluchen. Sie wussten, was ich sagen würde, aber verdammt, was bleibt ihnen, außer ab und zu ein bisschen zu fluchen.

Es ist halb acht, als ich die Baustelle verlasse. Auf dem Weg zur U-Bahn esse ich zu Abend – einen Hamburger. Die U-Bahn ist erfreulich leer. Über mir hängt ein Schild mit der Aufschrift: »*Una luz brillara en tu camina/Ven a la iglesia. Descubre lo que has perdido.*« Was immer ich verloren habe, denke ich, ist mir schon vor der Geburt abhanden gekommen. Ich schlafe ein und verpasse fast meine Haltestelle.

Die Wohnung ist dunkel. Zuerst glaube ich, dass sie ausgezogen ist, aber dann geht das Licht an und ich sehe ihre Tasche neben der Tür. Ich durchsuche die ganze Wohnung. Keine Spur von ihr, keine Nachricht.

Vielleicht muss sie wie ich lange arbeiten? Vielleicht ist sie mit Kollegen essen gegangen?

Ich setze mich in den Sessel und nicke vorm Vid ein.

Die Tür weckt mich und ich richte mich auf. Die Anlage hat das Vid ausgeschaltet, ich muss also mehr als zwanzig Minuten geschlafen haben.

»San-xiang?«, rufe ich benommen.

»Hallo«, tönt sie. »Ich dachte, du schläfst vielleicht schon.«

Bis eben. »Ich habe Vid gesehen. Musstest du länger arbeiten?«

»Heute Abend war unsere politische Runde.«

Ach ja, die optimale Größe einer Kommune. Was nun? Sag ihr, dass sie nicht länger hier wohnen kann. »Dein Vater macht sich große Sorgen wegen dir«, sage ich.

»Hast du heute mit ihm gesprochen? Was hat er gesagt?«

»Er hat mich gebeten, ihn anzurufen, falls ich dich sehe. Ich finde, du solltest ihn anrufen. Und ich finde, du solltest dir überlegen, was du jetzt machen willst.« Gut gesprochen, denke ich im Stillen.

Sie setzt sich auf die Couch. »Wenn ich ihn anrufe, wird er mir befehlen, nach Hause zu kommen.«

»Aber er hat dich rausgeworfen.«

Sie winkt ab. »Das hat er nicht so gemeint.«

»Und was hast du jetzt vor?«, frage ich.

»Ich weiß nicht.« Sie blickt auf ihre Füße. »Ich werde ihn wohl anrufen. Heute Abend noch?«

Verdammt. Werd endlich erwachsen. Aber wenn du unbedingt einen Vormund brauchst ... »Ja, heute Abend noch.«

Sie bleibt noch eine Weile sitzen. Dann steht sie auf und geht in die Küche. Es ist lange still, viel länger als es dauert, sich einzuklinken und eine Verbindung herzustellen. Schließlich höre ich sie sagen: *»Baba? Shi wo.«* Papa, ich bin's.

Pause. *»Zai Zhang gongchengshide jiali.«* In der Wohnung von Ingenieur Zhang.

Eine lange Pause. *»Dui«*, haucht sie. *»Wo dengideng.«* Ich warte.

Ich höre das Schnappen, als sie sich ausklinkt. »Er kommt und holt mich ab«, sagt sie. Sie ist den Tränen nahe und flieht ins Badezimmer. Mir würde jetzt ein Bier gut tun, aber ich bin zu müde. Wenigstens kann ich morgen ausschlafen und bin wieder allein in meiner Wohnung.

Ich versuche, San-xiangs Weinen im Bad zu überhören.

Sie kommt heraus und setzt sich auf die Couch. Ich kann nichts dafür, dass sie hässlich ist, ich habe keinen Grund, mich schuldig zu fühlen. Es ist mir schon immer entsetzlich schwer gefallen, die Grenzen meiner Verantwortlichkeit zu bestimmen.

»Mein Vater ist sehr wütend«, sagt sie, sichtlich um Fassung bemüht.

Ich nicke.

»Jetzt habe ich wirklich Ärger am Hals«, sagt sie.

»Du bist erwachsen«, betone ich.

»Mein Vater ist da anderer Meinung. Er versteht es sehr gut, andere nach seiner Pfeife tanzen zu lassen.«

»Du kannst einfach nein zu ihm sagen.«

»So wie du, als er dir befohlen hat, mit mir auszugehen?«, fragt sie.

»Das war etwas anderes«, sage ich. »Es macht Spaß, mit dir auszugehen.«

Sie nickt und betrachtet den Bildschirm. Sie weint wieder, ohne einen Laut von sich zu geben. Ich fühle mich in die Enge getrieben. In wenigen Minuten wird ihr Vater hier sein. Schluchzend holt sie Luft. »Schon gut«, sagt sie. »Du brauchst nicht mehr mit mir auszugehen. Versteh mich nicht falsch. Du bist sehr nett, aber ich weiß, dass du das eigentlich nicht willst.«

»Das stimmt nicht«, lüge ich. »Die Abende mit dir haben mir gefallen.« Was nicht ganz und gar gelogen ist.

Sie zuckt mit den Achseln.

»San-xiang, für mich bist du eine Freundin«, sage ich so sanft ich kann.

»Vielleicht will ich aber keine Freundschaft«, bellt sie und bedeckt ihr Gesicht mit den Händen.

Ich weiß nicht, wie ich reagieren soll, doch sie sagt nichts mehr. Nach einer Weile geht sie wieder ins Badezimmer. Ich höre Wasser laufen. Diesen Monat wird die Wasserrechnung bestimmt schrecklich hoch sein, letzten Monat war sie ganz gut, aber die nächste Abrechnung wird mich teuer zu stehen kommen. Würde ich in einer öffentlichen Unterkunft wohnen, wären die ersten 800 Liter Wasser umsonst.

Mit frischem Make-up kommt sie ins Wohnzimmer zurück, ihre Augen sind gerötet. Wir sitzen vorm Vid, bis die Hausanlage meldet, dass ihr Vater draußen steht. Ich schaue nach, und tatsächlich: In seinem Overall steht er da. Ich lasse ihn herein, und da ich schon einmal dabei bin, lösche ich San-xiang aus dem Speicher, so dass sie nicht mehr ohne meine Genehmigung ins Haus kann.

Ich mache die Wohnungstür auf und sage unnötigerweise: »Das wird dein Vater sein.«

Ich höre, wie sich der Fahrstuhl öffnet und Vorarbeiter Qian den Flur entlangläuft. Er wirft mir nur einen kurzen Blick zu und stürmt an mir vorbei. »San-xiang«, sagt er.

»Baba«, antwortet sie. Kerzengerade und mit gesenktem Blick hockt sie auf der Couch. Wie es sich für ein braves chinesisches Mädchen gehört.

Auf Chinesisch verlangt er eine Erklärung von ihr.

»Es gibt nichts zu erklären«, sagt sie.

»Es ist unverzeihlich, was du deiner Mutter angetan hast. Du hättest wenigstens anrufen und uns sagen können, wo du bist. Wo bist du gewesen?«

»Hier«, sagt sie kaum hörbar.

»Hier? Bei Zhang Zhong Shan?«

»Hier.«

Er sieht mich an, sein Gesicht ist puterrot. »Du hast mir gesagt, du hättest sie nicht gesehen.«

»Sie hat mich darum gebeten.«

Er richtet den Blick wieder auf seine Tochter. »Warst du allein hier?« Er zittert vor Wut, so habe ich ihn noch nie gesehen. Sein Gesicht ist so rot, dass ich mir Sorgen um ihn mache.

»Vorarbeiter Qian«, sage ich. »Vielleicht nehmen Sie erst einmal Platz. Darf ich Ihnen Tee anbieten oder ein Bier?«

»Was hast du hier getrieben! Wie wird deine Mutter reagieren, wenn sie davon erfährt! Und du ...«, er wendet sich an mich, »wie konntest du nur! Ich habe dich zu mir nach Hause eingeladen und du missbrauchst meine Tochter!«

»Vorarbeiter Qian«, sage ich – der Titel hört sich auf Chinesisch genauso albern an wie auf Englisch. »Ich habe Ihre Tochter nicht missbraucht. Ich habe sie nicht einmal gebeten herzukommen.«

»Es ist nicht zu fassen!«, herrscht er sie an und ignoriert mich. »Du willst von deinen Eltern für voll genommen werden und tust so etwas!« Die Auseinandersetzung wird mir zunehmend peinlich. Vorarbeiter Qian ist der chinesische Vater par excellence, der seine Tochter vor schädlichen Einflüssen zu schützen versucht. Wie im Vid. Im wirklichen Leben verhalten sich die Leute nicht so. Andererseits versuchen die Leute auch nicht, ihre Tochter mit einem schwulen Techniker zu verheiraten, den sie kaum kennen. »Stell dir vor, deine Kollegen erfahren davon! Glaubst du, du wirst jemals nach China versetzt, wenn sie dich für ein unmoralisches Mädchen halten?«

»Die Kampagne der Großen Läuterung ist vorbei«, sagt Sanxiang. »Von diesen Dingen redet heute niemand mehr.«

»Dann erzähl deinen Kollegen mal, dass du bei einem Techniker wohnst, der keine chinesische Staatsbürgerschaft hat. Du wirst staunen, wie sie reden.«

San-xiang läuft rot an.

Vorarbeiter Qian richtet nun seinen Ärger wieder gegen mich. »Ich hätte dich mit Freuden wie meinen Sohn behandelt, ich hatte keine Ahnung, wie dumm du bist.«

»Ich habe Ihre Tochter mit Respekt behandelt«, entgegne ich. »Sie hat mich am Dienstag angerufen, von dem Streit mit Ihnen und ihrer Mutter berichtet und gefragt, ob sie herkommen kann.«

»Ein Mann und ein Mädchen allein unter einem Dach, und du erwartest, dass ich das glaube?«

»Es ist wahr«, sagt San-xiang kühl. »Ingenieur Zhang ist nicht an mir interessiert, *baba*, ich bin zu hässlich für einen Mann.«

Ihre Worte scheinen ihm einen Schlag zu versetzen. Zum ersten Mal verstehe ich ihn, ein Vater mit einer hässlichen Tochter, der das Geld ausgegeben hat, das für ihre Gesichtskorrektur bestimmt war, und nun versucht, diesen Fehler wieder gutzumachen. Doch er wütet weiter, ohne auf ihren Kommentar einzugehen. »Mir könnt ihr nichts vormachen. Ihr wart zwei Nächte zusammen. Die Nachbarn wissen, dass du hier bist.«

Wäre dies ein chinesisches Haus, würde eine Pförtnerin den Eingang bewachen und dem Hauskomitee mitteilen, was sich in meiner Wohnung abspielt, aber dies ist kein chinesisches Haus, ich bin der einzige ABC hier und sämtliche Mitbewohner sind Nicht-Chinesen. »Das kümmert hier niemanden«, sage ich.

»Es ist nicht zu fassen«, sagt er und sieht sich in meiner Wohnung um. »Hast du mal an deine Mutter gedacht?«, fragt er San-xiang.

»Ich werde ihr sagen, dass es mir Leid tut.«

»Und damit soll die Sache erledigt sein?«

»Was erwartest du denn von mir?«, schreit sie.

»Wird das zwischen euch so weitergehen?«, fragt Vorarbeiter Qian.

»Nein«, sagt sie. »Das ist bereits beschlossen.«

Was als Besänftigung gemeint war, schürt nur seine Wut und er geht wieder auf mich los. »Aha! Du hast deinen Spaß gehabt! Jetzt bist du mit ihr fertig. So einfach! Sie ist Abfall und du wirfst sie weg?«

»Nein –«, sage ich, verblüfft und verärgert zugleich.

»Du bist ein dreckiges Stück Hundescheiße!«, sagt er.

»Jetzt reicht's!«, brülle ich zurück, es wird jetzt eine echt chinesische Auseinandersetzung, wie sie sich gehört, in voller Lautstärke. »Ich habe Ihre Tochter nicht gebeten, hierher zu kommen! Ich habe sie anständig behandelt! Ich habe ihr geraten, zu Hause anzurufen, und zum Dank schreien Sie mich an! Das tun Sie doch bloß, weil Sie Ihre Tochter nicht im Griff haben.«

»Und das soll ich glauben! Ich finde meine Tochter in dieser verdreckten Bude vor, in der man sich kaum umdrehen kann, und ihr wollt mir weismachen, dass ihr wie Geschwister hier gewohnt habt? Und dann sagst du mir, dass du meine Tochter nicht mehr wieder sehen willst? Wie kannst du behaupten, dass du an einem chinesischen Mädchen nicht interessiert bist! An einer chinesischen Staatsbürgerschaft! Wahrscheinlich hast du meine Tochter nur in Schwierigkeiten gebracht, um eine Heirat zu erzwingen.«

»Sie wollten, dass ich Ihre Tochter heirate!«, entgegne ich. »Sie haben versucht, mich mit dem Gerede über die Universität in Guangzhou zu bestechen!« Mein Gesicht ist blutrot, ich spüre es. »Vorarbeiter Qian, was Sie noch nicht wissen: Meine Mutter ist keine Chinesin. Also bin ich auch kein echter Chinese. Meine Mutter heißt Teresa Luis, sie ist spanischer Abstammung.« *Wode mama jiao* Teresa Luis *ye ta shi Hai-si-ba-na*.

Vorarbeiter Qian ist sprachlos. Der spanische Name sticht hörbar aus dem Chinesischen heraus.

Nach einer Weile stammelt er: »Deine Mutter … ihr Nachname ist Li. Ich habe in deinen Akten nachgeschaut.«

»Li ist der Name, den ihr die Partei gegeben hat. Chinesischer Abstammung ist nur mein Vater. Gehen Sie jetzt bitte«, sage ich. »Ich muss morgen arbeiten.«

Eine andere Art von Zorn macht sich auf seinem Gesicht breit, kalte Wut. Schließlich sagt Vorarbeiter Qian: »Ah, jetzt fällt dir ein, dass du für mich arbeitest.«

»Ich habe die Mannschaft für zwölf Uhr bestellt, hoffentlich hat es dann aufgehört zu regnen«, sage ich. Sein Gesicht macht mir Angst, die Röte ist verschwunden und es ist jetzt weiß vor Wut.

»Wir sprechen uns noch«, sagt Vorarbeiter Qian und es ist eindeutig als Drohung gemeint. »San-xiang! Wir gehen.«

Schweigend schultert sie ihre Tasche. »Es tut mir Leid«, sagt sie auf Englisch.

»San-xiang!«, zischt ihr Vater.

Ich mache die Tür hinter ihnen zu. Ich bleibe eine Minute dort stehen und gehe dann in die Küche, um mir ein Bier zu holen. Im Kühlschrank sind nur noch fünf Flaschen, ich fürchte, das wird nicht reichen.

Bevor ich am nächsten Tag zur Baustelle gehe, gehe ich im Büro der Arbeitsvermittlung vorbei und studiere die angebotenen Jobs an der Anzeigetafel. Ich kann mich nur nach einer neuen Stelle erkundigen, wenn ich keine mehr habe, deshalb bleibe ich nicht lange, aus Angst, jemand könnte mich nach meinem Arbeitsausweis fragen. Kein Job in Sicht.

Ich weiß nicht, wie es weitergehen soll, falls ich meine Arbeit verliere. Wahrscheinlich müsste ich meine Wohnung aufgeben, mich in einer staatlichen Unterkunft in Virginia oder Nord-Pennsylvania einquartieren lassen und täglich mit der Bahn in die Stadt fahren, was aber nur während der verkehrsärmeren Zeiten möglich wäre. Vielleicht kann ich eine Weile bei Peter wohnen.

Ich habe eine Ausbildung, kann es mir also leisten, auf eine Stelle zu warten, die meinen Fähigkeiten entspricht, anstatt harter körperlicher Arbeit zugeteilt zu werden.

Wenn ich genug Geld hätte, könnte ich weiter die Miete bezahlen und meine Wohnung behalten. Meine Mutter kann ich nicht um Geld bitten. Auf dem freien Arbeitsmarkt am Times Square werden auch Jobs angeboten. Vielleicht kann ich ein paar Sachen verkaufen. Ich steige in den Zug und fahre in die Innenstadt zur Baustelle. In der U-Bahn hängt ein zerrissenes Werbeplakat, das gleiche, das ich gestern Abend gesehen habe: »*Una luz brillara en tu camina/Ven a la iglesia. Descubre lo que has perdido.*« Entdecken, was ich verloren habe? Nicht, indem ich in die Kirche gehe. *Una luz brillara en tu camina.* Ein Licht auf deinem Pfad. In meinem Innern brennt ein Licht. Es ist weder Christus noch Mao Zedong. Ich weiß nicht, was es ist. Ich bin Zhang, allein mit meinem Licht, und in diesem Licht glaube ich für einen Moment frei zu sein.

Doch meine Freiräume sind begrenzt. Die Regierung ist groß, wir sind klein. Nur wenn wir durch die Maschen schlüpfen, sind wir frci.

Drachen

Engel

Die Tür wird von zwei Gardinenfenstern flankiert, in denen große Blumengestecke stehen. Es sieht aus, als verberge sich dahinter ein exklusives, teures Restaurant und kein Bestattungsinstitut. Die erste Person, die ich sehe, ist Orchidee – mit ihrem langen weißen Haar und der gesteppten Jacke aus schwarzem Satin, auf deren Rückenteil eine weiße seidene Orchidee gestickt ist. Als Nächstes Zinnober, der nicht in Rot gekommen ist. Zinnober ist wirklich der Vorname von Zinnober Zavez, also muss er wohl niemandem mehr etwas beweisen, er trägt nur Rot, wenn er fliegt.

Manche Flieger nehmen ihren Künstlernamen an, so wie Orchidee. Alle nennen sie Orchidee. Wie sie wirklich heißt, weiß ich nicht. Andererseits würde niemand Eleni »Hyazinthe« nennen, dieser Name taucht nur in den Starterlisten auf. Niemand nennt mich Gargoyle, sie nennen mich einfach Engel. Alle nennen Johnny B. »Johnny B.«, obwohl jeder weiß, dass er mit richtigem Namen Gregory heißt.

Zinnober sieht mich und winkt mich herüber. Für einen Kerl ist er ein guter Flieger, mit einsfünfundfünfzig ein bisschen zu groß, aber so dünn, dass er nicht mehr als achtundvierzig Kilo auf die Waage bringt. Er stammt aus einer Fliegerfamilie, Random Zavez war sein Bruder – wetten, Sie wussten nicht, dass er überhaupt einen Nachnamen hatte. Himmel, ist es tatsächlich schon fünf Jahre her, dass er bei diesem schrecklichen Unfall ums Leben kam? Ich werde alt. In jenem Jahr bin ich auf große Drachen umgestiegen. Ich war dabei, ich bin bei jenem Rennen ins Ziel gegangen.

»*Pijiu?*«, sagt Zinnober. Wir umarmen uns. Der Tisch ist gedeckt zum Leichenschmaus, aber ich kann bei Beerdigungen nichts essen. Auch recht, denn ich muss mein Gewicht von neununddreißig Kilo halten, und Bier hat allzu viele Kalorien. Orchidee plustert sich auf, sie ist so seltsam und anmutig wie ein Ara. Ich schaue mich um, keine Kameras und natürlich ist sie mit niemandem synchronisiert. Sie hat ihre Nummer offenbar längst verinnerlicht.

Wir haben einander nichts zu sagen. Wir schauen uns betreten um, voller Schuldgefühle. Die Toten können sich tugendhaft fühlen, vermute ich. Tot tot tot. Das gilt all denen, die sagen, jemand sei »verschieden«.

Die Menschen sterben aus unterschiedlichen Gründen; die jungen – die mit guten Reflexen – sterben, weil sie Risiken eingehen; die älteren, weil ihre Reflexe oder Synapsen sie im Stich lassen. Natürlich gehen wir alle Risiken ein, aber je älter man wird, desto seltener kommt man in Positionen, in denen man sie eingehen muss, oder vielleicht weiß man einfach, dass es immer noch ein nächstes Rennen gibt.

»Kirin war ein nettes Mädchen«, sagt Zinnober.

Ich habe die Verstorbene nur flüchtig gekannt. Ich meine, sie ist schon eine ganze Weile geflogen, aber erst vor ungefähr einem Jahr auf große Drachen umgestiegen, und ich war wegen eines Bänderrisses in der Schulter drei Monate außer Gefecht. Außerdem war sie eine ABC, eine in Amerika geborene Chinesin, sie hatte sogar die chinesische Staatsbürgerschaft. Die öffnet viele Türen. ABCs müssen sich nicht mit *waiguoren* aus Brooklyn abgeben, schon gar nicht mit *waiguoren*, die ein schlechtes Jahr haben. Komisch, als Kind wusste ich nicht, dass *waiguoren* »Fremder« bedeutet, denn für mich waren die ABCs die Fremden. Ich dachte immer, es bedeute *nicht-chinesisch*.

»Fliegst du heute Abend?«, frage ich.

»Ich reise noch heute Nachmittag nach Florida«, antwortet Orchidee. Sie fährt des öfteren dorthin, um zu fliegen.

»Bist du am Washington Square?«, fragt mich Zinnober.

»Ja, wenn Georgia den Siyue flottkriegt.« Georgia ist meine Technikerin.

»Du fliegst immer noch einen Siyue?«, fragt Orchidee und hebt geringschätzig die weißen Brauen.

Zinnober blickt zur Seite und tut, als hätte er nichts gehört, um mein Gesicht zu wahren. Vergangenes Jahr hat mich Citinet fallen lassen, seitdem fliege ich auf eigene Faust. Orchidee weiß das. *Meiqian*, ich bin eine arme Frau mit einem Drachen aus dem Vorjahr. Miststück. Orchidee braucht sich keine Sorgen zu machen, o nein. Auch wenn sie keine gute Saison hat, ist sie noch für eine Titelstory gut. Ein hübsches Mädchen, sehr populär als Synchronette.

»Engel«, sagt Zinnober, »heute Abend ist auf der Guatemala Avenue ein Pelota-Spiel. Lust, dein altes Viertel wieder zu sehen?«

»Mal abwarten, wie das Rennen verläuft.«

Zinnober ist wirklich ein lieber Kerl. Er kommt aus Brooklyn, wie ich. Orchidee, ein verwöhntes Gör aus Virginia, zeigt sich gelangweilt.

»Wenn du Geld einfliegst, zahlst du die Zeche«, sagt Zinnober.

Ich lache.

Auf dem Washington Square haben Georgia und ich den Siyue startklar gemacht. Ich hebe den Drachen über meinen Kopf und halte ihn so, dass ich den Wind in der Seide fühlen kann. Er summt wie ein großes Insekt. Ich bin mit dem halb wachen Drachen verdrahtet und bewege mich an der sensorischen Schnittstelle, Arme und Flügel werden von parallel geschalteten Synapsen gesteuert, und wenn ich darüber nachdenke, was von beiden ich gerade bewege, ist es, als würde ich versuchen, gleichzeitig meinen Kopf zu tätscheln und mir über den Bauch streichen. Doch ich bin wie aufgedreht, mein Kopf ist chemisch klar. Die schwarzen Seidenschwingen sind gespannt und schweben über mir. Man nennt mich *Engel*, und ich brenne darauf, starten zu können. Ich bin einssiebenundvierzig groß, wiege neununddreißig Kilo, aber ich bin stark, wahrscheinlich stärker als Sie. Meine Gelenke sind robust wie Drahtseile, die Bänder und Sehnen in meinen Schultern bestehen seit der letzten Operation aus synthetischen Fasern, fest wie ein Spinnennetz, viel fester als Stahl.

Wenn mein Drachen hält, bin ich unschlagbar. Ich spüre es.

Ich trabe los, beschleunige leicht. Ein kaum merkliches Vibrieren setzt ein, als die Sensoren melden, dass die Schwelle zwischen Widerstand und Auftrieb erreicht ist. Das System aktiviert sich, und während der Drachen von Energie durchflutet wird, schaltet das System auf volle Leistung. Ich werfe die Beine aus Gewohnheit nach hinten ins Geschirr, denn ich habe keinen eigenen Körper mehr. Mein Körper ist der Drachen. Ich spüre das Luftpolster unter der Seide, balanciere auf der Luft. Der Drachen ist mehr als ein Gleiter, denn er wird durch die Energie meines Stoffwechsels angetrieben. Die ursprünglichen Drachen – die Hängegleiter – waren echte Gleiter; ein Drachen *fliegt*. Will sagen, ich bin kein Fels. Ich falle nicht einfach hinab.

Ich steige in trägen Kreisen auf. Zwei Flieger ziehen über mir ihre Kreise, einer unter mir. Die *loushang* ist Totem. Ihr Drachen gleicht, auch aus meiner Perspektive, einem Sandgemälde der Navajoindianer. Die *louxia* sind nicht zu erkennen, ich sehe nur die Silhouette eines Liuyue-Drachen, die sich im Bodenscheinwerferlicht abzeichnet. Ich teste den Drachen, meine linke Schulter schmerzt rheumatisch. Es ist ein alter Drachen, er hat seine Leiden.

Wir formieren uns zum Start: achtzehn Drachen, je zwei nebeneinander. Ich bin in Reihe sechs, außen. Langsam fliegen wir eine erste Runde. Achtzehn Dreiecke aus schimmernder Seide. Das Rennen führt vom Washington Square zum Union Square und zurück, geradewegs über den Schwaden, das Wasser zwischen Manhattan und Brooklyn. Der Platz erstrahlt in hellem Licht, dann endet die Beleuchtung abrupt und unter uns liegt nur noch das Trümmerfeld der Aufstände von 2059. Zur Rechten erkenne ich den Lichterhalbkreis, wo der Broadway in den Schwaden abtaucht – nach wie vor ist mir der Huang-Tunnel kein Begriff, für mich heißt er immer noch Morrissey –, und dann führen uns Leuchtbojen dem Union Square entgegen. Im weiten Boden geht es darüber hinweg. Wir korrigieren unsere jeweilige Position und unsere Formation gleicht einem langen, aus vielen Windvögeln zusammengesetzten Neujahrsdrachen. Und schon geht es hoch über dem Schwaden zurück. Rechts hinter mir liegt nun das Stadtzentrum. Ich zähle die Bojen, nach der fünften sind wir über dem Washington Square Park. Ich werfe einen Blick auf die Wetttafel, doch sie ist zu klein, um sie von hier oben zu entziffern.

Ich frage mich kurz, wie viele Menschen wohl mit mir synchrongegangen sind. Früher hat mich der Gedanke, dass andere meine Empfindungen während des Fluges miterleben, befangen gemacht. Inzwischen betrachte ich diese Menschen nicht mehr so sehr als von mir getrennt lebende, eigenständige Personen – als Teenager aus Queens zum Beispiel oder als alter Mann aus den Bronx. Wenn die Synchzahlen hoch genug sind, wird mich Citinet wieder unter Vertrag nehmen. Aber wer sponsert schon eine mit einem Drachen von gestern? Eine Außenseiterin? Als mich Citinet fallen ließ, wurde mir gesagt, dass ich als Fliegerin zu präzise manövriere. Ich würde keine Risiken eingehen, ausschließlich mit dem Verstand lenken. Ich sei zu unterkühlt, zu unattraktiv.

Ich gab ihnen zur Antwort, dass mir niemand hinunter in den Schwaden folgen würde, während ich um die Kontrolle über meinen Drachen kämpfe, bis sich die Synchronisation Nanosekunden vor dem Aufprall automatisch ausschaltet. Immerhin, murmelte jemand, wäre das mal etwas Interessantes.

Wir erreichen den Washington Square zum zweiten Mal und die Drachen legen an Tempo zu. Wir segeln an den Bojen vorbei, die die Startlinie markieren. Ich steige auf und versuche, an Höhe zu gewinnen. Zehn Vögel liegen vor mir. Ich rücke auf die Innenbahn, schneide den Kurs von Totem, die links von mir fliegt, und zwinge sie nach unten – *xialou*: Sie ist nun mein Schatten, obwohl ich den schwarzen Drachen habe und sie, nach Navajoart gemustert, in Rot, Schwarz, Weiß und Blau fliegt. Vor mir, an dritter Position, erkenne ich Zinnober mit seinem scharlachroten Drachen, der zum Rand hin zimtfarben wird.

Dann sind wir über dem Schwaden. Ich tauche kurz ab, um Schwung zu holen. Ein schwarzer Drachen verschwindet im dunklen Luftraum, nur das Licht auf dem Wasser spiegelt sich silbern auf meiner Seide. Über mir segelt Kim (ihr Künstlername ist Polaris, aber ich nenne sie immer nur Kim). Der Abstieg strapaziert mein Gestell kaum, die Schmerzen in der Schulter sind erträglich. Dennoch halte ich mich ein wenig zurück, um das ganze Feld überblicken zu können, wenn es ins Scheinwerferlicht über dem Union Square stürzt. Langsam, aber stetig arbeite ich mich vor. Es geht mir gut, ich fühle mich topfit. Ich trinke Luft aus der Gesichtsmaske.

Hoch über den Lichtern des Union Square.

Ich liege ungefähr an fünfter Stelle, die Zweierreihen haben sich aufgelöst. Ich fühle mich stark, habe mein Tempo gefunden. Wo ist Zinnober? Er ist etwas zurückgefallen und hoch, hoch über mir – *shanglou*. Als mein Drachen noch neu war, bin ich auch immer weit oben – *shanglou* – geflogen. Wir gleichen einer Palette voller Farben, einen Moment lang schillern wir über dem Union Square, dann fliegen wir wieder über dem Schwaden. Ich steige auf, strenge mich an. Ich höre, wie unter mir jemand vorbeirauscht. Zinnober ist es nicht, er wartet ab. Ich lege zu, zähle die Bojen. Eins, zwei, drei, vier, fünf, und wir sind wieder im Scheinwerferlicht. Ich bin auf die fünfte Boje geradewegs zugesteuert und liege auf gleicher Höhe mit dem Feld. Nur Zinnober fliegt weit oben, während Brandung weiter unten die Führung übernommen hat. Sie war es, die unter mir vorbeigerauscht ist. Kim fliegt ein Stück vor mir. Vorwärts sprintend, schwingt sie auf und ab wie ein Tümmler, legt mit jeder Abwärtsbewegung an Geschwindigkeit zu, als plötzlich ein blauer Drachen, geflogen von einer Anfängerin, deren Namen ich vergessen habe, ihre Bahn schneidet und Kim abbremsen muss, um einen Zusammenstoß zu verhindern. Dann sind wir zum zweiten und letzten Mal über dem dunklen Trümmerfeld. Wieder steige ich auf. Eins, zwei, drei, vier, fünf – der Union Square ist erreicht. Ich bin höher als Kim und Brandung, nur Zinnober liegt über mir, also steige ich weiter auf. Irgendetwas, irgendein Sinn sagt mir plötzlich, dass Zinnober abwärts schießt, gerade als wir in die Finsternis zurückkehren. Also lasse auch ich mich fallen. Die Sicherheitsgrenze von zweihundert Metern über dem Boden darf nicht unterschritten werden. Ich liege vor Zinnober, weiß aber nicht wie weit. Alle tauchen jetzt durch die Dunkelheit. Ich ahne, dass mir die Neue unmittelbar vor der Nase ist, lasse meine Flügel nur für eine Sekunde Auftrieb fassen, spüre die Last – und tatsächlich: Ich bin knapp über ihr, fürchte im ersten Augenblick, zu dicht herangeflogen zu sein.

Aber ich bin über ihr und merke, wie sie erschrocken abbremst, ihre Segel flattern lässt, um einem Zusammenprall auszuweichen, der passiert wäre, ehe sie hätte reagieren können. Der Wind streicht kalt über meine Schwingen. Ich schnappe nach Luft. Meine Schulter schmerzt.

Über mir holt jemand auf: Zinnober. Ich tauche tiefer, aber das Drachengestell fängt heftig zu vibrieren an. Ich zweifle an seiner Festigkeit, fange den Steilflug ab und versuche, aus eigener Kraft voranzusprinten, doch meine Schulter tut zu weh und der Drachen bebt und wird plötzlich schlaff. An der linken Seite scheint etwas gebrochen zu sein. Panisch lasse ich Luft aus dem Segel, verliere an Tempo und Höhe, während um mich herum Flügel aufblitzen, doch der Drachen ist unter Kontrolle. Verkrüppelt sacke ich immer tiefer, komme aber endlich ins Licht. Die anderen schießen durchs Ziel. In hundertfünfzig Metern Höhe – zu tief – erreiche ich das Ziel. Zinnober Zavez dreht als Sieger eine Ehrenrunde, als ich wuchtig auf dem Boden aufsetze, weiterrenne, den zerbrochenen Drachen mit schmerzenden Knien abzubremsen versuche, dann langsam austrabe.

Georgia, meine Technikerin – groß und breithüftig –, nimmt den Drachen, hebt ihn mir von den Schultern. Sie sagt nichts. Auch ich sage nichts. Was gibt es zu sagen?

Ich fühle mich ausgelaugt, zerre die Gesichtsmaske ab und schnappe nach Luft. Himmel, bin ich müde.

Zinnober ist überglücklich. Bislang lief die Saison für ihn so lala, er war ganz heiß auf einen Sieg. Aber das sind wir schließlich alle. Er kommt herüber und trifft mich und Georgia dabei an, wie wir den zerbrochenen Drachen zusammenpacken. Nett von ihm, dass er an mich denkt. Er ist ein bisschen verlegen und sieht zu, wie wir das Gerät im Container verstauen – mit Mühe, denn der Rahmen ist verzogen und passt kaum hinein.

Ich gratuliere ihm zum Sieg und er sagt: »*Nali-nali*«, nicht der Rede wert. Er winkt ab und blickt hinaus über den Park. Aber er ist völlig aufgedreht. »Komm doch gleich mal rüber«, sagt er, zu aufgeregt, um auf eine Antwort zu warten. Warum sollte er auch? Es warten jede Menge Leute auf ihn.

Ich gehe also zu seiner Box, und von dort aus brechen wir gemeinsam zu einem Lokal an der La Guardia auf, wo wir viel trinken und viel Lärm machen können. Es heißt *Commemorative,* und dort hängen vor allem Flieger rum. Zinnober hat zwei Typen bei sich, einen Blonden und einen ABC, beide offensichtlich schwul. Wie Zinnober. Keine Flieger natürlich. Zinnober scheint auf den Blonden zu fliegen, der Peter heißt. Für einen Nicht-Flieger ist er nicht sonderlich groß, einssiebzig vielleicht, ich bin nicht gut im Schätzen. Schwer ist er auch nicht, aber im Vergleich zu ihm scheint Zinnober nur aus Haut und Knochen zu bestehen. Außerdem sieht er gut aus, was man von Zinnober ganz und gar nicht behaupten kann.

Sie wollen noch zu irgendeinem Pelota-Spiel. Dabei würde ich nur stören. Also sage ich, dass ich müde bin und morgen früh rausmuss, um nach meinem Drachen zu sehen. Auch der ABC sagt, dass er müde ist, was mich überrascht.

»Wie kommst du nach Hause?«, fragt er mich. Es sind die ersten Worte überhaupt, die er an diesem Abend an mich richtet. Kein Wunder, Zinnober und der Blonde haben die Unterhaltung fast allein bestritten.

Was glaubt er? Dass mich eine Limousine nach Hause bringt? »U-Bahn«, antworte ich.

»Ich begleite dich«, schlägt er vor.

Die anderen erheben wie üblich Einspruch, bleib doch noch und wenn's unbedingt sein muss. Und dann bin ich draußen auf der Straße, zusammen mit diesem schwulen ABC mit seiner Spiegelbrille und seiner Haifischlederjacke. ABCs benehmen sich immer, als wären ihre Gesichter aus Eis. Wir gehen in westlicher Richtung. Ich bin nicht sicher, wie er heißt. Der Blonde hat ihn Rafe oder so ähnlich genannt. Ich frage ihn und er sagt: »Zhang«, fast tonlos.

Verdammt, denke ich, ich habe dich nicht gebeten, mich zu begleiten.

Wir überqueren die Sixth Avenue, und plötzlich sagt er: »Schade, dass ich heute Abend nicht mit dir synchrongeflogen bin.«

Was soll ich darauf sagen? »Bist du mit Zinnober geflogen?«

Er schüttelt den Kopf. »Israel.«

Israel? Wer zum Teufel ist das? Muss wohl die Anfängerin sein. »Sie ist ganz gut«, sage ich. »Muss noch ein bisschen Erfahrung sammeln.« Was man so sagt.

»Sie lag gut, bis du sie abserviert hast«, sagt er.

Wir reden kein Wort mehr miteinander. Erst als wir die hell erleuchtete U-Bahn-Station erreichen, frage ich höflich: »Was machst du so?«

»Ich bin Bautechniker«, antwortet er. Kaum zu glauben. Er sieht nicht aus wie die Typen, die man sonst auf Baustellen antrifft, wenn Sie wissen, was ich meine. Er nimmt die Sonnenbrille ab, reibt sich die Augen und sagt: »Aber ich bin arbeitslos.« Und setzt die Brille wieder auf.

Halbherzig murmle ich ein ›Das tut mir aber Leid‹. Er ist kühl und abweisend, unterhält sich aber weiter mit mir. Dass er mich abzuschleppen versucht, kann ich mir nicht vorstellen, und ich habe weiß der Henker kein Interesse daran. Ich starre aufs Gleis.

Entlang der Schienen sehe ich die Lichter des Zuges.

»Als dein Drachen kaputtging«, sagt er, »hast du da Kirin gedacht, diese *zhongguo ren?*«

Die Fliegerin, die gerade gestorben ist. Darum tut es ihm Leid, nicht mit mir synchrongeflogen zu sein. »Nein«, antworte ich. »Ich habe nur daran gedacht, das Ding wieder unter Kontrolle zu bringen. Zum Denken bleibt nicht viel Zeit. Hast du jemals einen Drachen geflogen?« Als ob ich das erst fragen müsste.

»Nein«, sagt er.

»Man fliegt nicht mit dem Kopf«, sage ich.

Der Zug rast herbei und bremst ab. Wir steigen ein. Er spricht kein Wort mehr, außer »Bis dann«, als er Richtung Brooklyn umsteigt. Ich vergesse immer, dass die Hälfte unserer Zuschauer darauf wartet, dass wir sterben.

Ich *habe* etwas gedacht, oder besser, ich hatte etwas in meinem Hinterkopf, als der Drachen zu zittern anfing. Ich musste an das Jahr denken, in dem ich auf große Drachen umgestiegen bin. Ich bin beim New York City Flight mitgeflogen, mein drittes oder viertes großes Rennen, das größte Rennen, an dem ich je teilgenommen habe. Ich war ein Neuling, das Feld war riesig – sechsundzwanzig Flieger. Ich hatte keine Chance. Und ich war in Random Zavez verliebt. Bei diesem Rennen kamen fünf Flieger ums Leben.

Damals hatte ich zum ersten Mal Angst vor dem Tod. Seitdem denke ich jedes Mal an dieses Rennen, wenn mein Drachen streikt, wenn irgendetwas schief läuft und mir die Kontrolle für einen Augenblick entgleitet.

Ich fahre mit der U-Bahn nach Hause. Nach Brooklyn. Von der Station ist es nicht weit bis zu meiner Wohnung, trotzdem bin ich froh, als ich die Eingangstür erreiche. Im Flur bin ich sicher, noch sicherer im Fahrstuhl. Ich wohne hier seit zwei Jahren, und das Haus kennt mich. Ich habe eine Affinität zu Maschinen, was – halten Sie mich ruhig für abergläubisch – wahrscheinlich damit zu tun hat, dass ich einen Teil meiner Zeit als eine Art Cyborg verbringe. Ich glaube, mein Haus mag mich. Gedämpftes Licht geht an, kaum dass ich die Wohnung betrete. Ich mache mir etwas Eisgekühltes, Bitteres zu trinken und rufe die Aufzeichnung jenes Rennens ab. Der Sessel umarmt mich. Ich lege die Füße hoch, und die Wohnung wird dunkel. Ich verzichte auf die Synchronisation mit einem Flieger und verfolge stattdessen das Rennen wie aus einem Begleitschweber. Wie aus göttlicher Perspektive. Oder ist Gott womöglich mit jedem Einzelnen synchronisiert? Kommt aufs Gleiche raus: totale Objektivität. Ich bin wieder mitten im Feld, ungefähr an neunter Stelle. Hyazinthe ist gerade eine Leitung gerissen, sie fällt zurück und verschwindet vom Bildschirm. Sie ist raus, kurz bevor das Unglück geschieht.

Fuchs liegt an siebter Stelle, Random Zavez an fünfzehnter. Fuchs tummelt einem Delphin gleich auf Uhrmacher zu und will über ihn hinwegfliegen. Kaum hat sie ihn erreicht, passiert es. Sie schaut weg, verliert die Konzentration, wer weiß? Wie dem auch sei, sie titscht Uhrmacher an, er gerät ins Trudeln, was halb so schlimm wäre, aber er verliert zu schnell an Geschwindigkeit. Malachit, der unmittelbar vor mir fliegt, versucht seinen Drachen hochzuziehen und sie prallen zusammen. Trotz brausenden Fluglärms höre ich Seide reißen. Was dann passiert, ist mir entfallen, aber in der Aufzeichnung ist zu sehen, dass ich nach innen ausweiche und an den beiden vorbeirausche. Das ganze Feld schert auseinander, doch Random ist eingekeilt. Ihm bleibt nur der Ausweg nach unten. Also geht er in einen fast vertikalen Sturzflug über, fährt wie ein Blitz hinab. Wäre sein Gerät so wie die heutigen querverstrebt gewesen, hätte er's geschafft, aber das war vor fünf Jahren, und die Bespannung zerfetzt unter dem Druck und er schmiert ab. Und er war tot. Fuchs, Malachit, Heißsporn und Safran waren tot, und Uhrmacher ist nie wieder geflogen. Und Engel kam als Siebente ins Ziel.

Ich spiele die Aufzeichnung ein zweites Mal ab und fliege mit Random Zavez synchron. Ich will nachempfinden, wie er sich zum Sturz entschließt, als er vorne kein Durchkommen mehr sieht. Doch auch die beste Synchronisation kann die eigentliche Wahrnehmung nicht ersetzen. Ich kann die Lücke nicht sehen, die er unter sich entdeckt; ich habe nur dieses Vergnügungsparkgefühl des Falls, und dann, als er ins Trudeln gerät, wird der Kontakt unterbrochen.

Das Licht in der Wohnung geht wieder an, zu schnell für meinen Geschmack. Ich denke an meinen Drachen. Woher soll ich das Geld für die Reparatur nehmen? Mr. Melman von Melman-Guoxin ist einer meiner Sponsoren. Ich werde zu ihm gehen und einen Schuldschein unterschreiben. Verdammt, ich stecke jetzt schon tief in der Kreide. Aber es geht nur um einen Rahmen und Seide. Seide habe ich auf Vorrat.

Auf Chinesisch heißt Seide *si* in der ersten Tonlage. In der zweiten Tonlage bedeutet *si* vier – wie in Siyue: April (der vierte Monat). *Si* kann auch Tod bedeuten, in der dritten Tonlage. Die Vier ist in China eine Unglückszahl. Aber ich komme aus Brooklyn.

Beim nächsten Rennen habe ich höhere Synchzahlen, aber das ist nach jeder Bruchlandung der Fall. Typen wie der ABC aus dem *Commemorative*. Ich fliege vorsichtig und komme als Vierte durchs Ziel, gehe also leer aus. Wäre ich spektakulärer, also nicht so sehr auf Sieg, sondern mehr auf Schau für die synchronisierten Zuschauer geflogen, hätte ich meine Zahlen noch verbessern können. Aber wie kann ich fliegen, ohne gewinnen zu wollen.

Erst nach zwei Wochen fliege ich als Zweitplatzierte wieder Geld ein. Damit kann ich für Georgia und mich die Miete bezahlen. Abends gehe ich mit Zinnober aus. Er ist zur Zeit der Star, seine Synchzahlen sind optimal, was allerdings auf Kosten seines Privatlebens geht. Er braucht jemanden, mit dem er sich in der Öffentlichkeit zeigen kann. Schließlich kann er nicht einfach ein schwules Groupie auflesen, wenn jeden Augenblick ein Synchteam aus der Wand kommen und ihn aufzeichnen kann.

Zinnober und ich teilen eine Begeisterung für Drachen und die Hochachtung vor seinem verstorbenen Bruder. Wenn es spät geworden ist und die Flaschen leer sind, werden wir sentimental und sprechen bierernst und überschwänglich von Randoms herausragendem Talent als Flieger.

Am Abend vor dem Rennen von New Haven gehen wir tanzen. Zinnober trägt die rote Haifischlederjacke seines Bruders, sie ist fünf Jahre alt und aus der Mode – na und? Mein schwarzes Kleid ist auf dem Rücken so tief ausgeschnitten, dass am Steiß der kupferfarbene Synapsenanschluss zu sehen ist. Der Laden, den wir besuchen, liegt ziemlich abseits in der Gegend, die gerade wieder aufgebaut wird. Vielleicht kennen Sie ihn, da kommt nicht jeder rein. Das Gebäude mag uns. Wie gesagt, ich habe eine Affinität zu Häusern. Wir schlendern an all den Leuten vorbei, denen der Zutritt verwehrt ist, und – wusch! – öffnet sich für uns die Tür. Es macht Spaß, mit Zinnober zu tanzen. Bei den Schnulzen glotze ich ihm nicht mitten auf die Brust und bei den schnellen Nummern ist er nicht so steif wie die meisten Heteros. Oder vielleicht liegt es daran, dass er Pilot ist.

Wir tanzen viel und lassen uns synchronisieren, ich sehe das Vidteam. Die Frau will unbedingt ein Interview von Zinnober und schleppt uns in die Küche. Zinnober ist völlig durchgeschwitzt. Das Haar klebt ihm im Gesicht, und ich spüre, wie es mich im Rücken kitzelt. Die Interviewerin stellt sämtliche dämliche Fragen zum Renngeschäft und ob seine Glückssträhne denn noch eine Weile anhalten werde? Er zuckt nur mit den Schultern. Diese Frage verblüfft mich immer wieder. Was erwarten die Leute eigentlich, dass man mit Ja antwortet?

Sie will wissen, wie er von Brooklyn zum Fliegen gekommen ist, und Zinnober erklärt, dass Random sein älterer Bruder war. Ich mache sie darauf aufmerksam, dass er Randoms Jacke trägt, das macht sich gut in den Medien. Die Küche ist vollklimatisiert und lausig kalt. Zinnober legt mir die Jacke um die Schultern und schlingt den Arm um meine Taille. Ich spüre sein nervöses Fingertippen auf den Rippen. Sie fragt, ob wir für New Haven morgen fit sind, und stellt fest, dass wir nichts trinken. Zu viele Kalorien, sage ich. Dass wir bis zur Hutkrempe voll gedröhnt sind, sage ich nicht (Drogen haben keine Kalorien). Aber wir sind high genug, um nicht wirklich darauf zu achten, was wir tun.

Von Zinnober will sie wissen, ob er sich in New Haven gute Chancen ausrechnet. Er spuckt sich zum Schein über die Schulter, wie sie es zu Hause tun, um Unglück abzuwenden, und sagt dann: »Gargoyle wird mich schlagen.«

Wir lachen alle.

Das Interview erscheint am nächsten Abend im Vid. Daraufhin ruft Citinet bei mir an, doch ich bin bereits im Park und flicke meinen alten Siyue. Ich hoffe, dass der Beitrag meine Synchzahlen steigen lässt, denke aber an meinen Drachen, nicht an meine Popularität. Ich sehe die Aufzeichnung erst später, und wir sehen darin aus wie zwei verliebte Teenager, was alle Romantiker zur Rührung bringt, und dass die rote Jacke den Besitzer wechselt, wird alle Katastrophen-Freaks aufmerken lassen. Was beweist, dass niemand sich so sehr für die Rennen interessiert, sondern vielmehr für unser Leben.

Um unsere Box stehen Menschentrauben, die Georgia und mir bei der Arbeit zusehen, und wieder kreuzt ein Synchteam auf. Sie wollen wissen, wie ernst es mir und Zinnober miteinander ist und ob es mir nichts ausmacht, gegen den eigenen Freund anzutreten. Ich sage, ein Rennen ist ein Rennen, und zucke die Achseln.

»Glauben Sie, Zinnober hat Recht damit, dass Sie ihn schlagen werden?«

Ich richte mich auf, wende mich der Kamera zu und stemme die Hände in die Hüften. »Versuchen werd ich's«, sage ich. »Aber ich fliege einen Siyue und er fliegt einen Liuyue.«

»Was ist der Unterschied?«

»Sein Drachen ist wesentlich neuer«, sage ich. »Jetzt muss ich mich fürs Rennen fertig machen, si?«

Sie fragen trotzdem weiter, aber ich antworte nicht mehr. Der Empfänger zirpt, und ich überlasse es Georgia, die Systeme zu testen.

»Engel«, sagt Zinnober. »*Esta loco aquí.*«

»*Aquí tambien, amigo*. Ich weiß nicht mehr, wo mir der Kopf steht.« Es ist so laut, dass ich ein Ohr mit dem Finger zustopfen muss. »Wir haben uns gut in Szene gesetzt, was?«

»Allerdings.« Er lacht. »Die Synchzahlen werden großartig sein. Hab eine Idee, ich lass dir die Jacke bringen, okay? Wird

Aufsehen erregen, wenn du damit in deiner Kiste aufsteigst, okay? Vielleicht nimmt dich jemand unter Vertrag und du kannst einen echten Drachen fliegen.«

»Fahr zur Hölle, mein Siyue ist ein echter Drachen.«

»Echt antik.«

»Du tust mir einen großen Gefallen«, stelle ich fest.

»Von wegen Gefallen. Je größer das alles wird, desto höher steigen meine Zahlen, *comprende*?«

»Verstanden«, sage ich.

Eine Viertelstunde später setze ich die Gesichtsmaske auf und bereite mich auf den Start vor. Einer aus Zinnobers Team bringt mir tatsächlich die rote Haifischlederjacke. Ich ziehe eine Schau ab, starre sie verzückt an und streife sie andächtig über. Dann trabe ich mit meinem Siyue los.

Ich bin früh dran und nutze die Zeit zur mentalen Vorbereitung auf das Rennen. Es ist kühl hier oben, erfrischend. Und leer. Ich ziehe eine weite Runde über den Schwaden und den Union Square. Zum ersten Mal, seit ich zum Park herausgekommen bin, denke ich an das Rennen.

Über dem Washington Square ordne ich mich in die Reihe der anderen Drachen ein, und gemeinsam drehen wir eine gemächliche Runde. Ich starte auf Rang acht, Zinnober auf Rang zwei. Er wird *shanglou* gehen, Orchidee desgleichen. Wenn die beiden gut durchkommen, habe ich keine Chance gegen sie, nicht in einem Siyue. Das Feld rast über den Park hinweg. Ich steige auf, aber über dem Schwaden lasse ich den Drachen in flachem Winkel fallen und mache pumpend Tempo. So schnell fliege ich in dieser Rennphase sonst nie, ich erreiche fast Endspurtgeschwindigkeit. Weit in Führung und fast an der Zweihundertmetergrenze schieße ich über den Union Square hinweg. Alle versuchen *shanglou* zu gehen, was lächerlich ist, da Zinnober mit seinen achtundvierzig Kilo bei diesem Manöver sowieso die besten Chancen hat. Ich nutze mein Federgewicht – kaum ein Flieger ist leichter als neununddreißig Kilo – und sprinte. Vermutlich werden die anderen erst über dem Schwaden abtauchen und beschleunigen. Doch da reißt Israel aus und stürzt mir im Steilflug nach. In der Dunkelheit über dem Wasser löst sich jetzt auch das Hauptfeld auf.

Ob der ABC mit mir synchronfliegt?

In der Finsternis. Ich steige ein Stück, fünfundzwanzig Meter vielleicht. Die Spitze des Feldes zieht unter mir vorbei. Als wir das zweite Mal über den Washington Square rauschen, liege ich an dritter Position. Das Feld ist zwischen *shanglou* und *xialou* weit auseinander gerissen, noch hält Orchidee die Führung. Ihr Drachen schillert silbern wie Perlmutt. Sie hat ein Problem: Ich bin weit über ihr und kann sie mit Leichtigkeit überholen.

Wieder kehren wir in die Finsternis zurück. Ich sprinte, was das Zeug hält, und weiß nicht, wie lange ich das Tempo noch durchhalten kann. Aber ich fliege das Rennen auf meine Art. Über dem Union Square liege ich immer noch an dritter Position, doch drei Konkurrenten passieren mich im Steilflug, darunter auch Zinnober. Ich tauche in die Mitte, lasse mich aber nicht so weit hinabfallen wie Orchidee. Sie versucht jetzt, tümmelnd aufzusteigen, geradewegs in die Flugbahn von Totem. Die Dunkelheit nimmt uns auf.

Auch unter günstigsten Bedingungen ist der Übergang vom Licht ins Dunkel immer besonders kritisch, denn man kann im ersten Augenblick nichts sehen und die nächste Leuchtboje ist viel zu weit entfernt. Ich weiß nicht, was los ist, spüre aber jemanden über mir und ahne, dass sich Orchidee und Totem weiter vorn ins Gehege gekommen sind. Die Alarmlichter flammen auf. Ich sehe wie Orchidees Drachen, außer Kontrolle geraten, mit Zinnober zusammenprallt und dessen linken Flügel zerfetzt. Polaris und Israel kommen mir von oben bedrohlich nahe, nehmen mich in die Zange. Mir bleibt nur eins: steil nach unten auszuweichen.

Ich weiß, dass ich unter der Zweihundertmetergrenze bin, doch ich habe vollauf damit zu tun, den Sturz abzufangen. Mein Gestänge/meine Knochen knirschen qualvoll unter der Belastung und die Kreuzverstrebung gibt nach. Ich schwinge die Beine nach vorn, um Auftrieb zu gewinnen, doch der Landeanflug auf den

Washington Square ist zu steil, ich bin zu schnell. Zwanzig Meter über dem Boden reiße ich die Drachenspitze ohne Rücksicht auf das Material nach oben. Der Rahmen verzieht sich wie ein Regenschirm, der im Wind umschlägt. *Aber die Seide hält,* wie ein schlaffes Segel, in das plötzlich der Wind fährt. Ich versuche, auf den Füßen zu landen, rumple über die Landebahn und komme nicht weit genug vor den Drachen, ich renne, stolpere und schlage hart auf den Boden …

Ich komme zu Bewusstsein, als sie mich aus dem Geschirr schneiden. Die Haifischlederjacke wird auch aufgeschnitten, weil ich mir die Schulter ausgekugelt habe. »Was ist passiert?«, frage ich immer wieder. »Was ist passiert?«

»Ein Unfall«, sagt Georgia. »Du hast Glück gehabt, Schätzchen.«

Man hat mir irgendein Mittel verpasst, denn ich stecke tief in einem Vakuum und komme nicht darauf, was ich eigentlich fragen will, also frage ich immer wieder: »Was ist passiert?«

»Orchidee hat es geschafft. Fast alle haben es geschafft«, sagt Georgia.

»Wer nicht?«

»Zinnober«, sagt sie. »Er ist in den Schwaden gestürzt.«

Nun, an alles andere erinnern Sie sich bestimmt, schließlich ging es durch die Medien. Wie Zinnober Zavez sich das Rückgrat brach. Dass sie ihn operiert haben und dass es eine Weile gedauert hat, bis sie sicher waren, dass er überleben würde.

Er war lange Zeit in übler Verfassung, ist aber jetzt wieder auf dem Damm. Er lebt bei seinem Liebsten in Brooklyn, ich sehe ihn immer noch oft. Er fliegt nicht mehr. Die Chirurgen sind großartig, die Therapien desgleichen, und Zinnober ist immer noch ein geschmeidiger Tänzer, aber in einem Rennen könnte er sich nicht auf seine Reflexe verlassen. Er arbeitet als Berater für Cuo, jenes Unternehmen, das die großen Drachen herstellt, und als Kommentator bei einem der großen Vidsender. Er verdient nicht schlecht.

Auch ich kann nicht klagen. Ich fliege einen großen schwarzroten Drachen für Citinet, einen Chiyue, brandneu. Meine Synchzahlen liegen bei fünfzig, und nächsten Monat erscheint eine Abbildung von mir auf der Titelseite von *Passion*. Ich trage die rote Haifischlederjacke – ich habe sie flicken lassen –, und der Artikel trägt den Titel: »Gargoyle ist ein Engel!« Ziemlich süß, was?

Ich fliege inzwischen deutlich besser. Zinnober lästert und meint, dass ich mir zu viel zutraue. Wenn er das sagt, muss ich manchmal daran denken, wie ich mit dem Siyue eine Notlandung hingelegt habe, mit weit vorgestreckten Beinen, um irgendwie abzubremsen. Das wollen die Leute doch sehen, oder?

Außerdem, aber das kann ich ihm nicht sagen, würde ich lieber sterben als mit dem Fliegen aufzuhören.

Baffin Island

Zhang

Ich bin arbeitslos.

Der Mann, der mir das Bewerbungsformular aushändigt, sagt: »Das haben Sie bestimmt schon mal ausgefüllt.« Es ist als Frage gemeint. Aber er blickt nicht auf, um meine Reaktion zu sehen, also sage ich nichts. Ich hoffe, dass mein Sachbearbeiter *waiguoren* ist, kein Chinese. Falls doch, dann zumindest ein *huaqiao*, so wie ich. Jemand, der wie ich in Amerika geboren ist, wird wahrscheinlich mehr Verständnis haben, es sei denn, er muss beweisen, dass er genauso unnachgiebig ist wie ein Chinese mit Staatsbürgerschaft. Natürlich gibt es Unterschiede, aber ich habe immer den Eindruck, dass die Chinesen die Schlimmsten sind.

Ich sitze in einer Nische. Familienname: Zhang. Vorname: Zhong Shan. China Mountain Zhang. Meine dämliche Mutter. Es ist eindeutig ein *huaqiao*-Name, genauso gut hätte sie mich Wladimir Lenin Smith oder Karl Marx Johnson nennen können. Zhong Shan, im Westen besser bekannt unter dem Namen Sun Yat-sen, einer der ersten Anführer der großen chinesischen Revolution, von Anfang an dabei, während der tugendhaften Tage. Der Mann, der den Himmel stützte wie ein Berg. Ironie.

Aber immer noch besser als Rafael Luis.

Ich trage meine Adresse ein, eigentlich Peters Adresse auf Coney Island, da ich selbst *Ohne festen Wohnsitz* bin. Wer arbeitslos ist, kann sich den dekadenten Luxus der Mietzahlung an Hausbesitzer nicht leisten. Man muss sich entweder in staatlichen Unterkünften einquartieren lassen oder bei Freunden oder Familienangehörigen unterkommen. Bei Peter wohne ich seit fast sechs Monaten. Bald muss ich einen Antrag auf staatliche Unterkunft stellen, ich kann nicht ewig bei Peter wohnen. Nach Virginia umzuziehen ist nicht so schlimm, die Fahrt bis zur Journal Square Station in New Jersey dauert nur neunzig Minuten, zahllose Menschen fahren diese Strecke täglich. Für Arbeitslose ist der Zug außerhalb der Hauptverkehrszeiten kostenlos.

KENNDEX: 415-64-4557-zs816. Berufsbezeichnung: Bautechniker. Job-Index: Comex Construct, 65997. Comex Construct will jemanden mit Verwaltungserfahrung, die ich nicht habe, dafür habe ich drei Jahre Bauerfahrung. In der Schule wollte ich Ingenieur werden, meine Mathematikzensuren waren gut, aber in meinem Jahrgang gab es keine freien Plätze. Anstelle des Bakkalaureats der Naturwissenschaften habe ich nur ein Zertifikat als Techniker.

Ich sollte nebenher studieren, autodidaktisch, und das Examen nachholen. Das sollte ich wirklich. Wenn ich einen Job bekomme und wieder eine eigene Wohnung habe, werde ich abends nach der Arbeit vielleicht studieren, seltener ausgehen und Zeit und Geld sparen. Das habe ich mir schon öfter vorgenommen, jedes Mal, wenn ich arbeitslos war.

Ich reiche dem Mann am Tresen das ausgefüllte Bewerbungsformular, er blickt kurz zu mir auf, seine Lippen bewegen sich, während er meine Daten ins Netz eingibt und abspeichert. Dann löst er den Kontakt an seinem Handgelenk. »Nehmen Sie Platz«, sagt er. Ich setze mich und lese meine Zeitung. Das Wartezimmer ist groß, groß genug für eine Cafeteria oder etwas Ähnliches. Außer mir warten ziemlich viele Menschen, zwanzig oder dreißig, doch sie verlieren sich in diesem Raum. Während ich lese, reichen noch mehr Leute ihre Bewerbungen ein, andere werden zu Vorstellungsgesprächen hereingerufen. Ich will auf die Uhr schauen, aber wozu? Zeit spielt keine Rolle, ich bin arbeitslos.

Trotzdem fällt mir auf, dass über eine Stunde vergeht, ehe ich aufgerufen werde. Mein Gegenüber ist eine Frau, eine *huaqiao*, da bin ich mir sicher. Aus China stammt sie bestimmt nicht, sie sieht zu sehr wie eine New Yorkerin aus.

»Zhang«, sagt sie auf Englisch. »Für die Stelle, auf die Sie sich bewerben, haben Sie nicht genügend Verwaltungserfahrung.« Ihr Haar ist glatt zurückgebunden und glänzt wie lackiert. Ein rotes Band hält es im Nacken zusammen und der kurze Pferdeschwanz bildet ein »C«.

Ich nicke.

Sie blickt auf den Monitor vor ihr auf dem Schreibtisch. »Sie haben zwei andere Angebote ausgeschlagen.«

»Ich hatte gehofft, in New York bleiben zu können«, sage ich. Der eine Job war in Maryland, der andere in Arizona. Wenn ich noch eine Alternative ablehne, erhalten meine Akten einen entsprechenden Vermerk. Vielleicht hat sie keine Alternativen.

Sie sagt zu mir auf Mandarin: »Sind Sie aus New York?« Sie ist eindeutig *huaqiao*, sie spricht mit New Yorker Akzent.

»Ich bin aus Brooklyn«, sage ich.

»Ich bin auch aus Brooklyn«, sagt sie. »Gefällt Ihnen Coney Island?«

»Ich wohne bei einem Freund, aber es gefällt mir weit besser als ich dachte«, sage ich. »Wenn ich wieder Arbeit habe, will ich mir dort eine Wohnung suchen.«

»Ich spiele mit dem Gedanken, einer Kooperative beizutreten«, sagt sie.

Wie nett! Ein so persönliches Bewerbungsgespräch habe ich noch nie erlebt. Zweifellos liegt das an der Adresse, aber vielleicht gibt sie mir den Job. Ich mustere sie. Sie konzentriert sich und nagt an der Unterlippe. Sie hat Falten in den Augenwinkeln, aber die Art, wie sie die Stirn kraust, lässt sie sehr jung aussehen.

Seufzend sagt sie schließlich: »*Bukeqi, tongzhi.*« Tut mir Leid, Genosse. »Ich kann Ihnen den Job nicht geben. Ihre Verwaltungserfahrung reicht nicht aus.« Ihre freundlichen Worte mildern den Schock.

Ich nicke. Ich verstehe. Ich danke ihr

»Ich will einmal nachsehen, was neu reingekommen ist«, sagt

sie. »Manche Stellen werden nicht im Netz ausgeschrieben.« Sie ist selbst geknickt, sie möchte mir helfen.

Es ist reine Freundlichkeit, ich sollte nichts erwarten, aber ich mache mir trotzdem Hoffnungen. Sie ist froh, etwas für mich tun zu können. Ich sehe ihr zu, wie sie die verschiedenen Einträge abruft. Sie hält plötzlich inne und meine Hoffnung steigt. Doch kaum hat sie die Ausschreibung durchgelesen, geht sie mit ausdrucksloser Miene zum nächsten Eintrag über. Nach jedem Tastendruck schüttelt sie kurz den Kopf. Ihre Lippen sind rosig wie ein Puppenmund. Sie schimmern wie Satin. Plötzlich läuft ihr Gesicht rot an, sie ist nicht mehr so glücklich. Irgendetwas stimmt nicht. Eine Alternative, keine gute, da bin ich sicher. Sagen Sie nichts, denke ich, übersehen Sie sie einfach.

Sie strafft die Schultern. »Zhang, ich habe hier eine Stelle, die Ihren Voraussetzungen entspricht«, sagt sie auf Englisch. Sie nennt das Gehalt, es ist dreimal so hoch wie mein letztes. Sie schaut mich nicht an. »Es handelt sich um eine Arbeit in einem Forschungszentrum, das Gehalt ist hoch, weil Sie vor Ort wohnen müssen, aber es ist ein Sechs-Monats-Vertrag mit der Option, ihn zu verlängern oder zu erneuern.«

»Wo ist die Stelle?«, frage ich.

»Baffin Island.«

Baffin Island? Wo zum Teufel ist Baffin Island?

»Eine Insel am Polarkreis.« Sie ist plötzlich kurz angebunden, reicht mir eine Karte mit weiteren Informationen und weicht meinem Blick aus. »Sie haben achtundvierzig Stunden Bedenkzeit, wenn ich Sie vormerken soll, sonst riskieren Sie, dass Ihnen jemand zuvorkommt, während Sie noch darüber nachdenken.«

»Nicht nötig«, antworte ich.

Polarkreis, Polarkreis, Polarkreis, rumpelt der Zug nach Brooklyn. Wir stoppen an der Polar Avenue, nein, es ist natürlich die Parker Avenue, und ich muss umsteigen. Es ist meine dritte Alternative. Falls mir binnen achtundvierzig Stunden niemand zuvorkommt, habe ich sie abgelehnt. Folglich werde ich zurückgestuft und bekomme nur noch Stellen angeboten, die von privilegierten Bewerbern nach einer Bedenkzeit von vierzehn Tagen abgelehnt worden sind. Keine Stelle in New York ist nach vierzehn Tagen noch frei.

Warum hat sie mir die Stelle angeboten? Vielleicht gibt es eine Dienstanweisung, die sie dazu gezwungen hat. Aber wer hätte es je bemerkt? Die Stelle war nicht einmal im Netz. Sie wusste, dass ich in New York bleiben will. Sie war aus irgendeinem Grund verärgert. Miststück. Sie hat mein Leben ruiniert. Hätte sie bloß nicht versucht, mir einen Gefallen zu tun. Ich hätte mich niemals für die Stelle bei Comex-Construct beworben, wäre mir bekannt gewesen, dass der Job am Polarkreis als Alternative in Frage kommt.

Ich gehe zurück in Peters Wohnung. Peter ist noch bei der Arbeit, er arbeitet in einem Büro, erledigt die Aktenablage für eine Zahnklinik. Ich hole mir ein Bier aus dem Kühlschrank und setze mich hin. Peters Arbeitszeit endet um halb fünf, aber es wundert mich nicht, als er um sechs noch nicht zu Hause ist. Er kommt um halb zehn. »Rafael?«, ruft er, als er zur Tür reinkommt und das Licht angeht. Ich habe die ganze Zeit im Dunklen gesessen.

»Hallo, Peter«, sage ich.

»Warum sitzt du hier im Finstern rum?« Er geht in die Küche und packt die Einkäufe aus. Ich höre leises Pfeifen. »Haben unser Abendessen getrunken, was? War wohl ein erfolgreicher Tag auf der Arbeitsvermittlung.«

»Anlass zum Feiern«, antworte ich mit leicht belegter Stimme. »Ich glaube, ich habe einen Job.«

»Gratuliere«, sagt er. »In dem Fall sehe ich darüber hinweg, dass kaum noch Bier da ist.« Leise singend räumt er auf, nimmt sich ein Bier und kommt zu mir ins Wohnzimmer. Peter, der Blonde, mit seinen osteuropäischen Vorfahren und seiner gelassenen, verschlafenen Art. Er ist ein guter Freund, ein helles Yang zu meinem dunklen Yin. »Erzähl mir die Einzelheiten«, sagt er.

»Ein Sechs-Monats-Vertrag«, antworte ich. »Mit der Option auf Verlängerung oder Erneuerung.« Ich nenne das Gehalt. Er hebt die hellen Brauen, wartet auf die Pointe, aber ich zögere sie hinaus und erkläre, dass es sich um meine dritte Alternative handelt.

»Und wo ist der Haken?«, will er wissen.

Ich lächle. »Die Stelle ist auf Baffin Island, irgendwo am Nordpol.«

»O Scheiße«, sagt er. »Du hast sie nicht genommen, oder?«

»Noch nicht«, antworte ich. »Aber es besteht die Möglichkeit, dass mir während der nächsten« – ich schaue auf die Uhr – »zweiundvierzig Stunden ein anderer diese wunderbare Gelegenheit vor der Nase wegschnappt.«

»Glaubst du, das Gehalt könnte jemanden in Versuchung bringen?«

»Nein, du?«

»So schlimm kann es nicht sein«, sagt Peter aufmunternd. »Eine Menge Leute würden sich das für sechs Monate antun. Schlag das Angebot aus, du kannst weiter bei mir wohnen.«

Nett von ihm, zumal die Wohnung für zwei Zimmergenossen, die kein Liebespaar sind, viel zu klein ist. Nicht dass ich Peter nicht liebe, ich liebe Peter mehr als jeden anderen Menschen auf der Welt, aber ich bin nicht in ihn verliebt. Wir waren einmal ineinander verliebt, doch das ist Jahre her.

»Es ist nur für sechs Monate«, sage ich. »Ich werde meine Freizeit nutzen und auf mein Ingenieurs-Examen lernen.«

»Sechs Monate in Sibirien«, sagt er. »Sechs Monate, in denen du vor lauter Grübelei in katatonische Starre verfällst.«

»Aber ich werde drei Alternativen zur Auswahl haben, wenn ich zurückkomme. Ich könnte einen Job in New York bekommen.« Ich denke sehr praktisch. »Außerdem ist Katatonie ein Symptom bourgeoisen oder unangepassten Denkens, etwas, das von der Revolution überwunden wurde.«

Peter schaut mich mit einem Blick an, der sagt, dass er an mir verzweifelt, dass er mir nicht vertraut. Normalerweise würde er lachen, denn aufgrund unserer Neigung sind wir ohnehin unangepasst. Wütend sagt er: »Trink heute Abend lieber kein Bier mehr.«

»Es ist dein Bier.«

»Stimmt«, sagt er.

Und jetzt sind wir beide verletzt und verärgert. Er macht sich etwas zu essen, ich bin zu betrunken, um hungrig zu sein. Es gibt nicht viel zu sagen. Er geht in sein Zimmer, wo er sich wahrscheinlich vors Vid setzt. Ich mache mein Bett auf der Couch und gehe schlafen.

Am nächsten Tag bekomme ich Peter kaum zu Gesicht. Meine Schuld. Am Tag darauf gehe ich zur Arbeitsvermittlung. Die Stelle auf Baffin Island ist noch zu haben. Ich nehme sie.

Zwei Wochen später, in der ersten Oktoberwoche, sitze ich in einem Hubschrauber. Vor fünf Stunden bin ich in Montreal umgestiegen. Weil ich nur eine Viertelstunde Zeit hatte und die Maschine fast ohne mich abgeflogen wäre, quäle ich mich seither mit der Sorge, ob mein Gepäck auch verladen wurde. Wir werden in Hebron, auf Labrador landen. Labrador gehört, wie ich erfahren habe, zur Provinz Neufundland. Ich habe bereits meinen ersten Neufundi-Witz gehört. In Hebron gibt es noch diese alten Kanaldeckel, die mit einem Stemmeisen aufgewuchtet werden können. Ein Neufundi hüpft auf einem Deckel auf und ab und ruft bei jedem Sprung: »Siebenundsechzig! Siebenundsechzig!« Ein Geschäftsreisender kommt vorüber und bleibt verwundert stehen. Der Neufundländer winkt ihn heran und erklärt, er würde auf diese Weise Stress abbauen. (Er spricht Neufundi-Dialekt, jeder Satz endet mit »ay?«) Er fordert den Geschäftsmann auf, es selbst einmal zu versuchen. Nach kurzem Zögern stellt der sich auf den Kanaldeckel, springt in die Luft und sagt: »Siebenundsechzig!«

Der Neufundi meint, er müsse es mit mehr Hingabe tun (ay), richtig laut schreien. Der Geschäftsmann springt und brüllt: »Siebenundsechzig!« Es macht ihm sichtlich Spaß. Er springt höher und brüllt: »Siebenundsechzig!«, immer lauter, bis er ganz rot im Gesicht ist. Seine Jackenschöße flattern auf und ab. Schließlich springt er hoch in die Luft, der Neufundi zieht ihm den Deckel unter den Füßen weg. Der Geschäftsmann verschwindet im Loch. Dann schiebt der Spaßvogel den Deckel zurück, hüpft darauf auf und ab und ruft: »Achtundsechzig!«

Ich frage mich, was die Buffies wohl mit Amerika-Chinesen machen.

Der Flugplatz von Hebron ist klein, dort wird fast nur Frachtgut umgeschlagen. Es gibt hier keine Boutiquen, keine fliegenden Händler, die auf Touristen Jagd machen. Die Grenze zwischen Flughafen und Stadt ist fließend. Die Stadt selbst besteht aus uralten Fertighäusern (die auf Lastwagen transportiert und vor Ort zusammengesetzt werden), doch die Häuschen sind mit Anbauten versehen und frisch gestrichen, zum Teil in leuchtenden Farben, und stellenweise schmuckvoll verkleidet mit rotem Aluminium und Plastikteilen. Der Gesamteindruck ist armselig und überaltert, dafür sieht alles sehr, sehr echt aus. Ich glaube, es gefällt mir. Es gibt ein einziges kleines Restaurant. Nachdem ich mich vergewissert habe, dass mein Gepäck mitgekommen ist, gehe ich in das kleine Restaurant. Es wird von Thais geführt, was mich überrascht, aber thailändische Restaurants gibt es wahrscheinlich überall. Ich bestelle Thai-Moo Shu, und man bringt mir einen Pfannkuchen, gefüllt mit Schweinefleisch, Kohl und einer würzigen Kokosnusssauce. Die mit einem Fliegennetz bespannte Hintertür führt in einen Hof, der anscheinend als Autowerkstatt genutzt wird. Ein grauweißer Hund mit blassen Augen liegt angekettet vor einer Hütte aus blau eloxiertem Aluminium. Aber das Essen schmeckt genauso wie in den winzigen Garküchen in New York. Das Restaurant ist voller Männer und Frauen in Overalls. Ich habe das Gefühl aufzufallen, hier scheint jeder jeden zu kennen, aber Bier und Essen geben mir eine gewisse Sicherheit.

Vielleicht gibt es auf Baffin Island auch ein Thai-Restaurant. Wenn ja, werde ich wahrscheinlich sechs Monate lang tagtäglich dort zu finden sein.

Es geht mit einem Hubschrauber weiter, der kleiner ist als der, der mich nach Hebron gebracht hat. Ich bin der einzige Passagier.

Ich stelle mir Baffin Island so ähnlich wie Hebron vor. Um acht Uhr in der Frühe habe ich New York verlassen. Wir landen um 19 Uhr 22 an der Borden-Station auf Baffin Island.

Durch die geöffnete Tür schlägt mir erschreckend kalte Luft entgegen, gefolgt von einem erschreckend kalten Windstoß, der nach Salzwasser riecht. Es ist minus drei Grad und bereits finsterste Nacht. Außer der Crew, die den Hubschrauber festmacht, ist niemand zu sehen. Helles, weißes Flutlicht beleuchtet den Hubschrauber und wirft lange, insektengleiche Schatten in drei Richtungen. Das einzige Gebäude, das ich sehe, ist die Forschungsstation. Ich blicke mich um, suche nach einer Stadt oder Siedlung, doch es ist zu kalt, um länger Ausschau zu halten. Gemeinsam mit dem Piloten und dem Copiloten gehe ich über die Asphaltpiste auf die Station zu. »Es wird früh dunkel«, sage ich.

Der Pilot sagt: »Sonnenuntergang war heute um 15 Uhr 10.« Fünf Uhr, denke ich und muss mich korrigieren. Drei Uhr. Sonnenuntergang um drei. Wir sind nördlich des verfluchten Polarkreises.

In der Station sind die Wände weiß und glatt, der Teppichboden ist blau, sehr gepflegt, überhaupt nicht schäbig. Die großen Fenster blicken auf der einen Seite auf die Tundra hinaus, auf der anderen über den Lancaster-Sund. Das Eis am Ufer ist weißer als der weißeste Sandstrand, und die offene See schimmert wie schwarzes Glas.

Auf den ersten Blick halte ich die Frau, die mich empfängt, für eine Chinesin. »Hallo. Sie sind Zhang Zhong Shan?«, sagt sie. »Ich bin Maggie Smallwood. Kommen Sie, ich zeige Ihnen Ihr Zimmer.«

»Einfach Zhang«, sage ich. Maggie ist gebürtige Amerikanerin, wahrscheinlich Eskimo. Sie hat ein rundes Gesicht und schräg stehende Augen. Auf dem Weg zu meinem Zimmer schwatzt sie mit mir, sie ist diejenige, die mir erklärt, dass die See dort draußen der Lancaster-Sund ist. Sie benutzt Begriffe, die ich noch nie gehört habe: Polayna, Beluga, Cetacea. Irgendwann komme ich dahinter, dass sie von Walen spricht.

»Beschäftigen Sie sich mit Walen?«, frage ich.

Sie lacht. »Entschuldigung, wir studieren die Wanderwege und Paarungsriten der Beluga.« Sie schwatzt munter weiter, während sie die Tür zu meinem Zimmer aufschließt. Es sind sogar zwei kleine Zimmer, im vorderen Zimmer stehen ein Schreibtisch und zwei Stühle, im hinteren ein Wandschrank und ein Bett. Dahinter befindet sich das Bad. Es gibt keine Küche. Ich habe eine Wohnung erwartet, das hier gleicht eher einer Studentenbude.

»Sie haben bestimmt Hunger«, sagt sie. »Ich zeige Ihnen, wo die Cafeteria ist.«

Die Cafeteria ist voller Leute, die sich unterhalten, Karten spielen oder Vid schauen. Zu essen gibt es nur Mikrowellenkost, doch Maggie erklärt mir, dass Frühstück und Abendessen frisch zubereitet werden. Die Verpflegungskosten werden mir vom Gehalt abgezogen, aber das Essen ist billig. Wir setzen uns zu einer Gruppe von Verhaltensforschern: Jim Rodriguez, bärtig und mit glatten, hellbraunen Haaren; Eric Munch, blond, wenn auch nicht ganz so blond wie Peter, ebenfalls bärtig; Janna Morissey und Karin Webster (die eine hat braune Locken, die andere glatte, kurze Haare, aber ich kann mir nicht merken, wer wer ist, obwohl ich mir merke, dass die Gelockte ein schmales Gesicht hat und eine anstrengende Gesprächspartnerin ist und dass sich die Kurzhaarige gerne schick anzieht. Ich habe ein entsetzliches Namensgedächtnis).

»Ihr Englisch ist sehr gut«, sagt Eric. »Sind Sie nicht in New York angeheuert worden? Wie lange leben Sie schon in New York?«

»Mein ganzes Leben«, antworte ich. »Ich bin ein ABC.«

Das verstehen sie nicht.

»ABC«, erkläre ich. »Ein in Amerika geborener Chinese. Ich stamme aus Brooklyn.«

Sie lachen, sie haben die Abkürzung noch nie gehört. Verwundert schüttle ich den Kopf.

Es sind allesamt Kanadier. Sie sind auf sympathische Weise naiv. In Kanada leben nur wenige Chinesen, weil in Kanada keine sozialistische Revolution stattgefunden hat, es ist immer noch eine konstitutionelle Monarchie. So ähnlich war es wahrscheinlich in den Vereinigten Staaten vor der Revolution. Sie wollen wissen, ob ich Chinesisch spreche und wie es kommt, dass ich in New York geboren bin. Fast hätte ich gesagt, dass nur mein Vater Chinese ist und meine Mutter Spanierin, aber ich halte den Mund. In meiner Bewerbung steht mein chinesischer Name. Ich werde mich nicht um die Vorteile bringen, die es hat, Chinese zu sein, nicht einmal hier.

Sie sind alle sehr nett und informieren mich über die Forschungsstation. Ich erzähle meinen Neufundi-Witz und alle erzählen Neufundi-Witze.

»Wie weit ist es bis in die Stadt?«, frage ich und denke an Hebron.

»Was meinen Sie damit?«, fragt Janna oder Karin zurück (die mit den kurzen Haaren).

»Die Stadt, Borden. Wie weit ist es bis dahin?«

Jim sagt: »Das hier ist Borden. Es gibt hier nichts außer der Station.«

Sie lachen über mein Gesicht.

Als ich aufwache, ist es immer noch dunkel. Natürlich, es ist erst sieben Uhr, aber es ist so dunkel draußen, als wäre es noch viel früher. Ich stehe auf und schaue aus dem Fenster, sehe aber nur den Lancaster-Sund tief unter mir. Ich hätte jetzt wirklich gerne eine Tasse Kaffee. Ich bin es nicht gewohnt, mich in menschliche Gesellschaft zu begeben, bevor ich meine erste Tasse Kaffee getrunken habe.

Es ist warm im Zimmer, kaum zu glauben, wie kalt es draußen ist. Ich schlafe fast im Stehen wieder ein und betrachte die Landschaft. Wie viele Sterne es gibt! Der Himmel ist voller Sterne, von glitzernden Punkten bis zu winzigem Gesprengsel. Kein Mond. Aber der Schnee leuchtet hell, hell genug, um Zeitung zu lesen. Direkt vor meinem Fenster wächst hartes, trockenes Gras, dann fällt der Boden zum Wasser hin steil ab. Das Ufer ist von einer Eisschicht überzogen, die von hier aus wie eine lange, glatte Sandfläche aussieht.

Als ich genauer hinschaue, sehe ich, dass das Eis am Ufer nicht völlig glatt ist. Es wirft Schatten. Ich kann bis weit zum Wasser sehen. Ich weiß nicht, ob die Schatten von Kerben, Sprüngen oder gefrorenen Wellen herrühren. Ich kann die Proportionen nicht einschätzen, wie weit entfernt ist das Eis?

Wie weit entfernt ist der nächste Mensch? Wie weit entfernt ist Hebron? Montreal? New York? Falls hier ein Unfall passiert, wie lange würde jemand brauchen, um herzukommen, wie lange würden wir brauchen, um ein Krankenhaus zu erreichen?

Die Landschaft hat keine Kanten, es gibt keine Touristenhütten, keine Gehwege, keine Schiffe, keine Antennen, keine Stromleitungen, keine Flugzeuge – nichts als Abstufungen von Weiß und von Blau bis Schwarz. Sie hat nichts mit mir zu tun. Sie ist perfekt, steril, tot. Ich glaube, ich liebe diese Landschaft. Ich weiß, dass ich Angst vor ihr habe.

Ich schlüpfe in Hose und Pulli und gehe in die Cafeteria, um Kaffee zu trinken. Ich werde mit Jim arbeiten.

Jim ist schon da. Er trägt einen Pullover, der wie das Oberteil eines Raumanzugs aussieht, komplett mit Ärmel-, Bund- und Kragenflansch. Er hat die Kapuze zurückgeschlagen. Er sieht aus wie ein Unterwasser-Grubenarbeiter oder ein Satellitentechniker, jedenfalls nicht wie ein Wissenschaftler. Er ist groß, hat ein offenes Gesicht und eine kumpelige Art, was den Eindruck des einfältigen Technikers noch verstärkt.

»Morgen, Zhang«, sagt er. »Dir ist Zhang lieber?«

»Alle nennen mich Zhang«, sage ich.

Er nickt und schlürft Kaffee. Ich setze mich zu ihm. Er mustert mich über den Becherrand hinweg. »Hübscher Pulli«, sagt er, eines jener Komplimente, deren eigentliche Aussage lautet: Ich weiß nicht recht, was ich von deinen Klamotten halten soll.

»Stimmt was nicht?«, frage ich. Es ist bloß ein Pulli, schwarz, weiß und grau, im Muster einer Haifischhaut gewebt. Er ist schick genug, um darin etwas trinken zu gehen, aber es ist trotzdem bloß ein Pulli.

»Nein, ich habe so was nur noch nie gesehen. Das ist doch keine echte Haifischhaut, oder?«

Natürlich sieht es nur so aus. »Nein«, sage ich. »Wolle und Synthetik.« Pullis sind bei uns zur Zeit schwer in Mode. Was wird er sagen, wenn er mich in dem weinroten Haifischhautpulli mit den Lederschleifen und Spiegeln sieht? Natürlich wird er nichts sagen, weil ich ihn hier natürlich nicht anziehen werde. Vielleicht schicke ich ihn Peter zurück, damit er ihn ein bisschen tragen kann.

Die Frau mit den harten Zügen und den gelockten Haaren kommt herein, und Jim sagt: »Hallo, Janna.« Ich denke, *Janna* ist die mit den Locken und *Karin* die Feminine, merk dir das.

Janna sagt: »Morgen, Jim, Zhang, dein Pulli ist toll! Trägt man das in New York?«

Aha. Die falschen Klamotten. »Tja«, antworte ich, »zumindest, als ich ihn letzten Winter gekauft habe.«

»Karin wird einen haben wollen, sobald sie ihn sieht. Aber du wirst darin erfrieren.« Janna stemmt die Hände in die Hüften. »Hast du keine Winterausrüstung?«

Zum ersten Mal habe ich das Gefühl, Janna zu verstehen. Sie ist geradeheraus, praktisch und ohne Schnörkel. Ihre Strategie. Ob Janna und Karin ein Paar sind? »So was trägt man in New York im Winter.«

»Hier aber nicht. Wieso hast du keinen KA bekommen?«

KA. Klimaanzug. Und ich habe Jims KA für einen Raumanzug gehalten. »Ich bin gestern erst angekommen«, sage ich. »Maggie hat mir mein Zimmer und die Cafeteria gezeigt, mehr nicht.«

Janna wirft Jim einen Blick zu, Jim zuckt mit den Achseln. »So kann er nicht nach draußen«, sagt sie.

»Dann müssen wir ihm etwas Passendes besorgen.« Jim legt die Stirn in Falten. »Mein Anzug wird ihm zu groß sein, außerdem brauche ich ihn selbst. Aber vielleicht kann er den von Eric tragen. Geht Eric heute raus?«

Da müssen wir ihn selber fragen. Mit dem Kaffeebecher in der Hand traben wir zu Eric ins Zimmer. Er schläft noch, schließlich ist es erst Viertel vor acht und stockfinster. Die Sonne wird nicht vor zehn Uhr aufgehen. Ich habe das desorientierende Gefühl, zur falschen Zeit aufgestanden zu sein.

Eric sagt, dass ich seinen KA haben könne, wenn er denn passt. Er hält ihn mir hin und ich ziehe meinen Pulli aus. Es ist kühl in der Station, aber nicht kalt. Ich trainiere gelegentlich und schleppe den ganzen Tag schweres Werkzeug herum. Entsprechend kann ich mich mit freiem Oberkörper sehen lassen, insbesondere neben Jim, der massig und unproportioniert ist. Wenn er trainieren würde, würde ich neben seinen breiten Schultern weniger gut aussehen. Wie sieht er wohl unter seinem KA aus? Schlag dir das während der nächsten sechs Monate aus dem Kopf, Zhang. Die Station ist klein, alle sitzen einander auf dem Schoß. Ich bin ein Mönch im Dienste der Wissenschaft, und Jim ist sowieso nicht mein Typ. Ich ziehe den KA über den Kopf, streife die Kapuze ab. Er passt mir nicht besonders gut, aber es wird gehen. Er ist zu warm.

Jim nickt. »Schon besser.«

Auch Janna nickt.

Eric sagt: »Auf dass du gesund bleibst.« Er reicht mir die Hose und schlurft zurück zum Bett.

Ich sehe Janna und Jim an. »Die würde ich lieber in meinem Zimmer anziehen.«

Jim grinst. »Kann ich verstehen.«

Ich ziehe mich an und habe das Gefühl, Theater zu spielen. Mit Jim treffe ich mich in der Cafeteria. Gemeinsam gehen wir hinunter zum Pool. Nicht zum Wasser-, sondern zum Fahrzeugpool. Dort steht ein Schneidbrenner, der aussieht, als sei er kaum benutzt, er ist nicht einmal dreckig. Ich schaue nach, ob das Gerät noch verplombt ist, doch es ist tatsächlich schon benutzt worden, also lade ich es hinten auf den gelben Gleiter. Dann packen wir ein paar Kisten vorgefertigte Bauelemente hinzu und ich klettere zu Jim in den Gleiter.

»Bist du schon mal unter dem Eis gewesen?«, fragt Jim.

Klar doch, denke ich, ich verbringe meine ganze Zeit unter Eis, meistens in der Gegend von *Macy's*. Was denkt er sich eigentlich? Dass New York ein Gletscher ist? Und was soll das heißen, »unter dem Eis«? Ich verstehe die Leute hier nicht. »Ich bin gestern erst angekommen«, sage ich.

»Es ist halb so schlimm«, sagt er.

So was sollte man nie glauben; es kommt gleich nach »Schmeckt genau wie Hühnchen.« Wenn es wirklich halb so schlimm wäre, würden sich die Leute die Bemerkung sparen.

Wir rumpeln in die Finsternis hinaus und ich spüre, wie der Wind mich und das Fahrzeug packt. Um das Luftkissen zu aktivieren, muss Jim frontal in den Wind steuern, doch in meinem Anzug friere ich nicht. Mir ist sogar ziemlich warm. Der Himmel ist schwarz, die Landschaft weiß, erschreckend weit und leer. Vielleicht macht mir diese grenzenlose Weite Angst. Natürlich ich bin ein Stadtmensch. Nicht der weite Raum macht mich nervös, sondern das Fehlen einer menschlichen Bezugsebene. Wir schweben los, wobei der Bug des Gleiters rund fünfundvierzig Grad von der tatsächlichen Fahrtrichtung abweicht, so dass wir schräg vorwärts schliddern. Ich schaue zurück zur Station, um mich rückzuversichern, doch sie wird kleiner und kleiner, während wir über den Abhang zum Lancaster-Sund hinabgleiten. Also richte ich meinen Blick wieder nach vorn, was etwas weniger beunruhigend ist als zuzuschauen, wie der sichere Hafen entschwindet.

Jim erklärt mir, wohin wir fahren. Wir wollen zur Halsey-Station, die sich noch im Aufbau befindet und als Erste einer Reihe weiterer Stationen zur Beobachtung von Belugawalen dienen soll. Im Sommer liegt diese Station unter Wasser, im Winter unter Packeis. »Warum hast du diese Stelle angenommen?«, fragt Jim. »Willst du in China studieren?«

»Davon war nie die Rede«, sage ich.

»Dein Vorgänger hatte nichts anderes im Sinn«, sagt er. »In seinem Vertrag stand etwas von erhöhtem Risiko und wenn er verlängern würde, hätte er die Chance, in China zu studieren.«

Ich habe meinen Vertrag nicht wirklich gelesen. Nun gut, man sollte einen Vertrag immer erst lesen. »Ich muss mal nachschauen«, sage ich. Ich glaube nicht daran. Sie würden niemanden in China studieren lassen, nur weil er hier sechs Monate zugebracht hat.

»Weshalb bist du dann gekommen? So gut scheint dir die Wildnis nicht zu gefallen.«

Ich frage mich, was für einen Eindruck er von mir hat. Er ist Wissenschaftler und aus freien Stücken hier. Wahrscheinlich hat er all die Techniker satt, die nur ihre sechs Monate hinter sich bringen und dann wieder nach Hause wollen. »Es war meine dritte Alternative. Ich hatte keine Wahl.«

»Soll das heißen, deine Regierung hat dich zu uns abkommandiert?«

»Nicht direkt.« Ich erkläre ihm, was es mit den Alternativen auf sich hat.

»Hat es dich, du weißt schon, überhaupt interessiert?«, fragt er. »Zugegeben, es ist nicht New York. Aber wie du schon sagtest, es ist nur für sechs Monate und es ist mal was anderes, oder?«

»Ja«, lüge ich. »Ich war natürlich neugierig und dachte, ich könnte auf mein Ingenieurs-Examen lernen.« Er will bestimmt nicht hören, wie abscheulich ich die Gegend finde, er ist freiwillig hier. Und ich sollte wirklich auf das Examen lernen. Hier ist sowieso nicht viel los.

»Wegen dieser Weiterbildungsgeschichte solltest du dich erkundigen«, sagt er. »Dennis musste nur ein Jahr arbeiten und studiert jetzt in Guangzhou.«

Ein Jahr lang hier bleiben? Für einen Studienplatz in China würde sich das Opfer lohnen. Aber ich bin sicher, dass es nicht ganz so einfach ist oder dass sich die Bestimmungen geändert haben. *Madre de Dios*, ein Jahr lang hier bleiben?

»Dort ist die Station«, sagt Jim. Wir gleiten auf das Eis hinaus und er zeigt auf ein Bauwerk, das wie ein Leuchtturm aus vergangenen Tagen aussieht. Die Eisdecke ist von langen Rissen durchzogen, wie Spinnennetze. Während wir uns der Station nähern, kann ich erkennen, wie sich um sie herum große Eisschollen auftürmen. »Mist«, sagt er. »Das Eis müssen wir alles wegräumen.«

Das Eis hat sich von Westen herangeschoben und sich an der Seite des Turmes aufgeschichtet. Wir werden einen Lichthammer brauchen. Ich sage es ihm.

»In der Station gibt es einen«, antwortet er. »Wir müssen den Turm alle paar Wochen freiräumen.«

Wir stellen den Gleiter auf dem Eis ab und gehen auf die Station zu. Das Gebläse verstummt und ich höre, wie das Eis überall um mich herum ächzt und stöhnt. Es knirscht wie Metall unter großer Belastung, erstreckt sich aber über *Hektare*. Der Wind heult, das Eis stöhnt, schwarzer Himmel und weißblaues Eis in der Finsternis. Wir klettern über Schollen zu Metallsprossen, die in die Turmwand eingelassen sind. Ich folge Jim nach oben, wo er eine Luke öffnet. Darunter befindet sich eine beleuchtete Wendeltreppe. Er bedeutet mir vorauszugehen und schließt die Luke über uns. Der Wind verstummt, und ich merke, wie angespannt meine Schultern sind. Sie schmerzen. Die Wendeltreppe ist aus Metall, der Turm aus gegossenem Beton, an der Wand verläuft ein Lichtband. So hässlich es hier ist, es ist immer noch besser als draußen.

Unsere Schritte hallen, während wir hinabsteigen. Unten liegt ein großer Raum, vielleicht zwanzig Meter in der Diagonalen, mit Fenstern in den Außenwänden. Vom Boden bis zur Decke besteht alles aus nacktem Beton, mit Ausnahme einer Wand, die jemand begonnen hat porzellanweiß zu streichen. »Das Mauerwerk besteht aus Rakonit«, sagt Jim. »Diese Etage ist verdrahtet, so dass automatisch das Licht angeht, wenn jemand hereinkommt. Unter uns liegen noch zwei Etagen. Die mittlere Etage ist noch nicht ganz ausgebaut, in der unteren befinden sich die Labors. Ich brauche Hilfe bei der Einrichtung eines Labors, danach kannst du dir den Bauplan anschauen und oben weitermachen, während ich ein paar Tests durchführe. Ach ja, der Hammer liegt unter der Treppe, es gibt nur den einen.« Es macht ihn verlegen, mir sagen zu müssen, dass ich das Eis allein wegräumen muss.

»Na schön«, sage ich. »Schließlich zahlen sie mir dafür ein übertriebenes Gehalt.«

Er grinst erleichtert. Er ist ein netter Kerl, groß und knuffig wie ein Bär. »Du wirst nicht allzu lange brauchen«, sagt er. »Du musst nur die Oberfläche kleinkriegen, pass aber auf, dass du nicht zu tief schneidest. Darunter ist Wasser, vergiss das nicht. Ich bin in der ersten Etage.«

»*Meishi*«, sage ich.

»Was?«

»Meishi. Kein Problem.«

»Ist das Chinesisch?«

Ich glaube schon, ich habe noch nie darüber nachgedacht. Alle sagen *meishi*. Mit Ausnahme der Kanadier.

Ich stemme den Hammer hoch, brandneu wie der Schneidbrenner, und steige damit wieder die Stufen hinauf. Als ich die Luke öffne, pfeift der Wind, das Eis ächzt und knackt, und wieder ziehe ich unwillkürlich die Schultern ein. Ich schließe die Luke hinter mir und frage mich, ob man sich jemals daran gewöhnt. Der Mensch ist ein anpassungsfähiges Tier, sage ich mir, du wirst dich daran gewöhnen. Ich schnalle mir den Hammer auf den Rücken und klettere die Sprossen hinab. Wie soll ich den Hammer bedienen, wenn ich keinen festen Halt unter den Füßen habe? Steigeisen wären eine Hilfe. Wenn ich wieder in der Station bin, muss ich daran denken, jemanden zu bitten, mir Kletterstiefel zu bestellen. Ich lege mir den Kontakt um das Handgelenk und schließe den Hammer an. Eis ist ein verrücktes Zeug, völlig anders als Beton, es hat eine seltsame Oberfläche und die Dichte ist anders. Es ist kaum zu erkennen, wie schnell ich mit der Arbeit vorankomme. Zuerst glaube ich, viel geschafft zu haben, doch wenn ich genauer hinsehe, ist es fast gar nichts. Dann lege ich mich stärker ins Zeug, und plötzlich dringe ich zu tief in die Oberfläche ein und der Hammer gerät außer Kontrolle.

Jemand mit Erfahrung käme weit schneller voran, aber nach einer Stunde habe ich eine ganze Menge Eis aufgeschnitten. Ich weiß nicht, wie nahe ich dem Wasser bin, und das macht mich nervös, überall diese Sprünge im Eis, und ich weiß nicht, ob es sicher ist, sind hier draußen nicht schon Menschen ums Leben gekommen? Ich entferne mich vom Turm und laufe auf das ächzende Eis hinaus – fast glaube ich, eine Bewegung zu spüren – zum Gleiter und ziehe den Schneidbrenner von der Ladefläche. Ich wage mich noch weiter hinaus, ungefähr dreißig Meter vom Turm weg, und klinke mich in den Schneidbrenner ein. Ich richte den gebündelten Strahl nach unten und in null Komma nichts habe ich ein Loch bis zum Wasser gebohrt. Ein Meter, ehe ich eine Veränderung der Dichte bemerke. Das Eis ist gut einen Meter dick. Nun, durch einen Meter Eis falle ich nicht so schnell in den Lancaster-Sund. Aber wenn es unter Druck gerät und zerspringt, wäre ich lieber irgendwo anders.

Wenn wir wieder im Stützpunkt sind, werde ich mich ausgiebig über das Thema Eis informieren.

Abends studiere ich Ingenieurwesen, und auf einen Brief ans Büro für Ausbildungsfragen bekomme ich die Antwort, dass Arbeiter unter fünfunddreißig Jahren, die für mindestens ein Jahr besonders schwere Arbeiten auf sich nehmen, bei der Bewerbung für ein Studium in China bevorzugt behandelt werden und, wenn nötig, auch mit einer Studienbeihilfe rechnen können.

In China auf die Schule gehen. Chinesische Staatsbürger können eine Aufnahmeprüfung machen, und zehn Prozent der Studienplätze sind Chinesen aus Übersee und Fremden vorbehalten, von denen diejenigen angenommen werden, die bei der Prüfung am besten abschneiden. Mit einem Ingenieurdiplom aus China wäre ich ein gemachter Mann. Ich würde überall Arbeit finden, in New York, vielleicht sogar in China. Ich würde wahrscheinlich sogar eine Daueranstellung finden, mir würde eine gute Unterkunft zugeteilt, und vielleicht könnte ich nach einigen Jahren nach Manhattan ziehen. Das wäre ein Glück wie sechs Richtige im Lotto. Ich beginne damit, die Mathematiktexte aus der Bibliothek anzufordern, um mich auf die Aufnahmeprüfung vorzubereiten.

Ich bin fast täglich damit beschäftigt, die Halsey-Station auszubauen, während die anderen ihre Aufzeichnungen überprüfen und Beobachtungen anstellen. Maggie Smallwood sagt, dass es erst im Frühjahr richtig losgeht, wenn die Beluga und die Grönlandwale sich paaren. Dann, sagt sie, ist im Sund ständig etwas los. Schon jetzt zieht das Licht Plankton an und das Plankton Fische. Alle sind nett, alle sind freundlich, aber distanziert. Sie sind Wissenschaftler, sie haben eine Berufung. Ich bin ein Sechs-Monate-Techniker und, wenn das auch niemand laut sagen würde, Arbeiterklasse. Muskeln statt Hirn.

Trotzdem, manchmal stehe ich mit meiner Tasse Kaffee da und höre zu, wenn sie über ihre Arbeit sprechen. Wenn Janna jemanden braucht, der für sie Flaschen etikettiert, helfe ich ihr gerne. Wenn Jim Probleme mit dem Mikro seines Raumanzugs – Entschuldigung, seines KA – hat, finde ich den Fehler am Receiver und behebe ihn mit den Spezialwerkzeugen aus dem Labor. Eric hat keinen Platz für das ganze Werkzeug, das er in Reichweite haben muss, und ich montiere eine Werkzeugleiste über seinem Labortisch, so wie Köche ihre Töpfe und Pfannen in der Küche aufhängen, um sie stets griffbereit zu haben. Für Karin baue ich eine bewegliche Halterung für Wasserproben, die sie je nach Bedarf hoch- und runterlassen kann, damit die Proben ihr nicht im Weg sind, wenn sie den Platz zum Arbeiten braucht. Bald werde ich ständig um irgendwelche Gefälligkeiten gebeten und bin die ganze Zeit beschäftigt.

Dann kehren wir im Dunkeln zum Stützpunkt zurück, und der Abend ist dunkel, und morgens wachen wir auf und es ist dunkel, und da wir die Tage meistens in Halsey unter dem Eis verbringen, sehe ich das Sonnenlicht nur als blaues Schimmern, das durch ein Meter dickes Eis dringt. Alle paar Wochen muss ich den Turm von der Eiskruste befreien und abgerissene Sprossen ersetzen – ich komme nie zu meinen Kletterstiefeln –, und obwohl ich mich an das Krachen und Ächzen im Eis nicht gewöhnen kann, freue ich mich jedes Mal darauf, weil ich es zur Mittagszeit mache, wenn die Sonne über dem Horizont steht und das Eis blendend weiß leuchtet und ich das Gefühl habe, von Licht umgeben zu sein. Wenn es nach zehn ist und jemand erwähnt, etwas im Gleiter vergessen zu haben, bin ich der Erste, der sich freiwillig meldet.

»Fehlt dir die Sonne nicht?«, frage ich Maggie Smallwood. Maggie sieht wie eine Chinesin aus, aber sie benimmt sich nicht wie eine Chinesin. Sie benimmt sich wie eine Kanadierin.

Sie denkt kurz nach und betrachtet die schwarzen Fenster. »Ja, ein bisschen. Aber nach dem Sommer ist es angenehm, wenn es mal wieder dunkel wird.«

Sommer. Im Juli geht die Sonne niemals unter. »Ist es im Sommer warm?«, frage ich.

»Klar«, sagt sie. »Dann wachsen Gräser und Blumen, und die Karibus kalben. Du wirst es erleben. Moment, wahrscheinlich nicht, du bist im April wieder weg, oder?«

»Ich weiß nicht«, sage ich. »Kommt drauf an, was aus dieser Schulsache in China wird.«

»Prima«, sagt sie, in Gedanken woanders. »Schau mal, der Seehund dort.«

Vorm Fenster gleitet ein Seehund vorbei, grau und schlank, mit einem schönen Kopf wie eine Katze. Die großen, mandelförmigen Augen sind auf das Licht gerichtet. Maggie wendet mir ihr rundes Eskimogesicht zu und strahlt. »Ist er nicht wundervoll?«

Es ist das erste Mal, dass ich einen lebendigen Seehund zu sehen bekomme. »Ja«, sage ich, und dann, ohne nachzudenken: »Sehen die alle so traurig aus?«

Sie wirft mir einen seltsamen Blick zu, antwortet aber nicht.

Anfang November stehen wir um 12 Uhr 54 auf dem Eis und betrachten den Sonnenaufgang. Der Rand der Sonnenscheibe blitzt für eine knappe Minute über den Horizont und geht dann unter. Der rote Himmel verfinstert sich wieder. Morgen wird sich der Himmel röten, als ob die Sonne aufgeht, doch es wird dunkel bleiben. Dies ist der Vorabend einer langen Nacht. Erst im Februar wird die Sonne wieder aufgehen. Die arktische Landschaft ist wunderschön bei Nacht.

Bloß ist sie für Menschen nicht geschaffen.

Maggies Volk lebt seit Generationen hier. Sie sagt, ich solle mir wegen der Finsternis keine Sorgen machen, schlägt mir aber eine Lichttherapie vor, also lasse ich mich in der Klinik einmal pro Woche eine halbe Stunde mit künstlichem Tageslicht bestrahlen. Ich komme mir albern vor, während ich wie ein Sonnenanbeter unter den Lampen liege, doch die Ärztin erklärt mir, dass jeder Mensch anders auf Licht reagiert. »Leiden Sie im Januar unter Depressionen?«, fragt sie.

Peter behauptet, ich würde unter Depressionen leiden, wenn ich einen U-Bahn-Anschluss verpasse. »Nicht dass ich wüsste«, antworte ich. »Aber meine Freunde halten mich für launisch.« Ich lächle entschuldigend.

Sie lächelt zuruck und sagt: »Warum sind Sie hierher gekommen?« Mir wird bewusst, dass mir während der vergangenen zwei Monate eine Menge Leute diese Frage gestellt haben.

Ich lerne auf meine Ingenieurprüfung, während ich in Unterwäsche die Tageslichtbestrahlung genieße.

Ich arbeite auf der Baustelle im ersten Stock, während die anderen im dritten Stock in den Labors arbeiten.

Ich komme also zurecht und die Leute sind nett, wenn auch distanziert, und es ist nur für ein Jahr. Es ist eine irre Erfahrung, und wenn ich wieder in New York bin, werde ich sagen können: »Als ich am Polarkreis war…«

Eines Tages sagt Jim zu mir: »Ich muss raus aufs Eis. Kommst du mit? Ich könnte Hilfe gebrauchen.«

Besonders viel Lust habe ich nicht, ich will nicht den ganzen Tag in Halsey verbringen. Ich werde um eine Erfahrung reicher sein. Die Zeit wird schneller vergehen. Also schleppen wir die Ausrüstung zum Gleiter und fahren los. Wir werden ein paar Messgeräte im Wasser deponieren oder im Eis verankern. Wir werden noch am Morgen fertig sein.

Morgen. Erst im Februar wird es wieder Morgen werden. Der Morgen ist für mich eine finstere Tageszeit geworden. Ich warte ständig darauf, dass es hell wird. Die Ärztin meint, es sei wichtig, ein Ziel zu haben, etwas, worauf man sich konzentrieren kann. Vielleicht sind die Wissenschaftler deshalb weniger anfällig für Depressionen, weil sie eine Obsession haben, und die gestaltet ihre *Umwelt*, ihre Eigenwelt. Wir leben in demselben physikalischen Raum, doch emotional legen wir uns diesen Raum unterschiedlich zurecht. Maggie Smallwood sagt, dass ihre Vorfahren aus dem Gedächtnis grandiose Karten zeichnen konnten, ihre Jagdgründe darauf aber immer überproportional groß abgebildet waren. Das lag daran, dass in ihrer *Umwelt* dies die Gebiete waren, in denen sie ihr Leben lebten, und alles andere im Verhältnis dazu gedacht wurde. Ich glaube, wenn Maggie eine Karte zeichnen müsste, würde der Sund, wo ihre geliebten Wale leben, den weitaus größten Teil beanspruchen. Ihr ganzes Leben ist um Wale herum organisiert. In ihrem Labor ordnet sie ihre Informationen über Wale, also sind die Wale irgendwie auch dort. Wenn sie verreist, muss sie ihre Wale verlassen, ihre gewohnte Welt. Sie würde wahrscheinlich Heimweh bekommen.

Wenn ich aus dem Fenster blicke, sehe ich keine Wale, ich sehe Dunkelheit. Diese Gegend gehört nicht einmal zu meiner *Umwelt*. Während ich mit Jim über das Eis gleite, blicke ich auf das leere Land hinaus. Seit sechs Tagen steht der Vollmond am Himmel. Er geht weder unter noch auf. Mal ist er im Osten zu sehen, mal im Norden, mal im Westen. Kaum zu glauben, dass wir auf der Erde sind.

So weit habe ich mich noch nie von der Borden-Station entfernt. Ich rede mir ein, dass das keine Rolle spielt, Jim macht es nicht zum ersten Mal, wir werden zurückfinden. Zur Not könnte ich zu Fuß übers Eis zurücklaufen. Mir wird bewusst, dass mir das an diesem Morgen egal ist. Ich bin zu müde, als dass mir etwas nicht egal wäre. Ich bin einfach dabei.

Unterdessen erklärt mir Jim, dass das Eis, auf dem wir uns befinden, »Festeis« heißt, weil es uferfest ist, was bedeutet, dass es mit dem Ufer verbunden ist. Bald werden wir eine Wasserrinne überqueren und auf »Packeis« hinausfahren, das auf dem Wasser treibt. Vor uns geht das Eis abrupt von Weiß in Schwarz über. Während wir näher kommen, changiert das Eis zwischen Blauweiß – im Mondlicht – und Grau. Der Gleiter lässt einen langen, dunkelgrauen Streifen zurück, und dann überqueren wir das schwarze Eis. Jim schreit über das Rauschen des Gleiters hinweg: »Die Rinne«. Wir befinden uns über offenem Wasser. Dahinter liegt noch mehr Eis, rau und aufgewühlt, ganz anders als das Eis, das wir gerade überquert haben. Frei schwebend. Wir gleiten weiter und ich erkenne zwischen uns und diesen Erhebungen eine flache Eisfläche. An der Abbruchkante schieben sich flache graue Schollen übereinander. »Nillis-Eis«, sagt Jim. »Wenn es zu diesen Verwerfungen kommt, sprechen wir vom ›Fingerflößen‹.«

Weshalb?

Jim schlägt eine andere Richtung ein, und während der nächsten zwanzig Minuten folgen wir der Wasserrinne nach Westen. Von den Armaturen liest er unsere Position ab und macht schließlich den Motor aus. Gemeinsam hieven wir das erste Messgerät über Bord – mit seinen Schwanzflossen und der spitz zulaufenden Nase sieht es aus wie ein altmodischer Torpedo. Es verschwindet im Wasser, sinkt steil nach unten und verankert sich im Grund, um die Fauna der Gegend aufzunehmen. Jim bringt den Gleiter wieder auf Touren, das schwarze Wasser schäumt auf und wir schlagen einen weiten Bogen in die entgegengesetzte Richtung, nach Osten. Der Vollmond hängt über uns und die Sicht ist gut, aber die Entfernungen lassen sich nur schwer abschätzen. Ich weiß, dass wir auf dem Hinweg mehr als einen Kilometer über offenes Wasser gefahren sind, doch die Eisküste scheint zum Greifen nah zu sein.

Jim schwenkt nach Norden ein, in Richtung auf das Packeis, doch ehe wir es erreichen, vergehen zwanzig Minuten, dann befinden wir uns wieder über einer flachen Eisschicht. Der Gleiter schwankt leicht. Hier liegt kein Schnee, so weit nördlich ist alles Wüste, es schneit nur selten. Wir gleiten über eine bläulich weiße Eiszunge, und dann ist es, als führen wir über eine sturmdurchpflügte See, so rau ist das Gelände. Jim fährt schnell, aber steuert vorsichtig, der Gleiter könnte eine Eisspitze rammen. Wir gleiten eine Eiszunge hinauf –

Mir dreht sich fast der Magen um, als wir jenseits des Kamms anderthalb Meter tief absacken. Unwillkürlich stoße ich einen Schrei aus und suche Halt. Jim sieht mich verwundert an. Er lenkt seitlich aufs Wasser hinaus und bremst ab. Wenig später entdeckt er eine Lücke im Packeis, und wir fahren wieder in nördlicher Richtung, vorsichtiger diesmal.

Ich verliere kein Wort. Auch Jim sagt nichts.

Wir befinden uns auf Packeis, als Jim meint: »Wir sind nah genug dran. Schneid ein Loch, aber beeil dich, das Eis drängt nach Osten.«

Ich steige aus und er reicht mir den Schneidbrenner. Von einer Bewegung ist nichts zu spüren. Ich habe den Eindruck, festen Boden unter den Füßen zu haben. »Wie schnell treiben wir ab?«, frage ich.

»Keine Ahnung«, sagt er. »Packeis bewegt sich sehr unregelmäßig. Keine Sorge, der Gleiter weiß genau, wo wir uns befinden.«

Ich habe mir gar keine Sorgen gemacht, aber wenn jemand sagt, ich soll mir keine Sorgen machen, werde ich hellhörig. Ich muss ein Loch ins Eis schneiden, ungefähr dreißig Zentimeter im Durchmesser. Das wird ein paar Minuten dauern. Ich mache mich mit dem Schneidbrenner an die Arbeit. Jim hievt derweil das Messgerät aufs Eis.

Ich schneide durch dreieinhalb Meter Eis, bevor ich das Wasser erreiche. Dass der Schneidbrenner überhaupt durchkommt, ist erstaunlich. Meine Arme werden müde davon, dass ich ihn die ganze Zeit genau über dem Loch halten muss. Jim hievt das Messgerät ins Loch und lässt los. Wir hören, wie es weiter unten ins Wasser platscht.

»Eins noch«, sagt er. »Komm.«

Ich steige hinter ihm ein. »Auf offenem Wasser?«, frage ich.

»Keine Ahnung«, sagt er.

Ich kann nur hoffen.

Wir gleiten über das Packeis, aber langsam, denn die Rinnen, die wir finden, schließen sich vor uns. Es weht ein starker Wind und wir können zusehen, wie das Wasser grau wird. So etwas habe ich noch nie gesehen. Mir ist nicht kalt, nicht in meinem Anzug, aber ich spüre den Wind.

Jim ist vorsichtig, langsam steigen wir über Eisbrüche hinweg. Er spricht von »dichtem Pack« und liest immer wieder unsere Position von den Armaturen ab. Mir scheint, als würden wir diagonal abdriften, und ich frage, ob es nach Süden geht. Nein, sagt er. Das Eis dreht rund dreißig Grad vom Wind ab. Wir hüpfen über schmale Rinnen hinweg, und er beschleunigt auf ein Tempo, dass wir über das Wasser hinweggleiten. Endlich hält er nahe einer Wasserrinne an.

»Kein offenes Wasser«, sage ich. Es gefällt mir nicht, dass ich hier ein Loch schneiden soll.

Er schüttelt den Kopf. »Beeil dich, wir driften ab.«

»Könnten wir das Ding nicht in die Rinne schmeißen?«

Er kneift die Brauen zusammen und wirft einen Blick auf die Armaturen. »Ja«, sagt er. »Das könnten wir.«

Ich klettere hinaus und nehme das Gerät entgegen. Ich packe vorn zu, er hinten bei den Flossen, und so setzen wir uns unter dem Nachthimmel in Bewegung. Wir müssen langsam gehen, der Boden ist uneben, und über dicke Eisbrocken hinwegsteigen. Das Wasser liegt fast einen Meter tiefer und ist nur über eine steile, zerklüftete Eisböschung zu erreichen. Nillis-Eis schwappt träge im grauen Wasser auf und ab. Es sieht aus, als sei es von einem Ölfilm überzogen. Weil ich auf das Schneiden verzichten wollte, steige ich die Böschung hinunter, zaghaft, und stütze die Spitze des Messinstruments. Ich verkeile meine Füße im Eis und sage: »Ich hab's.« Ich stehe ungünstig da und muss das ganze Gewicht des Geräts abfangen.

Ich habe das Gefühl, dass ich jeden Moment das Gleichgewicht verliere, mir rutschen die Füße weg und ich schlage so hart aufs Eis, dass mir die Luft wegbleibt. Dann bin ich unter Wasser. Ich bekomme keine Luft in meiner Maske, die sich verschließt, um kein Wasser einzulassen, und der Anzug ist nicht dafür gemacht, gegen Eiswasser zu schützen, und ich spüre die Kälte. Ich tauche auf und schlage wild um mich, Jim hält sich am Eis fest, und ich komme nicht nah genug heran, um den Rand zu packen.

Raus hier, schreit mein Verstand. Das Eiswasser ist dick und grau und klebt an meiner Maske. Ich glaube nicht, dass ich es schaffe. Bisher hatte ich bei einem Unfall immer Angst, dass ich mich verletze und es lange Zeit dauert, bis es mir wieder gut geht.

Das ist ernst, denke ich. Davon werde ich mich nicht mehr erholen, denke ich. Merkwürdig, es ist mir egal. Seltsamer Gedanke, dass es mir egal ist. Dann sterbe ich eben, etwas Schlimmeres kann mir nicht passieren. Die Kälte lähmt mich, ich kann kaum noch schwimmen, am liebsten würde ich aufgeben, weiß aber nicht wie. Wenn ich aufgebe, zu kämpfen aufhöre, was mache ich dann: Wasser treten und Jim anschauen? Aufhören, Wasser zu treten? Ich zapple und kämpfe und beobachte mich wie aus großer Entfernung. Ich versuche, aus dem Wasser herauszukommen, weil es mir allzu peinlich wäre, es nicht zu schaffen. In Wahrheit weiß ich nicht, wie man ertrinkt.

»Zhang!«, brüllt Jim immer wieder. Endlich bekommt meine Hand etwas zu fassen. Ich kann mich nicht hochziehen, ich kann mich nur festhalten. Jim zögert, dann klettert er herunter und packt meinen Arm. Mir fehlt die Kraft und ihm der feste Ansatzpunkt, um mich herauszuhieven, doch er zieht und rutscht, und ich suche verzweifelt nach Halt und schaffe es schließlich, mich halb aus dem Wasser zu ziehen. Mein Körper ist bleischwer und Jim hilft mir das letzte Stück über die Abbruchkante.

»Die Rinne reißt weiter auf!«, brüllt er, obwohl mein Mikro funktioniert und ich ihn gut verstehen kann. »Alles in Ordnung?«

»Ja«, sage ich, habe aber immer noch das Gefühl, neben mir zu stehen. »Wo ist das Messgerät?«

»Im Wasser! Bist du nass?«

Mir ist kalt, besonders um die Hüfte herum. »Nein«, sage ich.

»Alles in Ordnung?«, wiederholt er.

»Ja«, sage ich. »Mir ist nur kalt.«

»Wir fahren besser nach Borden zurück«, sagt er. Ohne das Messgerät kommen wir schneller vorwärts und klettern in den Gleiter. Dass mir plötzlich alles egal war, wundert mich. Ich weiß, dass das nicht gut ist, aber es ist weit besser als Angst zu haben.

»Verdammt«, sagt Jim, »das war vielleicht verrückt! Die Rinne hat sich bewegt, ich meine, so was kommt vor, ich habe mal gelesen, dass es Eskimojägern passiert ist, aber ich habe es noch nie selbst gesehen. Die Wasserrinne ist auseinander gerissen, wie bei einem verdammten Erdbeben. Ich hab gesehen, wie du plötzlich reingeworfen wurdest, einfach reingeworfen, du konntest nicht das Geringste tun, und hätte ich nicht diesen Eisklotz zu packen gekriegt, wäre ich hinterhergerutscht und wir wären nie wieder rausgekommen.«

Jim redet pausenlos, es sei denn, er muss sich auf den Gleiter konzentrieren. An den entsprechenden Stellen sage ich »ja«. Mehr fällt mir nicht ein. Die Wasserrinne ist plötzlich aufgebrochen und ich bin hineingefallen. Die Rinne hat sich geöffnet. Mir wird bewusst, dass sie sich genauso gut wieder hätte schließen können.

Langsam gelingt es dem Anzug, mich aufzuwärmen. Meine Laune bessert sich plötzlich, ich bin nicht mehr der distanzierte Beobachter, ich bin Zhang, stecke in einem kalten KA und frage mich, wie es wohl gewesen wäre, wenn ich versucht hätte aufzutauchen und über mir eine geschlossene Eisdecke vorgefunden hätte? Meine Zähne fangen an zu klappern. Mir wird bewusst, dass ich nicht nach Hause zurückkann. Ich will so gern nach Hause.

Anfang Dezember höre ich auf zu lernen. Typisch. Ich lerne nicht gern, rede mir zwar immer wieder ein, dass ich mich ranhalten muss, doch aller Eifer ist nach wenigen Wochen erschöpft. Bisher war die Abfolge immer fünf Abende lernen und zwei Abende ausgehen, dann drei Abende lernen und vier Abende ausgehen, dann gar nicht mehr lernen. Hier kann ich nirgends hingehen, aber ich lerne auch nicht. Ich sitze am Fenster und blicke hinaus auf den Lancaster-Sund. Manchmal beobachte ich Polarfüchse, die auf ihren kurzen Beinen schattengleich vorbeihuschen. Anschließend gehe ich oft in die Cafeteria, um Kaffee zu trinken, mich mit Janna zu unterhalten oder mit Karin oder Jim. Aber meistens ist die Landschaft leer, es sei denn, das Nordlicht schlägt Falten am Himmel, lavendelfarben, rosa und blassgrün über blauem Eis und Schnee. Ich sehe mein eigenes Spiegelbild in der Fensterscheibe. Ich schalte das Licht aus, sitze im Dunkeln und vergesse die Zeit. Ich merke, dass es möglich ist, auf Außengeräusche zu lauschen, bis das Draußen in meinem Zimmer ist. Der Wind bläst so gleichmäßig, dass ich ihn nach einer Weile nicht mehr höre, und dann höre ich gar nichts mehr.

Ich weiß, ich passe mich nicht an.

Ab und zu fragt mich Maggie Smallwood, ob ich Lust habe, einen Naturfilm oder ein Vid zu sehen. »Corin zeigt seinen Film über Eisbären«, sagt sie, oder: »Es läuft ein Vid aus den Staaten.«

Also gehe ich mit und setze mich dazu. Wenn ich hinten sitze und keine Lust mehr habe, kann ich mich unbemerkt verziehen. Wenn Maggie mich in der Mitte platziert, muss ich bis zum Schluss bleiben.

Ich bin müde. Den ganzen Tag während der Arbeit will ich nur schlafen. Aber sobald ich im Bett liege, bin ich müde, kann aber nicht einschlafen. Die Klinik gibt mir Bescheid, ich soll mich unter die Lampen legen, doch wenn ich unter den Lampen liege, bleibt mir nichts anderes übrig, als zu lernen, und ich kann es nicht ertragen, an meine Fachbücher zu denken, also gehe ich nicht mehr hin.

In meinem Zimmer denke ich darüber nach, was ich tun soll. Ich bin siebenundzwanzig. Ich habe vor, die Aufnahmeprüfung der Universität abzulegen, damit ich nach China gehen und Ingenieurwissenschaften studieren kann. Gut. Angenommen, ich arbeite diesen Winter wirklich hart, lerne die ganze Zeit und bestehe die Prüfung. Dann würde ich nach China gehen, wo alle hinwollen. Großmutter China, das Land der *Möglichkeiten*. Ich würde ein paar Jahre in China studieren, fern von New York, an einem fremden Ort – zugegeben, ich bin Chinese, jedenfalls sehe ich wie ein Chinese aus, spreche auch die Sprache, aber ich war noch nie in China. Angenommen, ich halte zwei Jahre durch. Dann stünde ich vor der Wahl: entweder zu versuchen, in China zu bleiben, wo ich einen guten Job bekommen und womöglich sogar reich werden könnte. Oder nach New York zurückzukehren, wo ich Aussichten auf einen guten Job hätte.

Und wozu der ganze Stress? Um ein bisschen mehr Geld zu verdienen. Aber ich werde immer noch Zhang sein. Wohin ich auch gehe, nehme ich mich mit, dabei will ich vor mir selbst Reißaus nehmen. Ich hasse mich. Ich hasse diesen Ort. Und ich finde es furchtbar ermüdend, ständig so viel Hass mit mir rumzuschleppen. Also sitze ich da und lausche auf die Nacht der arktischen Tundra, geschlagen, bevor ich den Kampf aufgenommen habe. Ich habe alles gründlich satt.

Ich habe einmal gelesen, dass die erste Besatzung der Canalli-Basis auf dem Mars schwer unter Depressionen litt. Ich rede mir ein, dass ich einfach nicht mit der fremden Umgebung klarkomme. Aber meistens sitze ich in meinem Zimmer, von einem Wind umweht, den ich nicht fühlen kann.

Zu fünft fahren wir in einem großen Gleiter nach Halsey: Jim, Maggie, Janna, Eric und ich. Ich habe die Bauarbeiten im oberen Stock fast abgeschlossen, doch mich erdrückt der Gedanke daran, wie viel Arbeit mir im zweiten Stock noch bevorsteht. Bevor die Arbeit dort beendet ist, werde ich weg sein.

»Seht euch das an!«, sagt Eric und deutet auf das Eis, das sich an der Westseite aufgetürmt hat. Es sind Unmengen von Eis, dabei habe ich erst vor kurzem alles weggeräumt (wann war das? Bei Sonnenuntergang? Vor einem Monat?) Ich höre die Kritik in Erics Bemerkung.

»Ich kümmere mich darum«, sage ich und steige als Erster aus dem Gleiter. Ich hole mir den Schneidbrenner, warte, bis die anderen im Labor verschwunden sind, und kehre dann aus dem warmen Licht in die Nacht zurück. Ich fange an, das Eis wegzuräumen, das wieder zurückkehren wird. Und nächsten Winter wird ein anderer Techniker das Eis wegräumen und zusehen, wie es sich immer wieder auftürmt. Jahr für Jahr werden sie es wegräumen, und erst wenn die Station geschlossen wird, wird man damit aufhören und den Turm verfallen lassen, und dann wird nichts zurückbleiben als eine glatte Eisfläche, die vor Kälte ächzt.

Dass ich hier bin, ändert an alledem nichts. Ich habe an dieser Station mitgebaut, und eines Tages wird sie verschwunden sein, warum bin ich also hier? Ich kehre der Station den Rücken zu und brenne große, flache Schnitte in das Eis. Ich ritze chinesische Buchstaben hinein. »*Wo zai jar*«, ich bin hier. Und dann radiere ich die Zeichen mit dem Brenner wieder weg, bis die Oberfläche glatt ist wie Glas, alle Spuren beseitigt.

»Zhang?«

Maggie steht auf dem Turm, von unten beleuchtet. Sie ist gesichtslos hinter ihrer Maske, versteckt in ihrem KA, aber ich kenne ihre Größe, ihre Gestalt und Stimme. Es macht mich wütend, noch einen gesichtslosen Menschen in einem KA zu sehen. Die Arktis macht aus Menschen Dinge. Ich antworte ihr nicht, sondern schneide ungestüm durchs Eis.

»Was treibst du da?«

Ich finde, der Wind und die Geräusche des traktierten Eises sind Antwort genug. Verdammt, ich will den Wind spüren. Also stelle ich den Schneidbrenner aus, ziehe die Maske ab und werfe die Kapuze zurück. Der Wind ist so kalt, dass mir die Augen tränen, die Luft ist so kalt, dass jeder Atemzug wehtut. Es ist weit kälter als im Wasser. Ich öffne die Verschlüsse und ziehe das Oberteil aus. Es ist mir egal, dass ich friere. Der Kälteschmerz ist echt, endlich wieder ein echtes Gefühl. Ich nehme den Schneidbrenner und arbeite weiter.

Ein Teil von mir kann nicht glauben, was ich da mache, aber ich habe die Nase gestrichen voll und will, dass die anderen es wissen. »Alles Scheiße!«, rufe ich Maggie zu. »Der Stützpunkt, die Eisbären, die Wale! Ohne die geringste Bedeutung. Wir haben hier verdammt noch mal nichts verloren. Wir sind nichts! *Nada!*« Vielleicht spiele ich bloß Theater, aber hier draußen im Wind fühlt es sich nicht so an. Ich schneide durch das Eis, der Laser dringt bis zum Wasser vor, das – schhhhiffffsss – verdampft. Ich schneide einen Graben hinein, kann mich aber nicht mehr konzentrieren und werfe den Schneidbrenner hin. Ich rede und rede und rede und rede, doch was ich sage, scheint unwichtig. Ein Teil davon ist Englisch, ein Teil davon Spanisch, die Sprache meiner Mutter. Ich rede mit Maggie. Ich rede mit mir selbst.

Ich rede auf das Eis ein und sage immer wieder: »Ich habe den verdammten Verstand verloren, kapiert? Ich *habe* den verdammten Verstand verloren. Ich habe den *verdammten* Verstand verloren.«

Maggie kommt zu mir, nimmt mich am Arm und sagt: »Komm rein. Komm rein.«

Zuerst sträube ich mich. Aber dann merke ich, dass ich friere und wie sehr ich mich danach sehne, ins Warme zu kommen. Ich lasse sie mein Oberteil und den Schneidbrenner aufheben und folge ihr nach drinnen. Jetzt spricht sie und ich bin still. »Mach dir nichts draus«, sagt sie, »so was kommt im Winter schon mal vor. Komm rein, trink etwas Heißes, trink einen Tee. Die Eskimos nennen es *perlerorneq*, Winterdepression. Sie überfällt dich, wenn es dunkel wird und du unglücklich bist, aber das ist jetzt vorbei, dir geht's schon besser. Ich mach dir eine Tasse Tee mit viel Zucker, hier, zieh das wieder an und wärm dich auf.« Und an Jim und Janna gewandt: »Zhang ist müde, ich bringe ihn zurück, er arbeitet heute nicht. Keine Sorge, es geht ihm schon wieder besser.«

Was gesagt wird, geht an mir vorbei, ist mir egal. Mir ist alles egal, ich könnte vor Müdigkeit heulen. Ich frage mich, ob ich verrückt werde, aber wenn ja, kann ich wenigstens wieder nach Hause.

Maggie bringt mich nach Borden zurück und auf mein Zimmer. Sie setzt sich zu mir ans Bett und sagt: »Im Augenblick hast du das Leben satt, *perlerorneq*, aber das gibt sich wieder.«

»Tut mir Leid«, murmele ich. Aber ich fühle etwas, keine Wut. Unter all der Müdigkeit fühle ich Dankbarkeit. »Danke«, sage ich.

»Schlaf gut«, sagt sie.

Ich schlafe sechzehn Stunden, den halben Tag und die ganze Nacht. Als ich die anderen am nächsten Morgen beim Frühstück treffe, bin ich verlegen. Sie sind alle sehr freundlich. Ich kann Maggie Smallwood nicht in die Augen sehen.

Janna sagt: »Schwer ist es für uns alle, aber für dich, nun, du willst gar nicht hier sein.«

»Ich weiß nicht, was mit mir passiert ist«, sage ich reumütig und verwirrt. Ich fahre mit ihnen hinaus zur Arbeit. Um mich im Auge zu behalten, geben sie mir eine Aufgabe unten im Labor und reden viel mit mir.

Maggie erklärt mir in aller Ruhe: »Als sie im Weltraum Probleme mit Depressionen hatten, wurden die Inuit und die Grönland-Eskimos in Sachen *perlerorneq* zu Rate gezogen. Das ist wie bei einem Stromkreisunterbrecher. Mittlerweile wird jede Crew, bevor sie ins All fliegt, von Eskimos entsprechend vorbereitet. Das habe ich in der Schule gelernt, in Ethnologie.«

Mein Unglücklichsein hält an, aber es ist jetzt grau, nicht mehr schwarz. Ich lege mich wieder unter die Tageslichtlampen, ich lerne ein bisschen. Montags und mittwochs abends übt Janna mit mir Infinitesimalrechnung, damit ich dranbleibe. Ich bin gut vorbereitet und sie kann gut erklären, also ist es leicht. Mit Maggie wechsle ich kaum ein Wort, sage meist nur hallo. Ich schäme mich für mein Verhalten ihr gegenüber, aber was soll ich sagen?

So geht der Dezember vorüber. An Weihnachten kommt ein Paket von Peter, extravagante Pullis mit kleinen Pelerinen; der letzte Schrei, schreibt er. Einen schenke ich Karin. Wir tauschen Geschenke aus, singen Lieder. Es könnte schlimmer sein.

Wir erwarten den Sonnenaufgang für den zweiten Februar um 12 Uhr 14. Den ganzen Januar lerne ich und lasse die Tage verstreichen. Ich habe das Gefühl, dass ich das Schlimmste hinter mir habe und dass ich jetzt klarkomme. Ich beschließe, den Vertrag zu verlängern.

»Keine Sorge«, sagt Janna, »der Sommer wird dir gefallen, Sonnenanbeter, der du bist. Früher haben sich die Forscher Fellbinden über die Augen gebunden, um schlafen zu können.«

Am neunundzwanzigsten Januar sitzen Janna und ich schon kurz vor Mittag zusammen und lernen. Eric wird von acht Uhr abends bis drei Uhr morgens in der Halsey-Außenstation ein Experiment durchführen, bei dem er einen Techniker braucht. Bis dahin habe ich frei. Täglich wird es heller am Horizont. Der Himmel glüht rosig, die Sterne verblassen, doch die Sonne zeigt sich noch nicht. Ich warte reglos. Nur noch vier Tage.

Janna rechnet meine Ergebnisse nach, während ich den Horizont beobachte. Es scheint, als wäre der Sonnenaufgang ganz nahe, durchaus schon möglich. Der Himmel trägt das perlmutterne Weiß der Dämmerung, schimmert rosig, lavendelfarben, indigoblau und irgendwo weit oben schwarz. Das Eis nimmt die Farben des Himmels an.

Und dann, vier Tage eher als erwartet, sehe ich den Rand der Sonne, blendend, über dem Horizont auftauchen. »Janna!«

Sie blickt hoch, reißt die Augen auf und strahlt vor Vergnügen. »Oh, Zhang, wie wundervoll!«

Es ist Morgen. Ich lächle und lächle.

»Das ist noch kein richtiger Sonnenaufgang«, erklärt Janna, »es ist eine Lichtbrechung, hervorgerufen durch die Erdatmosphäre. Die Sonne steht noch fünf Grad unter dem Horizont.«

Stumm sitzen wir da und sehen zu, wie die Sonne aufgeht und dann schnell wieder versinkt. In wenigen Minuten ist alles vorbei.

Ich fürchte, wieder von der Nacht erdrückt zu werden, aber nein, der Sonnenaufgang ist genug. Ich kann warten. Ich kann lernen, ich kann die Aufnahmeprüfung bestehen. Und die zweite Nacht ist nicht so schlimm, niemals so schlimm wie die erste.

Ich habe überlebt. Und ich denke, endlich passe ich mich an.

Jerusalem Ridge

Martine

Das kleine Mädchen schaut mich an und fragt: »Was ist das?«

»Was?«, frage ich. Der Mythos, dass alle Frauen mittleren Alters kleine Kinder mögen, ist genau das, ein Mythos.

»Das da.« Sie zeigt mit dem Finger.

»Das ist eine Kerze«, sagt der Mann, der an seinem Gleiter herumbastelt. »Komm mal her, Theresa, du musst etwas für mich halten, ja?«

Eindeutig ihr Vater. Die Haut der beiden ist blass wie ausgebleichte Baumwolle. Neuankömmlinge. Das Leben, das sie vorher geführt haben, scheint alle Farbe aus ihnen herausgewaschen zu haben. Das kleine Mädchen schaut zu mir auf – sie weiß anscheinend nicht, was sie von mir halten soll – und gehorcht.

Auf der Suche nach einem Leck schreite ich die Grenze ab. Es muss hier irgendwo sein. Um Lecks ausfindig zu machen, wenden wir eine ziemlich altmodische Methode an. Wenn gemeldet wird, dass irgendwo auf Jerusalem Ridge die Zusammensetzung der Luft nicht stimmt, ziehe ich mit einer Kerze los. Das Flackern der Flamme zeigt mir, wo die undichte Stelle ist.

Versuchen Sie nicht, Jerusalem Ridge auf Ihrer Landkarte zu finden, eigentlich heißt es New Changsha oder Sektor 56/C-JRU, je nachdem, ob Ihre Karte während oder nach der Großen Läuterung gedruckt wurde. Es liegt am Nordrand des Argyre-Beckens in der südlichen Hemisphäre. JRU sind die Initialen des Landvermessers. Aron Fahey behauptet, der Name Jerusalem sei aus den Initialen entstanden, aber ganz sicher bin ich mir nicht. Die meisten

Menschen, die vor dreißig Jahren hier gelebt haben und Auskunft geben könnten, sind inzwischen umgesiedelt worden. Aron war damals erst neun Jahre alt, darum bezweifle ich, dass er wirklich Bescheid weiß. Ich kam her, als der Sektor vor sieben Jahren wieder geöffnet wurde, und bin in ein Schlangennest voller Hinterhältigkeiten und Animositäten getappt. Noch heute spaltet sich die Kommune gelegentlich in zwei Fraktionen: auf der einen Seite die Alten, die sich genau daran erinnern, wer wem was während der Kampagne angetan hat; auf der anderen Seite die Neuankömmlinge, die wir unsere Verfehlungen auf der Erde zurückgelassen haben. Diejenigen, die während der Kampagne noch Kinder waren, tendieren zur Seite der Neuen.

Vater und Tochter sind eindeutig Neuankömmlinge. Den letzten Beweis liefert der Vater, als er die Kleine vorsichtig an seinen Diagnoster anschließt. Hier werden Kindern so früh noch keine Implantate verpasst; ich glaube nicht, dass sie älter ist als sechs. Sie sieht jedenfalls jünger aus und trägt ein rotes Oberteil, das im Nacken spannt und ihr zu klein ist. Die Hose ist ihr zu weit. Aus zweiter Hand. Er trägt den Overall, den die Kommune ausgibt. Ich finde mein Leck und schließe es. Es ist nicht schwer, ein Leck zu schließen. Schmier einfach ein Dichtungsmittel drauf und markiere die Stelle für die nächste Generalinspektion. Dieses Mal sieht es so aus, als hätte jemand etwas gegen die Wand gerammt – in einem Durchgang passiert so was mitunter. Während ich warte, bis die Dichtungsmasse ausgehärtet ist, behalte ich Vater und Tochter im Auge. Er ist blond und hat markante Gesichtszüge. Ihr Haar ist dünn, schlaff und von einem farblosen Braun. Sie steht neben ihm, ohne herumzuzappeln, und konzentriert sich. Sie scheint weniger auf ihre Aufgabe zu achten als vielmehr auf ihren Vater; sie beobachtet ihn verzückt, mit leicht geöffnetem Mund, wie Kinder es tun.

Ich gehe, bevor sie mit ihrer Reparatur fertig sind.

Als ich zu Hause ankomme, streikt mal wieder meine Milchzentrifuge, und ich vergesse die beiden völlig.

Als kleines Mädchen bin ich einmal zwei Kilometer weit geschlafwandelt. Ich laufe einfach gern. Damals gab es noch Kommunen in West Virginia. Ich glaube, das fehlt mir am meisten: in West Virginia spazieren zu gehen. Mit dem Zuganschluss wurde dort alles anders. Plötzlich quoll es über von Leuten aus New York, die ein sauberes Fleckchen suchten, wo ihre Familie auf dem Lande aufwachsen konnte, während sie in der Stadt einer gut bezahlten Arbeit nachgingen. Anfangs gehörten sie alle zum Kader, vielleicht noch ein paar Grünjacken. Offiziere natürlich, einfache Soldaten verdienen nicht so viel.

Ich bin vermutlich deshalb Soldatin geworden, weil es in meiner Kindheit der gängige Weg war, sich das Beste zu sichern. Das war nach der ersten Phase der Großen Läuterung, als wir alle versuchten, jene Zeiten heraufzubeschwören, als der Sozialismus den Menschen noch etwas bedeutete. Das Ganze ging schrecklich schief, und Leute bekamen Schwierigkeiten wegen Sachen, die zehn Jahre zuvor gutgeheißen worden waren, wie der Eigenanbau von Silikonchips und all die anderen Hightech-Versuche im Hinterhof. Die Armee schien eine ziemlich sichere Sache zu sein. Außerdem hatte ich Beziehungen. Mein Onkel war Oberst der Luftwaffe und er hat mich untergebracht. Mit fünfzehn bin ich eingetreten. Damals war das noch möglich. Mit fünfunddreißig hatte ich meine zwanzig Jahre abgeleistet, eine gescheiterte Ehe hinter mir und die Nase voll vom Militärdienst. Ich habe mir West Virginia noch einmal angeschaut, aber in meiner Abwesenheit hatte es sich in ein Abziehbild von New Jersey verwandelt, und auf New Jersey hatte ich es nun wirklich nicht abgesehen. So bin ich bei dem Siedlungsprojekt auf dem Mars gelandet. »Patriotische Freiwillige verwandeln rote Wüste in blühende Landschaften.«

So kam ich wieder zum Spazierengehen; neben der Versorgung meines kleinen Ackers, meiner Ziegen und Bienen schritt ich regelmäßig die Grenze ab, um Lecks ausfindig zu machen. Bei Lenin, es war schwer. Ich wollte in Jerusalem Ridge ein neues Leben beginnen, aber ich hatte nicht damit gerechnet, dass ich unmöglich vor mir selbst davonlaufen konnte. Und ich hatte mich nicht verändert, nur weil ich in ein Shuttle gestiegen und zum Mars geflogen war. Ich war nicht glücklich. Ich kann nicht sagen, dass es ein Fehler war, auf der Erde war ich auch nicht glücklich. Aber auf der Erde hatte ich es zumindest bequem. Lange Zeit hatte ich es auf dem Mars alles andere als bequem. Ein halbes Jahr nach meiner Ankunft wollte ich wieder zurück, tat aber nie den entscheidenden Schritt, und mittlerweile bin ich an dem Punkt, wo es einfacher ist zu bleiben als zu gehen.

Ich richte meinen Tagesablauf nach den anfallenden Arbeiten. Manchmal muss ich schon um drei Uhr früh raus, das Vieh hat seinen eigenen Rhythmus und nimmt keine Rücksicht auf meinen, aber nachmittags gegen halb fünf bin ich meist im Haus. Es ist gegen halb fünf, eine Woche nachdem ich sie zum ersten Mal gesehen habe, als sie bei mir vorbeikommen und mich um Trinkwasser bitten. Ich wohne ein ganzes Stück von der Röhre entfernt, also mussten sie laufen, aber meine Kuppel ist eine der letzten vor der langen Strecke nach New Arizona, und es ist nicht ungewöhnlich, dass Leute bei mir Halt machen. Trinkwasser ist nach wie vor knapp. Ich gebe immer etwas ab, ich weiß nie, wann ich selbst einmal darum bitten muss.

Ich hätte ihn nicht wieder erkannt, wenn das Mädchen nicht bei ihm wäre. Falls er mich als die Frau mit der Kerze erinnert, spricht er mich nicht darauf an. Theresa, seine kleine Tochter, versteckt sich hinter ihm; der fremde Ort schüchtert sie ein. Er nimmt das Glas, geht etwas ungelenk in die Hocke und reicht es ihr. Während sie trinkt, schaut sie ihn an, als hätte er das Wasser aus dem Nichts herbeigezaubert. Sie reicht ihm das Glas halb voll zurück, und er trinkt es aus, benutzt wie selbstverständlich ihr Glas, wie Eltern es tun.

»Bedank dich bei der Dame«, sagt er leise.

»Danke«, sagt sie und greift nach seiner Hand.

»Unterwegs nach New Arizona?«, frage ich.

»Nein«, sagt er, »da kommen wir gerade her.«

Nach New Arizona sind es rund neunzehn Stunden. Warum hat er das Kind mitgenommen?

Wir wissen nicht, was wir sagen sollen, und er wendet sich zum Gehen.

»Vielleicht wollen Sie und die Kleine etwas essen?« Mir kommt der Gedanke, dass die beiden womöglich im Wohnheim untergebracht sind. Wie schrecklich, nach einer so langen Reise wieder dort schlafen zu müssen.

Er schaut auf den braunen Scheitel seiner Tochter, scheint in Versuchung, ja zu sagen, schüttelt aber den Kopf. »Nein, vielen Dank.«

»Es macht mir keine Umstände«, sage ich. »Ich koche immer auf Vorrat und habe gerade einen großen Topf frische Suppe gemacht. Schmeckt bestimmt besser als das Essen im Wohnkomplex.«

Das kleine Mädchen gibt schließlich den Ausschlag. Sie wartet ab, weder hoffnungsvoll noch hoffnungslos, einfach nur müde. »Wenn es wirklich keine Umstände macht«, sagt er leise.

Das Haus ist aus Beton, glatte gerundete Wände, wie ein Hügel. Innen ist es ganz in Grün und Blau gehalten, wohl deshalb, weil auf dem Mars alles rot ist und diese Farbe bei mir politische Assoziationen weckt. Und ich habe Pflanzen, Sauerstoffproduzenten. Sie entlasten die Umwälzanlage. Ich wohne seit sieben Jahren hier und weiß nicht recht, was ich mit meinen Zusatzeinnahmen anfangen soll, also stecke ich sie in das Haus. »Ich heiße Martine Jansch«, sage ich und strecke die Hand aus.

»Alexi Dormov«, sagt er. »Und das ist Theresa, meine Tochter.«

»Hallo«, sagt sie und blickt zu Boden.

»Hallo, Theresa«, hübscher altmodischer Name, »hast du Hunger?«

»Ja«, antwortet sie.

»Magst du Suppe?«

»Was für welche?« Sie schaut mich an. Nun ja, es war eine dumme Frage und eine völlig vernünftige Antwort.

Ihr Vater scheint hin und her gerissen zwischen Stolz und Verlegenheit, das gefällt mir an ihm. Ich kann es nicht leiden, wenn Eltern meinen, andere Leute müssten alles lustig finden, was ihre Kinder tun.

»Bohnen«, antworte ich.

»Ich weiß nicht«, sagt sie ehrlich.

Meine Küche ist weiß, beige und blau, mit einer Wand voller Pflanzen. Ich schenke Theresa ein Glas Fruchtsaft ein und biete ihrem Vater ein Bier an, das er überrascht und freudig annimmt. Ich gebe nicht an, ich kann mir Fruchtsaft und Bier leisten.

»Wohnen Sie allein hier?«, fragt er.

»Ja«, sage ich, »aber die Sprechanlage ist so eingestellt, dass sie auf Zuruf die Tür öffnet, und es kommt oft jemand vorbei.« Für einen Moment geht mir der abstruse Gedanke durch den Kopf, dieser Mann könnte ein Geisteskranker sein, der durch die Gegend streift und seiner Tochter brutale Gewalt antut. Martine, denke ich, du bist zu viel allein. Abgesehen davon, dass er sich in der marsianischen Schwerkraft noch ziemlich ungeschickt bewegt.

Er sieht sich um und bewundert die kühlen weißen Wände, die blauen Kacheln und den beige gefliesten Boden. Arons Frau ist Keramikerin und hat die Fliesen für mich gemacht. Verlegt habe ich sie selbst. »Ziemlich groß für eine einzige Person«, sagt er.

»So groß ist es gar nicht. Zwei Schlafzimmer, ein Vorderzimmer und die Küche. Aber Sie sind vielleicht engere Verhältnisse gewöhnt«, sage ich und habe natürlich das Wohnheim im Sinn.

»Ja, das sind wir, was, Herzchen?« Er wuschelt der Tochter durchs Haar. »Wir haben in Yorimitsu gewohnt.«

Yorimitsu, Yorimitsu. Den Namen habe ich schon mal gehört. Ich achte nicht sehr auf Nachrichten von zu Hause, es sind immer schlechte Nachrichten. »Hat das nicht irgendwas mit Arizona zu tun, Colorado und dem Korridor? Yorimitsu, ist das nicht …« Ich komme nicht drauf.

»Ein Lager für Umsiedler«, sagt er mit derselben leisen Stimme, mit der er immer spricht.

Gegen Ende der Großen Läuterung wurde ein Programm zur

Kultivierung des Korridors gestartet. Aber die Ressourcen waren knapp, viele Menschen mussten erneut umgesiedelt werden. Einige von ihnen verbrachten Jahre in Auffanglagern, bis sie endlich irgendwo untergebracht wurden. Und Alexi Dormov und seine Tochter wurden auf dem Mars untergebracht. Wo ist ihre Mutter? »Dann muss Ihnen meine Wohnung wirklich groß vorkommen«, sage ich.

»Wie sind Sie hergekommen?«

»Freiwillig. Ich bin aus der Armee ausgeschieden«, erkläre ich. »Ich wollte weniger reglementiert leben.«

»Sie waren bei der Armee?«

»Zwanzig Jahre lang.«

»Ich war in Südafrika stationiert«, sagt er.

Wahrscheinlich als Freiwilliger im Friedenskorps. »Infanterie?«, frage ich.

Er schüttelt den Kopf. »Bei den Atmosphärengleitern.«

Pilot. Klein genug ist er ja. Als ehemalige Infanteristin misstraue ich Piloten. Meist sind es Hitzköpfe, die ihre Rechtschaffenheit durch Fliegen unter Beweis stellen müssen. Ich mache die Suppe kurz heiß und fülle sie in blaue und beige Schalen. Auch sie stammen aus der Werkstatt von Chen, Arons Frau. Ich finde sie hübsch, aber für jemanden, der gerade von der Erde kommt, sind sie wahrscheinlich nichts Besonderes.

Ich stelle Tabasco auf den Tisch, und als ich ein paar Tropfen in meine Suppe spritze, folgen die beiden meinem Beispiel und würzen vorsichtig nach. Tabasco in der Bohnensuppe schmeckt nicht jedem, aber ich sage nichts, ich will sie nicht in Verlegenheit bringen. Alexi kostet vorsichtig und nickt. »Lecker«, sagt er. »Wirklich lecker, was, Theresa?«

Sie nickt. Der Löffel sieht in ihrer Hand zu groß aus.

»Schmeckt richtig nach was«, sagt er. »Ich finde das Essen im Heim ziemlich gut, aber das hier ist wirklich *lecker.*«

»Danke«, sage ich verlegen. Schließlich ist es nur Bohnensuppe mit ein bisschen Schweinefleisch, des Geschmacks wegen. Es ist nicht einmal Neun-Bohnen-Suppe wie in meiner Kindheit.

Das Essen im Wohnkomplex macht satt, Kantinenkost. Aber ich würde es nicht als gut bezeichnen. Alexi isst drei Schalen, seine Gier ist ihm ein bisschen peinlich. Er genießt die Suppe so offensichtlich, dass es Spaß macht, ihn zu beköstigen. Und Theresa isst ihre Schale fast leer und bekommt zum Nachtisch ein Brötchen mit Honig. Bienen sind mein Geschäft, die Kommune verkauft Jerusalem-Honig im ganzen Quadranten. Darum kann ich mir Fruchtsaft und Bier leisten.

Ihre Anwesenheit strengt mich an. Ich bin Gesellschaft nicht gewohnt und ich bin heute Morgen kurz nach vier aufgestanden. Die Unterhaltung gerät ins Stocken, ich trage nicht viel dazu bei. Ich führe die beiden nach draußen und zeige ihnen meine Bienen. Alexi trägt Theresa auf dem Arm, die vor Faszination und Angst erstarrt, als ich eine Wabenlade aus einem der Bienenstöcke herausziehe und erkläre, wie ich den Honig gewinne. Die Bienen, getigerte Knöpfe mit gläsernen Flügeln, krabbeln hektisch übereinander.

Dann schauen wir uns meine vierzehn Ziegen an, und ich zähle ihre Namen auf: Einstein, Geck, Eskimo, Konstantina, Miss Shapiro, Lucy, Xanthippe, Lilith (die das Herz einer Hure hat, aber das verschweige ich), Hai-hong, Machina Jones, Amelia, Angela, Karmin, Kleopatra. Sie machen meckernd und bockend auf sich aufmerksam, stupsen uns an und versuchen, ihre Mäuler in meine Taschen zu stecken. Ich gebe ihnen Futter für die Nacht und Theresa wirft ihnen Leckereien in die Eimer und juchzt vor Vergnügen, als die Tiere sich wie toll gebärden, um an die Eimer zu kommen. Einstein zieht wieder seine Show ab – er springt über Karmin hinweg auf die Wand zu, stößt sich ab und landet mitten in der Meute. Ziegen kommen mit der geringen Schwerkraft bestens zurecht, anders als Kühe, die armen Viecher.

Als Alexi seine Tochter durch den Tunnel zum Haus zurückträgt, ist sie schwer wie ein Sack, ihr blasses, müdes Gesicht ruht an seiner Schulter. Ich bin trunken vor Freude, ihnen meine gut organisierte kleine Farm zeigen zu können. »Bleiben Sie doch über Nacht«, sprudelt es aus mir heraus.

»O nein, wir sind Ihnen schon genug zur Last fallen.«

Ich bereue sofort, das Angebot gemacht zu haben, und denke, warum bietest du es an, wenn du es gar nicht willst? Eigensinnig, wie ich bin, bestehe ich auf meiner Einladung. Er will sie doch nicht in den Schlafsaal bringen, das Kind ist so müde und braucht einen ruhigen Ort zum Schlafen, und er muss auch müde sein. Den Transporter kann er getrost an der Rampe stehen lassen. Ich habe eine aufklappbare Couch und ein zweites Schlafzimmer. Wieder gibt das Kind den Ausschlag. Ich erwarte, dass er sie auf die Couch legt, aber er sagt, sie könnten zusammen in einem Zimmer schlafen. Das beruhigt mich – als er es sagt, wird mir bewusst, dass mein Angebot hätte missverstanden werden können.

Er muss nach draußen gehen und ihre kleine Tasche aus dem Transporter holen, dann setzt er das Mädchen auf die Bettkante und zieht ihr das Hemd über den Kopf. Sie ist teilnahmslos und schlaff; ihr Kopf scheint zu schwer für den Hals zu sein. Routiniert und geschickt hilft er ihren Händen in die Ärmel des Nachthemds. Dann deckt er sie zu und stellt das Bett so ein, dass sie es warm hat.

Wir gehen ins Vorderzimmer und genehmigen uns noch zwei Bier. Ich erzähle ihm ein bisschen über Jerusalem Ridge und bin überhaupt gesprächig wie selten. Ich erzähle ihm, wie es war, als ich hier ankam und so viele Menschen umgesiedelt worden waren, dass es nicht genügend Arbeit für alle gab. Er stellt intelligente Fragen. In drei Jahren soll er eine eigene Parzelle erhalten, aber ich warne ihn vor; so wie die Dinge hier laufen, kann das auch fünf Jahr dauern.

Er ist vierunddreißig. Ich bin zweiundvierzig. Theresa ist sechseinhalb.

Wir gehen früh ins Bett. Ich liege lange wach, wahrscheinlich bin ich überdreht. Ich kann nichts hören, doch ich bilde mir ein, die beiden atmen zu hören. Das Haus fühlt sich voll an. Nach einer Weile wird das Atmen zu Meeresrauschen, und um halb fünf weckt mich das Bett. Ich habe vom Pazifik geträumt. In meinem Traum war der Himmel voller Krähen.

Die Milchzentrifuge streikt schon wieder. Sie ist für fünf bis zehn Kühe ausgelegt, ich dagegen habe zwölf Milchziegen. Mit der Milchmenge kommt die Anlage zurecht, aber ich habe sie auf Ziegen umgerüstet und seither gibt sie dauernd den Geist auf. Ich schaffe es, sie selbst zu melken und das verdammte Ding von Hand anzuwerfen, doch das bedeutet, dass eine Arbeit, die sonst nur zwanzig Minuten dauert, mich über eine Stunde kostet. Gegen halb sieben gehe ich ins Haus zurück. Meine Gäste sind noch nicht aufgestanden. Ich knete den Teig für die Brötchen, die um sieben im Ofen backen. Mittlerweile ist auch die zweite Kanne Kaffee durchgelaufen. Kurz vor halb acht erscheint Alexi angezogen in der Küche, gefolgt von Theresa, die sich die Augen reibt. Ich biete ihnen Brötchen an, belegt mit Käse und Rosinen, gekochten Milchreis und Fruchtsaft. Ich kann nicht behaupten, dass ich jeden Morgen so esse, normalerweise gibt es eine Schüssel Haferbrei, den ich mit Kaffee hinunterspüle.

»Gut geschlafen?«, frage ich mit grausamer Munterkeit.

»Großartig. Und was für ein Frühstück! Wann sind Sie aufgestanden?«

»Vor fünf«, antworte ich.

»Wegen uns?«, fragt Alexi mit schlechtem Gewissen.

»Natürlich nicht, ich muss eine Farm bewirtschaften. Eigentlich sollte der Honig schon versandfertig sein, aber ich muss Caleb anrufen und ihm sagen, dass er die Ladung erst morgen abholen kann.«

Er fragt warum, und ich berichte von den Problemen mit der Milchzentrifuge. Während wir uns unterhalten, beobachte ich Theresa, die anscheinend noch nie Brötchen mit Käse und Rosinen gegessen hat. Sie isst erst ein paar Löffel Milchreis, bevor sie einen Bissen riskiert. Dann legt sie das Brötchen auf den Teller zurück, und ich denke, es schmeckt ihr nicht, aber nach einer Weile nimmt sie es wieder in Angriff und isst schließlich die Hälfte.

Alexi stellt mir Fragen über die Melkanlage, isst eine Schale Milchreis, drei Brötchen und zum Schluss das, was seine Tochter übriggelassen hat. »Vielleicht kann ich sie reparieren«, sagt er. »Im Reparieren bin ich gut.«

Ich habe nichts dagegen. Theresa ist begeistert von der Aussicht, die Ziegen wieder zu sehen. Ich schicke die beiden voraus und rufe Caleb an, um ihm zu sagen, dass er den Honig erst später abholen kann. Als ich in den Stall hinunterkomme, hat sich Alexi bereits ins System eingeklinkt. Theresa streichelt behutsam die schwangere Kleopatra. Insgesamt sind fünf Ziegen schwanger, entsprechend werden mir in nächster Zeit Einnahmen fehlen, aber ich habe beschlossen, es durchzuziehen und zusätzliches Land zu beantragen, um die Farm zu erweitern. Alexi hat den geistesabwesenden Ausdruck desjenigen, der am Netz hängt. Theresa scheint glücklich, also beschließe ich, mich um die Bienen zu kümmern.

Nach etwa einer Stunde taucht Alexi auf. »Das Programm dürfte schnell korrigiert sein, dann sollte es wieder laufen, aber haben Sie auch an den Ziegennachwuchs gedacht?«

Das habe ich, wenn auch ungern. »Ich werde mir wohl ein neues System zulegen müssen.«

Er schüttelt den Kopf. »Ich könnte das System umrüsten, aber das würde eine Weile dauern und heute muss ich den Transporter zurückbringen. Aber wenn Sie wollen, komme ich wieder, am Sonntag vielleicht. Am Sonntag habe ich frei.«

»Ich könnte Sie dafür bezahlen«, sage ich. »Das wäre prima.«

»Sie brauchen mir nichts zu zahlen«, antwortet er. »Das bin ich Ihnen und Ihrer Gastfreundlichkeit schuldig.«

Wir diskutieren über die Bezahlung und einigen uns darauf, dass er und Theresa am Sonntag bei mir zu Mittag und zu Abend essen.

Dann gehen wir zum Haus zurück und ich begleite sie zur Rampe. Er hebt Theresa in das Führerhaus des Transporters, schwingt sich auf den Fahrersitz und schließt die Tür. Aus Höflichkeit bleibe ich stehen und schaue ihnen hinterher. Erleichtert kehre ich ins Haus zurück, das jetzt wieder ganz allein mir gehört. Ich ziehe das Laken vom Gästebett und beziehe es neu, dann mache ich singend die Küche sauber. Ich arbeite den ganzen Tag, versorge mein kleines Gemüsebeet, miste den Ziegenstall aus, und den Großteil des Nachmittags schleudere und koche ich Honig. Es ist schön, allein zu sein. Ich höre Musik, die ich seit Jahren nicht gehört habe und die für mich typisch nach West Virginia klingt.

Am Nachmittag ertappe ich mich dabei, wie ich mir Gedanken darüber mache, was ich am Sonntag für Theresa und Alexi kochen könnte. Ich habe ein delikates Reisgericht mit Bohnen, doch dafür müsste ich noch ein paar Sachen einkaufen. Nicht unaufwändig. Und vielleicht ein Kuchen. Theresa würde sich freuen.

Am Sonntag treffen sie gegen elf Uhr ein. Theresa schliddert den Flur entlang, wie nur Kinder und gebürtige Marsianer es können und wie es diejenigen von uns, die unter irdischen Schwerkraftverhältnissen groß geworden sind, nie lernen werden. Alexi folgt ihr mit einem Lächeln. »Martine!«, sagt er. »Hallo.« Ein großer Krug mit Limonade steht auf dem Tisch, doch Theresa hat nur Augen für den Kuchen. In der Zuckerglasur stecken Erdbeerscheibchen, die wie Blütenblätter arrangiert sind. Alexi hebt Theresa hoch und sagt: »Sieh dir das an, Herzchen.«

»Was sind das für rote Dinger?«

»Erdbeeren. Frische Erdbeeren. Die wuchsen auch bei uns zu Hause, als ich noch ein kleiner Junge war. Unbeschreiblich lecker.«

Theresa hat noch nie Erdbeeren gegessen? Was für Zustände müssen in einem Lager für Umsiedler herrschen?

Wir essen Reis und Bohnen. Danach verteile ich den Kuchen. Theresa möchte eine Blüte, also schneide ich ihr eine Ecke heraus, die viel zu groß für sie ist, aber sie schafft ein ordentliches Stück. Ihr Vater isst den Rest. Für einen so kleinen Mann putzt Alexi Dormov einiges weg. Er langt zu, als wüsste er nicht, wann er das nächste Mal etwas zu essen bekommt. Dann macht er sich an die Arbeit. Ich gehe mit Theresa in den Garten und bringe ihr bei, wie man Bohnen erntet. Die Kuppel ist offen und die Sommersonne strahlt durch das polarisierte Glas. Ich führe Kleopatra herein und bitte Theresa, darauf zu achten, dass das Tier nicht vom Gemüse nascht, und die beiden rennen zwischen den Beeten auf und ab. Wenn Kleopatra ein Zickenkitz wirft, werde ich es Theresa nennen.

Sie macht mich nervös. Sie mag mich, aber ich weiß nicht, wie ich mit einem kleinen Mädchen umgehen soll. Ich will mich nicht dauernd um sie kümmern müssen. Aber das ist auch nicht nötig, sie ist mit Kleopatra beschäftigt.

Nach einer Weile schaue ich nach Alexi und bringe ihm ein frisches Glas Limonade. Er ist immer noch eingeklinkt und sitzt wie hypnotisiert da. Auf seinem Schoß liegt ein Notizblock, auf den er irgendwelche Zeichen gekritzelt hat, doch er schaut nicht hin. Ich weiß, wie schwer es ist, ein Programm umzustricken, also warte ich, bis er mich bemerkt und sich ausklinkt. Er grinst und streicht sich die Haare aus der Stirn.

»Wie läuft's?«, frage ich.

»Ganz gut«, sagt er, »aber es wird noch ein Weilchen dauern. Geht Theresa Ihnen auf die Nerven?«

»Nein, sie spielt mit einer der Ziegen.«

»Typisch, die beste Freundin meiner Tochter ist eine Ziege.«

Eine Welt des Schmerzes liegt in dieser Bemerkung, auch wenn er es leichthin sagt. Als sein Lächeln verschwindet und sein Gesicht für einen Moment reglos ist, vermute ich, dass er an Yorimitsu denkt. Fast sage ich: »Kinder sind flexibel«, obwohl es zu den gleichen Irrtümern gehört wie die Annahme, dass Frauen mittleren Alters Kinder mögen. Doch seine Gedanken sind ganz woanders. »Martine«, sagt er, »man wird uns wieder umsiedeln, und ich weiß nicht, was ich tun soll.«

»Was?«

»Man wird mich wieder umsiedeln. Reicht es denn nicht, uns auf den Mars zu schicken?« Sein Tonfall bleibt ruhig, fast könnte man die Verzweiflung in seiner Stimme überhören.

»Sie schicken Sie vom Mars wieder weg?«, frage ich. Ich kann mir nicht vorstellen, wo sie ihn sonst hinschicken wollen. Oder warum.

»Nein«, antwortet er, »nicht vom Mars. Am Pol soll ein großes Projekt zur Wassergewinnung anlaufen.«

»Und Theresa?«, frage ich. Das Leben am Pol ist primitiv und gefährlich.

»Ich weiß nicht«, antwortet er. »Noch ist nichts beschlossen.«

»Wie kommen Sie darauf, dass ausgerechnet Sie dorthin geschickt werden?« Im selben Augenblick wird mir bewusst, dass ich ihm unterstelle, er würde an Verfolgungswahn leiden.

»Ich *weiß* es einfach. Ich habe das schon vier Mal durchgemacht. Ich weiß genau, wann es wieder so weit ist.« Er ballt die Hände und reibt die Fäuste aneinander, während es aus ihm herausbricht. »Am Anfang haben Geri und ich uns freiwillig für eine Umsiedlung nach Nevada gemeldet, weil sie uns sowieso hingeschickt hätten, dann kam die Dürre, und während sie uns nach Yorimitsu verschickt haben, ist Geri an Ruhr erkrankt und ich hab ihr mein ganzes Wasser gegeben und auch teilweise das des Babys, aber es half nichts, sie ist gestorben. Ich habe mich freiwillig für Südafrika gemeldet, weil ich dachte, einen Veteranen würde man besser behandeln und weil mein Verhalten nach Geris Tod ständig auf Kritik stieß – ich wollte nicht, dass Theresa bei einem konterrevolutionären Vater aufwächst –, und jetzt zählt das alles nicht, weil der ganze Unfug der Großen Läuterung den Leuten peinlich ist. Als ich zurückkam, haben sie uns nach Buffalo verschickt. Doch kaum waren wir in Buffalo, sind sie auf diesen Unfug mit dem Mars verfallen. Ich dachte mir, ich bin Veteran, Theresa ist sechs, sie werden uns nicht schon wieder aus unserer gewohnten Umgebung reißen. Aber sie haben es doch getan. Und jetzt reden sie über das Wassergewinnungsprojekt am Pol.«

»Da wird man Sie nicht hinschicken, nicht den Vater einer sechsjährigen Tochter«, sage ich. Unmöglich, dass die Kommune so etwas zulässt.

»Sie verstehen das nicht«, antwortet er. »Wir haben keine *guanxi*, keine Beziehungen. Alle wollen uns nur loswerden. Wir sind menschlicher Abfall. Entsorgbar. Weniger nützlich als Ziegenmist, denn damit lässt sich immerhin der Boden düngen.«

Die Kommune wird sie nicht wegschicken, denke ich. Wie würden Sie sich fühlen, wenn Ihre Frau an der Ruhr gestorben ist, denke ich weiter, und was für eine Gesellschaft lässt das zu? Die Kommune muss es besser machen, besser als die Erde, wenn es das ist, wozu die Erde verkommen ist.

Ich höre ein Schluchzen und sehe mich um. Theresa steht da und klammert sich an Kleopatra. Kleopatra glotzt uns aus goldenen Augen an, ausdruckslos wie Achat. Theresa reibt sich mit dem Handrücken über die Nase, reibt sich mit der Faust die Augen, weint und versucht, leise zu sein, weiß nicht, ob sie weglaufen oder zu uns kommen soll. Hat sie uns gehört? Oder hat sie sich bloß wehgetan?

»Kleines«, sagt Alexi, »was ist los?«

»Ziehen wir wieder um?«

»Ach, Kleines«, sagt Alexi hilflos.

Theresa lässt sich leicht trösten, aber sie nervt ihren Vater den ganzen Nachmittag. Sie versucht, Kleopatra hochzuheben – wahrscheinlich wegen der niedrigen Schwerkraft, aber sicher nicht, weil Kleo das möchte. Ich glaube nicht, dass sich Kleo dabei verletzen könnte, selbst wenn Theresa sie fallen lässt, aber ein austretender Huf könnte das Mädchen verletzen, und so muss ich die Ziege schließlich in den Stall bringen. Theresa spielt eine Weile, langweilt sich aber offensichtlich und geht ihrem Vater weiter auf die Nerven. Am Abend will sie keine Suppe, nur Kuchen, und bricht in wütende Tränen aus, als es heißt, dass sie nicht über Nacht bleiben können.

»Was sind wir heute Abend für ein kleines Ungeheuer«, sagt Alexi.

Er trägt sie zum Gleiter und nimmt sie auf den Schoß. Ich begleite sie, in erster Linie, weil ich froh bin, dass sie gehen, und es mir nicht anmerken lassen will. Ich schicke sie mit Suppe und Kuchen nach Hause.

Die Melkanlage ist noch nicht fertig umprogrammiert, also melke ich am Montagmorgen von Hand und setze die Zentrifuge manuell in Gang. Dann schaue ich nach den Bienen. Ich züchte Königinnen für den Verkauf und füttere Larven mit Gelée royale. Natürlich muss ich sie getrennt halten, keine Königin würde meine Zucht in ihrem Stock leben lassen. Das kleine Gerät, das das Klima steuert, funktioniert nicht richtig. Es ist ein billiges Gerät, auf der Erde würde es nichts kosten, aber wir entfernen uns gerade von der Opposition, wenn Erde und Mars einander am nächsten sind, zur Konjunktion, wenn sich der Mars auf der einen Seite der Sonne befindet und die Erde auf der anderen. Ich werde per Transmitter eine Bestellung aufgeben, aber es wird wahrscheinlich rund achtzehn Monate dauern, bis wieder regelmäßige Lieferungen kommen. Zur Opposition kommt es alle sechsundzwanzig Monate, und Lieferungen sind etwa acht Monate lang möglich, es bleiben noch anderthalb Monate, aber viele der Schiffe haben die Erde bereits verlassen. Und ich werde einige meiner Königinnenlarven verlieren.

Vielleicht kann Alexi das Gerät reparieren. Ich werde ihn fragen, wenn er heute Abend kommt, um an der Melkanlage weiterzuarbeiten.

An diesem Abend kommt er allein. Verzeihung, aber ich bin erleichtert. »Wo ist Theresa?«, frage ich.

»Im Hort«, sagt er. »Manchmal brauche ich ein bisschen Ruhe.«

Mir fällt auf, dass ich das erste Mal mit Alexi allein bin, und ich bin nervös. Meine Hand streicht mir durchs Haar. Ich bin acht Jahre älter als Alexi und nicht interessiert. Ich will nicht, dass er glaubt, ich sei interessiert, ich will, dass wir Freunde sind. Ich bin sicher, dass er genauso wenig interessiert ist wie ich, also warum bin ich dann nervös? »Möchten Sie ein Bier?«, frage ich.

»Erst die Arbeit«, sagt er.

Als er fertig ist, will er gleich wieder zurückfahren, er muss morgen früh raus, sagt er, aber er bleibt noch auf ein Bier, sitzt in meinem Wohnzimmer mit dem kaputten Klimagerät. »Das kann ich nicht reparieren«, sagt er. »Die Teile sind alle fest verschweißt.«

»Gibt es schon etwas Neues?«, will ich wissen.

»Wegen unserer Umsiedlung? Nein.« Seine Stimme ist leise und seltsam teilnahmslos. »Aber ich habe mit ein paar von den anderen gesprochen und sie meinen, dass die Kommune Theresa wohl nicht zum Pol schicken wird.«

Ich bin erleichtert. Ich wollte nicht wahrhaben, dass etwas so schief laufen kann, und jetzt erfahre ich, dass ich wahrscheinlich Recht hatte. »Der Meinung bin ich auch«, antworte ich.

»Also werde ich wahrscheinlich für zwei Jahre verpflichtet und Theresa bleibt im Hort. Das ist an sich nicht schlecht, ich bin sowieso kein guter Vater. Aber die Trennung ist schlecht für sie, sie ist jetzt schon verschlossen und unreif – das sagen jedenfalls die Erzieher. Sie ist schüchtern, aber das war ihre Mutter auch, und nach der ständigen Umzieherei …«

»Man wird Sie nicht wegschicken und Theresa hier lassen«, rutscht es mir heraus.

Er zuckt mit den Achseln. »Sie werden sagen, es sei nur vorübergehend und man müsse eben Opfer bringen, um den Mars zu erschließen. Ich hasse es, sie zurückzulassen, als ich aus Afrika zurückkam, wusste sie nicht, wer ich bin, und litt anschließend unter entsetzlichen Trennungsängsten.« Seine leise Stimme spricht immer weiter, und ich stelle fest, dass die Teilnahmslosigkeit in Wahrheit Bitterkeit ist.

Ich habe dich nicht gebeten herzukommen, denke ich. Ich habe dich und deine Tochter nicht gebeten, bei mir anzuklopfen. Und gleichzeitig verstehe ich, warum er sie mitnimmt, wenn er nach New Arizona geht. Er erzählt, dass sie Wutanfälle bekommt, wenn er sie im Hort lässt. Ich denke daran, wie sie sich gestern aufgeführt hat, der Wutanfall und die Tränen.

Irgendwann sagt er nichts mehr. Das Schweigen ist zäh, aber mir fällt nichts ein, was ich sagen könnte. Er trinkt sein Bier und sagt: »Tut mir Leid, ich wollte meinen Kummer nicht auf Sie abladen.« Doch er entschuldigt sich nur, weil es sich gehört. Bevor er geht, sieht er sich in meinem Haus um, und dann sieht er mich an, als würde er mich hassen. Das ist ungerecht, denke ich, ich habe hart dafür gearbeitet. Ich hatte auch kein leichtes Leben. Ich bringe ihn nicht hinunter zur Rampe, wo der Gleiter steht.

Als ich ins Bett gehe und den Wecker auf fünf Uhr stelle, merke ich, dass ich mich nicht für seine Hilfe bedankt habe.

McKenzie kommt montags, mittwochs, freitags und samstags, um Milch abzuholen. Sie tratscht gerne und ich freue mich immer auf sie. Sie hat mir geholfen, die Ziegen zu befruchten. (Die Samen bekomme ich von der Erde. Böcke halte ich nur, damit die Zicken Gesellschaft haben.) Ich erzähle ihr, dass Alexi mir die Melkanlage umprogrammiert hat.

»Würde er das auch für andere tun?«

»Sicher, er hat kein Geschäft. Er braucht ein Guthaben, wenn ihm eines Tages eine Parzelle zugeteilt wird.« In Wirklichkeit habe ich keine Ahnung, ob Alexi dazu bereit wäre.

McKenzie hat wilde Locken und eine Stupsnase. Sie streicht sich das Haar zurück. »Fast alle Ziegenhalter haben eine Melkanlage, die für Kühe programmiert ist«, sagt sie. »Ich wette, dass viele ihre Anlage liebend gern umwandeln lassen würden.«

»Ich werde ihn fragen und sage dir Bescheid«, sage ich. Weil es mir unangenehm ist, über Alexi Dormov und seine Tochter zu sprechen, frage ich sie nach der letzten Ratssitzung.

»Langweilig. Ich trete zurück, ich habe es satt. Ich weiß nicht, woher sie einen Neuankömmling mit Pachtbesitz nehmen wollen, der meinen Sitz übernimmt.« Sie wirft die Pumpe an, und meine Milch läuft in ihren Tank, während wir uns unterhalten. »Es bedeutet nichts als Scherereien.« Das sage ich ihr seit Jahren.

Der Rat besteht aus zwölf Personen. Wir haben uns darauf geeinigt, dass sechs Personen aus der Zeit vor der Schließung des Sektors stammen sollen, solche, die die Große Läuterung mitgemacht haben (so auch Aron Fahey, unser inoffizieller Vorsitzender), die anderen sechs aus der Zeit danach. Ich bin eine der ältesten Neuankömmlinge und oft gebeten worden, dem Rat beizutreten.

»Vielleicht sollte ich mal für eine Sitzungsperiode amtieren«, sage ich.

McKenzie lacht und schaut mich dann seltsam an, als ich nicht mitlache. »Martine«, sagt sie, »das ist nicht dein Ernst?«

»Na ja, wenn ich es nicht mache, macht es dieses Rindvieh von Waters.« Lilith stupst mich an, und ich streichle ihr die langen, blattförmigen Ohren. Sie spreizt die Beine und senkt genießerisch ihren Kopf. Vielleicht sollte ich mir eine Katze anschaffen, in meinem Garten hat sich eine Mäusefamilie eingenistet. Nicht alles, was von der Erde kommt, ist auch willkommen. »Kennst du jemanden mit einer trächtigen Katze?«

»Klar, ich besorg dir eine Katze. Hast du wirklich vor, für den Rat zu kandidieren?«

»Vielleicht«, antworte ich. »Am liebsten hätte ich eine Calico.« Calicos sind meistens weiblich. McKenzie fragt, warum ich dem Rat beitreten will, und ich antworte, dass ich die Dreckarbeit nicht immer auf andere abwälzen kann. Was nicht stimmt, ich könnte mein Leben lang andere darüber brüten lassen, wem wie viel Land, Luft und Wasser zusteht. Als McKenzie weg ist, gehe ich in den Garten und überprüfe den CO_2-Gehalt der Luft. Ich öffne die Kuppel, und ein heftiger Staubsturm hat den normalerweise blauen Himmel rot gefärbt. Sand rauscht leise über die Außenhülle.

Alexi Dormov, ich unternehme etwas. Das wird die Wut auslöschen, die dir ins Gesicht geschrieben stand, als du gestern Abend fortgingst. Ich werde abstreiten, dass ich dem Rat beitrete, um dir und Theresa zu helfen, aber du wirst es wissen. Du wirst mir dankbar sein, wirst erkennen, dass du mir Unrecht getan hast. Ich fühle eine Welle selbstgerechter Wut in mir aufsteigen, wie kannst du es wagen, mich anzuschauen und zu denken, ich hätte es leicht?

Gleichzeitig weiß ich, dass ich die Märtyrerin spiele. »Du bist lächerlich«, sage ich laut. Wer ist dieser Alexi Dormov, dass mir sein Urteil so wichtig ist? Ich bin den ganzen Vormittag wütend, und ich mache den Fehler, mit den Bienen zu arbeiten. Natürlich werde ich gestochen.

Ich sehe Alexi und Theresa eine Weile nicht. Ich erreiche ihn über den Transmitter und bedanke mich für die Reparatur der Melkanlage, aber es ist eine hektische Woche. Zwei Luftlecks, und das bedeutet, dass auf der nächsten Ratssitzung darüber entschieden werden muss, ob das Problem einer umfangreicheren Inspektion bedarf. Drei meiner Königinnenlarven sind geschlüpft. Ich packe sie in einen kleinen Container und verschicke sie in den Norden nach Calhoun zu einer Frau namens Jessup, die eine kleine Imkerei betreibt. Calhoun liegt außerhalb des Sektors, also wird sie mir keine Konkurrenz machen. Meine trächtigen Ziegen werfen nacheinander ihre Jungen, das heißt, ich kann keine Nacht durchschlafen. Kleo, Hai-hong und Machina Jones werfen Zicklein, Angela und Lilith Böckchen. Sobald sie entwöhnt sind, werde ich die Böckchen abgeben. Soll sie jemand anders für die Schlachtung mästen, ich betreibe eine Molkerei. McKenzie bringt mir eine kleine getigerte Katze, die während der ersten vier Nächte unaufhörlich schreit. Es klingt wie ein Kind und ich beiße die Zähne zusammen und taumle den ganzen Tag halb wach durchs Haus, während das Tier in die Erdbeeren gekuschelt schläft.

Und dann ist da noch die Ratssitzung. Ich habe seit Jahren an keiner Ratssitzung mehr teilgenommen. Sie werden in der Cafeteria der Kommune abgehalten, und zwar donnerstags abends während der langen Stunde. Ich weiß nicht, wer entschieden hat, dass, weil der Marstag genau siebenunddreißig Minuten und dreiundzwanzig Sekunden länger ist als der Erdentag, die Stunde zwischen acht und neun Uhr abends eine Stunde siebenunddreißig Minuten und dreiundzwanzig Sekunden dauern soll. Wenn es schon eine lange Stunde geben muss, hätte ich sie lieber morgens. Aber es ist der Traum jedes Bürokraten, eine Stunde und siebenunddreißig Minuten, um eine einstündige Sitzung abzuhalten.

Die Cafeteria ist in Rot und Gold gehalten. Auf der Rückwand stehen in englischen und chinesischen Schriftzeichen die Worte: »Die Kraft im Herzen des Volkes ist die Revolution.« Zumindest glaube ich, dass die chinesischen Zeichen das bedeuten, aber es könnte auch »Die Barbaren der westlichen Welt haben kein revolutionäres Rückgrat« heißen und ich würde es nicht merken. Der Spruch steht seit den Tagen der Großen Läuterung dort und niemand mag ihn wirklich, aber niemand hat wirklich den Mut vorzuschlagen, ihn zu überstreichen.

Die Sitzung wird eröffnet, und die Ratsmitglieder diskutieren das Problem von Aron Faheys ältester Tochter, die zwanzig ist und sich um eine eigene Parzelle beworben hat. Ich finde, sie sollte wie die Neuankömmlinge auf die Warteliste gesetzt werden, aber es steht zur Debatte, ob man ihr die Arbeit mit Chen, ihrer Mutter, als Guthaben anrechnen soll oder ob diese Arbeit dem Haushalt von Aron und Chen zugeschlagen wird. Nach zwanzigminütiger Diskussion wird entschieden, dass sie wie die Neuankömmlinge auf die Liste gesetzt wird. Es ist acht Uhr dreißig. Für gewöhnlich gehe ich um acht Uhr sechzig ins Bett.

Die Sitzung zieht sich hin, jeder Tagesordnungspunkt wird zerredet. Sie reden über die beiden Luftlecks und entscheiden, sie nicht näher zu untersuchen, sondern eine Notiz im Sitzungskalender anzubringen und abzuwarten, ob zwischen diesem und nächstem Monat eine ungewöhnliche Anzahl neuer Lecks auftaucht. Das dauert fünfzehn Minuten.

Philippa berichtet, dass die Kommune gebeten wurde, fünf Mitglieder über einen Zeitraum von zwei Jahren für das Wassergewinnungsprojekt am Pol freizustellen. Ich setze mich auf. Aron schlägt vor, einen Ausschuss zu bilden, der sich mit dieser Frage befassen und zur nächsten Sitzung eine Einberufungsliste vorlegen soll. Er bittet um Meldungen. Ich stehe auf.

»Martine«, sagt er, »hast du etwas dazu zu sagen?«

»Nein, Aron«, sage ich. »Ich will mich für den Ausschuss melden.«

Aron Fahey sieht verblüfft aus und streicht über seinen braunen Bart. »Na schön. Sonst noch jemand?«

Niemand meldet sich. Schließlich sagt Philippa, sie sei dabei, und Aron nötigt Cord, sich zu melden, indem er drohend die Brauen hebt.

Dann nickt er McKenzie zu, die mich stirnrunzelnd angeschaut hat. Sie steht auf und erklärt, dass sie auf der nächsten Ratssitzung zurücktreten will und ihr Sitz frei wird. Wieder stehe ich auf.

»Martine?«, sagt Aron und klingt besorgt.

»Ich möchte ankündigen, dass ich bereit bin, McKenzies Nachfolge im Rat anzutreten.« Ich setze mich. Dann kommt mir die Formulierung plötzlich anmaßend vor, also stehe ich wieder auf. »Natürlich nur, wenn die Kommune keine geeignetere Person findet.« Ich setze mich wieder. Mein Gesicht ist unbewegt, meine Knie zittern.

»Okay, das haben wir zu Protokoll genommen. Steht sonst noch etwas an?« Aron löst die Sitzung auf. Es ist acht Uhr fünfundsiebzig.

McKenzie kommt zu mir herüber. »Martine«, sagt sie, »Martine.« Sie hakt sich bei mir unter. »Woher dieses plötzliche Interesse an Politik?«

»Vielleicht bin ich es leid, immer nur mit Ziegen zu reden«, antworte ich.

»Und wer ist Schuld daran?«

»Da werde ich dir kaum widersprechen.«

Es ist halb fünf am Nachmittag. Ich bin in der Küche und wiege die Zicklein auf der Küchenwaage, als der Transmitter schnarrt und Alexi sagt: »Hallo, jemand zu Hause?«

»Ja«, sage ich. »Was ist?«

»Theresa und ich sind mit einer Ladung nach New Arizona unterwegs und wollten kurz vorbeischauen.«

»Sind Sie an der Rampe?«

»Ja.«

»Kommen Sie rein. Ich bin in der Küche.«

»Was ist das für ein Lärm?«

Der Lärm ist das Hufklappern von Theresa-der-Ziege und einem der kleinen Böcke, die über die Bodenfliesen trippeln. »Lassen Sie sich überraschen.«

Ich bleibe in der Küche, platze aber fast, so viel habe ich zu erzählen. Dass er sich vielleicht als Programmierer für Melkanlagen selbständig machen kann. Von der Ratssitzung.

»Hallo«, sagt Alexi vom Flur aus. »Die Tür war offen … oh, Herzchen, sieh dir das an!«

Theresa lugt scheu um seine Beine herum und sieht die Kitze. Eins wiege ich gerade, zwei stehen mitten in der Küche. Sie stehen da und das Böckchen wackelt mit dem Schwanz. Staunend geht Theresa in die Knie. Die Kitze meckern, wirbeln herum und flüchten unter den Tisch. Ich nehme das Zicklein aus dem Sack, in den ich sie zum Wiegen stecke, und stelle es auf den Boden. Strampelnd setzt es die Hufe auf und läuft geradewegs auf Theresa zu, erkennt dann seinen Fehler, versucht auszuweichen, schliddert seitlich gegen die Wand und meckert. Die beiden anderen antworten ihm, es rappelt sich auf und springt zu ihnen unter den Tisch.

»Was ist das?«, frage ich. »Neue Kleider?«

Theresa trägt ein gelbes Hemd und eine blassblaue Latzhose. Ihre Haarklammern haben die Form von Kaninchen. Der Unterschied ist verblüffend.

»Ich durfte mir mein erstes Geld abholen«, sagt Alexi laut genug, um das Meckern der Ziegen zu übertönen.

»Ich wusste gar nicht, dass Sie etwas verdienen«, sage ich.

»Neuankömmlinge bekommen einen Luxuszuschuss«, sagt er. »Ich hatte endlich genug, um ihr etwas zu besorgen. Ich habe die Sachen auf Zuwachs gekauft.« Sein Ton ist fragend, er scheint auf Zustimmung zu hoffen.

»Das ist gut«, sage ich. Ich habe mein Lebtag noch keine Kinderkleider gekauft – fragen Sie mich etwas über Ziegen, mit Ziegen kenne ich mich aus.

»Tja, wir können nicht lange bleiben, wir müssen rechtzeitig in New Arizona sein.« Er tritt von einem Fuß auf den anderen. Er trägt immer noch den Einheitsoverall, den die Kommune ausgibt, und weil Alexi klein ist, ist er ihm viel zu groß.

»Ich freue mich, dass Sie vorbeigekommen sind«, sage ich. »Übrigens, ich habe mit McKenzie gesprochen, sie holt die Milch ab, und sie glaubt, dass viele Leute daran interessiert wären, sich von Ihnen ihre Melkanlagen umprogrammieren zu lassen. Sie könnten ein Guthaben ansparen, Sie werden es brauchen, wenn Sie Ihr eigenes Grundstück bekommen.«

»In Ordnung«, sagt er. »Komm, Resa, wir müssen weiter.«

Sie kauert halb unter dem Tisch und achtet nicht auf uns. Ich bin perplex, wie kalt ihn mein Vorschlag lässt.

»Ich bin sicher, es gibt noch andere Programme, die umgeschrieben werden müssten, Sie könnten wahrscheinlich ein kleines Geschäft eröffnen.«

Er nickt freundlich. Ich verkneife mir die Bemerkung, dass ich dem Honiggeschäft meinen bescheidenen häuslichen Wohlstand verdanke.

»Haben Sie etwas Neues über die Umsiedlung gehört?«, frage ich.

»Nein, nur dass eine Art Ausschuss gebildet wurde, der sich damit befassen soll. Theresa, komm jetzt, wir müssen los.«

»Ich bin in dem Ausschuss«, sage ich schroff.

»Was? *Sie?«*, sagt er, und das erste Mal, seit er durch die Tür getreten ist, habe ich das Gefühl, dass er mir seine volle Aufmerksamkeit schenkt. »Warum?«

»Ich habe mich gemeldet.«

Ziegen rennen durch die Küche und Theresa kriecht rückwärts unter dem Tisch hervor, blauer Hintern voraus.

Alexi und ich sehen einander an und mein Herz pocht. Er sieht mich an, und was mag er denken. Welches Recht hat sie dazu? Fragt er sich, ob ich hiermit eine Art Erklärung abgebe? Ist er wütend auf mich? Ich will den Blick abwenden und ich spüre, wie mein Gesicht heiß wird.

»Das wäre nicht nötig gewesen«, sagt er.

»Ich bewerbe mich um einen Ratssitz«, sage ich. »Es wird den Eindruck verstärken, dass ich mir wirklich Gedanken mache.«

Verblüfft wendet er als Erster den Blick ab. »Oh. Ich wusste nicht, dass Sie sich für einen Sitz im Rat interessieren.«

»Sie wissen wahrscheinlich eine Menge nicht, Alexi«, sage ich schroff. Erst im Nachhinein geht mir auf, dass er diese Bemerkung als Hinweis auf meine Gefühle für ihn missverstehen könnte. Und das ist absolut nicht das, was ich sagen wollte. Und dann habe ich die beiden plötzlich satt. Ich will dieses Gespräch beenden, ich will, dass sie mein Haus verlassen. Theresa hat es geschafft, eins der Zickenkitze zum stillhalten zu bewegen, und streichelt es.

»Wie heißt sie?«, fragt sie.

»Theresa-die-Ziege«, antworte ich. »Sie ist das Kind von Kleopatra.« Es sollte eine Überraschung werden, eine große Sache, aber es klingt ziemlich nüchtern.

»Das ist mein Name!«, sagt Theresa.

»Wie viele Leute sollen denn zum Pol geschickt werden?«, fragt er.

»Die Anfrage lautet auf fünf, aber es gab noch keine Ausschusssitzung.«

»Für zwei Jahre? Stimmt das?«

»Ich weiß nicht«, sage ich. »Philippa wollte mir die Unterlagen schicken, aber ich habe noch nichts erhalten.«

»Komm jetzt, Theresa«, sagt Alexi, »wir müssen nach New Arizona.« Doch die Entschiedenheit in seiner Stimme ist verschwunden. Er ist verunsichert.

»Kann Theresa-die-Ziege mitkommen?«

»Nein«, sagt er. »Sie muss bei Martine und Kleopatra bleiben, sie ist noch ein Baby.«

»Kann sie bis zur Rampe mitkommen?«, bettelt sie.

»Nein«, sage ich. »Aber sie wird hier sein, wenn ihr zurückkommt.« Theresa hüpft und springt in der marsianischen Schwerkraft. Nur Alexi wirkt angespannt. Er öffnet die Luke und hebt Theresa in den Transporter, und ich sehe einen großen Seesack hinter den Sitzen. Es überrascht mich nur deshalb, weil ich noch weiß, wie wenig sie bei ihrem ersten Besuch dabeihatten; eine kleine Tasche mit einem Nachthemd und Wäsche zum Wechseln für Theresa und einem zweiten Overall für ihn.

Er sieht mich seltsam an, und ich denke, er will noch etwas sagen. Aber offensichtlich ändert er seine Meinung und sagt: »Wiedersehen, Martine, danke für alles.« Dann packt er den Türgriff und schwingt sich in die Kanzel.

Theresa winkt stürmisch und wirft mir eine Kusshand zu, aber ich sehe nur Alexis Profil, als er den Transporter startet und den Vorwärtsgang einlegt.

Wieder ein Luftleck. Die Meldung kommt abends um halb elf rein, und es ist nach eins, als ich die undichte Stelle finde. Früher habe ich sechs, sieben Stunden gebraucht, um ein Leck zu orten, aber inzwischen weiß ich, wo ich suchen muss. Trotzdem falle ich hundemüde ins Bett. Ich träume von Wäldern und Eichhörnchen, von den roten Eichhörnchen der Gegend, in der ich aufgewachsen bin. Sie haben große Augen und springen von Ast zu Ast. Ich stehe auf dem Weg zwischen Haus und Ziegenstall, barfuß und im Nachthemd. Ich bin seit Jahren nicht mehr geschlafwandelt und es macht mir eine Heidenangst.

Endlich tagt der Ausschuss zur Abberufung der Leute für das Wassergewinnungsprojekt. Cord hatte erst eine Woche vor der nächsten Ratssitzung einen Termin frei. Er macht keinen Hehl daraus, dass ihm die Teilnahme am Ausschuss nicht behagt. Er ist einer der Alten, mittelgroß und untersetzt. Auf dem Höhepunkt der Großen Läuterung wurde er öffentlich des antirevolutionären Verhaltens angeklagt und in einem der berüchtigten »Volksgerichtsverfahren« verurteilt, ein höflicher Euphemismus für ein Urteil, das von einem aufgebrachten Mob gefällt wird. Ich habe gehört, dass er schlimm verprügelt wurde. Das erklärt seine Einstellung zur Kommune.

Wir können einander nicht leiden. Cord ist ein Sonderling, der sich um nichts und niemanden schert. Er ist verheiratet, doch den Gerüchten zufolge schläft sein ältester Sohn im Vorderzimmer, damit sein Vater nicht bei seiner Frau zu schlafen braucht. Ich habe kein Mitleid mit Cord, denn als die Armee gegen den VBS (den Volksbrigadensturm) einschritt, verhafteten wir Personen, die jene Tribunale geleitet hatten, und die Armee ließ es zu, dass diese Leute von demselben Mob zur Rechenschaft gezogen wurden. Diese Auge-um-Auge-Justiz scheint mir unrecht. Als Offizierin habe ich meine Zustimmung dazu gegeben, weil es als Katharsis für das Volk diente, aber Cord erinnert mich an Entscheidungen, auf die ich noch nie stolz war.

Philippa ist Lehrerin und erst sechs Jahre bei uns. Sie ist mit einem Alteingesessenen verheiratet, einem Mann, der fünfundzwanzig Jahre älter ist als sie. Sie ist erst Anfang dreißig, aber ihre Haar werden grau und sie trägt es streng zurückgebunden. Sie sieht aus wie eine Matrone. Ich kenne sie kaum, unsere Wege kreuzen sich nicht oft. Hätten wir nicht zusammen im Wohnheim gewohnt, würde ich sie überhaupt nicht kennen.

Zunächst sprechen wir über die Anforderungen, jedenfalls Philippa und ich. Fünf Personen müssen für das Projekt am Pol abgestellt werden. Es versteht sich von selbst, dass Leute mit Pachtbesitz hat nicht in Frage kommen. Was würde aus meinen Ziegen werden oder aus Philippas Getreide, wenn wir zwei Jahre weg wären?

»Also müssen es fünf aus dem Wohnheim sein«, sagt Philippa. »Und es sollten Neuankömmlinge sein, die kürzer als ein Jahr hier sind, weil die anderen nach drei Jahren Anspruch auf eine Parzelle haben.«

»Aber wir haben keine Parzelle zu vergeben«, wende ich ein.

Philippa zuckt mit den Achseln. »Das kann sich ändern.«

Wir haben eine Liste aller Neuankömmlinge, die kürzer als ein Jahr hier sind. Es sind vier. Alexis Name steht ganz oben auf der Liste.

»Nun, das sind vier«, sagt Philippa. »Was passiert, wenn wir nur vier zusammenbekommen?«

»Der eine Mann, dieser Dormov, ich kenne ihn«, sage ich. »Er ist viermal umgesiedelt worden, er ist Witwer und er hat eine sechsjährige Tochter. Die Erzieher auf der Erde haben darauf hingewiesen, dass das häufige Umziehen schlecht für sie ist.«

»Aber wir haben nur vier«, sagt Philippa. »Außerdem wird er sich ein Guthaben verdienen. Es gibt eine Gefahrenzulage. Damit kann er sich niederlassen, wenn er zurückkommt, und seine Tochter kommt solange in den Hort. Was mir wirklich Sorgen macht, ist die Tatsache, dass wir nur mit vier Leuten aufwarten können. New Arizona wird uns die Hölle heiß machen, wenn wir keine fünf zusammenbekommen.«

»So viel zum Thema Gleichheit«, brummt Cord.

»Was?«, fragt Philippa.

»Schickt die Neuankömmlinge. Wie bei der Armee. Leute wie Aron Fahey werden nie eingezogen.«

»Aron Fahey ist ein Pächter«, sagt Philippa.

»Und wer sagt, dass er besser ist als dieser Genosse mit der Tochter?«

Cord ist für mich ein überraschender und nicht gerade erwünschter Verbündeter.

»Du bist also der Meinung, dass auch Pächter in Betracht gezogen werden sollten?«, sagt Philippa trocken.

Cord setzt sich auf. »Ja, das bin ich.« Er mustert sie mit trotzig glitzerndem Blick. »Ich finde, auch du, Martine, oder ich müssten in Betracht gezogen werden. Und der Fahey-Clan und die Mannheims und alle anderen.«

»Dem wird der Rat kaum zustimmen«, sagt Philippa.

»Vielleicht sollten wir es trotzdem zur Abstimmung bringen«, sagt Cord.

»Nun, warum machst du dann nicht den Bericht?«, schlägt Philippa vor.

»Ich mache ihn«, sagt Cord.

Damit ist die Ausschusssitzung beendet. Ich weiß nicht, was ich tun soll. Cords Vorschlag ist lächerlich. Er wird damit alle in Verlegenheit bringen. Aron oder jemand anderes wird mit dem Zitat antworten: »Das Wohl der Masse geht über das Wohl des Einzelnen.« Und die vier Neuankömmlinge werden gehen. Wir werden darüber diskutieren, was wir wegen der fünften Person unternehmen sollen und was passiert, wenn wir nur vier abstellen.

Ich gehe nach Hause. Ich bin müde und ich muss immer wieder an Alexis Miene denken, an jenem Abend, als er allein bei mir war, um die Melkanlage zu reparieren. Wie anders er war, als ich nach unserer ersten Begegnung gedacht hatte – die unterschwellige Verbitterung, und die Befangenheit, als ich ihn das letzte Mal sah.

Seine Bitterkeit überrascht mich nicht, man kratze an der Oberfläche und wird feststellen, dass viele Leute verbittert sind.

Wie auch nicht?

Ich gehe nach unten und füttere die Ziegen. Ich halte mich länger als nötig dort auf, nur um in ihrer Nähe zu sein. Ich mag Ziegen. Die Menschen haben ein ganz falsches Bild von Ziegen, davon, wie zickig und störrisch sie sind. Sie sind einfach nur schlau, mehr nicht. Meine Ziegen sind meistens gleichmütig und sie sind nicht schwierig im Umgang. Weiß Gott, jemand, der nicht schlauer ist als seine Ziege, ist arm dran. Ich schaufle Mist, der zu Treibstoff verarbeitet oder als Dünger genutzt wird. Wieder denke ich an Alexi, wie er sich in die Kanzel seines Transporters schwingt, die unangestrengte Stärke in der marsianischen Schwerkraft. Und ich denke an den Seesack. Er könnte wahrscheinlich sein ganzes Hab und Gut darin verstauen.

Hat er das womöglich getan? Was, wenn er vorhat, nicht zurückzukommen?

Martine, benutze deinen Kopf, wir sind auf dem Mars. Wo sollte er hin? Nach New Arizona, wo mein Bier herkommt? Dann nach Westen Richtung Wallace, wo er auf die große Nord-Süd-Verbindung stoßen würde. Natürlich könnte er abhauen, aber woher sollte er Treibstoff bekommen? (Er hat ein Händchen für Maschinen, aber ist er ein Dieb?) Und selbst wenn er sich Treibstoff besorgen könnte, es gibt keinen Ort, an den er fliehen könnte. Auf dem ganzen Planeten leben nicht mehr als siebzehn, achtzehn Millionen Menschen. Er ist nicht dumm, er würde es nicht versuchen. Wenn sie ihn erwischen, würden sie ihm Theresa wegnehmen, mit Pech würden sie ihn hinrichten, mit Glück käme er zur Umerziehung in ein Arbeitslager. Das würde heißen, Bergbau für den Rest seines kurzen Lebens, oder die extrem gefährlichen Aufgaben beim Wassergewinnungsprojekt.

Der Gedanke, er könnte fliehen, ist idiotisch. Ich denke zu oft an Alexi, ich habe Altweiberphantasien. Er ist jung und attraktiv und freundlich, und ja, ich bin einsam und Ziegen sind nicht genug.

Trotzdem ärgere ich mich.

Am Dienstag müsste er von seiner Fahrt zurück sein. Sicher werden sie bei mir Halt machen. Zumindest, um hallo zu sagen. Der Dienstag kommt und geht. Am Abend rufe ich im Wohnheim an. Dormov ist nicht da, er hat sich verspätet. Ob ich ihm eine Nachricht hinterlassen will? Nein, ich will nicht, dass seine Abwesenheit auffällt.

Vielleicht hatte er eine Panne mit dem Transporter. Vielleicht sind sie einen Tag länger geblieben, weil er ein bisschen Geld in der Tasche hat. Kann sein, dass sich Theresa erkältet oder den Magen verdorben hat. Oder er. Der Gedanke, er könnte krank sein, während sie alleine unterwegs sind, macht mich nervös. Ich stelle mir vor, er liegt krank in einem Wohnheim und Theresa muss derweil in New Arizona in einen kommunalen Hort.

Er würde nicht abhauen, rede ich mir gut zu. Er weiß, dass sie ihm eine Kugel in den Kopf jagen würden. Diebstahl eines Transporters, er *weiß* das.

Es ist schwierig genug, mich vor meiner eigenen Dummheit zu schützen, wie kann man von mir erwarten, mich vor der eines anderen zu schützen?

Mittwochabend. Ich beobachte, wie das Kätzchen über die Fliesen jagt und eine Plastikspule über den Boden schiebt. Der Transmitter sagt: »Martine?«

»Alexi?«

»Ja.«

»Sie sind zurückgekommen«, rutscht es mir heraus.

Ich erwarte, dass er lacht und eine spöttische Bemerkung macht, aber stattdessen sagt er nur: »Ja.« Es klingt wie ein Seufzen. Es ist voller Bedauern, er weiß, er braucht mir nichts vorzumachen.

»Sind Sie an der Rampe?« Meine Stimme ist sachlich, was mich erstaunt. Von meiner Erleichterung ist nichts zu hören.

»Rund zwanzig Minuten davon.«

»Sie können hier übernachten.«

»Gut«, sagt er. »Theresa schläft schon.«

»Gut.«

Und dann bin ich in der Küche, krame Tofu und Brot hervor, renne in den Garten und hole Tomaten, Petersilie und eine Hand voll Erdbeeren. Ich brate Zwiebeln an und schneide Tofu, Tomaten und Petersilie hinein. Basilikum aus dem Kräuterkasten. Ich belege dunkles Brot mit geschnittenen Erdbeeren und Käsestreifen. Und Kaffee, koffeinfrei, sonst bin ich die ganze Nacht wach. Ich schrubbe das Schneidebrett, den Spülstein, die Anrichte, gieße die Blumen, schneide die toten Blätter ab, vertreibe mir die Zeit, zwanzig, dann fünfundzwanzig, dann dreißig Minuten. Endlich, fünfunddreißig Minuten später, höre ich ihn rufen: »Martine?«

»In der Küche«, antworte ich.

Er kommt durch die Küchentür. Gut, dass die Schwerkraft auf dem Mars so gering ist, denn er trägt Theresa und er sieht erledigt aus.

»Setzen Sie sich«, sage ich.

Theresas Kopf ruht auf seiner Schulter. Erst als er sie absetzt, schlägt sie die Augen auf. Ich schiebe die belegten Brote in die Mikrowelle, warte auf das Klingeln und hole sie heraus. »Theresa«, sage ich, »iss ein bisschen Brot mit Käse, dann kannst du schlafen. Vorsicht, heiß.«

Ich schenke ihm Kaffee ein und häufe ihm Essen auf den Teller, schenke mir selbst Kaffee ein und nehme etwas Brot und Käse. Erst knabbert er nur, dann isst er. Theresa schafft ein halbes Käsebrot. Ich bringe sie ins Gästezimmer, ziehe ihr Schuhe und Socken aus, die Latzhose und das Hemd. Heute Nacht kann sie in Unterwäsche schlafen. Ich decke sie zu und stelle das Bett wärmer, und sie schläft ein, während ich auf der Bettkante sitze.

Als ich zurückkomme, sitzt Alexi immer noch am Tisch. Er hat den Teller von sich geschoben und hält den leeren Kaffeebecher in beiden Händen.

»Danke«, sagt er. »Ich weiß nicht, wie ich mich bedanken soll.«

»Warum sind Sie zurückgekommen?«, frage ich.

»Mir wurde klar, dass ich es nicht schaffen würde. Ich dachte, vielleicht kannst du in New Arizona oder in Wallace irgendwo auf dem freien Markt untertauchen. Aber hier ist es nicht wie auf der Erde, man kann nirgendwohin. Ich weiß nicht weiter. Und ich habe ständig daran gedacht, dass Sie im Ausschuss sitzen, ich weiß, ich habe schon so viel von Ihnen verlangt, aber vielleicht können Sie mir helfen.«

Ich bin wütend. Ich koche vor Wut. Wenn ich diesen Mann nur anschaue, der an meinem Küchentisch sitzt, mein Essen gegessen hat und mich um Hilfe bittet. Ich weiß, meine Wut ist irrational, ich weiß, es ist die Kehrseite der Angst, aber das ändert nichts daran, dass ich sie fühle.

»Von der Kommune wird erwartet, dass sie fünf Personen zum Pol schickt. Wir werden keine Pächter schicken, denn ohne sie läuft in der Kommune gar nichts.« Die Wut lässt mich klar und deutlich sprechen. »Wir müssen die Neuankömmlinge schicken, und wenn wir diejenigen schicken, die über ein Jahr hier sind, verlängern wir ihre Wartezeit für eine Parzelle.«

Alexi schaut mich an. Im Küchenlicht sieht er verletzlich aus.

»Mit Ihnen sind es vier Neuankömmlinge, die ein Jahr oder kürzer hier sind. Ich habe zu bedenken gegeben, dass Sie schon so oft umgesiedelt wurden und dass Theresa darunter leidet, aber der Ausschuss ist der Meinung, Sie hätten am Pol Gelegenheit, ein ordentliches Guthaben anzusparen, so dass Sie nach Ihrer Rückkehr eine Pacht übernehmen können.«

Er öffnet den Mund, als wollte er etwas sagen, und überlegt es sich dann anders.

»Im Moment interessiert sich der Ausschuss für die Frage, nach welchen Kriterien die fünfte Person auszuwählen ist, und nicht für die Gründe, warum Sie nicht geschickt werden sollten. Und ich kann daran nichts ändern.«

Er nickt. »Verstehe.«

Eine Weile herrscht Schweigen.

»Okay«, sagt er, »das war's dann.«

»Es gibt noch ein paar Möglichkeiten«, sage ich. »Ich habe da eine Idee, aber wahrscheinlich klappt sie nicht. Unternehmen Sie einfach nichts, bevor ich sie ausprobiert habe.«

»Worum geht es?«, fragt er.

»Vielleicht finden sich andere, die gehen«, antworte ich ausweichend.

Er nickt müde. »Und wenn nicht, sind es nur zwei Jahre.« Er hat aufgegeben. Er sagt »es sind nur zwei Jahre« wie jemand sagen würde: »Jeder muss einmal sterben.«

Sollte der Versuch scheitern, habe ich noch eine Idee in Reserve. Aber ich will noch nicht darüber sprechen, weil ich nicht sicher bin, ob ich es selbst überhaupt will.

Ziegen, Lecks, Bienen. Bienen, Lecks, Ziegen. Mein Leben verläuft wieder in gewohnten Bahnen. Alexi und Theresa besuchen mich am darauf folgenden Wochenende. Den Samstag über ist Theresa nervös und unglücklich, am Sonntag geht es ihr gut, bis es Zeit wird aufzubrechen. Alexi und ich sind nett zueinander und vermeiden das Thema Umsiedlung. Nur einmal sagt er: »Wenn ich vom Pol zurück bin …«

Theresa quengelt und weint, als sie ins Wohnheim zurückfahren. Am Montag stehen Ziegen und Bienen auf dem Programm. Am Dienstag Bienen und Ziegen. Tags darauf werde ich zweimal gestochen. Na ja, so bekomme ich keine Arthritis. Ich schlafe schlecht, träume und träume, kann mich aber nach dem Aufwachen nicht daran erinnern, was ich geträumt habe. Immerhin schlafwandle ich nicht. Und dann ist Donnerstag, Zeit für die Ratssitzung.

Im Rat bleibt ein Stuhl frei, McKenzie sitzt im Publikum. Aron eröffnet die Sitzung und sagt: »Um Beschlüsse fassen zu können, muss der Rat vollständig sein. Martine Jansch hat sich bereit erklärt, dem Rat beizutreten. Möchte noch jemand kandidieren?«

Kepet Waters steht auf: »Ich möchte kandidieren«, und setzt sich wieder.

McKenzie schaut auf ihren Schoß und runzelt die Stirn. Auch sie hält Waters für ein Rindvieh.

Ich sehe mich im Saal um. Über meine Beliebtheit mache ich mir keine Illusionen. Zu meiner Überraschung sehe ich Alexi neben der Tür stehen.

Aron sagt zu mir: »Martine, möchtest du etwas sagen?«

Ich denke einen Augenblick nach. Ich kann mir nicht vorstellen, aufzustehen und vor diesen vielen Menschen den Mund aufzumachen, obwohl ich die meisten kenne. »Ich glaube, dass mich die meisten ganz gut kennen, Aron.«

»Möchte jemand etwas zu Martines Kandidatur sagen?«

McKenzie springt auf. »Ich glaube, dass Martine gute Arbeit leisten würde, und ich würde sie mir als Nachfolgerin wünschen.« Sie lässt sich auf den Sitz zurückfallen, vergräbt die Hände in den Taschen und runzelt die Stirn.

Aron wartet auf weitere Wortmeldungen.

»Kepet?«, sagt er schließlich.

Für mich spricht die Tatsache, dass ich mir – glaube ich – nicht viele Feinde gemacht habe. Nicht dass Kepet echte, erklärte Feinde hätte, aber, nun ja, er steht auf und sagt: »Ich möchte etwas sagen, Aron«, und fängt an, eine zwanzigminütige Rede über die Entwicklungsmöglichkeiten der Kommune zu halten.

Die meisten von uns haben seit der Großen Läuterung von Reden genug, insbesondere von Reden, in denen eine großartige Zukunft beschworen wird. Die Leute hören Kepet höflich zu, und einige spenden höflich Beifall, als er fertig ist, aber ich glaube, dass die meisten von uns einem Mann misstrauen, der so viel redet.

Trotzdem bin ich nervös, als es zur Wahl kommt. Kepet und ich enthalten uns. Ich drehe mich um und sehe, wie jemand Alexi ein Stück Papier gibt. Er ist verunsichert, nimmt es dann aber entgegen. Auf der Erde sind alle, die nicht zur Partei gehören, vom Wahlrecht ausgeschlossen, aber hier dürfen alle Angehörigen der Kommune über kommunalen Angelegenheiten abstimmen, wenn sie alt genug sind, für ihre Arbeit ein Guthaben zu bekommen. Über alles, was aus New Arizona kommt, dürfen nur Parteimitglieder abstimmen, doch selbst viele Parteimitglieder, wie ich auch, machen sich nicht die Mühe. Wen schert es, wer uns im Marsianischen Kongress vertritt, alle wichtigen Entscheidungen werden sowieso auf der Erde getroffen.

Als die Stimmen ausgezählt sind, ist es Viertel vor neun, doch ausnahmsweise bin ich nicht müde.

Ich bin überrascht, als das Ergebnis vorgelesen wird. »Hundertelf Stimmen für Martine, vierunddreißig für Kepet.« Ich hatte mir eingeredet, dass ich nicht gewinnen würde, wer stimmt schon für eine griesgrämiges Weib. Kepet hat seine Rede mehr Stimmen gekostet als erwartet. Noch mehr überrascht mich, dass zu einer Ratssitzung fast hundertfünfzig Personen erschienen sind. In der Kommune leben über tausend Menschen, über zweihundert Familien mit Pachtbesitz, aber die Sitzungen finden spät am Abend statt, sie sind langweilig, und die meisten von uns haben Besseres zu tun.

Aron sagt: »Okay. Sollte Marine sich entschließen, sich zu uns zu setzen, können wir die Sitzung eröffnen.«

Verlegen stehe ich auf und setze mich auf den freien Stuhl in der Ratsrunde. Während der ersten Minuten bekomme ich nicht viel mit, es ist lange her, dass ich vor so vielen Menschen stehen musste, oder auch sitzen, und damals war ich Leutnant Jansch und konnte mich hinter einer Uniform verstecken. Eine Weile kann ich nicht hochschauen, aber während Aron von der Notwendigkeit spricht, unseren Wasserverbrauch zu senken – ein Thema des

Rates, so lange ich zurückdenken kann –, blicke ich schließlich auf und sehe, wie eine Gruppe von vier oder fünf Leuten die Cafeteria verlässt. Tatsächlich sieht es nicht danach aus, als wären auch nur im Entferntesten einhundertfünfzig Menschen bei der Sitzung.

»Okay«, sagt Aron – ein sprachlicher Tick von ihm, jeder Satz beginnt mit »okay« –, »können wir jetzt den Bericht des Ausschusses hören, der Freiwillige für das Wassergewinnungsprojekt benennen sollte?«

Eine unglückliche Wortwahl, das. Freiwillige.

Cord steht auf. »Man verlangt von uns, dass wir für einen Zeitraum von zwei Jahren fünf Personen für das Wassergewinnungsprojekt freistellen. Wir haben überlegt, dass wir zunächst alle Neuankömmlinge in Betracht ziehen, die kürzer als ein Jahr hier sind, da diejenigen, die schon über ein Jahr hier sind, keine zwei Jahre mehr auf eine eventuelle Landzuweisung zu warten brauchen.« Cord legt eine kurze Pause ein. »Theoretisch, versteht sich.«

Es wird getuschelt und gekichert, jeder weiß, dass es eher fünf Jahre dauert, bis alles genehmigt und gebaut ist.

»Nun, das Problem ist, es gibt nur vier Neuankömmlinge, die kürzer als ein Jahr hier sind. Mit anderen Worten: Uns fehlt immer noch eine Person.«

Ich warte auf die sprichwörtliche Kehrseite der Medaille. Cord setzt sich und schweigt, und mir wird bewusst, dass er beschlossen hat, die Sache nicht zu Ende zu bringen. Und damit fällt diese unangenehme Aufgabe mir zu. Es gibt Leute, die noch über zwei Jahre auf eine Parzelle warten müssen, obwohl sie keine Neuankömmlinge sind. Ich kann nicht sagen, wie viele das sind, aber ich denke zum Beispiel an Arons Tochter. Allerdings wird Aron nichts von dem Vorschlag halten, Lucille Fahey die Möglichkeit zu geben, beim Wassergewinnungsprojekt Risikozuschläge zu erhalten. Ich muss die Sache also vorsichtig angehen. Ehrlich gesagt habe ich keinen Schimmer, wie ich die Sache angehen soll. Ich muss eine günstige Gelegenheit abpassen.

Leo Mannheim sagt: »Vielleicht sollte die Wahl auf die Person fallen, die bereits über ein Jahr hier ist, sonst aber noch die längste Wartezeit vor sich hat.«

Philippa antwortet: »Alle, die länger als sechs Monaten hier sind, sind mindestens seit zweiunddreißig Monaten hier.« Natürlich, schließlich kommen nur alle sechsundzwanzig Monate Schiffe von der Erde. Früher sind immer zwanzig bis dreißig Leute auf einen Schlag zu uns gekommen, aber heutzutage gehen sie in Kommunen, die noch im Aufbau begriffen sind.

Cord steht auf.

Aron erteilt ihm das Wort.

»Aron«, sagt Cord. »Trifft es zu, dass wir alle Mitglieder der Kommune als gleich ansehen?«

Aron nickt. Ich schaue kurz zu Philippa hinüber. Sie hat die Lippen aufeinander gepresst.

»Nun, hat irgendwer mit den Neuankömmlingen gesprochen und sie gefragt, ob sie überhaupt an den Pol wollen?«

Aron sagt, als würde er mit einem Kind sprechen: »Niemand will das, Cord.«

»Also schicken wir die Neuankömmlinge? Können wir sie als gleich ansehen?«

Aron sieht gequält aus. Nach einer Weile sagt Leo: »Dem Rat muss es vor allem um das Wohl der Kommune gehen. Neuankömmlinge sind am ehesten ersetzbar.«

Cord sagt: »Aha, Leo, ich finde es interessant, dass du dich für unersetzlich hältst.«

»Ich halte mich nicht für unersetzlich.« Leo stottert ein wenig. »Ich habe mich ungeschickt ausgedrückt, aber alle wissen, was ich meine. Wer eine Pacht hat, ist gebunden. Im Unterschied zu einem Neuankömmling, der noch keinem Geschäft nachgeht und nicht versuchen muss, etwas am Laufen zu halten. Und es würde einem Neuankömmling die Gelegenheit geben, ein ordentliches Guthaben anzusparen, bevor er eine Pacht übernimmt. Das kann doch hilfreich sein. Es ist sogar eine gute Gelegenheit, besser als im Übergangsheim zu wohnen und zu warten.«

Cord nickt. »Pächter können also deshalb nicht gehen, weil dann die Tonbrennerei dichtmachen muss und unsereins keine Schüsseln mehr hat, aus denen er sein Frühstück isst. Wer wollte dieser Logik widersprechen? Ich habe jedoch eine ganz andere Gruppe im Auge. Auch andere müssen noch über zwei Jahre auf ihre Pacht warten. Junge Leute, wie zum Beispiel Lucille Fahey.«

Ich sehe, wie Arons Gesicht erstarrt, und schließe die Augen. Cord hat mich um die Gelegenheit gebracht, das heikle Thema auf diplomatische Weise anzusprechen. Arons Reaktion zeigt deutlich, dass er diesen Vorschlag abwehren wird.

»Cord«, sagt er. »Wassergewinnung ist ein gefährliches Unternehmen. Diese Kommune wird dafür keine Kinder freistellen.«

Ich schaue zur Tür und sehe gerade noch, wie Alexi hinausgeht.

Die Sitzung ist eine Viertelstunde später zu Ende und die Frage, wer zur Wassergewinnung an den Pol geschickt wird, weiterhin offen. Am Ende der Sitzung herrscht böses Blut.

Ich verlasse die Cafeteria und wende mich nach links, Richtung Wohnheim, statt gleich nach Hause zu gehen.

Ich bin seit sechs Jahren nicht mehr dort gewesen. Ich habe vergessen, wie ärmlich es in den einzelnen Zimmern aussieht. Etagenbetten, diverse Kommoden und ein Wandschrank. Toiletten auf dem Flur. Die meisten Zimmer sind leer. Als ich hier ankam, waren alle belegt. Die Kommune hatte gerade damit angefangen, private Parzellen zu vergeben (während der Großen Läuterung war der Wunsch nach einer eigenen Parzelle verpönt, er erweckte sofort den Verdacht, man wolle mehr als andere besitzen). Jetzt wohnen hier nur noch Neuankömmlinge und ein paar Junggesellen – allein oder zu zweit in einem Zimmer, in dem früher vier oder mehr Leute untergebracht wurden.

»Alexi Dormov?«, sage ich ein paar Mal, und die Leute weisen mir den Weg. Schließlich klopfe ich an eine Tür. Niemand antwortet. Ich klopfe noch einmal und rufe: »Alexi?«

Wenig später höre ich ein Rascheln, ein Fuß stampft auf den Boden. Dann geht die Tür auf und Alexi steht vor mir.

»Martine?«

»Ich habe Sie bei der Ratssitzung gesehen.«

Er nickt. »Ja. Glückwunsch. Hübsch sehen Sie aus.«

Ich habe mich ein bisschen herausgeputzt, trage eine Baumwollbluse und lange Hosen. Ich werfe einen Blick an ihm vorbei ins Zimmer.

»Kommen Sie rein«, sagt er.

Es sieht schrecklich karg aus. Er wohnt hier allein. Die Wände sind kahl. Die untere Pritsche eines der Etagenbetten ist bezogen, aber ungemacht. Alles andere wirkt auf sterile Weise ordentlich.

Ich setze mich auf die nackte Matratze eines Etagenbettes. Er setzt sich auf sein Bett. »Ich kann Ihnen weder Kaffee noch irgendetwas anderes anbieten.«

»Macht nichts«, antworte ich. »Alexi –«

»Machen Sie sich keine Gedanken«, sagt er. »Sie haben schon genug für mich getan. Ich war da, ich habe gesehen, wie so etwas abläuft. Sie werden sich kaum für meine Probleme interessieren, wenn die Alternative darin besteht, ihre eigenen Kinder freizustellen. Ich würde mich auch nicht anders verhalten, wenn es um Theresa ginge.«

»Aber vielleicht –«

»Schon gut«, unterbricht er. »Es sind nur zwei Jahre. So schlimm wie in der Armee wird es nicht werden, zumindest wird niemand auf mich schießen.«

»Es gibt noch eine andere Möglichkeit«, sage ich.

»Es gibt keine andere Möglichkeit«, sagt Alexi.

»Wir könnten heiraten«, sage ich. Eigentlich sollte es wie ein geschäftliches Angebot klingen, stattdessen kommen mir die Worte kleinlaut, fast bittend über die Lippen.

»Was?«, sagt er leise.

»Wir könnten heiraten. Wenn wir verheiratet wären, wären Sie automatisch Pächter.«

»Das kann ich nicht von Ihnen verlangen«, sagt er.

»Es wäre natürlich keine richtige Ehe«, fahre ich fort. »Ich habe zwei Schlafzimmer, und wir könnten für Theresa ein drittes Zimmer anbauen. Und wenn Sie die Ehe nach ein paar Jahren auflösen wollen, wäre das natürlich kein Problem.«

Er schüttelt den Kopf.

»Warum nicht?« Wieder schleicht sich dieser flehende Unterton in meine Stimme, den ich so albern finde.

»Unmöglich«, sagt er. »Ich kann nicht. Martine, Sie haben für Ihr wundervolles Haus schwer gearbeitet. Sie können sich selbst versorgen, sind unabhängig. Ich dagegen bin nur ein Flüchtling. Lenin und Mao, ich fasse es nicht.«

»Langsam wird mir die Arbeit zu viel«, sage ich. »Außerdem könnten Sie noch einer Nebenbeschäftigung nachgehen, es gibt hier nicht eben viele Techniker. Sie werden mehr zu tun haben, als Ihnen lieb ist.«

»Das lag nicht in meiner Absicht«, sagte er. »Wirklich nicht.«

Ich zucke mit den Schultern. »So etwas passiert eben. Denken Sie darüber nach. Sie brauchen sich nicht gleich zu entscheiden, wir können morgen darüber reden. Aber denken Sie daran, bis zur nächsten Ratssitzung müssen wir eine Entscheidung getroffen haben.«

»Bis dahin ist nur noch ein Monat Zeit.«

Ich weiß.

»Eine Ehe ist etwas besonderes«, fügt er hinzu.

»Ich war schon mal verheiratet«, sage ich.

»Ich weiß. Ich weiß alles über Sie.« Ich muss ziemlich verblüfft aussehen, denn er erklärt: »Ich weiß, dass Sie es zum Leutnant gebracht haben und aus West Virginia stammen. Ich weiß, dass Sie das Leben in der Kommune am Anfang entsetzlich fanden, dass Sie fast nie krank sind, keine Kinder haben, dass Ihr Ex-Mann immer noch in der Armee ist und in Kalifornien Dienst tut. Die Leute hier respektieren Sie, viele sind heute Abend nur deswegen zur Ratssitzung gekommen, um für Sie zu stimmen.«

»Woher wissen Sie, dass Evan in Kalifornien stationiert ist?«, frage ich.

»Von Claire, die vor zwei Jahren hierher gekommen ist. Sie arbeitet in der Transmitter-Zentrale und hat mir erzählt, dass

Sie Post von einem E. Jansch bekommen haben, die von einem Militärstützpunkt in Südkalifornien abgeschickt wurde.«

Gelegentlich schickt mir Evan etwas, nicht viel, nicht oft, und meist verscherble ich es.

»Ich bewundere Sie sehr«, sagt er. »Ich will nicht Ihr Mitleid, ich will, nun, für den Anfang will ich Ihren Respekt.«

»Es hat nichts mit Mitleid zu tun, Dormov«, sage ich. »Manchmal stehe ich morgens um halb vier auf, und ich würde von Ihnen das Gleiche erwarten.«

Er sagt nichts.

»Sie haben sich also über mich erkundigt.« Ich weiß nicht, was ich davon halten soll.

»Nicht direkt. Ich habe mir nur gemerkt, was über Sie erzählt wird. Und man erzählt einiges, seit bekannt ist, dass wir befreundet sind, es ist eine kleine Kommune, die Leute reden gerne.«

Ich bin etwas irritiert, und die Art, wie Alexi mich anschaut, na ja, ich weiß nicht, wie ich das deuten soll.

»Denken Sie darüber nach«, sage ich schnell. »Ich würde Sie und Ihre Tochter gerne bei mir haben.« Als ich das sage, wird mir bewusst, dass ich es auch meine. O ja, ich weiß, sobald mir Theresa mit ihren Zicken auf die Nerven geht, werde ich mich fragen, wie ich da hineingeraten bin, aber im Augenblick habe ich ein wirklich gutes Gefühl. Ich wäre nicht mehr allein, und Alex ist jemand, mit dem ich leben könnte.

»Wir könnten es versuchen«, füge ich hinzu, »und sei es nur Theresa zuliebe. Wenn es nicht klappt, werfe ich Sie raus. Es wäre keine unwiderrufliche Entscheidung.«

Er nickt bedächtig.

Ich weiß sehr gut, wann es Zeit ist zu gehen. Ich stehe auf und er steht auch auf.

Er öffnet mir die Tür und sagt: »Nun, wie wär's« – schüchtern –, »ich meine, wenn wir schon übers Heiraten nachdenken, hätten Sie ... hättest du etwas gegen einen Gute-Nacht-Kuss?«

Und hinterher sagt er: »Darf ich dich nach Hause bringen?«

Gespenst

Zhang

»*Ni hao ma?*«, sagt der Krankenpfleger und lächelt mich an – Mandarin für »Wie geht's«, wörtlich übersetzt: »Du gut, was?«

»*Hao*«, antworte ich. Gut. In Wirklichkeit fühle ich mich scheußlich. Ich habe beschlossen, dass nicht die Umstellung auf eine andere Zeitzone daran schuld ist, dass ich schon die ganze Woche krank bin, seit ich hier angekommen bin. Ich habe Fieber, Rückenschmerzen, die mich fast umbringen, und wenn ich mich noch einmal übergeben muss, nehme ich mir aus Verzweiflung einen Strick.

Ich zähle dem Pfleger meine Leiden auf. Er runzelt die Stirn und teilt mir mit, dass er mich im System nicht finden kann: »*Ni gang lai-le ma?*«

Ich war auf einer besonderen Schule, auf der ausschließlich Mandarin gesprochen wurde; ich kann in Mandarin träumen. Wie benebelt muss mein fiebergeplagter Kopf sein, dass ich den Satz nur mit Mühe übersetzen kann. »Du bist neu hier?«

»*Dui*«, bringe ich heraus. Richtig.

»*Huaqiao ma?*« Bist du ein Chinese aus Übersee?

»*Dui.*« Ich muss einen Augenblick nachdenken, bevor ich hinzufüge: »Darf ich mich setzen?«

Er untersucht mich, liest die Ergebnisse vom Bildschirm ab und erklärt mir in heiterem Tonfall, dass ich Fieber habe, wahrscheinlich infolge einer Infektion. Dann klebt er mir ein Pflaster auf den Arm. Ich weiß nicht, wie lange ich es drauflassen soll, ich habe nicht aufgepasst. Ich bin zu dem Schluss gekommen, dass es allzu unhöflich wäre, meinen Kopf auf den Tisch zu legen. Nach einer Weile kommt er zurück, reißt mir das Pflaster vom Arm und sagt, ich solle in drei Tagen noch einmal kommen.

Dann stehe ich wieder auf der Straße. Das also ist das fortschrittlichste Gesundheitssystem der Welt. Ich will nach Hause, nach New York. Stattdessen warte ich auf einen Bus. Dreimal muss ich nach meinem Platz fragen. Ich verwechsle die Wörter für oben und unten und murmele *loushang*, *houbiar* (oben, hinten) wie ein Mantra vor mich hin. Es macht mir nicht wirklich etwas aus, als sich der vordere Teil des Busses plötzlich vom hinteren trennt. Doch als sich das Oberteil abtrennt und Richtung Oberstadt abhebt, habe ich das Gefühl, wir würden den Gipfel eines Hügels erklimmen, und mein Magen hebt ebenfalls ab. Ich muss mich nicht übergeben, doch das ist reine Willenssache.

Ich schaffe es, an der Universität von Nanjing auszusteigen. Ich bin hier als außerordentlicher Student eingeschrieben, habe aber noch kein einziges Seminar besucht. Ich bin in einem der Wohntürme untergebracht, fahre mit dem Aufzug hinauf und finde die Wohnung, die ich mit Xiao Chen teile.

»Was hat der Arzt gesagt?«, fragt er auf Englisch. Entweder will er üben oder er nimmt Rücksicht auf meinen Zustand.

»Dass ich krank bin«, sage ich und gehe ins Bett.

Nach zwölf Stunden Schlaf fühle ich mich wieder wie ein Mensch. Was für ein Mittel sie mir auch verabreicht haben, es hat Wunder gewirkt. Als ich aufstehe, bin ich bleich, habe aber kein Fieber mehr. Mein Kopf ist klar, von reinigendem Feuer geläutert. Alles fühlt sich neu an, versetzt mich in Erstaunen. All die wundervollen Farben, das wundervolle Gefühl, mich nicht jeden Augenblick übergeben zu müssen – die Menschen wissen gar nichts von ihrem Glück. Ich gehe mit Xiao Chen nach unten zum Frühstück. Wir sind erst seit einer Woche Zimmergenossen und kennen uns kaum, ich war die ganze Woche krank. Ich weiß, dass er aus Singapur kommt und Mandarin spricht, außerdem die Landessprache von Singapur und Singapur-Englisch (per Implantat), und dass er Englisch lernt (per Implantat). Er wirkt ganz nett, hat ein Mondgesicht und ist dunkelhäutig. Ich habe ihm empfohlen, Japanisch zu lernen, aber er studiert Wissenschaftsgeschichte, und alle wichtigen Quellen aus dem 20. und 21. Jahrhundert sind auf Englisch.

Er hat mich überzeugt, warmen Reisbrei zum Frühstück zu essen; der würde mir gut tun. Eigentlich habe ich keinen Hunger, aber es riecht lecker. Während ich in der Schlange stehe, lasse ich den Löffel fallen und bücke mich, um ihn aufzuheben. Als ich mich wieder aufrichte, sehe ich Sterne und mir wird schwarz vor Augen. Mein ganzes Blut ist mir in den Kopf geschossen, es rauscht mir in den Ohren und ich sehe alles verschwommen. Ich greife nach der Theke vor mir, nach Xiao Chens Arm, habe aber die Orientierung verloren, die Welt dreht sich und ich stürze zu Boden.

Und das ist das Letzte, an das ich mich drei Tage lang erinnern kann.

Ich wache in einem kleinen Zimmer auf. Es ist makellos sauber. Ich bin eingeklinkt, das Gerät an meinem linken Handgelenk ist schwer. Ich bin wohlauf, es fällt mir nur schwer, die Energie aufzubringen, um mehr als den Kopf zu bewegen. Auf dem Fensterbrett steht eine leuchtend gelbe Forsythie. Vage erinnere ich mich an einen Traum.

Die Ärztin kommt herein. Der dunkelrote Kittel ist gestärkt und gebügelt. Sie klinkt sich ein und sagt: »Ich bin Doktor Cui. Vermutlich ist Ihnen nicht danach, Mandarin zu sprechen. Unterhalten wir uns also auf Englisch.« Ihr Englisch ist absolut perfekt, als würde sie ihr Implantat benutzen, doch entweder ist ihr System sehr gut oder ihr Englisch auch sonst nicht schlecht, denn sie zögert nie, um auf eine Übersetzung zu warten.

»Als Sie am Freitag hierher kamen, hat mein Kollege eine Infektion bei Ihnen diagnostiziert und eine entsprechende Therapie eingeleitet.« Sie hält einen Ausdruck in der Hand, offenbar meinen Krankenbericht. »Wir haben Ihnen ein Virus verabreicht, um die Infektion zu bekämpfen.«

»Wie bitte?«

»Wird das im Westen nicht so gemacht?«, fragt sie und hebt ihre vollkommenen Augenbrauen. Sie ist eine sehr gepflegte Frau. »Wir haben Ihnen ein Virus gespritzt, dessen RNA es befähigt, sich des körpereigenen Immunsystems zu bedienen, um die infizierten Zellen zu erkennen.« Sie gestikuliert mit manikürten Fingern. »Ihre Zellen lernen, eine Krankheit an ihrer Oberflächenstruktur zu erkennen, und sie bilden entsprechende Antikörper gegen die Zellen, die die Krankheit verursachen. Verstehen Sie?«

Ich nicke, auch wenn ich mir nicht ganz sicher bin.

»Also gut, das von uns verabreichte Virus ›lernt‹ sozusagen, die krankheitserregenden Zellen zu identifizieren, indem es die Zellen Ihres Körpers analysiert und sich dann so modifiziert, dass es diese Zellen angreifen kann.«

Na schön. Warum liege ich dann in diesem kleinen, sauberen Zimmer?

»Unglücklicherweise geht hin und wieder etwas schief. In Ihrem Fall ist dem Virus bei der Identifizierung ein kleiner Fehler unterlaufen. Darum sind Sie am Samstag so krank geworden. Zwei Tage lang stand es sehr schlecht um Sie. Heute ist Dienstag, Sie sind seit drei Tagen hier.«

»Und jetzt ist wieder alles in Ordnung?«

Sie lächelt gütig. »Sie erholen sich prächtig, *tongzhi*. Sie werden aber noch ein paar Wochen hier bleiben müssen, bis Ihre neuen Nieren voll funktionsfähig sind.«

»Soll das heißen, Sie müssen mir neue Nieren einpflanzen?«, frage ich.

»O nein«, entgegnet sie. »Das ist bereits geschehen. Wir müssen nur noch warten, bis sie ans Netz gegangen sind, sozusagen.« Sie lächelt und zeigt dabei Grübchen. »Das ist doch der richtige Ausdruck, oder? ›Ans Netz‹? Wir haben Sie gewissermaßen mit neuen Nieren infiziert, das heißt Nierenzellen implantiert, die noch unausgereift sind und mit Ihren alten Nieren eine Art Huckepack-Verbindung eingehen. Diese Zellen bleiben anonym, werden also nicht als Fremdkörper erkannt und nicht als solche angegriffen. Das Gerät an Ihrem Handgelenk überwacht den Prozess und stimuliert das Wachstum Ihrer neuen Nieren. Haben Sie verstanden?«

»So ungefähr«, antworte ich und erwidere ihr Lächeln.

»Gut«, sagt sie. »Entspannen Sie sich einen Moment, ich möchte Sie untersuchen.«

Ich hatte nicht vor, irgendetwas anderes zu tun. Mit gerunzelter Stirn starrt sie ins Leere, konzentriert auf eine Anzeige, die ich nicht sehe, da ich nicht in ihr System eingeklinkt bin.

»Sieht alles gut aus«, sagt sie nach einer Weile. »Schlafen Sie jetzt.«

Es ist, als hätte sie einen Schalter bedient, denn ich schlafe sofort ein.

Manchmal wache ich kurz auf, zum Beispiel dann, wenn Dr. Cui kommt, um nach mir zu sehen, aber meistens schlafe ich. Sie sagt, dass mein Stoffwechsel so weit wie möglich herabgesetzt wurde, weil meine rechte Niere schwer beschädigt ist und die linke gar nicht mehr funktioniert. Es sei eine schwierige Gratwanderung, erläutert sie mir, zwischen zu viel Aktivität, die meinen Körper überfordern würde, und zu wenig, was dazu führen würde, dass meine neuen Nieren nicht wachsen. Ich höre mir das alles geduldig an.

»Dr. Cui«, sage ich. »Sie steuern meine Stimmungen, nicht wahr?«

Sie tätschelt meine Hand. Ich erinnere mich nicht, dass sie mich vorher schon einmal berührt hätte. »Natürlich. Sie sind neu hier, allein und krank. Sie wären verängstigt und niedergeschlagen, wenn wir nichts dagegen unternehmen würden.« Sie deutet auf mein linkes Handgelenk und sagt: »Dieses Gerät ist an Ihr Nervensystem angeschlossen. In diesem Sinne ist es also in Sie eingeklinkt. Es stimuliert nicht nur das Wachstum Ihrer neuen Nieren, sondern nimmt auch Einfluss auf Ihre wachen Augenblicke und Gemütszustände. Übrigens, die Nieren sind schon weit gediehen. In wenigen Tagen werden sie selbständig arbeiten. Die alten

Nieren bilden sich dann zurück und können von Ihrem Körper allmählich absorbiert werden.«

Wie aufregend. Ich habe Schwierigkeiten, mich auf ihre Worte oder irgendetwas anderes zu konzentrieren. Zurück ins Nichts.

Nach drei Wochen werde ich entlassen. Ich habe sieben Kilo abgenommen, meine Hose passt mir nicht mehr. Meine Nieren, meine *neuen* Nieren, funktionieren gut. Allerdings soll ich Bier und Gewürze meiden, Salz nur noch in geringen Maßen zu mir nehmen. Es ist Anfang Oktober, nur wenige Tage nach dem ersten Oktober, dem Nationalfeiertag, jenem Tag, an dem die Volksrepublik China gegründet wurde, und hier in der Stadt sind die Fenster einiger Läden immer noch in Rot und Gold dekoriert. Der Straßenlärm stürzt auf mich ein. Der Dialekt von Nanjing, Mandarin, ich werde von Chinesisch überschwemmt. Die Menschen auf der Straße sind gut gekleidet und sehen gesund aus. Männer in rotschwarzen Geschäftsanzügen oder in Freizeitoveralls, Frauen mit hellen Strähnen in den Haaren. Vor den Fenstern hängen Leuchttafeln; wohin ich mich auch wende, blinken Zeichen und Buchstaben, glimmen auf der Netzhaut nach.

Ich stehe am Straßenrand und warte auf den Bus. Mir wird wieder schwindelig, aber das hat keine körperliche Ursache. Ich lehne den Kopf an den Pfosten des Haltestellenschildes. Der Bus kommt direkt vor mir zum Halten.

Xiao Chen ist zu Hause und hat Freunde zu Besuch.

»Zhang!«, ruft er und wendet sich grinsend den anderen zu. »Seht ihr? Es gibt ihn tatsächlich.« Erschöpft lasse ich mich in einen Sessel fallen. Seine Freunde fühlen sich verpflichtet, »Du bist sicher müde« zu sagen, und ich schüttle den Kopf, nein, nein, bleibt nur.

»Bier?«, fragt Xiao Chen auf Englisch und ist stolz auf sich.

»Nein danke«, antworte ich auf Mandarin. »Ich darf nicht, neue Nieren.«

Sie fragen, wie es mir geht, und Xiao Chen schildert meinen dramatischen Zusammenbruch im Speisesaal. Er beschreibt Details, an die ich mich nicht erinnern kann, erzählt, dass ich zu mir gekommen sei und mit ihm gesprochen hätte, dass ich trotz starker Rückenschmerzen sehr tapfer gewesen sei.

»Davon weiß ich nichts mehr«, sage ich.

»Ich in Krankenhaus gehen, dich besuchen«, sagt er in abgehacktem Singapur-Englisch. »Sie sagen, du schlafen. Ich Blumen dir schicken. Sie nicht angekommen?«

»Gelbe Blumen?«, frage ich. Ich weiß nicht, was Forsythie auf Mandarin heißt.

Er strahlt und stellt mir seine Freunde vor. Ein paar sind aus Singapur, *huaqiao*, Übersee-Chinesen wie Chen und ich. Zwei sind aus Chengdu, *Zhongguo ren,* chinesische Bürger. Sie sitzen da und plaudern, und ich gebe den Versuch auf, ihrer Unterhaltung zu folgen, bade in ihren Stimmen und trinke Tee. Es ist schön, unter Menschen zu sein.

O ja, ich fühle mich einsam. Und alles ist so fremd. Ich vermisse Peter.

Mit meinem Unterricht bin ich drei Wochen hinterher. In praktischer Werkzeugkunde ist das kein Problem, ich habe mehr Erfahrung als die meisten anderen. Die Schneid- und Schweißbrenner, die wir benutzen, sind oft andere Modelle als die, die ich kenne, und die Vorgehensweise im Unterricht ist strukturierter als ich es gewöhnt bin, aber ich habe schon mit so vielen unterschiedlichen Geräten gearbeitet, dass mir die Umstellung leicht fällt. Wir stehen eingeklinkt da, fünfzehn in einer Reihe, und der Lehrer fordert uns auf, den Schneidbrenner einzuschalten. Die Spitze meines Gerätes glüht rot auf.

Die Klasse hat geübt, wie sich die Breite des Laserstrahls richtig einstellen lässt. Der Lehrer will, dass wir den Strahl auf Bleistiftstärke bündeln und ein Loch in ein Stück Plastik brennen. Ich bringe das schwere Gerät in Anschlag, nehme Maß und durchbohre das Material an der gewünschten Stelle (Plastik schmilzt noch weiter, nachdem der Brenner abgeschaltet ist, also ist es immer gut, etwas zu wenig Energie einzusetzen). Während der nächsten Viertelstunde schaue ich den anderen zu, während sie üben und ihre Erfahrungen mit Beschaffenheit und Dichte des Materials machen. Ich helfe den Kommilitonen neben mir. Die Frau rechts von mir löst immer wieder Feuerstöße aus und ihr Übungsstück Plastik ist mit kleinen schlüssellochförmigen Einschlägen übersäht.

Mein einziges echtes Problem ist, dass ich nicht mehr in Form bin und die Schneidbrenner ein ordentliches Gewicht haben.

Der Lehrer schlägt mir vor, die Klasse zu überspringen, doch ich lehne respektvoll ab, da ich mir für die anderen Kurse weniger gute Noten ausrechne und wenigstens in einem Fach glänzen will. Als Nicht-Muttersprachler nehme ich auch Unterricht in Mandarin, *Poutonghua*. Da viele andere Nicht-Muttersprachler immer noch ihr Implantat benutzen und wir es in diesem Unterricht nicht benutzen dürfen, bin ich recht gut. Mein Lehrer gibt mir Bücher, damit ich mehr Schriftzeichen hinzulerne, denn ich spreche besser als ich lese.

Mathematik und Ingenieurwesen bereiten mir mehr Kopfzerbrechen. Insgesamt muss ich fünf Kurse belegen, einschließlich einer Vorlesung und der praktischen Übung. In fünf Monaten feiere ich meinen dreißigsten Geburtstag. Eigentlich bin ich zu alt für die Schule.

Für diese Fächer wird mir ein Tutor zugeteilt, der mir helfen soll, den versäumten Stoff nachzuholen. Das ist mir peinlich. Offenbar traut man mir nicht zu, dass ich aus eigener Kraft entsprechend nacharbeite. Darunter leidet auch mein Selbstbewusstsein. Ich bin allein. Chen hat seinen Freundeskreis, und es scheint, dass sich auch alle anderen eingelebt haben, während ich im Krankenhaus lag.

Die Ingenieurwissenschaften überfordern mich, also mache ich mich auf den Weg zu meinem Tutor. Ich fahre mit dem Lift bis ins Erdgeschoss des *Dong-ta*, des Ostturms, in dem ich wohne, und durchquere die Einkaufspassage, die den Komplex der Oberstadt über der Universität mit dem *Bei-ta*, dem Nordturm, verbindet. Dort fahre mit dem Lift zu der Adresse hinauf, die man mir gegeben hat. Ich klopfe an und Yang Haitao öffnet mir.

Er mustert mich von oben bis unten und lächelt. Er hat ein glattes Gesicht und einen kurzen Bürstenschnitt. »Hallo. Du bist also der Mann mit dem unglaublichen Namen«, sagt er auf *Poutonghua*.

»Zhang«, antworte ich. Lenin und Mao Zedong, mein *huaqiao*-Name! »Die Verfehlungen meiner Eltern lasten auf mir«, fahre ich leichthin fort und spiele mit dieser Bemerkung auf den marxistisch-leninistisch-maoistischen Gedanken an, wonach das Kind von seinen Eltern geprägt und der Sohn eines Grundbesitzers ebenfalls ein Grundbesitzer ist, auch dann, wenn er keinen Besitz hat. Doch dann besinne ich mich darauf, dass ich in China bin und den Mann, der vor mir steht, nicht kenne. Womöglich habe ich ihn beleidigt.

Keineswegs. Er grinst und sagt: »Komm rein.«

Sein Zimmer. Wie soll ich das Gefühl beschreiben, Haitaos Zimmer zu betreten? Sein Name bedeutet »Meereswoge«, eine bessere Übersetzung ist »Flutwelle«. Das Zimmer ist blau, und unter der Decke schweben Lichtfische mit leuchtenden Gräten. Sein Zimmer liegt nach außen hin und bietet einen Blick auf die Stadt – das Zimmer von Chen und mir liegt am inneren Schacht –, die Stadt versinkt gerade in einem rauchigen Zwielicht, so dass der Eindruck entsteht, das Blau würde sich ins Unendliche erstrecken. Möbel in weichen, dunklen Farben.

Er winkt mit der Hand, und das Zimmerprogramm reagiert. Die Fische lösen sich in Schatten auf und das Licht geht an, das Fenster wird dunkel, und plötzlich ist der Raum hell erleuchtet. Das Mobiliar wechselt die Farbe und schimmert rosarot, die blassgelben Wände scheinen baumwollartig gemustert.

»Hübsches Zimmer«, sage ich.

»Danke«, sagt er. »Willst du ein Bier? Nanjing-Bier?«

Nanjing-Bier gilt als besonders gut. »Vielen Dank, aber ich darf nicht. Neue Nieren.«

»Stimmt, du warst krank.«

Ich erzähle es ihm in Kürze, ich bin es leid und will ihn nicht langweilen. Er macht mich nervös. Er sieht überaus gepflegt aus, seine Kleider sind salopp und teuer, das glaube ich zumindest.

So schnell wirst du das offene Hemd, die hautenge, graue Hose und die wadenhohen Stiefel nicht vergessen, denke ich bei mir. Nach so etwas musst du dich auch umsehen. Ich frage mich, was er von mir hält. Ich trage amerikanische Kleidung, sehe aus wie ein *huaqiao* und heiße auch noch Zhang Zhong Shan.

»Das war sicher ziemlich lästig«, bemerkt er mitfühlend. »Wie gefällt dir China?«

Ich könnte mit den üblichen Plattitüden antworten, sage aber stattdessen: »Ich weiß nicht. Ich habe fast die ganze Zeit im Bett verbracht.«

Er lacht. Mein närrisches Herz, ich habe mich in ihn verliebt. Dieser geschliffene junge Mann in seinen perfekten Kleidern. Er ist bestimmt nicht schwul, so viel Glück kann ich nicht haben. Und doch, und doch …

Tanzt er? Daran erkennt man den Unterschied. Wenn ein Heteromann eine Heterofrau kennen lernt, tanzen sie. Wenn ich einen schwulen Mann kennen lerne, tanzen wir. Alles sehr subtil. Ich weiß nur, dass ein Heteromann nicht tanzt, wenn ich ihn kennen lerne. Ich habe das Gefühl, dass Haitao und ich miteinander tanzen, einander etwas länger anschauen und je nach Reaktion den Blick abwenden oder nervös lächeln. Aber wir sind in China, vielleicht deute ich die kulturellen Signale falsch. Ich bin einsam und ich will, dass dieser junge Mann, diese geschliffene Flutwelle mir gleicht. Mich mag.

Wir fangen ganz von vorne an, er bringt mir die Grundlagen des Ingenieurwesens bei. Er ist ein guter Lehrer und versteht mein Bedürfnis, Zusammenhänge zu begreifen. Wir verabreden uns für kommenden Donnerstag.

Auf dem Nachhauseweg kaufe ich eine Ausgabe von *Xiansheng*, ein Männermagazin, das ich mir auch in New York hin und wieder geleistet habe. Es ist hier genauso teuer wie dort. Wunderschöne Männer in Hemden, die wie lackiert glänzen, in seidenen Jacketts, die mit Kranichen und Drachen bestickt sind. Die Pullis haben Kapuzen. Und alle tragen diese wadenhohen Stiefel, die auch Haitao anhatte.

Am Donnerstag habe ich von acht bis zehn Unterricht (Mathematik). Bis drei Uhr habe ich frei. Ich gehe einkaufen.

Ich gehe die Daqing Lu entlang nach Norden; auf dieser Straße reiht sich Geschäft an Geschäft. Ich bleibe stehen und betrachte die Schaufenster. Die Preise hier sind haarsträubend. Ich habe ein Stipendium von der Universität und meine Ersparnisse von Baffin Island. Weil ich Technologie studiere, musste ich nur die Anreise aus eigener Tasche bezahlen, alles andere übernimmt das Stipendium. Der Flug war teuer genug. Klamotten kosten hier fünfmal so viel wie zu Hause. Und an die hiesige Mode muss ich mich erst noch gewöhnen. Als Erstes kaufe ich mir ein Paar dieser hautengen, wadenhohen Stiefel. Mit dieser Wahl fühle ich mich sicher.

Dann zwei rostfarbene Overalls. Die werden hier viel getragen und ich habe breite Schultern. Sie werden mir vermutlich stehen. Ich probiere eine Brokatjacke an, gemustert mit gelben Kreisen, die für ein langes Leben stehen, und mit stilisierten blauen Wellen am Saum. Unglaublich teuer, drei Wochen meines übertriebenen Gehalts auf Baffin Island für eine Jacke. Und ich weiß nicht, was das Muster bedeutet. Wer trägt eine solche Jacke, und was sagt sie über den Träger aus?

Womöglich sagt sie: »Ein *huaqiao* mit mehr Geld als Verstand.«

Also kaufe ich schlichte Sachen und gebe Geld aus, um nicht aufzufallen. Wie traurig. Ich könnte heulen, wenn ich an meine Pullis mit den Lederschleifen und Spiegeln denke und auf das Gewimmel der Daqing Lu hinausschaue. Wenn Haitao jemals sehen würde, wie ich zu Hause herumlaufe ... Wenigstens werde ich mich nicht blamieren.

Am Abend sitze ich über meinen Büchern und überlege, welche Fragen ich Haitao stellen könnte. Ich will schnell dazulernen und ihn beeindrucken. Nach anderthalb Stunden blättere ich wieder im *Xiansheng* herum. Ich mustere die Kleider, aber noch mehr interessiert mich die Werbung. Während die Hochglanzfotos ein Modeideal präsentieren, zeigt die Werbung, was aktuell angesagt ist, ein ganz anderes Ideal.

Wenn ich nur jemanden hätte, mit dem ich reden könnte. Xiao Chen kommt dafür nicht in Frage, er zieht sich an wie ein Techniker: Overalls, wie man sie schon vor zwanzig Jahren getragen hat und wohl noch in zwanzig Jahren tragen wird. Peter. Aber Peter ist in Brooklyn und ich bin in China.

Ich schreibe ihm einen Brief. Die erste Zeile lautet: »Ich bin wieder verliebt.« Hier in Nanjing ist es zehn Uhr, dann ist es in Brooklyn Morgen und Peter ist bei der Arbeit. Nun gut, wenn er nach Hause kommt, wird der Brief auf ihn warten. »Grüße aus dem Reich der Mitte, in Liebe, Zhang.« Und dann drücke ich auf *verschicken*.

Er mustert mich von oben bis unten. Bemerkt er, dass ich mir neue Kleider zugelegt habe? Schwer zu sagen. Vielleicht ist der rostfarbene Overall doch nicht das Richtige. »Hallo«, sagt er. Sein Zimmer leuchtet in Sonnenuntergangsfarben, bis er sie mit einer beiläufigen Handbewegung beiseite wischt und die Sonne nur noch vor seinem Fenster untergeht. Er trägt eine Hemdbluse, die ihm bis zu den Schenkeln reicht und vom Rot am Kragen in ein Indigoblau am Saum übergeht. Dieselbe hautenge, graue Hose, dieselben wadenhohen Stiefel.

An diesem Abend wirkt er nachdenklich und distanziert. Ich weiß nicht, wie ich mich verhalten soll, also öffne ich mein Buch und gebe mich fleißig.

»Du bist ein guter Lehrer«, sage ich nach einer Weile.

»Danke«, sagt er. »Ich war früher Lehrer.«

»Für Ingenieurwesen?«, frage ich überrascht. Ich habe ihn für einen Studenten gehalten.

»Nein, ich habe in einer Mittelschule Physik unterrichtet.«

Ich dachte, er wäre jünger als ich. »Warum hast du aufgehört?«, frage ich und suche in seinem Gesicht nach Falten. Ist er tatsächlich älter als ich? Er ist ein Wunderwerk der Ingenieurkunst, voll angedeuteter Drähte und Pfeiler, gespannt und doch ungezwungen.

Er zuckt mit den Achseln. »Unterrichten bringt kein Geld.

Und *guanxi* bringt es auch nicht. Fünfzehnjährige sind nicht die Leute, durch die man Beziehungen bekommt.«

»Wie hast du es geschafft, versetzt zu werden?«, frage ich ohne nachzudenken.

»Ein Freund«, antwortet er ausweichend. »Und wie bist du an einen Studienplatz gekommen?«

»Ich habe ein Jahr als Bautechniker auf einer Insel am Polarkreis gearbeitet. Das ist mir bei der Studienplatzvergabe angerechnet worden.« Ich hätte dieses Thema nicht anschneiden sollen. Lehrer bekommen ihre Arbeit zugeteilt, wie in einer Arbeitseinheit, Sicherheit von der Wiege bis zur Bahre, mit dem Nachteil, dass man nur schwer den Beruf wechseln kann. Wie bei der Armee. Anders als bei meinem Job, der auf dem freien Markt vergeben wird und weder Sozial- noch Gesundheitsversicherung oder Ähnliches bietet. Ich bekomme einen Mietzuschuss, aber mit Ausnahme der Stelle auf Baffin Island ist mir vor Nanjing noch nie eine Wohnung zugeteilt worden. Dafür kann ich jederzeit kündigen, zur Arbeitsvermittlung gehen und mich auf die Warteliste setzen lassen.

Wie hat er die Erlaubnis erhalten, seine Arbeitseinheit zu verlassen und an die Universität zu wechseln? Vielleicht hat er einen einflussreichen Liebhaber?

Ich muss im Stillen lächeln. Ich weiß noch nicht mal, ob er schwul ist, und vermute bereits, dass er einen Liebhaber bei der Armee oder sonst wo hat.

»Du lächelst so geheimnisvoll«, bemerkt er.

»Ich denke darüber nach, wie anders hier alles ist«, sage ich.

»Was ist der größte Unterschied?«, fragt er.

Ich überlege einen Augenblick. Alles ist anders. In New York fahre ich mit einer U-Bahn aus dem frühen zwanzigsten Jahrhundert, hier gibt es Busse, die sich aufteilen und in unterschiedliche Richtungen davongleiten. Hier ist eine Stadt über die andere gebaut; eine fein gesponnene Konstruktion trägt Tausende von Wohneinheiten und Arbeitskomplexen, die allesamt aus vier Türmen bestehen – wie der Universitätskomplex, in dem wir wohnen –, *xin gongshe* genannt, neue Kommunen. Und dann höre ich allenthalben nichts als Chinesisch, ich hungere danach, mit jemandem Englisch zu sprechen. Das Essen. Zu Hause habe ich zwar auch chinesische oder thailändische Gerichte gegessen, aber nicht ausschließlich. Und dann gibt es hier Gerichte, von denen ich noch nie gehört habe, aus Australien und Südamerika und Afrika, zu unglaublichen Preisen. Hier scheinen alle reich zu sein.

Ich lache. »Zu Hause wusste ich immer, was los ist, und wenn ich etwas auf dem Herzen hatte, habe ich jemanden angerufen und darüber gesprochen. Hier« – jetzt zucke *ich* mit den Achseln – »hier bin ich mir nicht sicher, was passieren wird, was die Dinge bedeuten, und ich habe niemanden, mit dem ich darüber reden könnte.« Ich schaue ihn an, um zu sehen, wie er reagiert.

Er sieht nachdenklich aus.

Es ist Zeit zu gehen, ich stehe auf. »Du bist bestimmt müde«, sage ich höflich.

»O nein«, sagt er ebenso höflich.

Wir verabschieden uns in aller Form. Mir fällt auf, dass ich größer bin als er, wenn auch nicht viel. Aus einem geheimnisvollen Grund ist mir das wichtig.

»Willst du vielleicht am Samstag zusätzliche Nachhilfestunden bekommen?«, sagt er. »Was nicht heißen soll, dass du zu langsam lernst«, fügt er lächelnd hinzu.

»Gerne«, sage ich.

»Natürlich wird die Seminararbeit dadurch nicht überflüssig«, sagt er. »Aber ein bisschen linkshändige Hilfe kann nie schaden.«

Linkshändig. Mein Herz beginnt zu hämmern. Das ist Code, er testet mich. Oder es war Zufall und er hat die Redewendung benutzt, ohne zu wissen, dass sie doppeldeutig sein kann. Zu Hause sind die Heteros rechtshändig, wir sind linkshändig. Nicht in Wirklichkeit natürlich, nur im Slang.

»Danke«, sage ich. »Linkshändige Hilfe weiß ich zu schätzen.«

»Oh«, sagt er, höflich erfreut. »Ich war mir nicht sicher.«

»Und ob«, sage ich. »Ein *huaqiao* ist hier sehr einsam.«

»Ein *huaqiao* wie du wird hier schnell viele Freunde finden. Du musst eigentlich noch gar nicht gehen, oder?«

Vor Angst und Freude weiß ich nicht, wo mir der Kopf steht. »Tja, wenn du nicht zu viel zu tun hast.« Ich brenne vor Verlangen und sehe, dass es ihm genauso geht. Meine Knie werden weich, ich fühle mich wieder wie siebzehn, an den nächtlichen Strand von Coney Island zurückversetzt, wo ich darauf wartete, dass jemand kommt, während vom brennenden Hafen rußige Luft herüberwehte.

»Warte«, sagt er und im Handumdrehen wird die Beleuchtung rosafarben. Die Sonne geht plötzlich wieder im Zimmer unter und draußen ist es Nacht. Nanjing ist ein Lichterstreifen, der bis zum Horizont am Ufer des Jangtze entlang verläuft.

»Ich kann es nicht glauben«, flüstere ich.

»Was kannst du nicht glauben?«, fragt er und lacht leise.

»Dass es dich gibt«, sage ich, ein Klischee, ich weiß, aber Dinge werden zu Klischees, weil sie Wahrheiten ausdrücken. Und ich kann wirklich nicht glauben, dass es ihn gibt.

Wir warten, ich weiß nicht worauf, aber wir warten. Ich zittere vor Erregung, er weiß nicht, wie es ist, allein in einem fremden Land zu sein. Er weiß es nicht. Und wenn er wüsste, wie sehr ich ihn begehre, würde er mich dann noch wollen?

»*Lai, lai*«, sagt er. Komm her.

Und so täusche ich mich für ein paar Stunden über die Tatsache hinweg, dass ich allein bin.

Wenn der Orgasmus der kleine Tod ist – und das scheint er mir zu sein, denn alles verzehrt sich in diesem kurzen, explosiven Augenblick –, dann ist das Erwachen im Bett eines anderen die Auferstehung. Auf den kleinen Tod folgt eine angemessen ernüchternde Auferstehung. Es ist nicht das Leben, das sich auf mich stürzt, sondern die Pflicht ruft. Um neun Uhr habe ich Technikunterricht, und ich liege in Haitaos Bett. In der Stunde vor Sonnenaufgang bin ich selten verliebt.

Ich setze mich auf, Haitao bewegt sich und öffnet die Augen.

Sein Haar ist verstrubbelt, er ist nackt und gewöhnlich, so wie ich.

»Ich muss gehen«, sage ich.

»*Weishemma*?« Warum?

»Weil ich Unterricht habe und mich noch vorbereiten muss.«

»Warte!«, sagt er und richtet sich auf. »Ich mache Tee.«

Rituale, die gleichen wie zu Hause. Man lässt seinen nächtlichen Gast nicht ohne Frühstück gehen, auch wenn bis dahin oft beide den gegenseitigen Anblick nicht mehr ertragen können. »*Bei-keqi*«, murmele ich. Sei nicht so höflich.

Er protestiert ein wenig, aber ich ziehe mich an, entschuldige mich für den unhöflich überstürzten Aufbruch und bitte ihn um Verständnis. »Bis Samstag«, verspreche ich, auch wenn mir die Verabredung im Augenblick nicht recht ist, aber ich weiß, dass ich schon heute Abend an nichts anderes mehr denken werde. Sanft drücke ich ihn auf die Matratze zurück und lasse ihn allein.

Meine Augen sind geschwollen, meine Schritte träge. Der Flur ist still und dunkel, der Lift öffnet sich mit einem Seufzen. Ich durchquere die leere Einkaufspassage und bleibe stehen, um die Sonne aufgehen zu sehen. Der Sonnenaufgang ist für mich etwas Besonderes, ich habe nördlich des Polarkreises gelebt, wo die Nacht Monate andauert. Dann hoch in meine Wohnung, wo ich unter die Dusche gehe, Kaffee trinke und mich auf den Unterricht vorbereite.

Heute Morgen komme ich mit den technischen Fragestellungen besser klar. Langsam verstehe ich, wie alles funktioniert, und offensichtlich lerne ich morgens besser als abends. Aber kaum ist die Übung vorbei, denke ich an Haitao. Wird er mich wieder sehen wollen? Ich denke an all die Zufallsbekanntschaften, die mein Begehren nur einmal geweckt haben. Vielleicht war es nur das Unerwartete des Augenblicks, die stets inzestuöse Entdeckung unserer besonderen Bruderschaft, was ihn gereizt hat.

Ich bin es so leid, eine Ein-Mann-Kolonie zu sein.

Xiao Chen sagt: »Spät geworden letzte Nacht.«

Ich antworte auf Mandarin: »Ich war bei meinem Tutor.«

»Fleißig gewesen?«, fragt er grinsend.

Ich schüttle den Kopf und lächle. »Ein so guter Student bin ich nicht.«

Xiao Chen ist so normal, er hat nicht einmal den Anflug eines Verdachts.

Ein paar seiner Freunde kommen vorbei, und wir sehen Vid. Ich mache meine Mathematik-Hausaufgaben. Ich bekomme einen Brief von Peter: »Du hast dich verliebt? Ich platze vor Eifersucht. Erzähle mir alles über sie, ist sie hübsch?« Man kann nie wissen, ob eine Übertragung überwacht wird. Ich antworte und schwärme von Haitao, den ich in Hai-ming umtaufe. See-Jade.

Ein leerer Nachmittag, ein leerer Abend. Ich warte auf Samstag, ich hänge in der Luft.

Ich ziehe meine neuen Sachen an: die wadenhohen Stiefel, die schwarze Jacke mit den rot gefütterten Schwalbenschwänzen und die gleiche enge graue Hose wie Haitao. Gehe ich die Sache falsch an? Habe ich richtig gewählt? Ich könnte auf der Straße zwischen Tausenden ähnlich gekleideter Menschen untertauchen. Wird ihm mein Aufzug gefallen?

Als er mir die Tür öffnet, ist er mit seinen Gedanken woanders. »*Lai, lai*«, sagt er geistesabwesend. Komm rein, komm rein. Und er ist nicht allein.

Ich bin ganz verzweifelt darüber, dass ich ihn nicht für mich allein habe. Ob ich nicht gut genug war? Ich bin wütend auf Haitao, musste er uns das antun? Ich bin neugierig auf seinen Besuch – einer von uns? Ich freue mich sehr drauf, neue Leute kennnen zu lernen.

»Hallo«, sagt der Mann auf der Couch. »Du bist also Haitaos *huaqiao*.«

»Hallo, ich heiße Zhang«, erwidere ich und wir mustern uns. Haitao sieht nicht besonders gut aus, sein Gesicht ist vergleichsweise unauffällig, aber er hat schönes Haar und eine gute Figur. Aber er kleidet sich so perfekt, dass er insgesamt ziemlich beeindruckend wirkt. Sein Besuch ist dagegen fast nachlässig, geradezu schlecht gekleidet. Es sieht so aus, als hätte ihm jemand einen Topf über den Kopf gestülpt und alle sichtbaren Haare abgeschnitten. Gekämmt hat er sich auch nicht. Dafür hat er ein hübsches Gesicht, was nicht sofort auffällt. Meiner Erfahrung nach ist niemand wirklich schön, ohne an sich zu arbeiten.

»Ich bin Liu Wen«, sagt er. »Setz dich. Haitao leidet, und einen Meister soll man nicht stören.«

»Ironie ist die letzte Zuflucht der Intellektuellen«, murmelt Haitao.

»Flucht ist Flucht. Und wenn ich schon als verkommenes Element herhalten muss, kann ich mir genauso gut den Luxus erlauben, mich einer möglichst großen Zahl der zur Verfügung stehenden Kategorien hinzugeben.«

Verkommene Elemente. Früher gab es fünf Kategorien so genannter schwarzer Elemente: Grundbesitzer, Kriminelle, Konterrevolutionäre, Kapitalisten und eine letzte Gruppe, an die ich mich nicht mehr erinnere. Seit mir dies in der Mittelschule im Fach »Politische Theorie« beigebracht wurde, ist viel Zeit vergangen. Inzwischen sind die Kapitalisten rehabilitiert worden. Ich weiß nicht mehr, wozu die Intellektuellen ursprünglich gezählt wurden, vielleicht zu den Konterrevolutionären. Wir gehören dank unserer sexuellen Vorlieben jedenfalls zu den Kriminellen. In dieser Hinsicht hat sich seit der Revolution nichts geändert.

»Lasst uns etwas unternehmen«, sagt Liu Wen.

»Es ist noch früh«, entgegnet Haitao, der immer noch zum Fenster hinausschaut.

»Dann lasst uns essen gehen.«

Haitao zuckt mit den Achseln. Und so gehen wir in den Abend hinaus und besteigen einen Bus. Liu Wen hat die Führung übernommen, und Haitao fragt nicht, wohin wir fahren. Also halte ich ebenfalls meinen Mund. An einer Kreuzung fällt mir auf, dass wir die Jiankang Lu entlangfahren, doch allein würde ich nicht mehr zurückfinden. Liu Wen steigt aus und wir folgen ihm in ein Restaurant. Es ist todschick eingerichtet. Mein erstes Restaurant in Nanjing. Der Boden besteht aus feinstem Parkett, und eine Wand ist mit so vielen Schichten roter Lackfarbe gestrichen, dass der Eindruck entsteht, man könnte mit der Hand wie durch Wasser hindurchfassen.

Liu Wen bestellt Ente sowie vier weitere Gerichte und Bier. Ich entschuldige mich und erkläre, dass ich kein Bier trinken kann. Stattdessen wird mir Tee gebracht. Dann kommt die Ente, mit cremig weißer Haut und zartem rotem Fleisch. »Eine Spezialität«, sagt Liu Wen. Es schmeckt gut. Ich versuche, die Fleischstücke mit meinen Stäbchen zu erwischen, und spüle Affenhirnpilze mit Tee hinunter.

Liu Wen wendet mir seine Aufmerksamkeit zu. Wie mir China gefällt. Wie es sich in New York leben lässt. Wie ich hierher gekommen bin. Er ist ganz Ohr, als ich von meinem Aufenthalt nördlich des Polarkreises, auf Baffin Island berichte. Er selbst hat, wie er sagt, eine Weile in Australien gearbeitet, in Melbourne. »Australien wird sich zur zweitstärksten Wirtschaftsmacht entwickeln«, sagt er, »jetzt, wo sie über die notwendige Technologie verfügen, um das Outback zu nutzen.« Er spricht es »Outabaka« aus.

Ein seltsames Mahl. Das Essen ist gut, aber die Stimmung bei Tisch irritiert mich. Liu Wen gibt sich gut gelaunt, während Haitao vor sich hin grübelt und in der Ente herumstochert. Ich weiß nicht, wie ich mich verhalten soll.

»Bist du aus politischen Gründen nach Kanada gegangen?«, fragt Liu Wen. Er sagt *Jia-na-da*.

»Nein«, sage ich. »Ich bin sehr gut bezahlt worden und auch nur zwölf Monate geblieben.« Ich habe das Gefühl, dass er sich über mich lustig macht, über den *huaqiao* aus einem rückständigen Land. »Bist du aus politischen Gründen nach Australien gegangen?«

Haitao lacht. »Nein«, sagt Liu Wen, »mich hat das Gerücht gelockt, australische Männer seien sehr groß.« Er grinst. »Und blond. Bei uns hat es keine Große Läuterung gegeben.«

»Nicht in diesem Jahrhundert«, sagt Haitao zu niemand Bestimmtem. Er sieht uns nicht an, starrt ins Leere. Verteidigt er mich?

»Beim Zehn-Jahres-Desaster, der Kulturrevolution, war es anders. Und zwar, weil Mao senil wurde«, sagt Liu Wen, ebenfalls im Plauderton. »Zur Großen Läuterung ist es gekommen, weil sich die Sozialistischen Staaten von Amerika der modernen Welt ideologisch anpassen mussten. China musste sich nicht mit einer technologisch fortschrittlichen Gesellschaft auseinander setzen, und Computer wurden erst im 21. Jahrhundert erfunden.« Er beugt sich zu mir vor. »Dieses Problem hat auch Australien, dort hat keine wirkliche wirtschaftliche Anpassung stattgefunden, es herrschen immer noch ausbeuterische Strukturen vor. Wenn es so weit ist, wird die kulturelle Anpassung sie um Jahre zurückwerfen. Es muss zu einer ideologischen Revolution kommen.«

Dummes Gewäsch, denke ich und nicke. Die Große Läuterung war ein Bürgerkrieg zwischen Carsons Konservativen, die meinten, die Wirtschaft müsse gesteuert werden wie in den ersten fünfzig Jahren in China, und der Roten Partei, die meinte, die Menschen müssten sich ideologisch verändern, wie gute Sozialisten denken. Doch im Grunde war es keine ideologische Auseinandersetzung, es ging nur um Macht. Es geht immer nur um Macht. Aber ich werde Liu Wen nicht widersprechen.

Ich habe das Gefühl, dass er meinen Widerspruch herausfordert, um mich dann mit überlegenen Argumenten zum Narren machen zu können. Als ich nur nicke, scheint er enttäuscht. Vielleicht gefällt es ihm ebenso wenig wie mir, Haitao mit einem anderen teilen zu müssen. Vielleicht bin ich nur paranoid.

Liu Wen zahlt, ohne einen Blick auf die Rechnung zu werfen. Draußen ist es dunkel geworden. »Es ist immer noch zu früh, um irgendwohin zu gehen«, sagt er. Zu Hause würde ich vorschlagen, dass wir zum Drachenrennen gehen, doch hier weiß ich nicht, wohin die Leute gehen. Liu Wen ist attraktiv und faszinierend, doch er scheint sich für mich nur als Gesprächspartner zu interessieren. Mir ist das recht, ich will nur nicht allein sein. Ich denke nach. Ich fühle mich unwohl und unsicher. Wart ab, lass alles auf dich zukommen, rede ich mir gut zu, genieße den Augenblick, dieser Augenblick ist reine Freude.

Wir nehmen einen Bus quer durch die Stadt zum Linggu Park und gehen dort spazieren. »Früher wurde der Park am Abend geschlossen«, sagt Liu Wen. »Jetzt wird jeder Winkel mit Kameras überwacht.«

Es ist eine stillschweigende Warnung: Sieh dich vor! Auch Liu Wen scheint jetzt Haitaos Schweigen zu bemerken. Der Abend ist kühl. Wir schlendern auf ein Gebäude zu, das von einem Wassergraben umgeben ist, über den drei Brücken hinwegführen. Wir bleiben stehen, und ich frage mich, warum wir hierher gekommen sind. Das Gebäude ist klein, quadratisch und weiß, mit einem zierlichen Dach, pagodenhaft geschwunden und mit blauen Ziegeln gedeckt. Ein hübsches kleines Bauwerk, aber was wollen wir hier?

»Das Grabmal deines hochverehrten Namensvetters«, sagt Liu Wen und grinst mich an.

»Zhong Shan?«, frage ich verblüfft. Er nickt. Hier also liegt Sun Yat-sen begraben. Kaum zu glauben.

Ich werfe Liu Wen einen Blick zu. Er lächelt verschmitzt. Haitao lehnt sich ans Geländer, das rund um den Wassergraben verläuft, und betrachtet einen dicken Goldfisch, der in der Nähe der Lichtanlage unter der Brücke reglos im Wasser steht.

Ich weiß nicht, was ich sagen soll, also sage ich nichts. Vielleicht machen sich die beiden über mich lustig.

»Kommt«, sagt Liu Wen, »gehen wir spielen.«

Haitao richtet sich auf und lässt die Hände in den weiten Ärmeln verschwinden. Wir gehen zur Straße zurück und warten auf den nächsten Bus.

Wir verlassen den finsteren Park und fahren auf breiten Straßen durch das hell erleuchtete Zentrum von Nanjing an den dunklen Stadtrand zurück. Als wir einsteigen, besteht der Bus nur aus drei Segmenten, dann trennt sich ein Segment ab, in der Stadtmitte kommen zwei hinzu, verschwinden wieder (viele Leute steigen von einem Segment ins nächste um, doch wir bleiben die ganze Zeit sitzen), bis schließlich nur noch unser Abteil übrig bleibt. Dort, wo wir aussteigen, riecht die Luft ganz anders. Ganz China ist von den unterschiedlichsten Gerüchen erfüllt. Als ich aus dem Flugzeug gestiegen bin, ist mir ein staubiger Geruch wie von alten Kleidern aufgefallen, aber das rieche ich jetzt nicht mehr. Hier riecht es modrig. Liu Wen weist uns darauf hin, dass wir in der Nähe des Flusses sind.

Ringsum stehen Lagerhäuser. Wir passieren abgestellte Gleitstapler und Laderampen, an denen tagsüber Transporter entladen werden. Ich habe keine Ahnung, weshalb wir hier sind. Vor einer Metalltür bleibt Liu Wen stehen und zischt mir zu: »Behalt deinen richtigen Namen für dich.« Dann öffnet er die Tür. Wir treten in ein spärlich beleuchtetes Treppenhaus. Auf dem Weg nach oben versuche ich mir einen Reim auf Liu Wens Rat zu machen. Am oberen Treppenabsatz befindet sich eine zweite Tür, doch Haitao versperrt mir die Sicht. Als Liu Wen die Tür öffnet, höre ich plötzlich Musik und murmelnde Stimmen. Ich kann nicht hören, was er sagt, nur dass er mit jemandem an der Tür spricht.

»Keine Sorge«, flüstert Haitao, »er ist Mitglied.« Dann folgt er Liu Wen zur Tür, und diesmal höre ich den Türsteher fragen: »*Shi shei?*« Wer sind Sie?

»Li«, antwortet Haitao, der häufigste Nachname in China.

»*Shemma Li?*« Welcher Li?

»Li Haibao.«

Ich muss grinsen. Haibao heißt Seehund. Auf Baffin Island habe ich Seehunde gesehen, mit ihren Katzenköpfen und traurigen Augen. Haitao hat sich einen Namen ausgesucht, der ihm schmeichelt.

»*Shi shei?*«, fragt der Türsteher mich. Er trägt eine weiße Maske mit zwei Löchern für die Augen und einem Schlitz für den Mund.

»Ma«, antworte ich.

»*Shemma Ma?*«

»Guai-zi«, sage ich. Gespenst oder Dämon.

Haitao wirft mir über die Schulter einen Blick zu und lächelt. Ich erwidere sein Lächeln.

Die Halle ist riesig, schließlich ist es ein Lagerhaus, auch wenn es nicht mehr genutzt wird. Die Beleuchtung ist auf dem Fußboden oder in Augenhöhe befestigt, die Decke verschwindet im Dunkeln. Ich blicke nach oben und glaube, Sterne zu sehen, doch das bilde ich mir natürlich nur ein. Die Lampen werfen einen goldenen Schein auf Gesichter und Hände. Es gibt eine Bar und einzelne kleine Tische sowie größere, quadratische Tische, umringt von stehenden Leuten. Goldenes Licht strahlt aus diesen Tischen.

»Wollt ihr etwas trinken?«, fragt Liu Wen.

Ich schüttle den Kopf.

»Zahlst du?«, fragt Haitao. »Dann einen Mao-tai.«

Liu Wen schüttelt den Kopf und lacht. Ich erinnere mich, dass meine Mutter einmal Mao-tai für ihren zukünftigen Chef gekauft hat, als sie mit Geschenken um eine neue Stelle warb. Eine Flasche kostete sie zwei Wochengehälter, und das war vor zwanzig Jahren.

In China verdient eine Sekretärin in einer Woche mehr als ich zu Hause in einem Monat als Bautechniker.

Ich frage mich, ob ich angemessen gekleidet bin. Ich schaue mich um und entdecke ein paar Leute, die gekleidet sind wie ich. Andere wiederum tragen vornehme Anzüge mit Jackenschößen, die bis zu den Absätzen reichen. Einige sind wie Liu Wen gekleidet, in Missachtung jeglicher Angemessenheit. Wo bin ich hier, in einer Spielhalle?

Es gibt keine einzige Frau. Verwundert sehe ich mich um. Nicht *eine* Frau. Haitao beobachtet mich und lächelt ein wenig.

»Gibt es so was in New York auch?«

»Ich weiß nicht«, sage ich. »Ich weiß nicht, was das hier ist.«

»*Jiaqiu*«, sagt er.

Das verstehe ich nicht. Im Chinesischen kann ein und dasselbe Wort viele verschiedene Bedeutungen haben. *Jia* kann »Familie« oder »Zuhause« bedeuten, oder auch »schön« und »willkommen«. *Qiu* kann »Gefangener« bedeuten oder »Ball«. Ich suche nach einer möglichen Bedeutung und nichts ergibt Sinn. Mandarin ist in vielerlei Hinsicht eine höllische Sprache.

»Welches ›jia‹ meinst du?«, frage ich, und er malt den Buchstaben auf seine Handfläche.

»Jiagong de jia«, präzisiert er, was unübersetzbar ist. *Jiagong* bedeutet, von einem plötzlichen Angriff überrascht und in die Enge getrieben, ja geradezu zerquetscht zu werden.

»Jia wie in *jiazi?«*, frage ich. ›Jiazi‹ heißt Stecknadel, auf Chinesisch eigentlich ›Bügelnadel‹.

»Dui«, antwortet er. Richtig.

»Lanqiu de qiu?«, frage ich. ›Qui‹ bedeutet ›Ball‹ wie in ›Basketball‹? Also ›Pressball‹ oder ›Quetschball‹? Was zum Teufel ist ›Quetschball‹?

Er nickt.

»Ich glaube nicht, dass es das bei uns gibt.«

»Es wird dir gefallen«, versichert er.

So sicher bin ich mir da nicht. Aber Haitaos Laune scheint sich zu bessern, er schaut sogar Liu Wen an, als dieser ihm ein winziges Gläschen Mao-tai reicht.

»Lasst uns spielen«, sagt Liu Wen.

Wir gesellen uns zu drei Männern an einen Tisch. Sie würdigen uns keines Blickes. Die Tischplatte ist glatt und goldenes Licht beleuchtet unsere Gesichter wie ein Feuer. Liu Wen nimmt einen Anschluss zur Hand und grinst mich mit goldenen Zähnen an, bevor er sich einklinkt. Erst jetzt rücken die drei Männer ein Stück zur Seite, als wäre jemand zwischen sie getreten. Liu Wen scheint von der Glut gefesselt. Nun klinkt sich auch Haitao ein, und die vier Liu Wen eingeschlossen – bewegen sich wieder ganz beiläufig.

Ich suche in der Glut nach Hinweisen.

Was auch passiert, es ist nicht zu sehen. Ich klinke mich ein.

Der Tisch ist immer noch da, wird jedoch von etwas überlagert, ich sitze mit fünf anderen in einem Kreis. Ich kann sie nicht sehen, aber sie sind da. Ungefähr wie bei einem Anruf, wenn der Kontakt bereits besteht, aber noch kein Ton zu hören ist. Als ich versuche, sie tatsächlich zu sehen, nehmen sie Gestalt an – fünf Männer an einem glühenden Tisch –, doch dabei geht mir fast das Gefühl für den Kontakt verloren.

Ich befinde mich in einem Grenzzustand, ich bin Teil der goldenen Glut. Darin kann ich Kugeln erkennen: eine goldene Kugel (fast unsichtbar), zwei silberne Kugeln, eine schwarz glänzende und eine rot glänzende Kugel. Die rot glänzende Kugel zieht mich an. Ich strecke die Hand nach ihr aus, es ist ein ähnliches Gefühl wie bei der Arbeit mit Elektrowerkzeugen, die Kugel entzieht sich sanft meinem Zugriff.

Zu meiner Rechten ahne ich ein verächtliches Zischen, ich zucke vor Schreck zusammen und sehe den Mann plötzlich neben mir stehen. Er ist groß, trägt einen Mantel mit Stehkragen und sein Haar fällt bis auf den Kragen herab. (Fast so lange Haare wie ich, ist er ein *huaqiao?*) Er starrt in den Tisch hinein und scheint keine Notiz von mir zu nehmen.

Liu Wen rührt sich. »Er spielt zum ersten Mal«, sagt er.

Ich gleite ins Feld zurück und spüre die Einwilligung.

Dieses Mal schaue ich nur zu.

Haitao ist hinter einer der silbernen Kugeln her. Er versucht, die Hand um sie zu wölben, so dass sie, von allen Seiten zugleich abgestoßen, nicht entweichen kann und liegen bleibt, doch einer der Fremden (nicht der mit den langen Haaren) stößt die Kugel an, die nun auf meine Tischseite zuschießt.

Haitao macht eine unkoordinierte Handbewegung, als wolle er sie aufhalten. Offenbar soll die Kugel mir nicht zu nahe kommen; also wehre ich sie wie einen Tischtennisball ab, sie nimmt Kurs auf Liu Wen, der sie wie mit einem Billardqueue ablenkt, direkt auf seinen Nebenmann zu.

Plötzlich bricht der Kontakt ab und Liu Wen sagt: »Mein Punkt«, und der Fremde neben ihm sagt: »Mein Verlust«.

Liu Wen lächelt mir zu. »Guter Schuss«, sagt er. Gut abgewehrt, will er damit sagen.

Wir fallen in den goldenen Ozean zurück und die Kugeln verteilen sich in der Mitte: die silbernen Kugeln oben und unten, Schwarz und Rot drehen sich langsam um die goldene Kugel in der Mitte.

Liu Wen stößt die rote Kugel auf die silberne. Beide Kugeln

prallen ungehindert vor die Bande, wo niemand sitzt. Haitao reagiert am schnellsten und befördert die rote Kugel auf sich zu. Obwohl der langhaarige Mann und Liu Wen dazwischenfahren wollen, erreicht sie Haitao. Der Kontakt reißt ab.

»Mein Punkt«, sagt Haitao und lächelt. Niemand bekommt etwas abgezogen.

»Entschuldigung«, sage ich höflich, »aber die silbernen Kugeln sollten einen nicht berühren, die rote dagegen schon?«

Der langhaarige Mann nickt. »Gold, Schwarz und Rot sind freigegeben, die silbernen nicht. Wer den Gegner mit Silber in Berührung bringt, macht einen Punkt, der dem Gegner abgezogen wird.«

Haitao fügt hinzu: »Gold kann nur indirekt über eine andere Kugel ins Spiel gebracht werden. Berühren darf man sie erst, wenn sie sich bewegt.«

Ich nicke.

Erneut tauchen wir in das goldene Meer ein. Haitao stößt Schwarz gegen Silber und wir treiben die Kugeln im Kreis um den Tisch herum. Ich spiele vorsichtig, beschränke mich darauf, die Kugeln abzufälschen, und versuche, Silber in der Mitte zu halten. Jemand versucht, die silberne Kugel auf Liu Wen zuzustoßen, doch der wehrt die Kugel blitzschnell ab und schickt sie zurück.

Schließlich stoße ich die silberne Kugel aus Versehen auf die goldene. Die goldene Kugel ist schon seit einer Weile in Bewegung, doch bislang habe ich sie noch nicht berührt. Der langhaarige Mann greift nun danach, doch einer der Fremden stößt sie beiseite. Plötzlich spüre ich, wie sich ein siebter Spieler einklinkt, und alle rücken ein Stück zur Seite. In diesem Augenblick gleitet die goldene Kugel an mir vorbei. Überrascht und ohne lange nachzudenken, greife ich wie ein Pelotaspieler nach ihr und hole die Kugel zu mir an die Bande.

Mit einem Mal durchzuckt es mich, die goldene Kugel wird eins mit mir. Was ich jetzt erlebe, ist ein gewaltiger Orgasmus, meine Knie zittern, doch ehe ich mich versehe, reißt der Kontakt ab. Ich blinzle und alle grinsen mich an. Ich erwidere ihre Blicke.

Jetzt geht mir ein Licht auf. »Mein Punkt«, sage ich.

»Für Gold gibt es fünf Punkte«, sagt Liu Wen.

Meine Sinne scheinen zusätzlich geschärft zu sein, als wir wieder in das goldene Licht eintauchen. Sooft mir die rote oder die schwarze Kugel nahe kommen, spüre ich ein wohliges Prickeln, das sich deutlich verstärkt, wenn sich Gold auf mich zubewegt. Die silbernen Kugeln scheinen diese Empfindung zu dämpfen. Ich spiele nun aggressiver und fange die rote Kugel zweimal ein. Die Wirkung ist weniger dramatisch als bei der goldenen Kugel. Ich denke jedes Mal daran, »Mein Punkt« zu sagen.

Nur einmal trifft mich eine silberne Kugel. Sie stumpft meine Sinne ab und ich habe das Gefühl, als würde das, was mir an Empfindung verloren geht, einem Gegenspieler zugeschlagen. Mich packt der Ehrgeiz, ich spiele riskanter und fange mir beinahe wieder eine silberne Kugel ein, kann sie aber mit viel Glück auf einen der Fremden ablenken. Er spielt schon ziemlich lange, und wieder durchzuckt mich dieses unglaubliche Gefühl der Macht, die ihm entzogen wird.

»Mein Punkt«, sage ich.

»Mein Verlust«, sagt er und sieht mich mit hungrigen Augen an. Wieder stürzen wir in das Licht.

Ich spiele nun etwas vorsichtiger, ich bin gewarnt, und einmal gelingt es mir, die schwarze Kugel zu fangen. Ihre Wirkung entspricht der roten Kugel. Ich schnappe mir die rote Kugel.

Der Kontakt reißt ab.

»Mein Punkt«, sage ich.

»Die Zeit ist um«, sagt Liu Wen. »Neun Punkte, fast hättest du es geschafft.«

Die Zeit ist um? »Wie lange spielen wir denn schon?«, frage ich.

»Zwei Stunden«, sagt Liu Wen. »Und für zwei Stunden haben wir bezahlt. Wenn ich gewusst hätte, dass du schon neun Punkte hast, hätte ich dir den zehnten zugespielt, damit du erlebst, wie das ist.«

»So wie beim goldenen Ball?«, frage ich und starre in das Gold der Tischplatte.

Er schüttelt den Kopf. »Anders.«

Noch besser, denke ich.

Ich blicke auf. Die anderen spielen weiter, nur Haitao, Liu Wen und ich sind draußen. Ich habe das Gefühl, jeden Augenblick wieder in das goldene Licht abzutauchen, folge aber dem Beispiel der anderen und lege die Kontaktmanschette ab. Mein nacktes Handgelenk fühlt sich kühl an.

Haitao wirkt gereizt. Liu Wen sieht aus wie immer. Ich schwitze im Nacken und auf der Kopfhaut. Meine Hoden schmerzen, und ich fühle mich, als hätte ich seit Stunden eine Erektion – was auch zutrifft. Aber ich kann nicht glauben, dass wir zwei Stunden gespielt haben.

Ich lecke mir die Lippen.

»Er hat sich gut geschlagen«, sagt Haitao.

»Anfängerglück«, sagt Liu Wen.

»Vielen Dank für das Spiel«, sage ich, denn Liu Wen hat für mich bezahlt.

»Mir gefällt, wie du sprichst«, meint Haitao leise.

»Wie spreche ich denn?«, frage ich.

»Immer sehr höflich. Und dann dein Akzent ...«

»Habe ich einen starken Akzent?«, frage ich.

»Es klingt exotisch, charmant, und du drückst dich sehr gewählt aus.«

Ich dachte immer, mein Mandarin sei gut. Ich nehme mir vor, auf meinen Akzent zu achten.

Liu Wen schüttelt den Kopf und schmunzelt. »Bis später, ihr zwei«, sagt er und schlendert auf einen der anderen Tische zu. Ich folge ihm mit einem wehmütigen Blick, wie gern würde ich in den goldenen Glanz zurückkehren, obwohl mir alles wehtut.

»Er sieht gut aus«, sagt Haitao.

»Er könnte mehr aus sich machen«, antworte ich.

»Kommst du mit mir?« *Lai gen wo ma?*

Natürlich. Wir gehen in den hinteren Teil der großen Halle und gelangen über eine enge Eisentreppe zu einer winzige Kammer, die einem Sarg gleicht, kaum mehr als einen Meter hoch und ebenso breit. Erst da wird mir bewusst, warum er mich hierher geführt hat, dass nicht noch ein Spiel auf mich wartet, oder besser gesagt, nur ein altbekanntes Spiel.

Ich lache, obwohl ich so erregt bin, dass es wohl nur ein verdammt kurzer Genuss werden wird.

Er bückt sich und tritt ein, setzt sich auf die Matratze und sagt leise: »*Lai, lai, lai.*« Komm, komm, komm. Ich bücke mich und folge ihm, gehe vor ihm in die Knie. Es stört mich, dass meine Stiefel auf der Matratze liegen. Ich lehnte mich unbeholfen vor, stütze mich mit der Hand neben seiner Hüfte ab, und wir küssen uns. Ich ziehe behutsam an seiner Hose, und er hebt die Hüften, damit ich sie herunterziehen kann. Wenn es eine Möglichkeit gibt, es zu tun, ohne dass es sich wie eine Unterbrechung anfühlt, habe ich sie noch nicht entdeckt. Dann knie ich mich ehrfürchtig hin und erweise ihm meinen Respekt.

Später fragt er mich: »Wie kommst du auf ›Gespenst‹?«

»*Waiguai?*«, antworte ich. ›Fremder Teufel‹ oder ›Fremdes Gespenst‹. Mit diesem wenig schmeichelhaften Begriff werden in China Ausländer tituliert. Im umgekehrten Fall sprechen Westler von Schlitzaugen.

»Du bist kein *waiguai*«, sagt er, »sondern ein *huaqiao*.« Kein fremdes Gespenst, sondern ein Chinese aus Übersee.

Das steht auch in meinem Personalausweis. Ich war mir sicher, dass *waiguoren* die für mich zutreffende Bezeichnung sei, doch in meinem Auswies steht *huaqiao*. Laut Ausweis, den man mir ausgestellt hat, bin ich filipino-chinesischer Abstammung (wahrscheinlich eine Kombination der spanischen Gene meiner Mutter und der chinesischen meines Vaters). Haitao weiß nicht, dass meine Mutter Iberoamerikanerin ist. Ich belasse es dabei.

Sie sehen müde aus«, sagt die Ärztin auf Mandarin.

Kein Wunder, ich habe in der vergangenen Nacht kaum geschlafen. Es ist Montag, und gestern Abend bin ich mit Haitao essen gegangen – spät, weil er vorher noch etwas zu erledigen hatte. Ich war eifersüchtig, fragte aber nicht weiter nach.

Jetzt bin ich hier zur Nachuntersuchung, um festzustellen, ob meine neuen Nieren richtig arbeiten.

»Sie sind mein erster Patient, der das Ergebnis eines kosmetischen Eingriffs in die Gene ist. Hier ist ein solcher Eingriff prinzipiell verboten, außer bei schwerwiegenden Erbschäden.«

Zu Hause inzwischen auch. Außer bei Dingen wie Taysachs, Downsyndrom oder Herodata's Schizophrenia. Die Ärztin hat auf meine persönlichen Daten zugegriffen, und ich frage mich, ob sie mein KENNDEX entsprechend ändern wird, aber auf die Idee scheint sie nicht zu kommen. Ich bin schrecklich nervös und fahrig.

Sie versetzt mich in Erstaunen. Die perfektionistische, besorgte Frau, die ich während meines Krankenhausaufenthalts kennen gelernt habe, ist verschwunden. Zwar sagt sie die richtigen Dinge, wie beispielsweise: »Sie sehen müde aus«, aber dabei wirkt sie eher distanziert. Ich gebe ihr keine Antwort, was keine Rolle zu spielen scheint. Sie erklärt mir, wie die neuen Nieren nachwachsen und dass sich die alten Nieren langsam zurückbilden. Sie hält mich mit ihren Worten auf Distanz. »Falls Sie in den nächsten Tagen unter Depressionen oder Angstzuständen leiden sollten, können Sie gerne zu uns kommen und mit einem Therapeuten sprechen.«

Ich nicke unglücklich. Sie hat sich in meine medizinischen Daten eingeklinkt. Was hat sie dort entdeckt, das sie auf den Gedanken gebracht hat, ich bräuchte eine Therapie? Irgendein Hinweis von Baffin Island? Oder etwa ein Defekt in meiner genetischen Ausstattung? Sie will mich jedenfalls *nicht* therapieren. Weshalb war ich bisher so von ihr begeistert?

»Ernähren Sie sich auch richtig?«, fragt sie, wartet aber meine Antwort nicht ab. »Denken Sie daran: Meiden Sie Bier und Alkohol und nehmen Sie noch nicht zu viele Proteine zu sich.« Sie steht auf. Ich stehe auf.

»Ich danke Ihnen, Dr. Cui«, sage ich.

Es muss an dem Gerät gelegen haben, mit dem sie mich stillgestellt hatten. Es muss dafür gesorgt haben, dass ich meiner Ärztin vertraute und davon ausging, dass alles in Ordnung war.

Im Alter von fünf Jahren sind mir Kontakte implantiert worden – seither ist es mir eine Selbstverständlichkeit, mich bei jeder Gelegenheit einzuklinken: in der Schule, bei der Arbeit, im Gespräch mit Freunden oder bei Bankgeschäften. Doch bei all diesen Verbindungen ist das System passiv, ich greife lediglich auf Informationen zu. Aktive Systeme, die auf das menschliche Nervensystem Einfluss nehmen, sind im Westen verboten. Es gibt Ausnahmen: die großen, von Profis geflogenen Drachen zum Beispiel; sie speisen Flugdaten direkt ins Nervensystem des Fliegers ein. Solche Geräte sind allerdings genehmigungspflichtig. Beim Arzt bin ich noch nie an ein aktives System angeschlossen worden.

Jiaqiu, Pressball, ist ebenfalls ein aktives System. Ich weiß, dass es verboten ist, deshalb benutzt niemand seinen echten Namen, allerdings ist es durchaus möglich, dass das System ein Muster des persönlichen Nervensystems aufzeichnet und entsprechend identifiziert. Doch das ist ziemlich umständlich und wahrscheinlich nur dann möglich, wenn sie bereits fast sicher sind, mit wem sie es zu tun haben.

Aktive Systeme sind – wie jeder weiß – verboten, weil sie körperliche Schäden verursachen können. Und außerdem machen sie abhängig. Ich frage mich, ob *Jiaqiu* mein ohnehin schon arg strapaziertes Nervensystem angegriffen hat. Es hinterlässt sicherlich seine Spuren. Aber ich weiß nicht, ob ich jemals wieder spielen werde. Wenn ich auch zweifellos Lust dazu hätte.

Ist das die Definition von Sucht? Dann macht Ente ebenfalls süchtig, denn auch Nanjing-Ente würde ich gerne wieder essen.

Am Dienstag habe ich wieder einen Termin bei meinem Tutor. Ich überquere die belebte Einkaufsstraße und nehme den Lift. Ich weiß nicht, ob wir uns heute mit Unterricht abgeben werden.

»Lai, lai«, sagt Haitao geistesabwesend, als er die Tür öffnet. Er schaut mir nicht in die Augen. Die Wohnung leuchtet rosa. Mit einer Handbewegung schaltet er das Licht an. Also ist wohl Unterricht angesagt. Wir setzen uns und er seufzt, bleibt einen

Augenblick lustlos sitzen, bevor er sich vorbeugt und sich dem Buch widmet.

Er zieht eine Show ab, doch ich bin nicht Liu Wen, der jetzt ein paar bissige Bemerkungen gemacht hätte.

»Wir müssen heute Abend nicht arbeiten«, sage ich. »Ich kann wieder gehen und wir holen es ein andermal nach.«

»Nein«, sagt er. »Es ist egal.« Er blättert in meinem Buch.

»Nein, wirklich«, sage ich. »Ich komme mittlerweile besser zurecht.« Das stimmt sogar, obwohl ich ihm gerne ein paar Fragen stellen würde.

Er lächelt. »Du bist immer so höflich«, sagt er. »Sind alle amerikanischen *huaqiao* so höflich wie du?«

»Altmodisch trifft es vielleicht besser«, erwidere ich und stehe auf.

Er legt mir seine Hand auf den Arm. »Achte nicht auf mich, Liu Wen tut das auch nicht.«

»Liu Wen kennt dich besser«, sage ich.

Zu meiner Verwunderung schießen ihm Tränen in die Augen und er wendet den Blick ab. Er steht auf, dreht mir den Rücken zu und stellt sich vors Fenster. Ich warte, äußerst verwirrt und bestürzt. Habe ich etwas Falsches gesagt?

Er sagt eine Weile gar nichts und ich habe Zeit, mich unwohl zu fühlen. Was soll ich tun? Ich weiß nicht, was ich tun soll, also setze ich mich hin, blättere in meinem Ingenieurlehrbuch und schaue dann wieder zu Haitao auf. Ich höre ihn nicht weinen. Sein Hemd strahlt wie gelbe Lackfarbe. Zwischen Haar und Kragen ist ein Streifen bleicher Haut zu sehen.

»Was ist passiert?«, frage ich schließlich.

»Ein Freund von mir steht kurz vor der Festnahme«, sagt er.

Liu Wen? Unmöglich. Ich warte.

Er faltet die Hände hinterm Rücken. »Ein Lehrer«, sagt er. »Ihm wird sittliches Fehlverhalten vorgeworfen, aber die Zusammenhänge sind komplexer als es den Anschein hat.«

Ist das nicht immer so?, denke ich. Ich bin froh, dass er nicht von Liu Wen spricht.

»Er tut mir Leid«, sagt Haitao, »natürlich. Sie werden ihn in die Provinz Xinjiang schicken, zur Umerziehung durch Arbeit. Wusstest du, dass man Leuten, die sich in einem Arbeitslager daneben benehmen, zur Strafe die Daumen zusammenbindet? Mit Draht, so fest, dass kein Blut mehr fließt. Sie müssen dann Reis wie Hunde aus einem Napf fressen, ohne ihre Hände zu benutzen. Irgendwann werden die Daumen brandig und müssen amputiert werden. Manche sterben auch daran.«

Was soll ich sagen? Bei uns wurden die Leute früher zur Strafe nach Westen in den Korridor geschickt, Arbeitslager. Jetzt werden sie manchmal auf den Mars geschickt. Arbeitslager. Chinesische Bürger haben normalerweise kein Interesse daran, auf den Mond oder den Mars zu gehen.

»Wir sind eine Krankheit«, sagt Haitao. »Kranke Zellen im Organismus der Gesellschaft. Irgendwas ist mit uns schief gelaufen.«

»In meiner Heimat lebt ein Vogel, der seine Eier in fremde Nester legt«, sage ich. »Die anderen Vögel merken nichts davon. Sie halten das Küken für den eigenen Nachwuchs und ziehen es auf. Es wächst zu einem kleinen Monstrum heran und verlangt immer mehr Futter, bis es schließlich wie jeder andere Vogel das Nest verlässt. Es ist kein Monstrum, sondern schlicht ein Teil des Ganzen. Ich finde, wir gleichen diesen Küken. Wir können nichts dafür, dass wir so sind, genauso wenig wie unsere Eltern. Schuldig ist niemand, allenfalls unglücklich.«

»Deiner Meinung nach sind wir also eine Art Verkehrsunfall«, sagt Haitao. Er klingt sarkastisch.

Ich zucke mit den Achseln, obwohl er mich nicht ansieht. Ja, der Meinung bin ich, und wenn er anderer Meinung ist, auch gut.

»Ich habe Angst«, sagt er. »Wenn sie meinen Freund verhören, werden sie mich womöglich auch festnehmen.«

»Du hast doch Beziehungen, oder?«, wende ich vorsichtig ein. »Vielleicht hast du einen Freund, der dir helfen kann. Hat dir nicht jemand geholfen, aus der Lehrerbrigade auszutreten?«

»Nein«, antwortet er entschieden.

Mir kommt der Gedanke, dass es auch mich treffen könnte, falls man Haitao verhört. Aber diese Möglichkeit kann mich nicht schrecken, sie erscheint mir viel zu abwegig.

Er steht immer noch am Fenster und sieht hinaus, mit der Stadt als Kulisse. Für ihn ist diese Wohnung wie ein Theater, eine Schaukastenbühne, die nur für ihn geschaffen wurde. Hier inszeniert er sein Leben. Ich stehe auf, trete hinter ihn und lege ihm die Hand auf die Schulter. Er zittert wie ein kleines Tier. Ich streiche ihm übers Haar. Er lehnt sich an mich und ich schlinge einen Arm um seine Taille. Er wendet sein Gesicht von mir ab und entspannt sich. Sein ausdrucksloses Profil spiegelt sich in der Fensterscheibe. Ich drücke ihn fester an mich, spüre seinen Hintern und seinen Rücken, seinen zarten Schädel unter meinen Fingern. Allmählich hört das Zittern auf.

Kein Zweifel, seine Angst ist echt. Aber mir fällt trotzdem auf, dass das Weiße in seinen Augen im Spiegelbild zuckt, als er einen Blick ins Fenster wirft. Er spielt unbeirrt seine Rolle und feilt an seiner Pose.

»Mach dir keine Sorgen, *haibao*«, sage ich und stelle fest, dass der Name »Seehund« wirklich zu ihm passt, geschmeidig und glatt wie er ist. »Du gibst ein tolles Bild ab.«

Er lacht und zittert dabei. »Du durchschaust mich.«

Dabei ist und bleibt er mir ein Rätsel. Doch anstatt zu antworten küsse ich sein Haar und lasse meine Hand über seine Brust gleiten. Seine Schläfe pulsiert merklich.

»Nein«, sagt er vorwurfsvoll, »wir müssen lernen.« Seine Stimme klingt neckisch, also ignoriere ich seine Bemerkung und schiebe eine Hand unter den Bund seiner Hose.

Er seufzt und flüstert: »Wir sollten wenigstens die Fenster verdunkeln.«

»O nein«, widerspreche ich ihm, ziehe meine Hand zurück und ordne mütterlich seine Kleider. »Wir müssen lernen.«

Er knurrt, fletscht sogar die kleinen, perlweißen Zähne.

Ich lache. »Erst wird gearbeitet, dann gevögelt.«

Er hält erstaunt die Luft an. »Habe ich richtig gehört? Vulgäre Worte aus dem Mund eines Namensvetters von Zhong Shan?«

Wir machen uns an die Arbeit. Er beantwortet meine Fragen und ich ziehe den Unterricht in die Länge, reize ihn, lenke ihn ab und täusche Ernsthaftigkeit vor. Wie beim Pressball kommt es darauf an, ihn indirekt zu beeinflussen. Wenn ich merke, dass seine Aufmerksamkeit nachlässt, reibe ich meinen Schenkel an ihm. Ich hole ihm ein Bier und berühre wie zufällig seine Hand, als ich es ihm reiche. Ich beuge mich vor und trinke aus seinem Glas, ohne ihn um Erlaubnis zu fragen, während ich ihm über den Rand hinweg in die Augen blicke.

Schließlich fallen mir keine Fragen mehr ein und ich küsse ihn. Er packt meine Hand und zerrt mich in Richtung Schlafzimmer. Ich widerstrebe lachend, halte ihn im Türrahmen fest, drücke ihn dagegen und pelle ihm die Hose von den Beinen. Dann lasse ich mich auf die Knie fallen und nehme ihn in den Mund. Er schnappt nach Luft, lacht und flucht. Seine Finger zerren schmerzhaft an meinen Haaren. Erst als er gekommen ist, schaffen wir es ins Bett.

Später liegt er dösend neben mir, mein Arm ruht auf seiner Brust. Ich starre in die Dunkelheit. Es ist ungefähr ein Uhr. In New York ist Peter jetzt bei der Arbeit und albert mit Rebecca herum, dem Mädchen, das die Korrespondenz und die Ablage erledigt. Peter würde sich wundern, wenn er wüsste, wie weit ich mit Haitao gekommen bin. Er wäre stolz auf mich, dass ich mir über jemanden derartige Gedanken mache.

»Ein barmherziger Engel«, würde er sagen. »Eine wahre Florence Nightingale.«

Peter, der schon so oft das Gleiche für mich getan hat.

Ich habe schreckliches Heimweh.

Beim Lernen hilft mir nicht nur Haitao, sondern auch ein Kommilitone namens Wai Ling Zhung Fan. Sogar Xiao Chen, der vom Ingenieurwesen keine Ahnung hat, fragt mich anhand meiner Aufzeichnungen ab. Die Semesterzwischenprüfung ist sehr schwierig, ich schreibe, bis die Stunde zu Ende ist, finde für die sechste Frage aber trotzdem keine angemessene Antwort. Niedergeschlagen verlasse ich den Raum, ich habe bei mindestens drei Fragen völlig versagt und bei den anderen teilweise. Tagelang vermeide ich es, am Büro des Professors vorbeizugehen, denn an der Tür hängt ein Aushang mit den Ergebnissen. Das Büro liegt neben dem Übungsraum für Praktische Werkzeugkunde, also gehe ich schließlich doch hin und schaue nach. Und ich habe die Zwischenprüfung tatsächlich mit 62 von 100 möglichen Punkten bestanden, was auf den Gesamtdurchschnitt umgerechnet 86 Prozent ergibt! Ich wusste nicht, dass der Durchschnitt eine Rolle spielt! Ich war davon ausgegangen, dass ich mit 62 Punkten durchfallen würde!

Natürlich mache ich mich sofort auf den Weg nach oben in die Einkaufspassage (die Universität bildet die Basis der vier Türme). Mit dem Lift fahre ich hoch zu seiner Wohnung und stehe schließlich von Sorgen gequält vor seiner Tür. Ich habe Haitao noch nie unangekündigt besucht. Und jeden Tag stellt sich aufs Neue die schwierige Frage, ob sich Haitao darüber freuen wird, mich zu sehen, oder ob er niedergeschlagen und gleichgültig ist. An manchen Tage sprüht er nur so vor Witz und lässigem Charme. Und manchmal ist er schweigsam und zurückgezogen. Immer weiß er, dass ich komme.

Wird er mir lächelnd aufmachen? Stirnrunzelnd? Ist er womöglich nicht allein?

Ich gehe zurück zum Lift und fahre wieder nach unten, um mich von der Passage aus bei ihm anzumelden. Ich klinke mich ein und rufe mir die Zahlen sorgfältig auf Chinesisch ins Gedächtnis – das System versteht auch Englisch und die chinesischen Zahlen sind mir noch nicht in Fleisch und Blut übergegangen, aber ich nehme jede Gelegenheit zur Übung wahr. Ich warte lange auf eine Antwort und fürchte schon, dass er außer Haus ist. Vielleicht trifft er sich mit seinem Doktorvater? Allerdings habe ich Haitao noch nie bei der Arbeit an seiner Dissertation gesehen. Aber ich war ja auch noch nie tagsüber bei ihm.

»*Wai*«, sagt er, *hallo* auf Chinesisch. So meldet sich hier jeder am Telefon. Kein Bild, nur Ton.

»Ehrwürdiger Lehrer«, sage ich. »Hier ist Euer unwürdiger Schüler.«

»Wer?« Er klingt, als sei er gerade aufgewacht.

»Zhang. Ich bin's, Zhang. Rufe ich zu einer unpassenden Zeit an?«

»Zhang?«, fragt er. »Nein, du rufst nicht zu einer unpassenden Zeit an. Was ist los? Stimmt etwas nicht?«

»Nein, ich wollte nur sagen, dass ich die Zwischenprüfung bestanden habe. Und mich bei dir bedanken.«

»Oh, du hast bestanden? Großartig.« Er versucht, interessiert und erfreut zu klingen, doch die Mühe ist ihm anzuhören.

»Mit 86 Prozent«, sage ich.

»Mit 86 Prozent?«, sagt er. »So gut? Wann hast du es erfahren? Ich dachte, du wolltest gar nicht nachsehen.«

»Ich musste einfach. Es ist besser, die Wahrheit zu kennen als das Schlimmste zu befürchten. Ich wollte es dir nur erzählen, ich wollte dich nicht stören. Sehen wir uns wie üblich morgen Abend?«

»Ja, ja«.« Eine Pause. Dann: »Wo bist du?«

»In der Passage«, antworte ich.

»Oh«, sagt er. »Hast du was vor?«

»Und ob«, sage ich. »Hier stehen die tollen Männer nur so Schlange und reißen sich darum, den Nachmittag mit einem Ingenieurgenie verbringen zu dürfen.«

Er lacht und klingt wieder etwas entspannter. »Jag sie zum Teufel und komm rauf. Nein, warte – amüsier dich noch eine Weile, lass dich zum Essen ausführen oder sonst was, ich brauche noch eine halbe Stunde. Hier ist alles ziemlich, wie würde Zhang es ausdrücken ...« Er wechselt die Tonlage und ahmt meinen amerikanischen Akzent nach. »Hier ist es ein wenig unordentlich, und wenn es Ihnen nichts ausmacht, möchte ich Sie höflichst bitten, Ihren Besuch noch etwas aufzuschieben.«

»*Ta ma-da*«, antworte ich. Du kannst mich mal. »Zieh dir was über und komm runter in die Kaffeebar. Lass uns zusammen einkaufen gehen. Zeig diesem armen verwirrten Ausländer, was für Kleider er sich kaufen soll, damit man ihm nicht ganz so sehr ansieht, dass er aus einem zweitklassigen Land kommt.«

»Mao Zedong und Lenin! Endlich geht ihm ein Licht auf!«, sagt er und unterbricht die Verbindung.

Es dauert allerdings noch gut fünfundzwanzig Minuten, bis er auftaucht. Ich sitze in der Bar vor einer Tasse Kaffee – oder zumindest vor diesem heißen Sirup, der hier als Kaffee durchgeht –, als Haitao im Eingang auftaucht. Er schaut sich um. Die Bar ist voller Studenten. Obwohl ich winke, huscht sein Blick immer wieder an mir vorbei. Er ist blass und wirkt verloren. Sein Haar sieht aus, als wäre er nur kurz mit den Fingern durchgefahren; das lange gelb-grüne Hemd passt nicht zu seiner Hose. Endlich entdeckt er mich. Er senkt den Kopf und verschwindet in der Menge wie ein Schwimmer im Wasser.

»Möchtest du etwas trinken?«, frage ich, als er in den Sessel gleitet.

Er schüttelt den Kopf.

»Stimmt etwas nicht?«

»Nein, nein«, antwortet er. »Wo willst du einkaufen gehen?«

»Ich weiß nicht. Wo gehst du denn immer hin?«

»Wir wollen natürlich nicht, dass du allzu sehr wie eine Schwuchtel aussiehst«, sagt er unvermittelt. »Warum trägst du deine Haare so?«

Mein Haar ist zu einem Pferdeschwanz zurückgebunden. Es ist nur schulterlang, also ist es nur ein kurzer Schwanz. »Heute hatte ich Praktische Werkzeugkunde, und ich will nicht, dass mir die Haare während der Arbeit ins Gesicht fallen.«

»Sieht gut aus«, sagt er.

»Sieht nach *huaqiao* aus«, sage ich. »Vielleicht sollte ich sie mir abschneiden.«

»Nein«, sagt er. »Bitte, nicht.«

Eine Unterhaltung ist bei dem Lärm in der Bar kaum möglich. Der nasale Sechston-Dialekt von Nanjing mischt sich mit der schrillen, viertönigen Hochsprache. Meine nicht-chinesischen Freunde in New York behaupten, dass sich Chinesen immer anhören, als würden sie sich streiten. Wie lange wird es wohl dauern, bis ich die runden Vokale der spanischen Sprache wieder hören werde? *»Yan Chun!«*, brüllt der junge Mann neben mir. *»Yan Chun! Zouba!«* Komm, wir gehen. Ein großer junger Mann mit offenem Gesicht, der gekleidet ist, als käme er gerade vom Sport, dreht sich um und lächelt. *»Shemma?«* Was? Spaß haben heißt auf Mandarin *renao*, heiß-lärmig.

»Komm, wir gehen«, sage ich.

In der Einkaufspassage herrscht gleichfalls reger Betrieb. Haitao hat die Hände in den Taschen vergraben und läuft mit gesenktem Kopf neben mir her.

Ich will hier weg, irgendwohin, wo es ruhiger ist, wo wir mehr für uns sind. Manchmal macht es mir Spaß, mit einem Freund in Massen von Heteros herumzustolzieren, einfach zwei Menschen, die zusammen sind. Doch im Augenblick bin ich mit Haitao nicht zusammen, er ist dort und ich bin hier; der emotionale Abstand zwischen uns ist weit größer als der räumliche. Aber ich kann ihm nicht vorschlagen, zu ihm nach Hause zu gehen, schließlich hat er ausdrücklich darauf hingewiesen, dass dort das Chaos herrscht. Ins Studentenwohnheim kann ich ihn auch nicht mitnehmen, denn Xiao Chen bringt nach dem Unterricht oft Besuch mit, wir wären auch dort nicht allein und müssten uns zusammenreißen.

Also gehen wir zur Bushaltestelle. »Hast du etwas Neues über deinen Freund gehört?«, frage ich.

Er schüttelt den Kopf. »Gestern Abend habe ich mit einem Bekannten gesprochen. Er sagt, dass mein Freund immer noch vom Schuldienst suspendiert ist. Alle warten ab.«

»Wie ist die Sache um deinen Freund bekannt geworden?«, frage ich.

»Das ist eine verwickelte Geschichte.«

Mit anderen Worten, frag nicht.

Die Sonne brennt heiß auf die Straße herab. Es ist Mittag und es herrscht nur wenig Verkehr. Eine Straßenkehrmaschine, die an einem Stromkabel entlangläuft, wirbelt gelben Staub auf und verschluckt ihn sogleich. In einem Schaufenster auf der anderen Straßenseite stehen leere Vogelkäfige; darunter liegt, von der Sonne beschienen, eine weiße Katze und schläft. Das Licht kommt mir eigenartig vor, ganz anders als zu Hause. Wenn ich wieder in New York bin, werde ich mir vielleicht eine Katze zulegen. Chinesen halten sich in der Regel keine Haustiere, es scheint eine typisch westliche Verhaltensweise zu sein, ein Tier zu einem Familienmitglied zu machen.

»Der hiesige Distriktleiter für Erziehung ist schwul«, sagt Haitao. »Er hat mich und meinen Freund eingestellt. Er ist in einem Park verhaftet worden. Wenig später wurde mein Freund suspendiert. Mehr ist nicht bekannt geworden.«

Über den Distriktleiter muss Haitao an den Studienplatz für Ingenieurwissenschaften gekommen sein. Es ist wahrscheinlich ein Riesenskandal, dass ein so hoch gestellter Pädagoge schwul ist!

»Glaubst du, dass sie jetzt auch hinter dir her sind?«

»Noch nicht«, sagt Haitao. Chinesen sagen nie nein.

Ich sehe den Bus weiter oben in die Straße einbiegen. Die segmentierten Busse sehen aus, als hätten sie in der Mitte Gelenke, sie krümmen sich ein wenig, wenn sie um die Kurve fahren.

»Ich fühle mich nicht besonders gut«, sagt Haitao. »Vielleicht sollte ich zurückgehen und mich ins Bett legen. Lass dich nicht aufhalten, geh deine bestandene Prüfung feiern.« Er lächelt müde. »Ich habe ganz vergessen, dir zu gratulieren.«

»Geh nicht nach Hause«, sage ich. »Du sitzt nur wieder alleine da, das bekommt dir nicht. Ich kenne das.«

»Ich werde ein Nickerchen machen.«

»Nein, das wirst du nicht. Du wirst *versuchen* zu schlafen, aber es wird dir nicht gelingen. Nur eine Stunde, versprochen, anschließend wirst du umso besser schlafen können.«

Er schüttelt den Kopf. Der Bus kommt.

»Haitao«, sage ich, »ich weiß nicht, was ich anziehen, was ich kaufen soll.« Ich weiß genau, wie er sich fühlt. »Wenn du nicht mit mir einkaufen gehst, begleite ich dich in die Wohnung.«

Der Bus hält an und zischend geht die Tür auf.

Wieder schüttelt er den Kopf, steigt aber ein. Ich zahle für uns beide. Er lässt sich auf einen Sitz fallen und starrt zum Fenster hinaus.

Ich finde, dass ich ihn nicht allein lassen darf, obwohl ich nicht sicher bin, ob er es ist, der nicht allein sein sollte, oder ich. Verstohlen lege ich die Hand auf seinen Schenkel. Er sieht mich an und lächelt ein wenig.

»Du bist ein verdammter Hurensohn«, sagt er.

»Hast du mit Liu Wen gesprochen?«, frage ich ihn.

»Seit jener Nacht nicht mehr, als wir zusammen aus waren.«

»Er ist ein ungewöhnlicher Mensch«, sage ich.

Haitao lacht trocken. »Wie du dich manchmal ausdrückst! Ja. Liu Wen ist ungewöhnlich.« Er schaut eine Weile zum Fenster hinaus. »Vielleicht rufe ich ihn mal an. Hast du am Freitag morgens Unterricht?«

»Ja.«

»Dann eben Samstag. Wir könnten Pressball spielen, wenn er bezahlt.«

»Ist er reich?«

»Manchmal, wenn er eine gute Woche hatte.«

»Was macht er?«

»*Cui cui.*«

Schnell-schnell? Mandarin-Slang ist für mich nur sehr schwer verständlich. »Was soll das heißen?«

»Er verkauft sich.«

Mein Gesicht verrät mich. Haitao bricht in schallendes Gelächter aus. »Du hast Recht. Es ist gut, dass ich mit dir losgezogen bin, du heiterst mich auf. Du siehst aus, als hätte ich dir erzählt, dass Liu Wen kleine Mädchen umbringt.«

»Warum zieht er sich so merkwürdig an, wenn er ... *cui cui*?«

»Weil es ihnen gefällt. Sprich leiser!«

»Du hast gesagt, ich spreche immer leise«, zische ich und spüre, wie mir das Blut ins Gesicht steigt. Ich werfe einen Blick in die Runde, der Bus ist fast leer.

»Dann bleib dabei. Willst du lieber nicht, dass ich ihn anrufe?«

Ich will liebend gern Pressball spielen, ich will zehn Punkte machen. Ich war noch nie mit einem Mann aus, der es für Geld macht. Klar, mit fünfzehn bin ich oft nach Coney Island gefahren und habe mich aufgabeln lassen, und als ich älter war, habe ich andere aufgegabelt, aber nie für Geld.

»Was stört dich daran?«, fragt Haitao.

»Man kann sich schnell was einfangen«, sage ich.

Er verdreht die Augen. »Ich rufe ihn nicht an.«

»Nein«, sage ich. »Ruf ihn an.«

»Wir korrumpieren dich noch«, sagt er und lacht. Ich finde das natürlich gar nicht komisch.

Neue Klamotten. Die ganze Woche habe ich auf Samstagabend gewartet. Weil es Haitao gefällt, habe ich mein Haar zu einem Pferdeschwanz zurückgebunden. Mein Anzug ist schwarz und – in Haitaos Worten – »so schrecklich konservativ, dass es schon wieder gut aussieht. Man wird dich für einen Vidkünstler oder dergleichen halten.«

Liu Wen, der auf der Couch sitzt und sich dringend mal wieder kämmen müsste – wie immer –, stimmt ihm zu. »Schick«, sagt er. »Willst du ein bisschen Geld nebenher machen?«

»Nein«, sage ich kurz.

Er grinst Haitao zu. Liu Wen trägt einen Geschäftsanzug, der schon bessere Tage gesehen hat. Die graue Hose ist abgetragen und an den Knien ausgebeult. Haitao ist ganz in Weiß gekleidet. Perfekt. Außerdem hat er gute Laune. Ausgesprochen gute Laune. Er hat sich die Haare schneiden lassen und duftet dezent nach Meer und Nadelhölzern. Lächelnd reicht er mit ein Bier. Eigentlich sollte ich ablehnen. Ich trinke trotzdem.

Wir sehen aus, als würden wir auf drei verschiedene Partys gehen.

»Du siehst aus wie eine Braut«, sage ich zu Haitao.

Liu Wen lacht. »Und ich habe ihn gefragt, ob er auf eine Beerdigung gehen will.«

»Im Westen trägt man auf einer Beerdigung immer noch Schwarz«, sage ich.

»Und im Osten tragen Bräute Rot«, sagt Haitao.

»Der Osten ist rot«, zitiert Liu Wen. »Wir sollten den kulturellen Austausch an dieser Stelle unterbrechen. Trinkt euer Bier aus, ich habe Hunger.«

Doch Haitao will noch nicht gehen, er will von seinem Fenster aus den Sonnenuntergang betrachten. Also unterhalten wir uns, über meine Zwischenprüfung und darüber, was Liu Wen diese Woche gemacht hat (möglichst unverfänglich). Offenbar war es eine ganz gute Woche, in geschäftlicher Hinsicht.

Vor dem Fenster ist es der Westen, der rot ist. Die Türme der Oberstadt, der neuen Kommunen, erheben sich als schwarze Silhouetten über Nanjing. Rot und Schwarz, die Farben des Glücks. Während ich mich mit Liu Wen unterhalte, beobachte ich Haitao. Er ist von dem Anblick völlig gefesselt. Die Stadt verfärbt sich blaugrau, und wir sitzen im Dämmerlicht, bis es fast dunkel geworden ist, schweigend, während die Lichter der Stadt angehen.

»Ich möchte jedem von euch etwas schenken«, sagt Haitao. »Ihr seid mir als Freunde in dieser schweren Zeit treu geblieben.«

Liu Wen blickt spöttisch drein. Ich dagegen bin verunsichert. Haitao schenkt Liu Wen einen Ring mit einem australischen Opal. »Es ist nicht dein Stil, ich weiß«, sagt Haitao lächelnd, »aber es ist einer meiner Lieblingsringe.«

Liu Wen ist sichtlich perplex, probiert ihn aber an. Er passt ihm am kleinen Finger.

Mir schenkt Haitao ein kleines goldenes Kästchen mit aufgesetztem Tigerauge. »Es ist sehr alt«, sagt er. »Qing Dynastie, 17. Jahrhundert. Mach es auf.«

Im Deckel steht: *Guai-zi.* Gespenst.

»Ich finde, Tigeraugen sehen *guai-yi* aus« – seltsam oder ungewöhnlich; das erste Schriftzeichen ist identisch mit dem des

Wortes für Gespenst –, »und da musste ich an deinen Decknamen denken.«

»Vielen Dank«, sage ich. Chinesen überreichen ein Geschenk in der Regel nicht persönlich; sie legen es irgendwohin, und erst wenn sie gegangen sind, schaut man danach. Ich fühle mich unwohl und auch Liu Wen wirkt verlegen.

Haitao sagt: »Kommt, gehen wir.«

Die Flurbeleuchtung ist unangenehm hell, und Haitaos Augen glänzen. Als würde er gleich weinen. Aber er bewegt sich schnell, wie aufgekratzt. »Schauen wir uns diesen neuen Laden an?«, fragt er Liu Wen.

»Wenn du willst«, antwortet er. »Mir ist egal, wohin wir gehen.«

»Am besten dahin, wo die Geschäfte gut laufen«, sagt Haitao, wirft mir einen Blick zu und grinst. Auch Liu Wen grinst. Ich bin immer noch ziemlich verwirrt von dem kleinen Ritual und frage mich, ob ich etwas hätte sagen sollen. Ich suche nach Worten.

»Ich wollte euch etwas fragen«, sage ich und höre in meiner Stimme die Zaghaftigkeit, mit der mich Haitao aufzieht.

Liu Wen hebt eine Augenbraue, als wollte er sagen: Ja?

»Als wir das letzte Mal zusammen unterwegs waren, warum haben wir da das Grabmal von Zhong Shan besucht?«

Liu Wen grinst erneut. »Hattest du das Gefühl, dass wir dir damit etwas sagen wollten?«

»Ich weiß nicht«, antworte ich.

»Das hatte keinen besonderen Grund«, sagt Haitao. »Ehrlich. Wir gehen oft in den Park, normalerweise laufen wir allerdings die Allee der Steintiere hinunter. Aber wir dachten spontan, dass es angemessen wäre, dir das Grabmal zu zeigen.«

»Darf ich dir jetzt eine Frage stellen?«, sagt Liu Wen.

»Nur zu.«

»Warum nennst du dich ›Zhang‹?«

»Wenn dein Name Zedong wäre, würdest du wollen, dass die Leute dich so nennen?«

Liu Wen schüttelt den Kopf. »Ich verstehe, dass du den Namen

Zhong Shan nicht benutzt. Aber Zhang? Das klingt doch ziemlich – wie soll ich sagen? – vulgär. Verstehst du, was ich meine? Hast du keinen Spitznamen?« Ich weiß, was er meint, Zhang ist zu kurz. Chinesen bevorzugen zweisilbige Namen.

»Rafael«, antworte ich.

»Shemma?«

»Rafael.«

»Ur-ah-fa …«

Beide versuchen, es auszusprechen. Das westliche »r« kommt im Mandarin nicht vor, und sie haben Probleme mit der Endung auf »l«. Sie erwarten eigentlich eine Endung auf einen Vokal, da Mandarin auf einen Vokal endet oder auf einen »n«- beziehungsweise »ng«-Laut.

»Ur-ah-fa-eh-la«, bringt Haitao zustande.

Ich schüttle den Kopf. »Rafaela ist ein Frauenname.«

»Also gut, Zhang«, sagt Liu Wen herzlich. »Wie gefällt es dir in China?«

»Wir können nicht Xiao Zhang zu dir sagen«, bemerkt Haitao. Xiao ist die Verkleinerungsform, »Klein-Zhang«. Wie »Ronni« statt »Ronald«.

»Lao Zhang«, lacht Liu Wen. Zhang der Ältere.

»Muss wohl am Anzug liegen«, sage ich.

Wir essen in aller Ruhe zu Abend. Schweinefleisch, Bambussprossen, Pommes frites und Kraut à la Sezuan (scharf). Ich trinke zwei Bier, obwohl ich es besser weiß, aber es fällt mir grundsätzlich schwer, scharfe Speisen ohne *pijiu* zu essen. Anschließend gehen wir in den Bezirk, wo die Lagerhäuser stehen. Ich vermute, dass wir wieder denselben Club aufsuchen, aber Liu Wen führt uns zu einer schweren, roten Tür – war die Tür das letzte Mal auch rot? Ich weiß es nicht mehr. Eine Treppe führt hinauf in eine in Rot und Gold gehaltene Halle, unterteilt in mehrere Separees mit jeweils zwei oder drei Spieltischen und vergoldeten Sitzbänken ringsum. Mich überrascht, dass an einigen Tischen nicht nur Männer, sondern auch Frauen spielen. Wir irren durch ein Labyrinth.

Liu Wen spendiert Haitao einen Mao-tai und mir ein Bier. Dann entschuldigt er sich für eine Weile. Das goldene Licht, das wie Dunst von den Tischen aufsteigt, schlägt mich sofort in seinen Bann.

»Du hast ein ungewöhnliches Gesicht«, sagt Haitao.

Ich weiß, ich sehe nicht schlecht aus. Nicht unbedingt hübsch, wie Liu Wen etwa, wenn er sich etwas Mühe geben würde. Ich meine, ein wenig Wehmut aus Haitaos Stimme herauszuhören. Wenn er wüsste, wie sehr ich ihn, den eleganten Bürger Chinas, beneide.

»Weißt du, wo in China deine Familie herstammt?«, fragt er.

»Laut Genanalyse kommt die Familie meiner Mutter von einer philippinischen *huaqiao*-Linie«, sage ich. Allerdings spielte das keine Rolle. Da ich mich durch meine Arbeit auf Baffin Island qualifiziert habe, könnte ich auf die Universität von Nanjing gehen, ohne mich um einen Studienplatz für *huaqiao* zu bewerben. Studienplätze für *waiguoren* sind heftig umkämpft. Viele Kandidaten, wenige Plätze.

Mein Studienplatz an der Universität von Nanjing ist einer der wenigen, die für *waiguoren* reserviert sind.

Wenn meine Erbanlagen den Vorgaben entsprechen, dann bin ich ein Chinese, oder?

Körperlich vielleicht, wenn auch nicht kulturell. Dass meine Mutter keine Chinesin ist, steht in meiner Personalakte, doch an dieser Information scheint hier niemand interessiert zu sein. Die Universität weiß zweifellos Bescheid. Irgendjemand an der Universität zumindest.

»Dir scheint es heute Abend besser zu gehen«, stelle ich fest.

Er schaut nachdenklich drein. »Wirklich?«

»Hast du noch etwas von deinem Freund gehört?«, frage ich.

»Reden wir nicht darüber.« Er legte eine Hand auf meinen Arm, den Blick starr geradeaus gerichtet, und seufzt.

Idiot, ich hätte nichts sagen sollen. Ich suche nach anderem Gesprächsstoff. »Wie hast du Liu Wen kennen gelernt?«

»Über Freunde«, sagt er. »Eigentlich kenne ich ihn nicht besonders gut. Aber ich mag ihn, er tut mir gut.« Er lächelt traurig. »So wie du, mein Gespenst.«

»Warst du schon mal hier?«, frage ich in der Absicht, ihn auf andere Gedanken zu bringen.

Er nickt.

Liu Wen kommt zurück und ich bin erleichtert, ihn zu sehen. Wenn wir spielen, wird sich Haitao bestimmt ablenken lassen. »Wir spielen an einem der hinteren Tische«, sagt er. Eine junge Frau mit glattem, weißem Gesicht und geschminkten Augenbrauen führt uns an den Tisch. Ich betrachte den Schwung ihrer schmalen Hüften in dem mit Kraninchen bestickten chinesischen Kleid. Sie ist gar keine Frau.

Völlig fasziniert und mehr als ein bisschen erstaunt kann ich meinen Blick nicht von dem Jungen wenden. Er bewegt sich übertrieben elegant, hält einen von uns am Ärmel fest, während er mit der anderen Hand auf einen Tisch deutet. Er hält die Augen niedergeschlagen und wirft mir erst einen flüchtigen Blick zu, als ich an ihm vorbeigehe. Er lächelt nicht und schaut wieder zu Boden.

Bin ich erregt? Nein, nur neugierig. Transvestismus reizt mich nicht.

Trotzdem schaue ich ihm hinterher, seinen wiegenden Hüften. Als ich aufblicke, grinst mir Liu Wen ins Gesicht.

Hinein in den goldenen Glanz. Da sind die fünf Kugeln; eine schwarz glänzende, eine rot glänzende, zwei silberne und in der Mitte, fast unsichtbar in der Glut, eine goldene Kugel. Liu Wen schnippt eine der silbernen auf mich zu, und fast hätte ich den Fehler begangen, sie anzunehmen. Ich lasse die rote Kugel vor die Bande springen und hoffe, dass sie zu mir zurückkommt, doch Haitao angelt sie sich mit einer eleganten Kombination und fängt sie auf. Der Kontakt reißt ab. So schnell.

»Mein Punkt«, sagt Haitao. Er ist ziemlich nervös und aufgeregt, und ich glaube, dies wird seine Nacht werden.

Und sie wird es. Auch mit vereinten Kräften können Liu Wen und ich ihn nicht aufhalten.

Mit jeder Kontaktunterbrechung wird Haitao heiterer. Sein Gesicht bekommt Farbe, Schweiß perlt auf seiner Oberlippe, und fein wie Pinselstriche kleben feuchte Strähnen an seinen Schläfen. Seine Hände ruhen sanft auf dem Tischrand, die Fingernägel rosarot und mit perfekten weißen Halbmonden. Er bewegt sich nicht, ist völlig entspannt, wirkt dabei aber wie eine Katze auf dem Sprung.

Wieder reißt der Kontakt ab und Haitao sagt: »Sieben«, und meine schweißnassen Hände halten den Tischrand umklammert. Er lächelt, mit perfekten weißen Zähnen, goldener Haut, weißen Kleidern und ganz in goldenes Licht gehüllt. Golden und weiß und elektrisch. Liu Wen betrachtet ihm mit hungrigen Augen, wie ich auch.

Haitao blickt auf den Tisch. Das von unten aufstrahlende Licht modelliert sein sonst eher flaches Gesicht, lässt seine hohen Wangenknochen deutlich hervortreten. Er hält die Augen fast geschlossen. Liu Wen öffnet den Mund, als wolle er etwas sagen – ich weiß, was er sagen will, er will das Spiel abbrechen, was mir einerseits recht wäre und dann auch wieder nicht, denn ich will zwar, dass das Spiel vorbei ist, aber ich will nicht, dass Liu Wen mit Haitao davonzieht – und wieder treten wir in Kontakt miteinander.

Ich mache vier Punkte, ohne ein einziges Mal die goldene Kugel zu berühren. Liu Wen punktet häufiger als ich, wird jedoch allzu oft von einer silbernen Kugel getroffen. Dann berührt er Gold und heimst fünf Punkte auf einmal ein. Unmittelbar danach kommt Haitao – mit sieben Punkten – mir und Liu Wen in die Quere. Wir spielen uns gerade die schwarze Lackkugel zu, als Haitao Rot auf Gold stoßen lässt. Instinktiv schnappe ich nach der Goldkugel, während Liu Wen versucht, mir mit Schwarz dazwischenzufunken, doch die Kugel prallt gegen Rot und beide prallen in unterschiedliche Richtungen voneinander ab. Haitao schnappt sich mühelos die goldene Kugel.

Der Kontakt bricht ab. Haitao hat den Kopf in den Nacken geworfen, seine Augen sind geschlossen, sein Rücken leicht gekrümmt. Seine Händen ruhen nach wie vor auf dem Tischrand. Er seufzt, ein Zittern, das eher einem Schluchzen gleicht. Dann schlägt er die Augen auf, sieht uns an und lächelt. »Zehn Punkte«, sagt er.

Liu Wen will etwas sagen und räuspert sich. »Zhang, möchtest du weiterspielen? Ich bin sicher, dass du einen Tisch finden wirst.« Er schaut nicht mich an.

Ich sollte mich jetzt benehmen, ich sollte verschwinden, so wie Liu Wen beim letzten Mal. Doch ich warte, denn diese Nacht gehört Haitao. Es ist Haitaos Entscheidung. Ich schlucke. Er sieht erst Liu Wen an, dann mich, dann wieder auf den Tisch. Ich muss an den Jungen denken, der uns hierher geführt hat, an die Art, wie er meinem Blick ausgewichen ist. Ich habe in Haitaos Augen etwas entdeckt, mein Herz pocht wie verrückt. Er wird sich für mich entscheiden. Für mich, Haitao.

Die Lichter auf dem Tisch flackern und die Raumbeleuchtung wird dunkler. Für einen Moment sind die rohen Balken hinter dünnen, aufgespannten Tüchern zu sehen, die von farbigem Licht bestrahlt werden, um das alte, hässlich Gerippe des Gebäudes zu verbergen. Plötzlich geht das Licht wieder an, heller als zuvor, und im Hintergrund ist zerberstendes Glas zu hören.

Der Lärm schreckt uns auf, wir schauen uns um und sehen, dass andere Leute auch aufhorchen. Am Nebentisch klinkt sich jemand in aller Eile aus.

»*Turan soucha!*«, zischt Liu Wen. Polizeirazzia. Er klinkt sich aus und lässt den Anschluss fallen. Ohne sich nach uns umzuschauen, läuft er in das nächstgelegene Zimmer.

Haitao rührt sich nicht.

»Komm schon«, sage ich. Liu Wen weiß bestimmt, wie wir hier rauskommen.

Haitao sieht mich an.

Ich packe ihn bei der Hand und ziehe ihn hinter mir her. Ich glaube, ich habe Liu Wen entdeckt. Die Leute rufen aufgeregt durcheinander und drängen an uns vorbei in Richtung Ausgang. Aber ich vertraue darauf, dass Liu Wen eine Hintertür kennt.

Zwei Männer und eine Frau rempeln uns an und ich verliere Liu Wen aus den Augen. Ich gehe in die Richtung, in der ich ihn vermute. Wir entdecken eine Hintertür, und ich weiß, dass ich einen Ausgang gefunden habe. Ich öffne die Tür.

Eine Treppe, die nach oben führt.

»Fuck«, sage ich auf Englisch. Hinter mir haben sich die Geräusche verändert. Eine Frau schreit. Einige Stimme fallen durch ein anderes Timbre auf, befehlsgewohnte Stimmen. Umerziehung durch Arbeit, oder jene altmodische Strafe, eine Kugel in den Hinterkopf. Ich gerate in Panik, haste die Stufen hinauf und zerre Haitao hinter mir her. Auf dem nächsten Treppenabsatz versperrt eine Tür den Weg, eine schwere Eisentür – Qualität, wie sie heute nicht mehr hergestellt wird. Ich stemme mich dagegen, sie gibt nach und wir befinden uns in einen großen, finsteren Raum. Linkerhand sehe ich einen schwachen, lang gezogenen Lichtstreifen.

Die Decke schließt nicht mit der Wand ab. Das Licht dringt aus dem Club zu uns herauf. Mit einer Hand an der Wand laufe ich nach rechts. Wir befinden uns im Warenlager, mit großer Wahrscheinlichkeit ein riesiger Raum, doch es muss auch ein Büro geben und einen Eingang zum Büro, der nach draußen führt.

Haitao ringt nach Luft. »Zhong Shan«, schnauft er. »Zhong Shan –«

»Still!«, unterbreche ich ihn auf Englisch und pralle im selben Moment mit Gesicht und Schulter gegen einen Pfeiler. Der Schmerz zwingt mich fast in die Knie, treibt mir Tränen in die Augen.

»Zhong Shan!«, ruft Haitao.

»Xing xing«, sage ich. Alles in Ordnung. *Madre de Dios*, denke ich, Mutter Gottes, steh uns bei. »Achtung, Pfeiler«, sage ich, führe Haitao daran vorbei und taste mich vorsichtig an der Wand entlang weiter. Wir gelangen an eine Tür, doch sie ist verschlossen. Natürlich. Wir schleichen weiter, bis wir auf eine Metalltreppe stoßen, die nach oben führt. »Vorsichtig«, sage ich auf Chinesisch, *xiao xin* – kleines Herz.

Unsere Schritte auf den Stufen kommen mir beängstigend laut vor. Wir steigen zwölf Stufen hinauf. Eine Tür? Ein Absatz. Zwölf Stufen weiter hoch. Um den Absatz herum. Und noch zwölf Stufen. Ich bin Bautechniker und habe schon Lagerhäuser gebaut. Ich weiß, ich habe es vermasselt. Dies ist die Treppe zur Brücke eines Laufkrans für schwere Lasten. Meine Wange pocht. Mit der Rechten habe ich Haitao im Griff, mit der Linken halte ich mich am Geländer fest.

Die Metalltreppe tönt dumpf unter unseren Schritten. Blindlings steigen wir im Dunkeln nach oben. Vielleicht ist am anderen Brückenende eine weitere Treppe, die zur Laderampe hinabführt. *Madre de Dios*, bete ich in der Sprache meiner Mutter, die an Mao und Kierkegaard glaubt. Im Flur unserer Wohnung in Brooklyn hing ein Kruzifix mit dem gemarterten Christus. *Dios te salve, Maria, llena eres de gracia.* Heil dir, Maria, voll der Gnade. Wir sind oben auf der Brücke angekommen. Ich taste mich am Geländer vor, finde den Laufsteg. Ich kann es nicht, ich kann nicht über den Laufsteg gehen.

Ich folge dem Geländer bis zur Wand, dort geht es nicht weiter. Wir stehen auf einer quadratischen Plattform, die Wand im Rücken, rechterhand die Treppe, vor uns der Laufsteg. Uns bleibt nichts anderes übrig, als nach unten zurückzugehen.

Plötzlich zeigt sich unter uns ein rechteckiger Lichtausschnitt, in überraschend großer Entfernung. Das ist die Tür, durch die wir gekommen sind. Ich hocke mich hin, ziehe Haitao zu mir herab und drücke ihn an mich. Einen Augenblick später flackern grelle Suchscheinwerfer über Wände und Decke. Ich presse Haitaos Kopf an meine Brust. Er schmiegt sich an mich. Vielleicht sollten wir einen Fluchtversuch riskieren, über den Laufsteg. Schlimmstenfalls schießen sie auf uns oder wir rutschen ab und stürzen in den Tod. Wenn sie bei der Treppe angekommen sind, sollten wir es versuchen.

Doch ich bin wie gelähmt, ich kann mich nicht von der Stelle rühren. Wenn sie hochkommen, werden sie uns hier entdecken.

Ihre Stimmen sind durch den Raum und die Entfernung verzerrt. Sie werden uns hier finden, Arm in Arm, und die Frage nach unserer Schuld wird sich erst gar nicht stellen. Ich kann das alles nicht glauben. Als Fünfzehnjähriger wurde ich einmal nach der Sperrstunde auf Coney Island von einem Polizisten aufgegriffen. Er wusste, warum ich dort war, aber er hat mir nur eine Standpauke gehalten und meine Mutter angerufen. Fast an der gleichen Stelle bin ich einmal von Nachtschwärmern überfallen und verprügelt worden. Auch damals wollte ich das alles nicht wahrhaben.

Ich schaukle Haitao wie ein Kind in meinen Armen, ich kann nicht damit aufhören.

Die Lichter verlöschen, aber noch höre ich ihre Stimmen. »*Sigue*«, flüstere ich. Ich kann nicht auf Chinesisch denken, mir fallen nur noch spanische Wörter sein. Na los, kommt doch. Nehmt uns fest. Macht, was ihr wollt, wenn es nur endlich vorüber ist.

Es ist still geworden. Ich lausche auf ihre Schritte, bin mir jedoch nicht sicher, ob ich etwas höre oder nicht, eine Lagerhalle ist kein geräuschloser Ort. Ich höre aber nur mich und Haitao atmen. Ich höre mein Herz schlagen. Ich glaube, ich höre auch Haitaos Herz schlagen.

Ich lausche auf die Wörter, die mir durch den Kopf gehen, *Padre Nuestro, que estas en los cielos, santificado sea tu nombre. Venga a nos tu reino. Hagase tu voluntad así en la tierra como en el cielo …* Bedeutungslose Bruchstücke eines Gebets. Ich glaube, sie sind auf der Treppe, ich kann nichts hören, bilde es mir jedoch ein. Ich zähle erneut die Stufen. Sie kommen ohne Licht. Nein, sie würden nicht ohne Licht kommen. Ich wiege Haitao in den Armen, er hat sich in meiner Jacke festgekrallt und hyperventiliert. Sein Keuchen übertönt alles.

Wird Peter je erfahren, was mit mir geschehen ist? Er wird Mama anrufen, sie wird es ihm erzählen. Sie weiß, dass Peter mein Freund ist. Vielleicht ahnt sie sogar, dass mehr dahinter steckt, aber sie hat nie zugegeben, dass sie weiß, was ich bin. Sie fragt nicht danach, wie ich lebe, ich frage sie nicht danach, und jedes Jahr an Weihnachten, wenn ich zu Hause in New York bin, besuche ich sie, ihren zweiten Mann und meine Halbbrüder zu Weihnachten, und Craig hat mich mal besucht, als er elf war und ich noch eine eigene Wohnung hatte. Wir sind zu den Drachenrennen gegangen.

Sie werden es ihr sagen. Wird Craig von ihr erfahren, dass sein *huaqiao*-Halbbruder schwul ist?

Viel Zeit ist verstrichen.

Vielleicht kommen sie doch nicht.

Aber wir warten lange Zeit.

Selbst als uns klar ist, dass sie nicht kommen, warten wir weiter. Haitao zittert. »Ich will sterben«, flüstert er. »Ich halte es nicht mehr aus. Hol mich hier raus, bitte, hol mich hier raus.«

Ich streiche ihm über die Haare und wiege ihn. Ich drücke ihm einen Kuss auf den Kopf, als wäre er ein kleiner Junge. »Still«, flüstere ich, »sie kommen nicht.« Vielleicht sind sie immer noch unten. Wir warten. »Wir sind in Sicherheit, hier wird uns nichts passieren.«

Er zittert am ganzen Körper. Ich nicke ein, wache auf, und er zittert immer noch. Meine Arme schmerzen, mein Rücken tut weh. Ich versuche, mich zu bewegen und Haitaos Gewicht zu verlagern. Er krallt sich an mir fest. »Schsch, schsch. Keine Angst. Komm, leg dich hier hin. Schsch.« Ich massiere ihm den Rücken und die Schläfen und beruhige ihn, so gut ich kann. Sein Gesicht ist nass. »Ich will sterben«, flüstert er. »Ich habe solche Angst.«

Schließlich hört er auf zu zittern und wir nicken beide ein. Wir harren auf der Plattform aus, bis hinter den verdreckten Oberlichtern der Morgen dämmert.

Ich bin so steif, dass ich mich kaum bewegen kann. Ich liege auf der Seite, Haitao liegt zusammengerollt neben mir. Das Licht reicht gerade aus, um Umrisse zu erkennen. Haitaos weißer Anzug ist etwas zu sehen.

»Haitao«, flüstere ich.

Er regt sich.

»Wir sollten jetzt besser gehen«, sage ich.

Er setzt sich auf, sieht mich aber nicht an. Ich versuche, Arme und Rücken zu lockern, stehe mühsam auf und vertrete mir die Beine. Mir ist kalt bis ins Mark, meine Zähne fangen an zu klappern. Haitao sitzt reglos da.

»Komm, steh auf«, sage ich. Ich packe ihn am Oberarm und er steht auf.

Der Laufsteg ist zu schmal, als dass wir nebeneinander stehen könnten. Natürlich ist er breiter als ein T-Träger, aber wir befinden uns so weit über dem Boden, dass er schmaler wirkt. Ich greife mit der Linken nach Haitaos Handgelenk und gehe vorsichtig los. Am anderen Ende sehe ich das Steuerpult und einen Treppenabsatz, doch der hintere Teil der Halle liegt im Dunkeln und ich kann nicht erkennen, ob die Treppe zu einer Laderampe führt. Hoffentlich.

»Halt dich am Geländer fest.« Haitao tut, was ich ihm sage. Ich wünschte, er würde wieder zu sich selbst finden, mir tun sämtliche Knochen weh, ich friere und er benimmt sich wie ein Kind. Verflucht, ich sollte ihn einfach hier lassen, soll er zusehen, wie er allein hier rauskommt.

Wut hilft. Wut ist besser als Haitaos Zustand, besser als Apathie. Wie hat Maggie Smallwood diesen Gemütszustand genannt? *Perlerorneq*, die Erkenntnis der Sinnlosigkeit allen Seins. Verzweiflung. Jenseits meiner Wut weiß ich nur zu gut, dass ich damals genauso handlungsunfähig war wie Haitao jetzt.

Es hat etwas Berauschendes, sich über die eigene Angst hinwegzusetzen. Ich habe es geschafft, denke ich, ich habe uns gerettet. Vorsichtig, Schritt für Schritt, balancieren wir über den Laufsteg. Ich bin erschöpft, wütend und doch überglücklich. Wir haben überlebt. Ja, es war mehr Glück als alles andere, aber selbst gemachtes Glück. Die Ketten des Krans bilden um uns herum Linien und Schatten. Über uns wird es langsam heller. Strenge Formen und klare Linien herrschen vor. Die Wirklichkeit, die harte Wirklichkeit ist wunderschön.

Wir steigen die Stufen hinab. Ich bin so müde, dass meine Knie zittern. Haitao folgt mir ohne einen Mucks. Das Tor zur Laderampe ist verriegelt, doch der Riegel lässt sich von innen öffnen. Dann sind wir draußen, gehen jedoch nicht um das Gebäude herum, sondern klettern in der Morgendämmerung über den Zaun. Ich lasse Haitao in meine gefalteten Hände treten und hieve ihn hoch. Dann klettere ich selbst nach oben und springe auf der anderen Seite hinunter. Ich zittere vor Müdigkeit. Die Rostflecken auf Haitaos weißem Anzug sehen aus wie getrocknetes Blut. Zwei Blocks vom Eingang des Lagers entfernt erreichen wir die Straße.

Alles ist plötzlich wieder wie immer. Es ist Sonntagmorgen.

»Keine Panik«, sage ich. »Wir haben es geschafft.«

Haitao nickt teilnahmslos.

»Es war das letzte Mal, dass ich Pressball gespielt habe«, sage ich grinsend, doch er antwortet nicht.

Ich suche nach einer Bushaltestelle. »Welchen Bus müssen wir nehmen?«, frage ich.

Er wirkt nicht, als hätte er mich gehört.

»Welche Nummer hat unser Bus?« Und als er immer noch nicht antwortet: »Haitao!«

»Siebzehn«, sagt er. »Siebzehn oder Siebzehn A.«

Es ist fast zu einfach, ich finde eine Haltestelle für die Siebzehn und wir warten, Haitao lehnt zusammengesunken an einer Mauer und schließt die Augen. Der Bus kommt und der Fahrer mustert Haitaos verschmutzten Anzug, sagt aber nichts. »Zur Universität«, sage ich.

»Hinten«, sagt er. »Oben.«

Wir steigen hinauf, gehen nach hinten durch und lassen uns auf eine Sitzbank fallen. Haitao döst vor sich hin und ich starre zum Fenster hinaus. Nach einer Weile sinkt sein Kopf auf meine Schulter. Es ist wohlig warm im Bus. Mit dem Kopf am Fenster nicke ich ein, wache kurz auf, als sich unser Segment abkoppelt, ein zweites Mal, als wir an einen anderen Bus ankoppeln. Als sich unser Segment ein drittes Mal abkoppelt und aufwärts gleitet, weiß ich, dass die Universität nicht mehr weit ist, also wecke ich Haitao. Verschlafen öffnet er die Augen.

Wir steigen aus, die Haltestelle ist mir vertraut und doch ist sie anders als sonst. Normalerweise beginnt hier für mich der Tag, heute endet hier die Nacht.

»Ich komme mit zu dir hoch«, sage ich.

»Wenn du willst.«

»Kein Problem.« Wir steigen in den Lift, und als wir in seiner Wohnung angekommen sind, schicke ich ihn unter die Dusche. »Ich will ins Bett«, protestiert er, ist aber zu schwach, um sich mit mir anzulegen. Während er duscht, setze ich eine Kanne Tee auf. Vor dem Spiegel in Haitaos Schlafzimmer untersuche ich den Bluterguss – meine linke Gesichtshälfte ist angeschwollen und schmerzt. Tee und Aspirin. Ich öffne den Pferdeschwanz.

Haitao kommt im Bademantel herein. Ich gebe ihm stark gesüßten Tee und Aspirin. »Ein schöner Morgen«, sage ich leise und muss an Maggie Smallwood denken. »Dir ist jetzt wieder warm, und du wirst bestimmt gut schlafen. Trink deinen Tee, der Zucker wird dir gut tun. Und dann ab ins warme Bett. Wir verdunkeln die Fenster und ich rufe dich heute Abend an.«

Ich sorge dafür, dass er die Tasse leer trinkt, stecke ihn ins Bett und verdunkle die Fenster. Auch ich bin hundemüde und bleibe am Bettrand sitzen, obwohl ich eigentlich duschen will. Doch ich rühre mich nicht und zum ersten Mal, seit ich ihn nach dem Bus gefragt habe, spricht er wieder: »Geh nicht weg«, sagt er.

»Ich bin hier«, sage ich und komme mir kindisch dabei vor. »Ich bleibe noch ein bisschen und rufe dich dann heute Abend an.«

Er schließt die Augen und ich bleibe eine Ewigkeit sitzen. Als ich schließlich auf meine Uhr schaue, sind nur fünf Minuten vergangen. (Ich zähle die Sekunden. Ich nehme mir vor, zehn Minuten zu bleiben, dann sieben, und stehe schließlich nach fünf Minuten vorsichtig auf.)

Ich verdunkle die Fenster im vorderen Zimmer. Haitao hat mir oft genug gezeigt, wie es funktioniert, ich lege einfach die Fingerspitzen an das Glas und sage: »Dunkel.« Als es dunkel genug ist, ziehe ich meine Hand zurück. Auf dem kleinen Tisch neben der

Tür entdecke ich einen Brief mit dem offiziellen roten Stempel der Universität. Ich bin müde und gehe fast daran vorbei, doch dann nehme ich ihn zur Hand.

»Genosse Yang«, steht da. Genosse ist die übliche Anrede. »Hiermit teilen wir Ihnen mit, dass in Ihrem Heimatdistrikt ein Untersuchungsverfahren gegen Sie eingeleitet wurde und Sie bis auf weiteres vom Unterricht suspendiert –«

Der ist auf Freitag datiert und offen. Haitao hat ihn gesehen, aber nichts davon gesagt. Samstagabend war er in bester Stimmung und so aufgekratzt wie lange nicht mehr. Ich denke an seine Erregung beim Pressball. Wie er golden und weiß glühte.

Habe ich den Brief womöglich falsch verstanden? Ich traue meinem Chinesisch nicht und lese noch einmal. Vielleicht steht da in Wirklichkeit, dass das Verfahren gegen ihn eingestellt ist. Nein. Wort für Wort gehe ich den Text durch. Mein Kopf schmerzt vor Übermüdung und Anspannung. Haitao ist suspendiert, es wird gegen ihn ermittelt. Vielleicht hat er den Brief nicht gelesen? Aber warum hat er ihn dann am Freitag ausgedruckt?

Ich lege den Brief auf den Tisch zurück und ziehe leise die Wohnungstür hinter mir zu. Ich bin zu müde, um mir noch weiter Gedanken zu machen, ich werde ihn heute Abend anrufen und fragen, was los ist. Im Lift stecke ich die Hände in die Taschen und finde rechts das goldene Kästchen mit dem Tigerauge, das mir Haitao gestern Abend geschenkt hat.

Xiao Chen schaut Nachrichten, als ich zur Tür hereinkomme.

»Was hast du mit deinem Gesicht gemacht?«, fragt er.

»Sehr lustige Party«, sage ich grinsend. »Nur dass ich gegen eine Tür gelaufen bin.«

Anerkennend schüttelt er den Kopf.

Ich dusche und gehe ins Bett. Die Sonne scheint hell durchs Fenster, als ich am späten Nachmittag aufwache. Ich bin immer noch orientierungslos und müde, aber wenn ich jetzt weiterschlafe, werde ich die ganze Nacht kein Auge zumachen. Als ich mich aufrichte, knacken meine Gelenke wie trockene Zweige.

Ich gehe in die Küche und wärme gebratenen Reis auf. Xiao

Chen frotzelt über mein liederliches Leben und sagt, dass Post für mich gekommen ist. Wahrscheinlich von Peter, ich müsste ihm auch mal wieder schreiben. Weil mich ein schlechtes Gewissen plagt, drucke ich den Brief erst nach dem Essen aus.

Es ist nur eine einzige Seite – Peter schreibt immer mindestens vier oder fünf Seiten und verwendet zur Interpunktion alle verfügbaren Zeichen.

Liebes Gespenst,

keine Panik, ich schicke dir diese Zeilen aus der Einkaufspassage und nicht über mein System. Ich will mich nur bei dir bedanken. Man hat mich suspendiert, aber ins Arbeitslager gehe ich nicht. Ich kann meiner Familie nicht unter die Augen treten.

Ich möchte dir für alles danken und bin sicher, dass du meinen Entschluss verstehst. Du hast mich von Anfang an verstanden, was ich von den wenigsten meiner Freunde sagen kann. Bis. hin zu deiner Namenswahl. Vielleicht hatte ich gehofft, noch eine andere Lösung zu nden, deshalb bin ich letzte Nacht mitgegangen. Aber als wir fast verhaftet wurden, wusste ich, dass es dumm von mir gewesen war zu warten.

Behalte mich in guter Erinnerung.

Haitao

»Was gibt's?«, fragt Xiao Chen.

Ich weiß nicht, was ich sagen soll, ich weiß nicht, was der Brief bedeutet. Er ist weggelaufen, denke ich. Wo könnte er hin?

Ich rufe bei ihm an, niemand hebt ab. Der Brief ist heute aufgegeben worden, um genau Viertel nach fünf. Wir haben jetzt kurz nach sechs, laut Empfangsbestätigung ist er gerade erst eingegangen. Haitao hat also eine Verzögerung von fünfundvierzig Minuten einprogrammiert. So schnell kann er nicht aufgebrochen sein, es sei denn, er hat den Brief von unterwegs aufgegeben.

Ich ziehe meinen Overall an.

»Was ist los?«, fragt Xiao Chen.

»Ich weiß nicht«, antworte ich. »Mein Tutor hat mir eine Nachricht geschickt, die ich nicht verstehe.«

In der Passage gehe ich dort vorbei, wo er den Brief möglicherweise aufgegeben hat, und fahre mit dem Lift nach oben. Im Flur zu seiner Wohnung wimmelt es von Menschen. Ein starker Luftzug schlägt mir entgegen. Die Leute stehen mit verschränkten Armen da und plappern, wie bei einem Unfall.

Vor Haitaos Tür ist der Flur von der Polizei abgesperrt worden. Der Luftzug kommt aus der Wohnung. Nicht nur ein Luftzug, ein starker Wind. Kein Zweifel, er ist verhaftet worden. Der Wind weht hier so heftig wie auf einem Baugerüst.

»Was ist passiert?«, frage ich zwei Frauen, die einfach nur dastehen.

»Der Bewohner dieser Wohnung« – sie zeigt mit dem Finger – »ist durchs Fenster gesprungen.«

»Durchs Fenster gesprungen?«, frage ich, und dann, völlig verständnislos: »Ist er tot?« Wir befinden uns an diesem künstlichen Abgrund in einer Höhe von über hundertfünfzig Metern.

»O ja«, sagt sie.

»Er ist mein Tutor«, sage ich. »Ich bin Ingenieurstudent.«

»Warum hat er das getan?«, fragt sie.

»Ich weiß es nicht.«

Wir stehen eine Weile unschlüssig da, dann ducke ich mich unter der Absperrung durch, obwohl es ratsamer wäre, in den Lift zu steigen und zu verschwinden. Aber ich muss sehen, was passiert ist. Der Wind pfeift durch die Tür. Er weht durch ein großes, sternförmiges Loch in der Fensterscheibe herein. Polizisten durchsuchen die Wohnung, stehen herum und unterhalten sich.

Ein Mann schaut zu mir auf. »Hee, was haben Sie hier verloren? Haben Sie nicht die Absperrung gesehen?«

»Er ... er war mein Tutor«, stottere ich. »Ich bin Ingenieurstudent.«

»Die Nachhilfestunde fällt heute aus«, sagt der Beamte.

Auf dem mit Glassplittern übersäten Boden stehen ein Paar Schuhe, daneben liegen eine weiße Hose und ein weißes Hemd, beides sorgfältig zusammengelegt. Anscheinend hat er sich vor dem Fenster ausgezogen.

»Wie hat er es geschafft, die Scheibe einzuschlagen?«, frage ich. Die Fenster sind eigentlich bruchfest.

»Er hat ein Lösungsmittel darübergestrichen und es mit einem Fön erhitzt, bis das Glas spröde geworden ist«, sagt der Beamte. Seine Miene entspannt sich. »Woher kommen Sie?«

»Aus Amerika«, sage ich. »Ich bin Amerikaner.«

»Nun, *tongxue*« – Student –, »Sie können hier nichts tun. Gehen Sie nach Hause.«

»Ich kann nicht nach Hause«, sage ich. »Mein Studium ist erst in achtzehn Monaten zu Ende.«

Er verzieht das Gesicht. »Nein, nein, ich meine natürlich ins Wohnheim.«

Eine Frau betritt das Apartment. »Alle seine Daten sind gelöscht«, sagt sie. »Er hat keine Spuren hinterlassen.« Ihre Füße knirschen auf den Glassplittern.

Ich weiß nicht, wovon sie reden. Ich ziehe mich zurück, bücke mich unter der Absperrung durch und gehe mit gesenktem Kopf durch die Menge der Schaulustigen. Der Lift ist voller Menschen. Ich starre auf die Anzeige und dann auf den Boden.

Ich will nicht ins Wohnheim zurück, also setze ich mich in der Einkaufspassage auf eine Bank. Nach einer Weile stehe ich auf und rufe in New York an. Dort ist es jetzt halb sechs in der Früh. Peter liegt noch im Bett.

»Rafael!«, sagt er. »He! Wie geht's dir?«

»Mein Freund«, stammle ich. »Erinnerst du dich, ich habe ihn in einem Brief erwähnt? Mein Tutor.«

»Was ist passiert?«

»Er hat sich umgebracht.«

»Wie?«

Warum wollen wir das immer wissen? Was macht es für einen Unterschied? »Er ist aus dem Fenster gesprungen.«

»Kommst du zurück nach Hause?«, fragt Peter.

Nichts lieber als das. Ich will hier nicht sterben. Dann wird mir bewusst, dass er wissen will, ob ich sofort zurückkomme.

»Nein«, sage ich. »Ich muss erst noch meinen Abschluss machen. Ich habe die Zwischenprüfung bestanden.«

Wir reden. Ich kann ihm nicht sagen, warum, also sage ich, ich weiß es nicht, und rede drum herum. Es ist gut, mit jemandem reden zu können. Die hohen Gebühren kümmern mich nicht.

Doch all unsere Worte sind leer.

Hausarbeit

Alexi

Das Haus von Martine ist wunderschön. Ich lebe schon zwei Jahre hier, und es kommt mir immer noch wie ein Privileg vor, hier zu wohnen. Am Berg gibt es viele schöne Häuser. Früher habe ich mir das Leben auf dem Mars ganz anders vorgestellt – ich bin in einer Grenzstadt am Rande des Korridors im Mittleren Westen aufgewachsen. Mein Vater war zwar kein Farmer, sondern Schrottsucher, doch in jener Gegend gab es viele Farmer und Farmen, also hatte ich eine Vorstellung davon, was mich hier erwarten würde. In manchen Jahre war die Ernte gut, in manchen Jahren kamen Freiwillige von der Volksbrigade mit Tankwagen in die Stadt, um Trinkwasser zu bringen, und als ich zur Mittelschule ging, habe ich für meine Mutter Wasser geholt. Wir hatten zwei Plastikkanister, die jeweils fünfzig Liter fassten und auf die Ladefläche eines alten Dreirads gestellt wurden. Wenn sie voll waren, musste ich mächtig in die Pedale treten, um überhaupt vorwärts zu kommen. Ich wollte auch bei der FV mitmachen, aber nachdem ich die Schule beendet und Geri geheiratet hatte, gab es zu viele Bewerber. Dann ließ die Partei verlautbaren, dass die durchschnittlichen Jahrestemperaturen dank der neuen, abgasvermeidenden Energiegewinnung sinken würden und dass man darangehen könne, den Korridor, die Wüste im Westen, wieder fruchtbar zu machen. Also siedelten wir um. Ein paar schwere Jahre, und siehe da, schon hätten wir guten Ackerboden gewonnen. Als ich die Erde verließ, redeten sie immer noch darüber, dass die Temperaturen bald sinken würden, um etwa ein Grad in fünfzig Jahren. Drei Grad weniger, und die Temperaturen wären wieder auf dem Stand des zwanzigsten Jahrhunderts. In Idaho würde es wieder regnen, womöglich sogar in Zentralafrika und, wer weiß, vielleicht wird es in Bejing Karpfen regnen und in der Antarktis blühen Blumen. Geri ist trotzdem gestorben und Theresa hat ihre halbe Kindheit in Umsiedlungslagern verbracht.

Der Berg verlangt uns viel Arbeit ab, Martine und ich stehen um fünf auf. Ich weiß nicht, ob ich je zuvor so hart gearbeitet habe. Trotzdem fällt mir alles viel leichter als im Korridor, denn dort war alle Mühe vergeblich. Martine und ich haben einen neuen Tunnel angelegt und einen weiteren Ziegenstall gebaut, die Herde wird immer größer, sie besteht inzwischen aus neunzehn Ziegen und vier davon sind trächtig. Und wir haben ein Zimmer für Theresa angebaut. Ich wollte das eigentlich nicht, hatte aber das Gefühl, ich sollte Martine die Entscheidung überlassen, und wenn sie bereit war, das Risiko einzugehen, dann war ich mit von der Partie. Wir haben Schulden, und es wird ein paar Jahre dauern, bis wir der Kommune alles zurückgezahlt haben, und wenn diese verdammten Ziegen krank werden, zahlen wir bis an unser Lebensende, aber bisher kommen wir hin. Martines Honiggeschäft läuft recht gut, und ich verdiene mit Programmierarbeiten ein bisschen nebenher. Wir werden wohl über die Runden kommen, selbst wenn morgen alle Ziegen tot umfallen. Dann müssten wir eben aufs Bier verzichten und die Erdbeeren verkaufen, statt sie zu essen, aber wir würden es schaffen.

Niemand kann im Voraus sagen, wie die Zukunft wirklich aussehen wird. Wenn wir im Korridor in Not gerieten, bin ich wie mein Vater auf Schrottsuche gegangen. Landwirtschaft war reine Zeitverschwendung. Kaum war die Saat aufgegangen, verwelkte auch schon alles. Also fuhr ich mit meinem kleinen Gleiter los, machte die Überreste alter Straßen ausfindig und suchte nach wieder verwertbaren Dingen. Viel Geld habe ich so nicht verdient, aber immerhin konnte ich damit etwas zu essen kaufen. Schließlich gab der Gleiter den Geist auf und ich musste die letzten fünfundzwanzig Kilometer zu Fuß zurücklegen. Wäre ich weiter weg gewesen, hätte ich es wahrscheinlich nicht geschafft. Ich wäre unterwegs verdurstet. Aber ich war damals wohl noch jung genug, ich bin einfach nach Hause gelaufen. Es machte mir eine Höllenangst, ohne diese Nebeneinkünfte weiterleben zu müssen, aber ich war sicher, dass wir es irgendwie schaffen würden. Früher waren wir schließlich auch immer über die Runden gekommen, warum nicht jetzt.

Doch hier in der Kommune ist alles anders. Solange der Vorrat reicht, muss die Kommune dafür sorgen, dass alle genug zu essen haben, also müssen wir nicht hungern. Es sieht so aus, als würde sich Martines Betriebsvergrößerung auf lange Sicht rentieren, falls keine größeren Schwierigkeiten auftreten. Wir ergänzen uns gut, Martine und ich. Sie kann gut mit Tieren umgehen und ich kümmere mich darum, alles in Schuss zu halten.

Wir sind gute Geschäftspartner, Martine und ich. In dieser Hinsicht kommen wir bestens miteinander aus.

Mittwochnachmittag. Ich sitze vor dem Bildschirm und sehe mir die Aufzeichnung einer neuen Unterrichtseinheit an. Um fünf Uhr ist Tutorat. Eigentlich wollte ich mich schon gestern Abend darauf vorbereiten, aber dann dauerte die Reparatur der Steuerung der kommuneeigenen Motorwinde doch länger als erwartet.

Ich studiere Systemanalyse im Rahmen eines Fernstudiums an der Universität von Nanjing. Das ist, glaube ich, eine sehr gute Schule. Zu Hause wäre ich nie auch nur in die Nähe einer Universität gekommen und hätte mit Sicherheit niemals an einer chinesischen Universität studiert, aber inzwischen bieten etliche Universitäten patriotische Sonderprogramme an, die Grenzbewohnern zugute kommen sollen. Also habe ich mich für diesen Fernkurs eingeschrieben. Die Partei trägt alle Kosten und alle klopfen sich auf die Schulter, schließlich haben sie wieder etwas für die eigenen Ideale getan.

Ich sitze vor der zweiten Unterrichtsaufzeichnung. In der ersten hat der Prof nur Allgemeinplätze zum Thema Programmierung breit gewalzt. Die Lehrmethode ist typisch chinesisch: Alles wird in Hauptabschnitte unterteilt, so kann man es sich besser merken. Vier Modernisierungsschübe. Drei revolutionäre Ideale. Acht Beweisschritte. Das Lehrbuch ist etwas zu theoretisch. Die erste Unterrichtseinheit hatte nur wenig mit dem Lehrbuch zu tun. Ich sehe in diesem Studium keinen großen Nutzen, weder für mich noch für die Kommune, die die Transmitter-Rechnung bezahlt. Vielleicht lerne ich genug, um das Kontrollsystem der Gemeinde auf Vordermann bringen zu können.

Die Übersetzung ist gut. Der Professor spricht natürlich Chinesisch. Ich kann nur ein paar Brocken, die ich aus der Schulzeit behalten habe. *Ni hao. Ni hao ma? Wo hen hao, xiexie*. Hallo, wie geht es Ihnen? Mir geht es gut, danke. Meine Aussprache ist bestimmt hundsmiserabel.

Die zweite Unterrichtseinheit kommt gleich von Anfang an zur Sache. Ich halte die Aufzeichnung an und muss das Buch zur Hand nehmen, um nachzulesen, worüber er eigentlich redet, bevor ich das Band weiterlaufen lasse. In nur einer Stunde hat der Professor das Kapitel abgehandelt. Im zweiten Kapitel fängt es tatsächlich an interessant zu werden, obwohl ich immer noch nicht einsehe, was mir dieser Unterricht bringt. Am Schluss diktiert er die Hausaufgaben und ich schreibe mit.

In der Mittelschule hatte ich unter anderem Chemie belegt. Wir waren zu fünft in diesem Kurs und unser Lehrer nahm uns tüchtig ran, weil er uns für die Aufnahmeprüfung an der Universität von Salt Lake City vorbereiten wollte. Jedenfalls ließ er uns Experimente machen und stellte beispielsweise folgende Aufgabe:

> Eine Probe Eisenoxyd wird in Verbindung mit Wasserstoff erhitzt und vollständig in reines Eisen umgewandelt. Zu Anfang wog die Probe 3,5 Gramm, das Endprodukt wiegt 2,45 Gramm. Wie lautet die empirische Formel des Ausgangsstoffes?

Wie diese Witze, die mit »Ein Mann, eine Frau und eine Ente überqueren die Hauptstraße« anfangen, ungefähr fünf Minuten dauern und mit »Wie hieß die Ente?« enden.

Ich muss wohl kaum erwähnen, dass ich ein ähnliches Gefühl habe, als ich die Aufgaben vor mir betrachte.

Ein Modul der Kategorie 3 mit einer Grundfrequenz von 10^7 Hz kann lernen, Handschriften zu erkennen. Im Folgenden sind drei unterschiedliche Handschriftenproben aufgeführt. Entwerfen Sie zwei mögliche Empfindlichkeitsmuster unter der Verwendung des Wortes »Katze«.

Klar. Die ersten beiden Sätze weisen auf eine Fehlerquotenbestimmung hin. Darin bin ich unschlagbar. Als ich bei der Armee zum Piloten und Systemtechniker ausgebildet wurde, mussten wir ständig irgendwelche Fehlerberechnungen anstellen, um herauszufinden, ob das System funktionieren wird oder nicht. Wenn ich heute ein System umprogrammiere, lasse ich eine Simulation laufen und bestimme die Fehlerquote. Was interessieren mich Empfindlichkeitsmuster?

Ich blättere im Text zurück und lese Teile des Kapitels noch einmal durch. Vielleicht liegt es daran, dass der Text aus dem Chinesischen übersetzt wurde, aber irgendwie gelingt es mir nicht, einen Bezug zwischen der Erklärung und den Beispielen herzustellen.

Nun, wozu habe ich einen Tutor? Bis zu unserem Termin habe ich noch anderthalb Stunden Zeit. Theresa ruft an und fragt, ob sie im Hort bleiben und mit Linda spielen darf. Ich erinnere sie daran, dass wir um sechs zu Abend essen. Martine ist gerade mit den Ziegen fertig.

»Im neuen Stall ist der CO_2-Gehalt gestiegen«, sagt sie.

Schau mal nach der Hardware. Mein Fachgebiet. »Um fünf ist mein Tutorat. Ich kümmere mich nach dem Abendessen darum. Theresa bleibt noch mit Linda im Hort und kommt um sechs.«

Pünktlich um fünf piept der Bildschirm, bleibt jedoch dunkel. Es wird noch rund siebeneinhalb Minuten dauern, bis ich meinen Tutor sehe, denn so lange brauchen die Funksignale, um hier anzukommen. Irgendwo in China sitzt mein Tutor jetzt vor einem ähnlichen leeren Bildschirm. Also stelle ich mich vor. »Mein Name ist Alexi Dormov«, sage ich und komme mir albern dabei vor, mit einem leeren Bildschirm zu sprechen. Ich berichte ihm oder ihr, wie weit ich mit den Aufgaben bin, und erläutere mein Problem. Dann warte ich und blättere in meinem Buch.

Sieben Minuten können sehr lang werden, wenn man nur dasitzt und wartet. Endlich baut sich das Bild auf und ich sehe einen jungen Chinesen, der sich mir gegenüber niederlässt. Er wirft einen Blick in das Buch in seinem Schoß, dann schaut er auf. In Wirklichkeit ist das bereits siebeneinhalb Minuten her. Im Moment empfängt er, was ich ihm zu sagen hatte, und sieht mir dabei zu.

»Ich heiße Zhang«, sagt er, »und studiere im zweiten Jahr Systemtechnologie hier in Nanjing. Genau genommen bin ich im dritten oder vierten Studienjahr, denn ich habe früher bereits ein Zwei-Jahres-Zertifikat erworben. Ich bin Ihr Tutor. Meine C-Mail-Nummer lautet NJDX167, meine persönliche Durchwahl 7994. Erzählen Sie mir zunächst, was Sie bereits durchgenommen haben. Vielleicht haben Sie dazu auch Fragen. Ich lasse Ihre Fragen neu einspielen, wenn meine Antworten bei Ihnen eintreffen, denn im Kontext wird die Sache wahrscheinlich verständlicher. Um die Wartezeit zu überbrücken, werde ich vorweg auf allgemeine Fragen eingehen, die immer wieder gestellt werden.« Auf dem Bildschirm läuft die Zeit mit, er spricht ungefähr drei Minuten. Danach schaut er in sein Buch und macht sich Notizen.

Seine Lippen bewegen sich synchron mit seiner Stimme. Er spricht also Englisch, und zwar sehr gut. Ich frage mich, wie jemand erst Englisch und dann Systemtechnologie studieren kann? Wieso ist ausgerechnet er mein Tutor? Müssen alle Studenten einen Tutorenjob übernehmen? Ich habe das Gefühl, dass ich ihn anstarre. Wird es so aussehen, als würde ich ihn anstarren, wenn er die Übertragung in siebeneinhalb Minuten sieht?

Ich erkläre mich mit seiner Vorgehensweise einverstanden. Wenig später höre ich die Fragen, die ich vor einer Viertelstunde gestellt habe. Er schaut auf den Schirm, dann wieder in sein Buch. Er trägt die Haare lang. Ist das in China so Mode? Er nickt. »Schlagen Sie Seite, hmm, sechsundzwanzig auf«, sagt er. Also kann ich ihm während eines Tutorats vier Fragen stellen. Nun, vielleicht kann ich demnächst etwas vorarbeiten und ihm dann einen ganzen Katalog von Fragen schicken.

Er erläutert mir das Prinzip der Empfindlichkeitsmuster, das meiste weiß ich schon, dann stellt er eine Aufgabe und löst sie Schritt für Schritt. Ich bitte ihn, mir sämtliche Dateien zu kopieren, die er für brauchbar hält.

»Okay«, sagt er, »legen Sie mir bitte in der nächsten Stunde eine Liste der Fachbücher vor, die Ihnen zur Verfügung stehen, zum Beispiel Qias, hmm ...« Er hält einen Augenblick inne, wahrscheinlich übersetzt er den Titel aus dem Chinesischen. »*Handbuch aller Systemtypen*.«

Die Stunde ist vorbei.

Ich schalte den Bildschirm aus. Das ganze Arrangement scheint mir alles andere als viel versprechend. Die Kommune zahlt erhebliche Gebühren für eine Stunde Übertragungszeit. Mit den Unterrichtsaufzeichnungen ist das etwas anderes, die entsprechende Übertragung dauert nur Sekunden. Ich weiß, dass mit dem Funksignal jede Menge Informationen gleichzeitig übertragen und nach dem Empfang getrennt werden, trotzdem scheint es mir die Gebühren nicht wert.

Der ganze Kurs scheint die Gebühren nicht wert zu sein, auch wenn die Übertragung der Aufzeichnung fast nichts kostet. Er ist zu theoretisch, zu wenig praxisorientiert. Mir ist nicht klar, wie er mir helfen soll, mit den hiesigen Problemen besser fertig zu werden. Unser System ist völlig überfordert, die Geräte werden entsprechend unseren Ansprüchen umgebaut, obwohl sie dafür nicht gedacht sind, wir verfügen kaum über Ersatzteile. Das Problem liegt beim Rohmaterial, wir haben einfach zu wenig Hardware.

Theresa kommt ins Wohnzimmer und lässt ihre Schultasche auf den Boden fallen. Martine bereitet das Abendbrot vor und fragt mich, wie das Tutorat gelaufen ist. Ich schildere ihr meine Bedenken und schaue zu, wie sie in der Küche hantiert. Sie ist eine große Frau, ein Fingerbreit größer als ich, kräftig gebaut. Nicht hübsch. Ihrer Haltung sieht man immer noch an, dass sie Offizierin bei der Armee war. Im Geiste gehe ich durch, was ich heute geleistet habe. Vormittags habe ich die Ställe ausgemistet und dann den Abfallverwerter und den Destillator laufen lassen. Am Nachmittag habe versucht, abstrakte Probleme der Systemtechnologie zu lösen. Martine hat natürlich den ganzen Tag gearbeitet. Auch ich hätte noch so viel zu tun. Ich müsste raus in den Hof, im Garten nach dem Rechten sehen und mich, wie versprochen, um den CO_2-Wert kümmern.

Sie räumt den Tisch ab. »Jetzt könnt ihr beiden zusammen Hausaufgaben machen«, sagt sie.

»Du hast Hausaufgaben auf?«, fragt Theresa.

»Und wie«, sage ich.

Theresa kichert.

Am Donnerstagmorgen prüfe ich als erstes den CO_2-Wert im neuen Stall. Eskimo, der alte Bock, stemmt die gespreizten Vorderläufe in den Boden und senkt drohend den Kopf, doch die Ziegen umringen mich freudig. Theresa hat die Tiere verwöhnt, sie betteln alle. Sie hat sie bereits gefüttert, bevor sie zur Schule geht, das gehört zu ihren Aufgaben. Ich reiße das Lackmus-Päckchen auf und klebe den Indikatorstreifen an die Wand. Dann schaufle ich Dung in den Abfallverwerter. Martine legt Wert darauf, dass der Hof genauso sauber ist wie das Haus. Damit hat sie wahrscheinlich Recht, aber die Ziegen sind nicht sehr kooperativ.

Der CO_2-Wert liegt über der Norm. Noch nicht in für Mensch oder Tier bedrohlichem Umfang, aber ungewöhnlich ist es schon. Ich gehe in den alten Ziegenstall, reiße ein zweites Päckchen auf und klebe es an die Wand. Lilith folgt mir auf Schritt und Tritt. Sie ist trächtig und sehr anhänglich. Meine Lieblingsziege. Ich glaube, Martine ist eifersüchtig, kürzlich hat sie gesagt, Lilith sei ein leichtes Mädchen. Den Vorwurf kann man Martine gewiss nicht machen. Ich streichle Lilith, scheuche sie fort und miste aus.

Auch im alten Ziegenstall ist der CO_2-Gehalt zu hoch.

Ich klebe einen Teststreifen in den Garten, und seltsamerweise ist hier ungewöhnlich viel Sauerstoff in der Luft. Natürlich produzieren die Pflanzen Sauerstoff, aber das System schöpft diesen Überschuss normalerweise ab. Als Martine sagte, dass es Probleme im neuen Stall gibt, dachte ich sofort an ein Leck, denn sogar ein winziges Leck kann die Regulation stören. Aber in beiden Ziegenställen und im Garten?

Die Regulatoren sind einfache Messgeräte, bessere Thermostate, es ist äußerst unwahrscheinlich, dass alle drei gleichzeitig ausfallen. Ich klebe einen Teststreifen in die Küche.

»Warum das?«, fragt Martine.

»Alle drei Regulatoren zeigen abweichende Werte«, sage ich.

»Liegt es am Programm?«, fragt sie.

»Bisher hat es funktioniert«, sage ich möglichst gelassen. Um den neuen Stall einrichten zu können, musste ich das Betriebssystem umprogrammieren. Ich kümmere mich um die technischen Dinge, das ist mein Bereich. Martine spricht mit den Ziegen.

Sie mustert mich mit kritischem Blick. »Nun, liegt es etwa am System?«

»Ich weiß es nicht«, sage ich. »Ich weiß nicht, woran es liegt.« Wenn es am System liegt, müssen wir bei der Kommune Ersatz beantragen. Zusätzliche Schulden. Falls überhaupt Ersatz zu kriegen ist. Wenn nicht, müssen wir eine Bestellung aufgeben und abwarten. Zwei Jahre mindestens, denn zur Zeit entfernen wir uns von der Erde. Zwei Jahre ohne System würde diese Pacht nicht überstehen. Wir müssten es schließen und in zwei Jahren neu anfangen. Nach fünf Minuten ziehe ich den Teststreifen von der Wand und werfe ihn in die Papiertonne.

Martine hat die Arme vor der Brust verschränkt und wartet.

»Wie im Garten, zu viel Sauerstoff. Vielleicht bringt ein Leck alles durcheinander.«

Sie öffnet eine Schublade und holt eine Kerze heraus. Ich schalte die Lüftung im neuen Stall aus und gemeinsam machen wir uns auf die Suche. Martine hat einen Riecher für undichte Stellen, aber sogar ein Neuling wie ich hat nach ein paar Stunden kapiert, dass wir nichts finden werden. Verbindungsstellen und Schweißnähte sind allesamt in Ordnung, die Dichtungen schlagen nirgends Blasen. Ich schalte die Lüftung wieder ein und die im alten Stall aus. Danach suche ich den Garten ab. Die Katze schläft hoch oben auf einer der Rohrleitungen, immerhin wissen wir jetzt, wohin sie sich immer verzieht, aber keine Spur von einem Leck.

Martine kommt in den Garten heraus. »Irgendwas gefunden?«, fragt sie.

»Nein«, sage ich. »Hier scheint alles in Ordnung. Ich nehme mir jetzt das Programm vor und starte einen Diagnosecheck.«

»Was glaubst du? Steckt der Fehler im Programm oder im System?«

Ich zucke mit den Schultern, ich weiß es nicht.

»Alexi«, fährt sie mich an. »Wir werden damit fertig, egal, was es ist.«

Martine und ihr eiserner Wille. Manchmal ist ein eiserner Wille nicht genug.

Ich gehe ins Haus, klinke mich ins System ein und lasse ein paar Tests laufen. Als ich mich wieder ausklinke, steht Martine neben mir. Ich hocke neben den Armaturen auf dem Boden und muss zu ihr aufschauen. Sie sieht mich mit ihrem typischen, durchdringenden Martine-Blick an. Wer sie nicht kennt, könnte sich durch diesen Blick beleidigt fühlen.

»Es dauert eine Weile«, sage ich. »Die Tests laufen noch.«

»Ich bin nur gekommen, um dich ans Mittagessen zu erinnern.« Sie legt mir die Hand auf die Schulter. Ich lege meine Hand darauf. Dass sie mich berührt, ist ungewöhnlich. Ich weiß nicht, will sie mich damit trösten oder auf den Ernst der Lage hinweisen?

Wir essen zu Mittag. Anschließend gehe ich in den Garten,

um die Filter zu reinigen. Martine kommt und öffnet das Oberlicht. Draußen weht ein leichter Wind. Der Himmel ist kobaltblau, unnatürlich intensiv in seiner Farbe. Sand streicht leise über das Dachfenster. Wir arbeiten durch bis zum frühen Nachmittag. Martines Bienen summen, sie arbeiten mit uns zusammen. Wir sind auf dem ganzen Berg das einzige Pachtgut mit Fliegengittertüren, doch ich mag die Bienen. Auch die Fliegengittertüren gefallen mir, sie sind so normal, wie zu Hause auf der Erde.

Um halb vier knallt die Tür zwischen Haus und Garten. Theresa und Linda kommen herein.

»Hallo, Herzchen«, begrüße ich sie, bemerke meinen Fehler jedoch zu spät. Sie wirft mir einen strafenden Blick zu. Es gehört sich nicht, eine Achtjährige im Beisein ihrer Freundin so zu nennen.

»Hallo, Genosse Alexi«, sagt Linda höflich. »Hallo, Genossin Martine.«

»Paps, können wir Limonade haben?«

Martine nickt mir zu. »Na gut. Geht nicht ans System. Gerade läuft eine Diagnose.«

»Okay.«

Linda kommt seit fast einem Jahr regelmäßig auf Besuch und inzwischen ist sie Theresas »beste Freundin«. Am Anfang dachte ich, dass sich das Mädchen hauptsächlich vom Fruchtsaft im Kühlschrank anlocken lässt, aber die Wahrheit ist wohl, dass es hier einfach nicht viele Kinder gibt. In Jerusalem Ridge leben weniger als fünfzehnhundert Menschen.

Um vier gehe ich wieder ins Haus. Ich höre die Mädchen in Theresas Zimmer plappern – auch wenn ich sie nicht verstehen kann. Ich klinke mich ins System ein. Die Diagnose meldet einen Fehler. Vielleicht ist mit einer kleinen Programmänderung tatsächlich alles getan. Wenn es nur daran liegt, brauche ich mir keine Sorgen zu machen.

Martine muss auf eine Ratssitzung, also wärme ich zum Abendessen Suppe und ein paar Brötchen auf. Lindas Mutter kommt kurz vor fünf mit ihrem Gleiter vorbei. Die Mädchen haben bereits Ausschau gehalten und laufen zur Rampe.

Alles ist so normal, so vertraut und familiär. Aber was, wenn sich das Problem nicht durch Programmierung lösen lässt? Wenn das System kaputt ist?

Martine zieht ihre Ratstracht an, Bluse und Hose. Wir essen zu Abend und Theresa erzählt, dass sie einen Aufsatz schreiben muss, über einen Führer der Zweiten Amerikanischen Revolution. Nach dem Essen schicke ich sie zum Ziegenfüttern in den Stall. Das gehört zu ihren Pflichten, trotzdem muss ich sie jedes Mal daran erinnern. Martine sagt, wenn ich sie ständig daran erinnere, wird sie nie lernen, selbständig zu denken. Ich erinnere Martine daran, dass das Mädchen erst acht Jahre alt ist.

Martine nimmt unseren Gleiter. Sie bricht früh auf, um noch ein paar Dinge mit Aron Fahey abzusprechen. Theresa und ich setzen uns an den Küchentisch und machen unsere Hausaufgaben.

Sie kann sich nicht entscheiden, über welchen Revolutionshelden sie nun schreiben soll, über Zhou Xiezhi oder über Christopher Brin. »Kann ich jetzt ans System?«

»Immer ran«, sage ich. Sie ruft ein Verzeichnis auf und ich helfe ihr bei der Auswahl der Quellen. Theresa kann für ihr Alter ausgezeichnet lesen. In Mathematik dagegen hat sie Schwierigkeiten, aber die Lehrerin meint, dass sie den Anschluss bald geschafft haben wird. Sie liest mir die Geschichte von Zhou Xiezhi vor:

Zhou Xiezhi war der Sohn eines Arztes. Als Junge hielt er sich täglich auf der Farm seiner Großmutter auf. Seine Großmutter hatte viele Tiere, darunter auch ein großes, rosafarbenes Schwein. Zhou Xiezhi liebte das Schwein und unterhielt sich täglich mit ihm, gab ihm Äpfel zu fressen und nannte es »Alter Mann«. Sooft das Schwein fröhlich zu grunzen anfing – grunz grunz grunz –, musste Zhou Xiezhi herzhaft lachen.

Am Neujahrstag lud die Familie zu einem großen Mahl ein. Es gab Huhn und Rindfleisch und natürlich Fisch, denn das chinesische Wort für Fisch klingt fast so wie das Wort, das »mehr essen« bedeutet. Außerdem standen Klöße und Schweinerippchen auf dem Tisch. Zhou Xiezhi lief hinaus, um dem rosafarbenen Schwein ein glückliches neues Jahr zu wünschen.

Aber das Schwein war verschwunden. Wo steckte es bloß? Die Großmutter erklärte ihm: »Das Schwein war Teil des Neujahrsmahls.«

Zhou Xiezhi weinte und weinte. Er aß sein Leben lang kein Fleisch mehr.

Ich erinnere mich an die Geschichte von Zhou Xiezhi mit dem weichen Herzen, natürlich haben auch wir sie als Kind in der Grundschule gelesen. Zu meiner großen Enttäuschung musste ich später erfahren, dass jener berühmte Vegetarier aus China, der als Anführer der Sowjetischen Revolution nach Amerika kam, kaltblütig den Befehl gab, jeden dritten Kriegsgefangenen zu töten, bis sich die kapitalistischen Verteidiger von Gatlinburg ergaben.

Verstehen Sie mich nicht falsch, der Tod von rund sechzig Gefangenen hat letztlich Tausenden von kapitalistischen Soldaten das Leben gerettet, die sonst bei der Eroberung von Gatlinburg gefallen wären. Aber dass dieser Mann fähig war, ein Leben gegen das andere aufzuwiegen, erstaunt mich noch heute, zumal seine Tagebucheintragungen von großen Zweifeln zeugen.

Theresa schreibt ihren Aufsatz über Zhou Xiezhi, das strategische Genie aus China, das seine Heimat verließ, um die amerikanische Volksarmee zu gründen und als Märtyrer der Amerikanischen Revolution zu sterben. Ich helfe Theresa, die historischen Daten chronologisch zu ordnen. Um halb acht schaut sie noch eine halbe Stunde Vid, dann geht sie ins Bad. Um halb neun liegt sie im Bett. Sie darf noch bis acht Uhr sechzig lesen und macht dann das Licht aus.

Ich blättere in meinem Handbuch und suche nach Hinweisen, die mir helfen könnten, den Systemfehler zu beheben. Martine kommt nach Hause und geht ins Bett, während ich weiter über meinem Problem brüte. Kurz nach elf gebe ich auf. Um Martine nicht zu stören, schlafe ich im dritten Schlafzimmer, wo ich auch geschlafen habe, als wir frisch verheiratet waren. Am Morgen ist das Bett durchwühlt, ich muss sehr unruhig geschlafen haben.

Ich habe Ihre Fragen und die Literaturliste erhalten«, sagt mein Tutor. »Lassen Sie mich wissen, ob Sie meine Liste empfangen haben.« Er sieht mich an, oder zumindest den Bildschirm. Er hat einen seltsamen Blick. »Danke für Ihr Kompliment über mein Englisch, aber ich stamme aus Brooklyn.«

Aus Brooklyn? New York?

Er räuspert sich und beginnt mit der Beantwortung meiner Fragen. Einige Fragen sind schnell abgehakt, bei anderen lässt er sich mehr Zeit. Die siebeneinhalbminütige Verzögerung frustriert mich zunehmend.

»Genosse Zhang«, sage ich, als drei Viertel der Stunde um sind. »Ich habe eine Frage, die nicht direkt mit dem Unterrichtsstoff zusammenhängt. Als Techniker stehe ich vor dem Problem, Systeme für Aufgabenbereiche umzurüsten, für die sie nicht ausgelegt sind und die sie bis an ihre Kapazitätsgrenzen auslasten. Wenn Sie mir helfen könnten, die entsprechenden Kapazitäten zu erweitern, wäre ich Ihnen äußerst dankbar.«

Er sucht im Textbuch nach einem Fallbeispiel. »Schlagen Sie Seite siebenundsechzig auf.« Er liest ein Weile still vor sich hin, blickt dann auf den Schirm und entschuldigt sich lächelnd. »Hören Sie zu.« Er erklärt mitunter zu viel und ich kann ihm nicht sagen, was mir davon bereits bekannt ist.

Fünfzehn Minuten später höre ich die Wiederholung meiner Frage. »Ah«, sagt er, »aus dem Stegreif fällt mir dazu nichts ein, aber ich werde mich darum kümmern.«

Ende des Tutorats. Aus Brooklyn. Amerikaner vermutlich, es sei denn, es gibt in Australien, England oder sonst wo ebenfalls einen Ort namens Brooklyn. Allerdings klingt er wie ein Amerikaner.

Er muss ein verdammt kluger Hurensohn sein.

Wir beziehen unseren Sauerstoff aus der Marsatmosphäre, und der Großteil unserer Energie stammt von der Sonne. New Arizona verwendet Atomenergie, aber darauf brauchen wir eigentlich nicht zurückzugreifen, da uns große brachliegende Flächen zur Verfügung stehen. Bevor ich mich daranmache, das Programm umzuschreiben, will ich zunächst die Sonnenkollektoren und CO_2-Tanks überprüfen. Von der ultravioletten Strahlung wird ein Teil des CO_2 absorbiert, aber nicht genug. Den Rest besorgen Algenkulturen. Manchmal geht ein Tank zu Bruch und die Algen werden freigesetzt. Das hat einen Aufschrei aus New Arizona zur Folge, wir würden das ökologische Gleichgewicht auf dem Mars schädigen. Dabei kann auf diesem Planeten von einem solchen Gleichgewicht kaum die Rede sein. Es gibt ein paar heimische Pseudoalgen und Flechtengewächse an den Polen, außerdem werden unsere Algen sowieso über kurz oder lang von der Strahlung vernichtet. Trotzdem sehe ich alle sechs Monate nach den Tanks. Die Sandstürme sind für alles eine große Belastung.

In der Decke des Tunnels, der das Haus mit dem Garten verbindet, ist eine Luftschleuse eingebaut. Sie ist winzig, gerade groß genug, um gebückt hindurchzugehen. Ich muss mal wieder ins Depot der Kommune, um mir einen Klimaanzug auszuleihen. Weil wir ihn nur selten brauchen, haben wir uns keinen eigenen zugelegt. Ein KA lässt sich nicht zusammenfalten und darum nur mit großem Aufwand auf dem Gleiter transportieren. Bei der Armee würden sie Zustände kriegen, wenn sie unsere Ausrüstung sähen, die nur ansatzweise den Sicherheitsstandards entspricht. Die Gelenkverbindungen bestehen aus uralten Dichtungen, und im Grunde taugt das ganze Ding nichts. Zu Hause angekommen, pumpe ich den Anzug voll Luft und stelle ihn für eine Stunde in den Garten. Offensichtlich verliert er kaum Luft, damit werde ich leben können.

Mintessa, die Katze, ist neugierig und verstört zugleich. Sie streicht durch den Garten, während ich mich an dem Anzug zu schaffen mache. Ich bringe ihn auf Hochglanz. Als ich mir das letzte Mal einen Anzug geliehen habe, war das Heizmodul sehr effizient und hätte mich fast gegrillt. Außerdem roch er nach sämtlichen armen Seelen, die jemals darin geschwitzt haben. Mintessa verzieht sich fauchend, als ich mit einem Stiefel in der Hand auf sie zugehe. Vielleicht hat Geoff Kern zuletzt darin gesteckt, der drei Hunde hat. Oder vielleicht stört sie sich an der hochgradig reflektierenden Oberfläche.

Der Anzug stinkt nach Desinfektionsmittel. Ich stehe im Garten und führe der argwöhnische Katze meine Unterwäsche vor. Dann klettere ich in das Ding, streife Stiefel, Helm und Handschuhe über und versiegele die Dichtungen. Immerhin scheint der Innendruck konstant zu bleiben. Der Rucksack passt sich nur ansatzweise einem Rücken an, und die flache, nach unten hin gegabelte Batterie drückt mir auf die Nieren, wenn ich aufrecht stehe.

Ich stelle die Leiter unter die Luftschleuse und ziehe mich nach oben. Was auf der Erde kaum möglich wäre, ist hier der geringen Schwerkraft wegen ein Kinderspiel, und so gehe ich in der Schleuse in die Hocke und schließe die Luke. Hoffentlich stellt Martine die Leiter nicht weg – sie weiß, dass ich hier zugange bin, sie würde die Leiter nie wegstellen, ich bin nur mal wieder paranoid.

Die kleine Luftschleuse ist mit einer Pumpe ausgerüstet, die sich mächtig anstrengt, um die Luft abzusaugen. Sie schafft es nicht ganz, ein Vakuum zu erzeugen, aber es wäre wirklich schade, die wertvolle Atemluft ganz zu verlieren. Dann zischt die Marsatmosphäre herein, ich kurble die äußere Luke auf und stemme mich gegen den Wind. Meine Gesichtsmaske polarisiert das Licht. Ich kann mich nicht erinnern, welche Jahreszeit wir haben, und blinzle zum Himmel empor, der – von der Maske gefiltert – fast schwarz aussieht. Steht die Sonne im Norden? Natürlich, wir befinden uns ziemlich weit unten in der südlichen Hemisphäre, da sollte die Sonne wirklich im Norden stehen. Auf dem gewölbten Oberlicht blinkt helles Sonnenlicht. Hinter mir erhebt sich der Berg. Der Rest unserer Siedlung liegt auf der anderen Seite. Das rostrote Gelände vor mir ist übersät mit schwarzen Felsbrocken.

Ich habe mir die Marslandschaft immer als Wüste vorgestellt, wie zu Hause. Aber abgesehen von der Trockenheit trifft das nicht zu. Zum einen ist die Farbe des Bodens ganz anders, und zum anderen sorgt auf dem Mars nur der Wind für Erosion. Außerdem gibt es hier sehr viel mehr Gestein an der Oberfläche. Nur an den Polen gleicht der Boden der fest gebackenen Erdkruste meiner Heimat, doch sind die einzelnen Schollen kleiner und haben deutlich größere Rissen – Risse, in die man hineintreten kann. Hier auf dem Mars wirkt alles übertrieben und vereinfacht. Jedes Schulkind kennt Fotos vom Mons Olympus, der auf der ganzen Erde nicht seinesgleichen hat. Sein Krater misst neunzig Kilometer im Durchmesser.

Ab und zu gehe ich trotzdem gern ins Freie. Es gibt keine besonders schöne Aussicht, keine Perspektive, man hat fast das Gefühl, überhaupt nicht draußen zu sein. Meistens denke ich gar nicht darüber nach, aber wenn ich draußen in der Sonne bin, recke ich mich jedes Mal. Leider stößt mir dann die Batterie des KA in die Lenden, aber es tut trotzdem gut.

Auf dem Mars zu gehen ist nicht leicht. Ich habe versucht, einen befestigten Pfad bis zum Tank anzulegen, doch die Steine wackeln unter den Füßen und ich muss jeden Schritt behutsam setzen und die Arme ausstrecken, um die Balance zu halten.

Die Filter am Tank sind voller Sand, doch dafür sind sie ausgelegt. Ich klopfe sie aus, aber der nächste Sandsturm wird sie wieder verstopfen. Der große, schwarze Sauerstofftank scheint in Ordnung zu sein. Ich nehme das Gehäuse ab. Meine Finger sind kalt. Typisch, im letzten Anzug habe ich geschwitzt, in diesem friere ich. Die Armaturen befinden sich natürlich auf der dem Wind zugewandten Seite. Ich drehe den Rücken in den Wind, damit mich der Rucksack etwas warm hält. Dafür friere ich an den Beinen umso mehr. Auf den ersten Blick sieht alles gut aus, die antiquierten LEDs zeigen Messwerte, die durchaus innerhalb der Norm liegen. Ich habe keine Möglichkeit, mich hier draußen ins

System einzuklinken, dem Anzug fehlt die nötige Steckverbindung.

Ich gehe vorsichtig zur Luftschleuse zurück, bücke mich und ziehe die Luke hinter mir zu. Ich spüre die Gänsehaut auf meinen Armen und Beinen, während die Pumpe versucht, möglichst viel CO_2 abzusaugen.

Die Leiter steht immer noch da. Ich hangle mich zu ihr hinunter.

Martine steht mit zwei Stiegen voller Setzlinge an der Gittertür. Eigentlich wollte sie am Bienenhaus weiterarbeiten, entweder ist sie schon fertig oder sie legt gerade eine Pause ein. Sie wartet, bis ich den Helm aufgeklappt habe.

»Wie geht es dem Tank?«

»Gut«, sage ich. »Ich habe die Filter gereinigt. An diesem Ding funktioniert die Heizung nicht.«

»Lange warst du ja nicht draußen.« Sie stellt die Stiegen ab.

»Hast du Min gesehen?«, frage ich.

»Die Katze? Sie liegt oben auf den Rohren und schmollt.«

»Sie kann den Anzug auch nicht leiden«, sage ich.

Schwätzer. Ich habe nicht erwartet, dass da draußen etwas nicht stimmt. Vielleicht liegt es doch nicht am System. Vielleicht steckt der Fehler im Programm.

»Nimmst du dir heute Nachmittag das Programm vor?«, fragt Martine.

»Nicht heute Nachmittag«, antworte ich. »Ich bastle schon seit Tagen daran herum, ich muss mich mal wieder um ein paar andere Sachen kümmern.« Ich schaue Martine nicht an. Martine geht den Dingen auf den Grund, und wenn es die ganze Nacht dauert, dauert es eben die ganze Nacht. Aber ich bin nicht Martine.

Das Bett ist zu warm, ich finde keine Ruhe. Ich weiß, dass Martine wegen mir nicht schlafen kann, ich sollte lieber im anderen Zimmer schlafen. Ich bin nicht ganz wach und kann auch nicht einschlafen, aber wenn ich jetzt aufstehe, wird sie wissen wollen, was los ist. Ich weiß nicht, ob sie gerne mit mir schläft oder nicht. Ich *glaube*, dass unser Liebesleben ganz in Ordnung ist, zumindest hat sie sich weder in die eine noch in die andere Richtung geäußert. Das muss sie natürlich auch nicht. Ich meine, der Akt an sich scheint sie so weit zu befriedigen, und obwohl sie einmal gesagt hat, dass sie sich daran gewöhnt hatte, alleine zu schlafen, habe ich das Gefühl, dass es ihr lieber ist, jemanden bei sich im Bett zu haben. Ich habe versucht, ihr das Gefühl zu geben, dass es eine gute Idee war, mich zu heiraten, dass es ihr genauso viel bringt wie mir. Ich bin dankbar, nicht zuletzt wegen Theresa.

Manchmal kommt mir diese Ehe wie eine Bürde vor. Es gab Zeiten, da habe ich mich durch meine erste Ehe eingeengt gefühlt, durch Geri und die Vaterpflichten, das ist wohl normal so, und ich bin sicher, dass sich auch Martine gelegentlich fragt, warum sie uns bei sich aufgenommen hat. Aber ich muss glauben, dass diese Ehe das ist, was Martine will.

Der Wecker reißt mich aus dem Schlaf. Einen Moment lang denke ich, es kann doch nicht schon Morgen sein. 2:18 blinkt die Uhr in blau leuchtenden Ziffern, und dann wird mir bewusst, dass es Martines Wecker ist, der anzeigt, dass irgendwo die Zusammensetzung der Luft nicht stimmt. Ein Leck. Davon gibt es manchmal drei im Monat, dann wieder bleiben wir drei Monate lang verschont.

Ich höre, wie sie aus dem Bett steigt, durchs Zimmer geht und dann ins Wohnzimmer verschwindet. Bevor sie nicht weg ist, werde ich nicht wieder einschlafen können, und ich werde nicht ruhig schlafen, ehe sie nicht zurück ist. Heute Nacht bedeutet das wahrscheinlich, dass ich kaum Schlaf finden werde, denn normalerweise ist sie ein paar Stunden unterwegs.

Ich höre ihre Schritte, im Wohnzimmer brennt Licht. Ich möchte mich davor verstecken und vergrabe das Gesicht in der Armbeuge. »Alexi?«, sagt sie.

»Hmmm?«

»Der Alarm kommt aus den Ställen.«

»Was?«

»Der Alarm.« Sie flüstert zwar nicht, spricht aber leise. »Er kommt aus den Ziegenställen, dort stimmt die Zusammensetzung der Luft nicht. Im neuen Stall ist es besonders schlimm, im alten nicht ganz so.«

Ich steige aus dem Bett, schnappe mir meine Hose und überprüfe das System.

Das System zeigt an, dass der CO_2-Gehalt im alten Stall zu hoch ist, also klinke ich mich ein, um den Sauerstoffgehalt zu erhöhen, doch das System sperrt sich gegen jeden Eingriff. Die Relais sind wie festgefroren.

Ich klinke mich aus, lösche die Eingabe und klinke mich wieder ein. Ich spüre die Anspannung, ein Zeichen dafür, dass ich Zugriff auf den Regulator habe. Aber er lässt sich einfach nicht steuern. Ich weiß, wir sind in der Klemme. Es liegt nicht am Programm, es ist ein Fehler im System.

Martine wartet. »Das System ist abgestürzt«, sage ich. »Es reguliert weder das Haus noch die Ställe.« Ich schalte es aus und werfe das kleine, manuell steuerbare Notaggregat an, klinke mich ein und mache in der Küche und den Ställen Licht. »Ich weiß nicht, wie hoch der CO_2-Gehalt da draußen ist, ich weiß nicht, ob das System überhaupt richtig gemessen hat.«

»Ich sehe nach«, sagt Martine.

»Kleb auch einen Streifen in die Küche.« Mit dem Notaggregat sauge ich CO_2 aus den Ställen ab, aber das kann Stunden dauern. Ich überprüfe die Temperatur im Haus. Sie ist etwas zu niedrig.

Der Sauerstoffgehalt in der Küche liegt ein wenig über normal. Seltsam, denke ich, wie kommt es zu diesem Gefälle zwischen Haus und Ställen? Martine ruft von draußen.

»Alexi, hier gibt es zu viel Kohlendioxyd, die Ziegen sind schon ganz groggy.«

»Hier drin ist alles in Ordnung, wie sieht es im Garten aus?«

»Alles okay.« Martine runzelt die Stirn. »Aber ich kann die Ziegen nicht in den Garten treiben.«

Das würde ihnen Spaß machen, und wir würden nie wieder eine Erdbeere zu sehen bekommen. »Dann hol sie in die Küche«, sage ich.

Martine schaut mich an, als hätte ich den Verstand verloren. »Neunzehn Ziegen in unserer Küche?«

»Was willst du sonst mit ihnen machen? Es wird mindestens zwei Stunden dauern, bis die Luft in den Ställen wieder in Ordnung ist.«

Ich verschiebe Möbel, um den Durchgang zum Wohnzimmer zu verbarrikadieren.

»Was machst du da?«, fragt Theresa. Sie steht in ihrem weißen Nachthemd im Flur, die Haare zerzaust und das Kinn auf die Hand gestützt, wie sie es als Kind immer getan hat.

»In den Ställen stimmt die Zusammensetzung der Luft nicht«, sage ich. »Wir müssen die Ziegen in die Küche holen. Kannst du dir Schuhe anziehen und draußen mithelfen? Vielleicht die Türen aufhalten?«

Martine kommt herein, eine Ziege unter jedem Arm. Als sie die Tiere auf dem Boden absetzt, strecken sie alle viere von sich, und Carlotta – glaube ich zumindest – knickt in den Knien ein. Die Ziegen senken die Brauen über ihre geschlitzten Pupillen. Ich steige über die Möbel und folge Martine nach draußen in den neuen Stall. Die Luft riecht verbraucht. Oder liegt es nur daran, dass ich weiß, was los ist? Die Ziegen liegen am Boden und rühren sich nicht, als wir hereinkommen. Ein merkwürdiger Anblick, all diese reglosen Ziegen, weiß, schwarzweiß, bärtig. Ich greife mir eine Ziege und Einstein, dem es trotz seiner Benommenheit gelingt, mir mit dem Kopf einen heftigen Stoß gegen das Kinn zu versetzen. Als ich mit der zweiten Fracht in die Küche komme, steht er im Türrahmen und droht mir mit gesenktem Kopf.

»Theresa?«, rufe ich. Sie klettert über die Barrikade. »Pass auf Einstein auf, Kleines.«

Sie zieht den Bock von der Tür weg und setzt sich mit ihm auf den Boden. Martine und ich schleppen Ziegen. Sie sind nicht schwer, nur schlecht zu tragen. Martine kommt viel besser mit ihnen klar. Wenn ich sie hochnehme, wehren sie sich meistens.

Als ich mit der vierten Armladung durch den Garten laufe,

höre ich Hufgetrappel in der Küche. Carlotta steht wieder auf den Beinen. »Na, immerhin bekommen sie keinen Gehirnschaden«, sagt Martine und holt sich noch zwei Ziegen.

»Würdest du den Unterschied überhaupt bemerken?«, frage ich.

Neunzehn Ziegen drängen sich in der Küche. Leider erholen sie sich sehr schnell und trampeln umher.

»Glaubst du, dass wir sie zum Melken wieder in die Ställe zurücktreiben können?«, fragt Martine.

»Ja«, sage ich. »In ein paar Stunden ist alles wieder in Ordnung. Geht ins Bett, ihr beiden. Ich passe auf die Ziegen auf.«

»Komm, Theresa«, sagt Martine.

»Muss ich morgen in die Schule?«

»Warum nicht?«, frage ich.

»Deswegen!«, antwortet sie verzweifelt. »Ich werde nicht richtig ausgeschlafen sein.«

»Das Leben ist hart«, bemerke ich. »Geh ins Bett und schlaf dich aus.«

»Aber ich würde lieber helfen«, sagt sie.

»Es gibt nichts mehr zu tun. Geh jetzt.«

Schmollend sagt sie uns gute Nacht und klettert über die Möbel. Ich setze mich auf die Anrichte.

»Dad!«, höre ich sie rufen.

»Was ist?«

»Meine Lampe geht nicht an.«

Ich höre Martine antworten: »Du brauchst keine Lampe zum Schlafen.«

»Schlaf jetzt endlich!«, rufe ich, streng genug, wie ich hoffe. Die Lampen hängen am System – wie alles andere auch. Das erinnert mich daran, die Sauerstoffzufuhr der Küche zu erhöhen. Neunzehn Ziegen verbrauchen eine Menge Luft. Ich steige – zugegebenermaßen recht unbeholfen – über meine Möbelbarrikade. Im Flur kommt mir Martine entgegen. »Ich will die Sauerstoffzufuhr im Haus erhöhen«, sage ich. »Leg dich wieder schlafen.«

»Ich kann jetzt nicht schlafen«, sagt sie.

»Dann leg dich einfach etwas hin.« Im Hintergrund rumpelt und poltert etwas gegen die Barrikade und Einstein steht im Wohnzimmer.

Ich hetze hinter ihm her, durch den Flur, und zusammen mit Martine kann ich ihn schließlich im Badezimmer in die Enge treiben.

»Von ein paar Möbelstücken lässt er sich nicht aufhalten«, sagt sie. Einstein ist ein zotteliger, weißer Bock. Er sieht aus, als hätte man ihm einen Fransenteppich übergeworfen.

»Was machen wir mit ihm?«, frage ich.

Martine denkt einen Augenblick nach, dann schließt sie die Badezimmertür. »Soll er sich doch austoben«, sagt sie. »Da drin kann er nichts kaputtmachen.«

Seine Hufe klappern auf den Fliesen. Es ist dunkel im Badezimmer. Er meckert. So nervös habe ich ihn noch nie erlebt. Vielleicht trifft ihn der Schlag und er erholt sich nie wieder davon. Nicht, dass ich Einstein nicht mag, er ist nur einfach ziemlich anstrengend. Oder wie Martine sagt, er ist clever.

»Habt ihr Einstein im Badezimmer eingesperrt?«, ruft Theresa aus ihrem Zimmer.

»Ja«, antworte ich. »Musst du mal?«

»Nein.« Ich bin erleichtert.

»Schlaf jetzt, Theresa.«

Ich helfe Martine über die Barrikade und schiebe zusätzlich den Küchentisch davor. Wir waten durch Ziegen und setzen uns nebeneinander auf die Anrichte.

»Willst du dir ein Hemd überziehen?«, fragt Martine.

»Das ist mir jetzt zu viel Aufwand«, antworte ich. »Du siehst mich nicht zum ersten Mal ohne Hemd.«

Martine wirkt befangen und fährt sich mit der Hand übers Haar, berührt es kaum mit den Fingerspitzen.

»Es sieht gut aus«, sage ich.

Irritiert lässt sie die Hand in den Schoß fallen. Martine kann mit Komplimenten nicht umgehen. »Kleo!«, herrscht sie eine

Ziege an, die sich an der Barrikade zu schaffen macht. Doch Kleo hört nicht auf damit und Martine lässt sie gewähren.

Oh, ich bin müde. Und hier geht alles drunter und drüber. »Die Indikatoren gehen uns langsam aus, stimmt's?«, frage ich.

»Gut möglich«, sagt Martine. »Ich werde morgen welche holen und bei der Gelegenheit im Depot Bescheid sagen, dass unser System streikt. Kannst du es reparieren?«

»Nein«, gestehe ich.

»Das habe ich auch nicht erwartet«, seufzt sie.

»Was sollen wir tun?«

»Kannst du das Luftgemisch manuell regulieren?«, fragt sie.

Ich zucke mit den Achseln. »Mehr schlecht als recht. Ich könnte versuchen, eine Automatik einzubauen. Ob die aber für Haus, Garten und beide Ziegenställe ausreicht, weiß ich nicht.«

»Dann machen wir den neuen Stall dicht und verkaufen einen Teil der Ziegen«, sagt Martine. »Mal sehen, vielleicht kommen wir so über die Runden, bis ein neues System eintrifft.«

»Wir müssten warten, bis die nächsten Transporter eintreffen«, sage ich. Das wird über ein Jahr dauern.

»Wir könnten eins auf dem freien Markt in New Arizona besorgen«, meint Martine.

»Und wovon sollen wir das bezahlen?«

»Wir können uns etwas leihen.«

Darauf sage ich nichts.

Nach einer Weile nimmt sie meine Hand. »Alexi«, sagt sie. »Das ist nicht das Ende, wir werden das Haus nicht verlieren. Vielleicht müssen wir auf Bier und Limonade verzichten und Erdbeeren und grüne Bohnen eine Zeit lang verkaufen.«

»Es geht um sehr viel Geld«, sage ich.

»Du siehst immer nur schwarz«, antwortet sie leicht verärgert. »Wenn du meinst, das seien Schulden, hättest du mal sehen sollen, wie ich hier angefangen habe.«

»Es läuft nicht immer alles so, wie wir es uns vorstellen«, sage ich.

»Aber es läuft auch nicht immer alles schief. Und sprich nicht so leise! Weißt du, immer wenn du Kummer hast, verschwindet jegliche Betonung aus deiner Stimme.«

»Soll ich lieber schreien und toben?« Meine Stimme klingt tatsächlich merkwürdig hohl, selbst mir fällt das auf. Ich fühle mich nicht hohl.

»Wie du meinst, Alexi«, sagt sie. Nicht nur ihr Tonfall, ihre ganze Haltung verrät Enttäuschung. Wir halten uns immer noch bei der Hand, aber ich bin sicher, dass sie sich dessen nicht bewusst ist.

»Ich habe dich nicht gebeten, mich zu heiraten«, sage ich, um mich zu verteidigen.

»Scheißkerl«, sagt sie, nicht direkt zu mir, es klingt eher wie eine allgemeine Verwünschung. Ich bin bestürzt, Martine flucht sehr selten.

»Ich hätte es wissen müssen. Also gut. Wenn du dich scheiden lassen willst, dann lassen wir uns scheiden.«

Das ist der Beweis, der Beweis dafür, wie wenig es mir gelungen ist, diesem ganzen Arrangement gerecht zu werden. »Ich will keine Scheidung«, sage ich, »aber ich werde tun, was du willst.« Wir geben bestimmt ein komisches Bild ab, wie wir Hände haltend auf der Anrichte hocken und über Scheidung reden, die Füße in einem Meer von Ziegen. Kleo ist drauf und dran, die Barrikade einzureißen. »Verdammt.« Ich springe von der Anrichte, schiebe Theresa-die-Ziege beiseite und zerre Kleo von den Möbeln weg. Als ich mich umdrehe, sehe ich Martine direkt in die Augen. Ihr Blick ist so traurig, so … wie heißt das Wort, das ich suche? So resigniert. Martine hat riesige, dunkle Augen, seltsam, bis zu diesem Moment ist mir nie aufgefallen, wie groß ihre Augen in dem bleichen, schmalen Gesicht sind.

»Alexi«, sagt sie verzweifelt und fängt zu meiner großen Bestürzung an zu weinen.

Sie müssen verstehen, Martine weint nicht. Zumindest soweit ich weiß. Martine ist hart. Soldatisch. Diszipliniert. Einen Moment lang weiß ich nicht, was ich tun soll. Dann wate ich durch die Ziegen zurück zur Anrichte, klettere hinauf und lege meine Arme um sie.

»Alles wird gut«, sage ich und tröste sie mit all den Worten, die man sagt, wenn jemand weint.

»Ich bin alt, ich weiß«, schluchzt sie. »Ich weiß auch, dass es nicht fair war, dich mit meiner Pacht zu ködern. Aber ich dachte, es wird schon alles gut gehen.« Ihre kräftige, lange Nase wird rot. Wenn sie weint, sieht sie älter aus. Beileibe nicht hübscher.

»Du bist nicht alt«, sage ich.

»Ich bin vierundvierzig«, sagt sie. »Zehn Jahre älter als du –«

»Acht«, korrigiere ich sie.

»Männer ziehen jüngere Frauen vor.«

»Du bist viel zu gut für mich«, sage ich aus tiefster Überzeugung.

Darauf weint sie noch heftiger. »Ich will nicht, dass du dich unterlegen fühlst«, sagt sie. »Ich will, dass du mich gern hast!« Sie macht sich von mir los, springt in das Meer von Ziegen und schiebt Lilith beiseite, öffnet eine Schublade und holt ein Geschirrtuch heraus.

»Ich habe dich gern«, sage ich perplex. »Ich habe dich gern, ich liebe dich sogar.«

»Aber du machst dir immerzu Sorgen, dass du nicht genug arbeitest«, sagt sie. »Du wirst immer das Gefühl haben, dass das in erster Linie mein Hof ist, dass du mir etwas schuldest. Es geht immer nur um Schuld, Schuld, Schuld. Du schuldest Theresa etwas, weil ihre Mutter gestorben ist. Du schuldest mir etwas, weil ich euch aufgenommen habe. Du schuldest der Kommune etwas, weil sie unseren neuen Stall vorfinanziert hat, also machst du diesen Fernkurs, um einen Weg zu finden, dich nützlich zu machen. Kein Mensch interessiert sich dafür, ob dieser Kurs dir etwas bringt. Es geht um *Politik*, Alexi. Es macht sich gut in den Berichten für New Arizona.«

Ich bin sprachlos. Nach einer Weile sage ich: »Du tust gerade so, als wäre es ein Verbrechen, dankbar zu sein.«

»Es geht nicht um Dankbarkeit«, sagt sie. »Die Kehrseite der Dankbarkeit ist Groll. Du bist nicht mein Sklave, ich will nicht, dass du mein Sklave bist.«

»Hör auf«, sage ich. Die Ziegen meckern. Wir werden laut und Theresa wird uns noch hören. Ich packe sie am Arm. »Komm«, sage ich und ziehe sie hinter mir her in den Garten. »Du übertreibst maßlos. Ich bin nicht dein Sklave, ich fühle mich nicht als dein Sklave. Vielleicht mache ich mir Sorgen, ob ich genug arbeite. Aber ich weiß auch nie, was du denkst! Du sagst mir nie, ob du zufrieden damit bist, wie alles läuft, oder ob du nicht zufrieden damit bist. Ich weiß nicht, wie du zu mir stehst oder ob du gern meine Frau bist. Verdammt, ich weiß nicht einmal, ob du gerne mit mir schläfst!«

»Du brauchst nicht so zu schreien«, sagt Martine.

»Gerade hast du dich noch beschwert, dass ich zu leise spreche.«

Martine fängt an zu lachen. Mir kommt der Gedanke, dass sie hysterisch ist, immerhin ist es zwischen halb drei und drei Uhr morgens.

»Was ist los?«, frage ich.

»Es ist zu komisch«, sagt sie lachend.

»Was?«

»Die Küche ist voller Ziegen und wir haben unseren ersten Ehekrach.«

»Ist es unser erster?«, frage ich und versuche mich an zurückliegende Streitereien zu erinnern.

»Der erste richtige«, sagt sie.

»Wir streiten über Theresa, du sagst dauernd, ich soll sie nicht ständig daran erinnern, die Ziegen zu füttern.«

»Das ist doch kein Streit. Ich sage es, dann sagst du, sie ist doch erst acht, und das war's.« Sie grinst mich an, ihre Nase ist vom Weinen noch immer rot.

»Wenn das unser erster Ehekrach war –«, sage ich nachdenklich.

»Und wir haben sogar«, sie senkt die Stimme, »geflucht, also zählt er.«

»– dann sind wir wirklich verheiratet. Wie Leute, die nicht nur heiraten, damit einer von ihnen nicht an den Südpol geschickt wird.»

»Was normalerweise bedeuten würde, dass wir uns auf der Stelle versöhnen müssen«, bemerkt sie. »Allerdings –«

»Ja?«, frage ich.

»Die Küche ist voller Ziegen, Herr Dormov. Aber –«, ihre Stimme zittert ein wenig, »ich schlafe wirklich gern mit Ihnen.«

»Ganz meinerseits. Und ich finde nicht, dass Sie alt sind«, sage ich. »Frau Jansch.« Ich schlinge die Arme um sie und drücke sie an mich. »Was hältst du davon, wenn wir zurück in die Küche gehen, uns auf die Anrichte setzen und knutschen?«

»Solange die Ziegen nicht die Möbel anknabbern«, sagt sie.

Taoistische Ingenieurkunst

Zhang

Der Zug liegt lang und leuchtend weiß auf Gleis drei. Weiß ist im Osten die Farbe des Todes und bestattet wird früh am Morgen. Mein Atem ist weiß. Der Bahnsteig ist voller Menschen, die mit mir darauf warten, den Zug besteigen zu können. Ich habe eine Polsterplatzkarte und stehe am Ende des Bahnsteigs unter Leuten, die ebenfalls einen Polster- beziehungsweise Liegeplatz reserviert haben. Dieses Privileg ist ein reiner Glücksfall, Ingenieur Zhang auf dem Weg zur Baustelle. Eigentlich bin ich noch gar kein richtiger Ingenieur, aber die Firma, bei der ich mein Praktikum absolviere, hat die Fahrkarte für mich gelöst.

Meine Mitreisenden sind samt und sonders Geschäftsleute – Männer, die wie ich schwarze Anzüge und rote Hemden tragen, die Uniform der *bailing jieceng de*, der Weißkragen-Klasse (warum heißt es eigentlich »Weißkragen«, obwohl alle rote Hemden tragen?). Auch einige *qingderen* sind darunter, »grüne Männer«, auch wenn die Angehörigen der Armee natürlich Silbergrau und Rot tragen. Die Geschäftsleute stehen mit krummen Schultern da, die Aktentasche zwischen die Beine geklemmt, und lesen die Ausdrucke des Tages, während die Offiziere, drei an der Zahl, trotz der frühen Morgenstunde die Schultern straffen und sich leise unterhalten.

Ich suche mir ein Faxgerät, rufe die neusten Nachrichten ab und mische mich mit dem Ausdruck unter die Wartenden. Zuerst die Meldungen aus dem Ausland: Im Mittleren Westen, im amerikanischen Korridor, herrscht wieder einmal Dürre, die Bewohner der Randgebiete werden evakuiert. In diesem Zusammenhang wird gemeldet, dass der CO_2-Gehalt weltweit schon seit drei Jahren sinkt und dass, sollte dieser Trend anhalten, in fünfzig Jahren über Nordafrika, Australien, der Mitte Chinas und dem Westen Amerikas mit zunehmendem Niederschlag zu rechnen sein wird. In Paris hat ein Konstruktionsfehler zum Einsturz eines Wohnkomplexes geführt; zweiunddreißig Personen werden noch vermisst und sind vermutlich tot.

Ich blättere weiter und lese einen Artikel über eine Kommune in Hubei, die den hundertfünfzigsten Jahrestag ihrer Gründung feiert. Hundertfünfzig Jahre, das muss man sich mal vorstellen. Haitao hat keine fünfunddreißig Jahre gelebt.

Zischend gehen die Türen auf. Weiter unten am Bahnsteig fangen die Leute an zu drängeln, um noch einen Sitzplatz zu ergattern. Über uns hängen lächelnde Schaffner in der Luft und mahnen freundlich, aber bestimmt: »Bitte nicht drängeln.« Wir bei den Polsterplätzen stellen uns ordentlich an, schließlich haben wir reserviert.

Die Luft im Zug riecht frisch und unverbraucht. Die Polster sind blassgrau, die Musikberieselung hat eine ähnliche Klangfarbe. Die Offiziere passen zur Ausstattung. Ich finde meinen Platz am Fenster, hieve mein Gepäck auf die Ablage und hoffe, dass es bald losgeht. Im Zug wird sowohl Kaffee als auch Tee serviert, und ich freue mich schon auf eine Tasse. Nach einer Weile spüre ich endlich den Magnethub, und dann gleitet der Zug sachte aus dem Bahnhof. Draußen ziehen bleiche Gesichter vorbei, die dem Zug nachschauen. Von der Decke senkt sich ein Gestell in den Mittelgang. Ich nehme mir eine Tasse heraus, öffne den Verschluss und warte, bis der Kaffee heiß geworden ist. Ich beuge mich über den aromatischen Dampf, der einen tief verborgenen Winkel in meinem Kopf zu erreichen scheint, denn plötzlich ist mir, als wäre ich zu Hause. Einen Atemzug lang fühle ich mich glücklich und entspannt. Zu Hause.

Wuxi. Der Name bedeutet »zinn-los« und bezieht sich auf die alten Zinnminen, die schon seit über tausend Jahren erschöpft sind. Wir überqueren den Großen Kanal und fahren unmittelbar darauf im Bahnhof ein. In meinem Wagen bin ich der Einzige, der hier aussteigt. Der nächste Halt ist Suzhou, dann kommt Shanghai, die Finanzmetropole Chinas. Die Tür geht auf, ich schwinge meine Tasche nach draußen und steige aus. Es ist nebelig und feucht, selbst das Vordach über dem Bahnsteig kann den Sprühregen nicht abhalten.

»Ingenieur Zhang?«

Ich drehe mich um und sehe mich einem dunklen, adretten kleinen Mann gegenüber. »Noch nicht«, antworte ich lächelnd, »noch bin ich Student Zhang.«

Er lacht höflich. »Ich bin Ingenieur Xi. Ich werde dafür sorgen, dass Sie mit Ingenieur angeredet werden, wenn Sie hier weggehen.«

Wir tauschen auf dem Bahnsteig Höflichkeiten aus, wie es sich für eine Begrüßung gehört. Ob ich eine gute Reise hatte. Ob ich schon gegessen habe. Chinesen reden selten über das Wetter. Hinter uns baut sich das Magnetfeld über der Schiene auf. Ich habe nicht aufgepasst und sehe nicht, wie sich der Zug um wenige Zentimeter hebt. Lautlos gleitet er davon und ich folge Ingenieur Xi durch den Bahnhof zum Ausgang.

Studenten führen ein vergleichsweise bescheidenes Leben. Das ist wohl auf der ganzen Welt so. Das Studium wird als Vorbereitung auf die Zukunft verstanden. Karge Mittel und schlechte Wohnverhältnisse dienen in diesem Sinne der Erziehung, sind also alles andere als abträglich. In Brooklyn hausen sechs Studenten in einem Zimmer. Mit einunddreißig Jahren habe ich kein Interesse mehr an einem solchen Leben, ich habe meinen Teil geleistet. Als Student an der Uni von Nanjing geht es mir zum Glück etwas besser, immerhin gibt es heißes Wasser in erstaunlichen Mengen. Ich dusche täglich, ohne Rücksicht auf die Kosten. Die Zimmer sind sauber und auf ihre Art schon. Behaglich. Fur einen Ausländer ist das Leben an einer chinesischen Universität ein

Vergnügen, voll unerwarteter Annehmlichkeiten – zum Beispiel, als ich die Thermobehälter entdeckte. Dass ich eine fertig abgepackte Tasse Kaffee aus dem Schrank nehmen und aufwärmen kann, einfach indem ich den Deckel abziehe, erstaunt mich immer wieder. Natürlich weiß ich, dass die innere Isolierschicht des Bechers mit dem einfallenden Licht reagiert und die Wassermoleküle anregt. Ich wundere mich bloß, dass man sich so etwas überhaupt ausdenkt.

Hier in Wuxi wird mir endgültig klar, dass Armut relativ ist und in China etwas ganz anderes bedeutet als zum Beispiel in Amerika. Der erste Hinweis darauf ist das Auto, das auf uns wartet.

»Ingenieur Zhang«, sagt Ingenieur Xi, »das ist Chauffeur Shi.«

Chauffeur Shi nickt mir zu und lächelt. Das Auto ist ein *Renminde-Hou*, ein »Volkstiger«. Ich kenne Renmin-Autos vom Hörensagen. Ingenieur Xi hält mir die Fondtür auf und ich steige ein. Die Tür schließt sich, und ich fühle mich wie in dem Flugzeug, das mich nach China gebracht hat. Der Innenraum scheint hermetisch abgeschlossen zu sein. Es riecht auch anders als ich erwartet habe, süßlich und nach Limonen. Das Interieur ist einheitlich grau. Ich habe schon bei anderer Gelegenheit in einem Auto gesessen, dreimal genau genommen. Meine Mutter mietete ein Taxi, um mich ins Krankenhaus zu bringen, als ich mir den Arm gebrochen hatte; mein Vater mietete ein Auto, um uns zu seinem Elternhaus nach Kalifornien zu fahren. (Dieses Auto war rot und auf dem Armaturenbrett stand ein Slogan. Mein Vater las ihn mir vor: »Die Revolution ist kein Zuckerschlecken.«) Ich bin in einem Auto gefahren, als Janvier kurz nach der Mittelschule heiratete; ich gehörte zur Hochzeitsgesellschaft. Dieses Auto war ebenfalls rot. Das Taxi, das uns ins Krankenhaus brachte, war natürlich gelb.

In einem Auto spürt man die Fahrbewegung viel deutlicher als im Zug. Die Beschleunigung drückt mich ins Polster, und wenn der Wagen um eine Kurve fährt, wirft es mich zur Seite. Beim ersten Mal halte ich mich erschrocken an der Tür fest und bemerke beschämt, dass Ingenieur Xi ruhig sitzen bleibt, aber er lässt sich nichts anmerken.

Der Bürokomplex von Wuxi Engineering Technologies ist die nächste Überraschung. Rot lackierte Dachziegel schwingen sich in anmutigen Wellen den Hügel hinunter. Die Fassaden sind matt schwarz gestrichen. Ingenieur Xi erklärt mir, wie das Gebäude traditionelle chinesische Baukunst – die vielen miteinander verbundenen Häuser und die geschwungenen Dächer – mit modernen architektonischen Techniken verbinden. Modern sind die schwarzen Außenwände, die Licht und Strahlung absorbieren und genügend Energie produzieren, um den ganzen Komplex zu versorgen. Chauffeur Shi wirft mir einen Blick zu und fragt: »Wissen Sie, warum die Dächer am Rand nach oben geschwungen sind? Das sind Dämonenrutschen. Dämonen können sich nur geradlinig fortbewegen. Wenn also ein Dämon vom Himmel herabkommt, trifft er auf das Dach, rutscht den First hinunter und wird über diese Schanze in den Himmel zurückkatapultiert.«

»Wir sind bei Wuxi Engineering also in guten Händen«, sagt Ingenieur Xi, ohne eine Miene zu verziehen, und wir lachen alle.

Innen ist alles in Rot und Schwarz gehalten. Schwarze orientalische Teppiche, die wie Seide aussehen und in der Mitte mit großen roten Medaillons verziert sind. Rot lackierte Wände. Der junge Mann am Empfangstresen trägt natürlich auch Rot und Schwarz, doch an ihm wirkt es eher konservativ, als wäre er ein Teil der Innenausstattung.

Wunder über Wunder, auf verrückte, kaum fassbare Weise. Hier braucht sich niemand mehr einzuklinken; stattdessen, so erklärt Ingenieur Xi, wird das System auf mich eingestimmt, ich werde sozusagen permanent eingeklinkt sein und jederzeit Informationen abrufen können. Bei Formulierungsschwierigkeiten kann ich sogar mein Mandarin syntaktisch und lexikalisch korrigieren lassen, doch das sei, wie Ingenieur Xi höflich hinzufügt, in meinem Fall kaum nötig.

Er zeigt mir mein Büro und den Schreibtisch, eine wunderschön glänzende schwarz lackierte Oberfläche mit roten Verzierungen.

Anschließend führt er mich ins Rechenzentrum, wo das System auf mich eingestimmt wird. Ich brauche mich nur einzuklinken und ein Techniker gibt dem System den Befehl, sich auf meine Person einzustellen, und das war's. Ich klinke mich aus und bitte um die Uhrzeit. 10:52. Die Information erscheint sofort. Bisher musste ich mich immer erst einklinken, um auf Informationen zuzugreifen. So wusste ich gefühlsmäßig immer, was ich dachte und was vom System kam. Aber wie soll ich jetzt auseinander halten, was vom System kommt und was von Zhang?

Wir essen in der Kaderkantine. Die Arbeiter haben ihre eigene Cafeteria, aber mir wird versichert, dass das Essen aus derselben Küche stammt. Auf unserem Tisch stehen kalte Platten mit geschnittenem Tofu, sauer eingelegtem Gemüse, Kimchee und Erdnüssen. Niemand isst etwas. Uns wird Bier angeboten. Dem Beispiel von Ingenieur Xi folgend, lehne ich dankend ab. Die Essstäbchen sind aus Cloisonné, die Teller aus Porzellan. Wir haben Stoffservietten. Die Mahlzeit besteht aus weißem Fisch, mit Ingwer gekocht, Schalotten und Gemüse.

Ich habe das Gefühl, dass sie herausfinden werden, wer ich bin – nur ein einfacher *huaqiao*-Student, der sich einen Anzug übergezogen hat. Alle tragen ihre Haare kurz. Ich gelobe, meinen Pferdeschwanz zu behalten.

Ich bin in das System eingeklinkt. Überwacht es mich? Ich konzentriere mich schließlich nicht, es wird wohl nicht meinen zufälligen Gedankengängen folgen können. Damit wäre jedes System überlastet, oder?

Ich weiß nicht einmal, ob diese Frage unsinnig ist oder nicht. Ich kann es schlicht nicht beurteilen. Mir ist immer erklärt worden, dass wir die Systeme kontrollieren, aber was könnte ein System davon abhalten, uns zu kontrollieren? Symbionten. Vielleicht wird man bald nicht mehr unterscheiden können, wo der Mensch aufhört und die Maschine anfängt.

Ingenieur Xi muss wieder an seine Arbeit. Ein Kollege führt mich zurück an meinen Schreibtisch und stellt mich einer Ingenieurin vor, die während des Praktikums für mich zuständig sein wird. Sie ist eine groß gewachsene Frau, stammt aus Korea und heißt Woo Eubong. Wir sind ungefähr gleich alt. »Gut«, sagt sie. »Ich bin es leid, mich mit Jugendlichen herumzuschlagen.«

»Sie nehmen so junge Praktikanten?«, frage ich.

»Der Durchschnitt ist einundzwanzig. Es sind keine Jugendlichen mehr, aber auch noch keine Erwachsenen.«

Ich weiß nicht, wie ich sie nehmen soll, und fürchte, dass mir ihr Humor entgeht, Ironie lässt sich nicht übersetzen. Sie wird mich für schrecklich ernst halten. Vielleicht weist mich das System auf ironische Bemerkungen hin?

Ich wohne in einem phantastischen Apartment, so schön werde ich wohl nie wieder wohnen. Es besteht aus drei Zimmern und einem kleinen Innenhof mit kunstvoll angeordneten Steinen und bizarren Felsgebilden an der Rückwand. Die Räume sind etwas größer als das Wohnzimmer meiner Wohnung in Brooklyn. Wirklich beeindruckend ist allerdings die Inneneinrichtung. Das Bett steht in einer Nische, die mit weißer Gaze verhängt ist. Die Nische und eine Wand (hinter der sich ein Schrank verbirgt) ist vollständig mit Holz vertäfelt, das in den Ecken mit kunstvollen Filigranmustern verziert ist. Überall liegt schwarzroter Teppich, bis auf die Küche, die rotweiß gekachelt ist. Vor der Couch stehen zwei kleine Fußbänke, nur zur Zierde. Die Wände schmücken kalligraphische Kunstwerke. Über dem schwarz lackierten Schreibtisch (das gleiche Modell wie im Büro) hängt eine Schriftrolle. Der Überschrift »Untätigkeit« folgt ein Vers aus dem *Tao Te King*.

»Tut mir Leid, dass es so standardisiert ist«, hatte sich Woo Eubong am Abend zuvor entschuldigt, bevor sie sich zurückzog. »Es ist etwas unpersönlich, aber Sie bleiben ja nur fünfzehn Wochen. Und es ist besser als im Gästehaus.«

Ich bin nicht sicher, ob ich hier je wieder weg will.

Am Morgen mache ich mich durch das blitzblanke Labyrinth des Wuxi-Komplexes auf den Weg zur Arbeit, durchquere Gänge mit geschnitzten Handläufen und steige makellose Steinstufen hinauf. Die Kollegen bedauern mich, weil ich so viel Zeit hier verbringen muss. Woo Eubong lädt mich für Samstag zu sich zum Essen ein, damit ich mal rauskomme. Mir scheint niemand zu glauben, dass ich mich hier wohl fühle.

Vormittags, von acht bis zwölf, bin ich mit Aufgaben beschäftigt, die andere gern von sich abwälzen. Ich kontrolliere Zahlen, rufe Daten ab und überprüfe dies und jenes. Diese Art von Schreibtischarbeit ist den Ingenieuren verhasst, großteils Routine, die nur selten durch etwas Ungewöhnliches unterbrochen wird, einer neuen Lösung für ein altes Problem. Aber auf diese Weise kann ich viel dazulernen. Vor mir liegen Baupläne. Das System zeigt mir jeden Ausschnitt im Detail, erweitert meine geistige Kapazität und macht es mir somit möglich, sämtliche Planungsdaten im Gedächtnis zu speichern und nach Belieben abzurufen. Obwohl es alles Routineaufgaben sind, schaffe ich an diesem Morgen nur fünf Teilabschnitte, ich muss immer wieder auf das System zurückgreifen und mir bestimmte Abläufe erklären lassen. Woo Eubong macht mir Mut und sagt, dass ich in spätestens zwölf Wochen an einem Vormittag mindestens dreißig bis vierzig Teilabschnitte und im Laufe eines Arbeitstages zwei oder drei komplette Bauprojekte schaffen werde.

»Nur so kann man es lernen«, sagt sie. »Sie brauchen nur die entsprechende Erfahrung, um mit so vielen Aufträgen gleichzeitig zurechtzukommen. Den Bau an sich schaffen Sie genauso schnell wie alle anderen, was Sie aufhält, sind die Systeme, die Elektroinstallationen, die Versorgungseinrichtungen und die Ästhetik.«

Vor allem die Systeme und die Ästhetik.

Nachmittags bin ich Woos Student.

Woo ist eine organische Ingenieurin. Das bedeutet nicht, dass sie mit organischen Dingen arbeitet, sondern sie versteht den zu planenden Bau als Organismus. Fast habe ich den Eindruck, dass sie im Grunde gar nicht mehr plant. Taoistische Ingenieurkunst. Als ich diesen Ausdruck einmal verwende, sagt sie einfach: »Genau«, ohne mit der Wimper zu zucken. Ironie lässt sich nicht übersetzen.

Von Woo Eubong soll ich lernen, dass jeder taoistische Ingenieur aufs Engste mit seinem Lehrer zusammenarbeitet. In Nordamerika gibt es nur eine Hand voll taoistische Ingenieure. Bei uns zu Hause ist nur wenig Bedarf für sie, vor allem deshalb, weil für unsere Bauten keine so raffinierten Entwürfe erforderlich sind. Taoistische Ingenieure bauen äußerst komplexe Gebäude nach dem Vorbild lebender Organismen mit Nervensystemen, Zirkulation und Muskulatur. Als Hausaufgabe trägt sie mir auf, den Gebäudekomplex von Wuxi Engineering Technologies zu studieren.

Also sitze ich abends mit Computerausdrucken am Schreibtisch und informiere mich über Energieverteilung und Milieukontrolle. Normalerweise herrschen in den einzelnen Räumen unterschiedliche Temperaturen, bedingt durch die Ausmaße und Lage der Räume, die Größe der Fenster und die Lüftung. Das System des Wuxi-Komplexes misst Temperatur und Luftfeuchtigkeit. Für ein organisches System ist die Temperatur jedoch eine relative Größe. Meine Hände und Füße sind kühler als Kopf und Brust. Im Sitzen kommt mir die Zimmertemperatur niedriger vor, wenn ich mich bewege, höher. Außerdem reagiert jede Person unterschiedlich auf eine gegebene Temperatur. Manchen ist es immer zu kalt, anderen ständig zu warm. Die jeweilige Befindlichkeit hängt nicht zuletzt vom Licht ab. Ein hell erleuchteter Raum ist subjektiv wärmer als ein dunkler Raum, und die durchs Fenster einfallende Strahlungswärme wirkt sich immer nur auf bestimmte Raumteile aus. In vielen Gebäuden wird die Zimmertemperatur entsprechend reguliert. Das System des Wuxi-Komplexes registriert darüber hinaus das subjektive Empfinden der eingeklinkten Personen. Wenn einem zu kalt oder zu warm ist, passt sich das System entsprechend an. Die Personen werden sozusagen zu Nervenenden des Systems. Außerdem sind die Räume so brillant konstruiert, dass eine optimale Verteilung der Wärme zwischen hellen und dunkleren Bereichen gewährleistet ist und das Licht von draußen dosiert hereingelassen werden kann. Das ist auch einer der Gründe, weshalb das

Gebäude einem Labyrinth gleicht. Wieder und wieder betrachte ich den Grundriss eines Zimmers und denke: »Ist das clever.«

Die Anzahl der genialen kleinen Details ist über die Maßen beeindruckend. Nicht nur die einzelnen Details sind genial, sie fügen sich auch genau ineinander. Die Art, wie ein Raum geformt ist, um eine optimale Wärmeverteilung zu gewährleisten, sorgt gleichzeitig für eine optimale Platzausnutzung, bildet Büros, die eine gewisse Privatsphäre ermöglichen, ohne dafür abgeschlossen sein zu müssen, lässt genügend Hintergrundgeräusche zu, dass man sich wohlfühlt, aber nicht so viel, dass es störend wirkt. Ich gebe dem System den Auftrag, eines der Details zu verändern, um zu sehen, was passiert, wenn beispielsweise das Fenster woanders eingebaut wird, und stelle fest, dass zwar mehr Licht einfällt, dafür aber weniger Energie absorbiert oder die Lüftung beeinträchtigt wird – als wäre das gesamte Gebäude das Ergebnis einer evolutionären Entwicklung.

Den ganzen Nachmittag zeichne ich Häuser aufs Papier. Drahtlos eingeklinkt hocke ich da und stelle mir einfache Gebäude vor.

»Nicht Sie planen das Gebäude, das ist Sache des Systems«, sagt Woo Eubong. »Lassen Sie einfach los, lassen Sie Ihre Gedanken treiben, wohin es auch führen mag.«

Während der ersten beiden Tage produziere ich keine Gebäude, sondern nur unbrauchbare Kritzeleien. Dann aber, am dritten Tag, entsteht ein recht windschiefes Ding, das entfernt wie eine Pyramide aussieht. Ich halte es für ein Zufallsprodukt, doch Woo nickt und meint: »Die Pyramide hat eine sehr zweckmäßige Form, die mit einem Minimum an Oberfläche auskommt; nur die Kugel ist in dieser Hinsicht noch optimaler.«

»Ingenieurin Woo«, sage ich. »Glauben Sie mir, ich kann detaillierte Entwürfe anfertigen, die hundertmal besser sind als das hier.«

»Gewiss. Aber könnten Sie auch unseren Komplex hier entwerfen?«

»Dafür wäre doch wohl ein ganzes Team von Architekten und Ingenieuren nötig«, entgegne ich.

»Der Wuxi-Komplex wurde nicht von einem Team entworfen, sondern von einer einzigen Frau, natürlich in Rücksprache mit den Abteilungen, die in diesem Komplex arbeiten würden.«

Ich staune nicht schlecht.

»Genau«, sagt sie lächelnd. »Ein Team hätte das Gebäude nicht als Einheit entworfen, sondern es wäre eine Reihe zusammenhängender, aber unzureichender Ideen dabei herausgekommen.«

»Das ist unmöglich. Es muss Jahre gedauert haben.«

»Zugegeben, es hat über zwei Jahren gedauert, aber es ist möglich. Ich persönlich wäre dazu nicht in der Lage, nur ganz wenige Menschen sind in der Lage, in diesem Maßstab zu arbeiten.«

»Aber all diese Details!«

Sie lässt sich mit der Antwort Zeit. Wie schon erwähnt, ist sie eine große Frau mit kantigem Gesicht. Unter der Belegschaft fällt sie auf, nicht aufgrund ihrer Größe, sie ist einfach anders. Viele der Ingenieure haben diese Ausstrahlung. Sie sind zwangloser – Woo trägt heute einen schwarzen Overall –, und sie bestimmen ihre Arbeitszeit selbst. Manchmal kommen sie spät, manchmal nehmen sie Arbeit mit nach Hause. Am Anfang dachte ich, dass es hier zwei Klassen gibt, Kader und Arbeiter. Doch was Woo und ihresgleichen auszeichnet, ist nicht die Zugehörigkeit zum Kader, sondern ihr besonderes Talent als organische Ingenieure.

»Ein Beispiel«, sagt sie schließlich. »Stehen Sie auf.«

Ich stehe auf, ein wenig nervös.

»Gehen Sie zu Hai-hongs Schreibtisch.«

Ich gehe zu Hai-hongs Schreibtisch, Hai-hong blickt erwartungsvoll zu mir auf, ihr Blick sagt: »Was wollen Sie?«

»Woo Eubong möchte mir etwas erklären«, sage ich.

Hai-hong nickt und widmet sich wieder ihrer Arbeit. Ich gehe zurück zu Woo Eubong. »Und?«, frage ich.

»Als Sie an Ihrem Schreibtisch vorbeikamen, haben Sie die Richtung geändert. Um wie viel Grad? Wie viele Schritte haben Sie zurückgelegt? Wie groß ist der Abstand zwischen Ihrem Schreibtisch und dem von Hai-hong?«

Ich zucke die Achseln. »Ich weiß nicht.«

»Haben Sie etwa nicht mitgezählt?«, fragt sie. »Haben Sie die Situation nicht analysiert und ermittelt, welcher Weg zum Schreibtisch von Hai-hong der kürzeste ist?«

»Nein«, sage ich mit einem leichten Lächeln, »ich bin einfach hingegangen.«

»So einfach ist das nicht. Sie haben sehr wohl jeden Schritt genau berechnet. Während Sie hier vor mir stehen, sind etliche Muskeln damit beschäftigt, Ihren Körper aufrecht zu halten, richtig? Muskeln in Ihren Beinen und Füßen müssen sich ständig anpassen, damit Sie nicht in die eine oder andere Richtung umfallen.«

»Ja, so kann man es sehen«, sage ich.

»Aber Sie denken nicht darüber nach, wenn Sie stehen, gehen oder tanzen. Auch ein Turner berechnet seine Bahn nicht, wenn er ein Rad schlägt.« Sie erwidert mein Lächeln.

»Ich verstehe.«

»Gut. Ich möchte, dass Sie Ihre Häuser mit der gleichen Selbstverständlichkeit entwerfen, mit der Sie zu Hai-hongs Schreibtisch gegangen sind. Denken Sie an das Ziel, nicht an den Weg dorthin.«

»Sie wollen also, dass ich im Geiste Rad schlage«, sage ich.

Sie schüttelt den Kopf. »Nein. Li Jian-fen, die diesen Komplex gebaut hat, war eine Turnerin. Ihnen will ich das Laufen beibringen.«

Ich arbeite mit Hilfe eines Tutorprogramms. Das ist eine Rückkopplungseinrichtung, die das System ausschaltet, sobald ich anfange, analytisch zu denken. Ich setze mich hin und versuche, mir einen Raum vorzustellen. Dann lege ich die Eigenschaften fest, die dieser Raum haben soll. Ich stelle mir weiße Wände vor, bin mir jedoch noch nicht über das Dach im Klaren und überlege mir nun ein mögliches Dach, das zu meiner bisherigen Vorstellung passt –

Das System wirft mich raus und schickt einen Ausdruck mit wirren Entwürfen hinterher. Bei genauerem Hinsehen sind die vier Wände zu erkennen. Die Uhr zeigt an, dass ich genau zweiundzwanzig Sekunden lang den richtigen Vorstellungsmodus beibehalten habe. Das entspricht dem Durchschnitt.

Woo Eubong schaut mir über die Schulter. »Sie sind ein dickköpfiger Mensch«, sagt sie.

Ich weiß nicht, was sie damit meint, und zucke mit den Achseln.

»Sie lassen sich nicht auf das System ein, Sie bleiben in Ihrem Kopf. Sie haben die theoretischen Voraussetzungen, aber nicht die Speicherkapazität.«

Mir ist immer noch nicht klar, worauf sie hinauswill.

Sie seufzt. »Worte können nicht erklären, was Sie tun sollen, Sie müssen es einfach tun, dann wird es Ihnen klar. *Dao kedao, feichang dao.*« Die erste Zeile des *Tao Te King* bedeutet grob übersetzt: Der Weg, den man erklären kann, ist nicht der richtige.

Woo sieht beileibe nicht aus wie eine dogmatische Verfechterin des Taoismus, jener Philosophie aus dem *Tao Te King*. Sie hat kurze Stoppelhaare und einen athletischen Körper. Als Schwimmerin könnte ich sie mir gut vorstellen.

»Vielleicht wird aus mir nie ein organischer Ingenieur«, sage ich.

»Vielleicht«, sagt sie überraschenderweise, ich hatte erwartet (gehofft), sie würde sagen: Nein, nein, nein, keine Angst, Sie lernen das schon.

»Schaffen es viele nicht?«, frage ich.

»Bisher habe ich nur zwei ausgebildet, einer hat es geschafft, der andere nicht.«

»Waren beide jung?«

Sie nickt. »Und entsprechend flexibler als wir Älteren. Ich frage mich wirklich, ob wir es nicht mit Zehnjährigen versuchen sollten.« Sie lächelt und ich merke, dass sie einen Scherz macht. »Im Ernst, Zehnjährige können das nicht lernen, denn es setzt Erfahrung mit Gebäuden voraus, man muss Gebäude im Gedächtnis haben.«

»Das, was Sie tun, entspricht es nicht der Tätigkeit eines Architekten?«

»Ja«, sagt sie.

»Ich kann mir vorstellen, dass Architekten von der Idee nicht gerade begeistert sind.«

Sie schüttelt den Kopf. »Nicht die organischen Architekten. Sie nähern sich den Problemen aus einer anderen Richtung, aber im Grunde tun sie das Gleiche. Im Unterschied zu den Architekten geht es mir jedoch um die Zweckmäßigkeit von Bauten und weniger um ihr äußeres Erscheinungsbild.«

»Könnte ich ein paar Arbeiten von Architekten sehen?«, frage ich.

»Natürlich«, sagt sie. Sie richtet den Blick in die Ferne, und ihre Augen bewegen sich langsam nach links wie bei den meisten Leuten, wenn sie auf das System zugreifen. »Der Anschluss in Ihrer Wohnung druckt gerade ein paar Pläne aus.«

»Also wird nichts aus meinem freien Nachmittag.«

»Ah«, lacht sie, »Sie sind clever.«

Clever hat auf Mandarin fast die gleiche Bedeutung wie gerissen. Ich versuche ein niederträchtiges Grinsen. Dann produziere ich noch mehr wirre Entwürfe.

Dass mir die ganze Prozedur äußerst schwer fällt, verschweige ich ihr. Dass ich hier bin, ist reine Glückssache. Die Universität vergleicht meine tatsächlichen Leistungen mit den Erwartungen. Ich hatte einmal einen Tutor, und der verhalf mir zu guten Noten. Dann starb mein Tutor, und seltsamerweise wurden meine Noten noch besser. Ich arbeitete hart. Alles andere hatte seinen Reiz verloren, bis ich im zweiten Semester einen Kurs in Systemanalyse belegte, der mich regelrecht begeisterte. Was ich dort lernte, kam mir auch in allen anderen Fächern zugute. Alle meine Projekte waren auf den Bereich der Systemanalyse bezogen. Ingenieur Xi, der die Praktikanten bei Wuxi Engineering Technologies einstellt, bekam eines meiner Projekte zu lesen und setzte sich mit mir in Verbindung.

Erst als die Liste ins Netz gestellt und ich mit Glückwünschen überschüttet wurde, begriff ich allmählich, dass ich eine große Auszeichnung erhalten hatte, dass ich vielleicht zum ersten Mal in meinem Leben etwas erfolgreich beendet hatte. Und jetzt versage ich. Und nehme jemand anderem die Möglichkeit, wirklich etwas zu lernen.

Nachts ist es am schlimmsten, wenn ich in meiner wunderschönen Wohnung sitze, wirre Entwürfe produziere und in Ausdrucken blättere. Mir ist kalt, obwohl mir das System auf Nachfrage mitteilt, dass die Zimmertemperatur sogar höher ist als normal. Ich trage einen lächerlichen Pulli, einen mit Lederschleifen, aus New York. Ich möchte nur noch schlafen, gehe aber immer wieder die Pläne des Wuxi-Komplexes durch. Wie konnte Li Jian-fen lernen, ein solches Werk zu vollbringen? Auf meinem schwarzen Schreibtisch liegt ein kleines Walross aus poliertem Stein. Maggie Smallwood hat es mir damals auf Baffin Island zu Weihnachten geschenkt. Ich hatte geglaubt, meine Erfahrungen am Polarkreis hätten mich ausgeglichener gemacht. Haitao dachte, wir sind beschädigt. Ich dachte, wir sind einfach nur anders. Vielleicht hatte er Recht. Vielleicht bin ich auch einfach zu alt.

Ich stelle mir einen Raum vor, einen sauberen klaren weißen Raum, wie Licht, das durch Eis fällt (Klarheit und Traurigkeit und die runden Augen der Seehunde im Lancaster-Sund, aber es bleibt unscharf, wie die Erinnerung an Haitaos ordentlich zusammengefalteten weißen Anzug vor der zerbrochenen Fensterscheibe). Ich versuche, das festzuhalten, aber alles scheint formlos. Na gut, alles ist formlos, ich lasse es treiben, das Gebäude wird schon Gestalt annehmen. Ein Raum entfaltet sich, aber es ist schwer, ihn festzuhalten, es ist schwer, sich zu konzentrieren, ohne sich zu konzentrieren. Das System ist in der Lage, ihn für mich festzuhalten, so wie es ganze Gebäude festhalten kann, an denen ich arbeite, aber normalerweise ist mir bewusst, dass ich mit dem System arbeite. Jetzt bin ich mir nicht einmal bewusst, dass ich auf das System zugegriffen habe, dass ich seinen Speicherplatz verwende.

Für einen Moment wird mir schwindelig, ich verliere jede Orientierung. Eine Vielzahl von Möglichkeiten, Materialien und Formen schwimmt wie Treibeis durch meinen Kopf. Alles ist wandelbar, unstet, ohne Grenzen. Ich kannte die Grenzen meines eigenen Geistes nicht, weil ich keine Vorstellung davon hatte, dass jenseits meines Geistes etwas existierte, aber jetzt fühle ich meine Gedanken fliehen und sich ausdehnen, und es ist, als würde ich mich auflösen –

Siebenundvierzig Sekunden. Mein Herz pocht. Die Skizze ist komplex, schön, abstrakt und seelenlos. Sie hat nichts mit einem Gebäude zu tun, sie hat nichts mit mir zu tun. Ich gerate in Panik, mein Herz rast und rast. Ich will aufstehen, weglaufen, aber ich will nicht nach draußen. Ich stehe auf, gehe ins Schlafzimmer, stütze mich auf eine Stuhllehne und atme tief durch in der Hoffnung, mich zu beruhigen.

Tief Luft holen. Eine Sekunde anhalten, ausatmen. Tief Luft holen, eine Sekunde anhalten, ausatmen. Ich will mit jemandem reden. Ich will nicht allein sein. Mein Herzschlag wird einfach nicht langsamer.

Eine Angstattacke. Was weiß ich über Angstattacken? Es ist ungerichtete Angst. Ich weiß verdammt noch mal nicht, wovor ich Angst habe, obwohl ich weiß, was sie ausgelöst hat.

Ich rufe Peter an. Mit zitternden Händen mache ich mir Kaffee und warte darauf, dass mich das System durchstellt. Wie spät ist es? Das System reagiert augenblicklich: 22:41.

In New York ist es Morgen, Peter ist bei der Arbeit. Ich muss noch sechs Monate hier bleiben. Ich schließe die Augen und versuche es mit einer Entspannungsübung (meine Gedanken knistern wie trockenes Laub). Stellen Sie sich einen friedlichen, stillen Ort vor. Aber der Ort, der sich mir aufdrängt, ist die alptraumhafte Landschaft von Borden-Station. Der lange, weiße, menschenleere Hang, der bis an den Lancaster-Sund reicht, ein schwarzer Meeresstreifen, und der tief hängende Himmel, der über dem Horizont eine Spur heller wird.

Geh ins Bett. Ich stelle den Kaffee ab und krieche hinter den weißen Gazevorhang. Das Bett hat Platz für zwei. Ich lasse das Licht brennen und weise das System an, es auszuschalten, sobald ich eingeschlafen bin, und wieder einzuschalten, wenn ich aufwache. Ich liege da und lausche meinem Herzschlag, was mich nervös macht und meinen Puls beschleunigt (der bekannte Rückkopplungseffekt, wie reizend). Doch schließlich lässt die Angst vor Erschöpfung nach. Ich schließe die Augen in schmerzlicher Erinnerung an Peter, an sein Wohnzimmer, an die Couch. Ich stelle mir vor, auf dieser Couch zu liegen und die vertrauten Gegenstände um mich herum zu sehen. Auf dieser Couch schlafe ich ein. Ich denke an Peter und an Ingenieur Xi. Es ist Morgen, Zeit, meinen rotschwarzen Anzug anzuziehen und zur Arbeit zu gehen.

Ich fühle mich normal, ein bisschen müde, aber am Morgen ist das Zimmer nur zermürbend, weil es mich allzu sehr daran erinnert, dass ich nicht zu Hause bin. Ich lege meinen letzten Entwurf Woo Eubong vor.

Sie breitet ihn auf ihrem Schreibtisch aus. »Interessant«, sagt sie. »Was ist das?«

»Siebenvierzig Sekunden im System«, antworte ich.

»Alle Achtung. Sieht ein bisschen aus wie Kalligraphie.«

»Ein Kunstwerk, meiner Tutorin gewidmet«, schlage ich vor.

»Ein bisschen flach«, kritisiert sie. »Zu westlich. Vielleicht ist das Ihr Problem. Ihre westliche Mentalität.«

Ich weiß nicht, ob sie das ernst meint. »Klar doch«, sage ich.

Ich begutachte Entwürfe, komme aber nur langsam voran. Ich kann mich kaum konzentrieren und muss ständig über chinesische Kalligraphie nachdenken. Kalligraphie betont die Linie, den Verlauf, die variierende Breite des Pinselstrichs. Es wird viel über den Rhythmus dieser Schriftzeichen geredet. Schreibe ich zum Beispiel das englische Wort »talk«, setze ich den Querstrich beim »t« erst dann ein, wenn das »k« fertig ist. So kommt es zu einer Kreisbewegung: Der Stift kehrt vom Ende an den Anfang zurück, wobei er oft eine dünne Spur zurücklässt. In der Kalligraphie ist diese dünne Spur nicht bloß zufällig, sondern Bestandteil des gesamten Zeichens und Absicht des Zeichners, wobei es letztlich unerheblich ist, ob dieser Strich ausgeführt wird oder nicht. Hauptsache, die Kreisbewegung kommt zum Ausdruck.

Darüber denke ich unablässig nach, obwohl ich meine Aufgaben zu erledigen habe. Ich denke darüber nach, wie sich Kalligraphie mit der Vorstellung von Bauwerken verbinden lässt.

Ehrlich gesagt sehe ich keinerlei Zusammenhang.

Am meinem vierten Samstag in Wuxi bin ich bei Woo Eubong zum Abendessen eingeladen. Sie hat eine hübsche Wohnung, nicht ganz so perfekt wie meine Unterkunft, aber sehr viel wohnlicher. Woo Eubong hat zwei Töchter. Von Staats wegen ist zwar nur ein Kind die Norm, aber es ist nicht schwer, die Genehmigung für ein zweites zu bekommen.

Ich habe einige Stunden in Wuxi verbracht und schließlich ein Vermögen für eine Teekanne aus heimischer Herstellung ausgegeben. Sie besteht aus brauner Keramik; Tülle und Henkel sehen täuschend echt wie Holzzweige aus. Meine Kanne stammt aus der zweiten Hälfte des zwanzigsten Jahrhunderts. Die wirklich wertvollen wurden in der Zeit vor der Befreiung hergestellt, im feudalistischen China. Trotzdem ist mein Geschenk eine Antiquität. Zu der winzigen Kanne gehören vier Tassen, in die bestenfalls ein kleines Schlückchen Tee passt. Der Verkäufer erklärt, dass die Kannen früher mit Teeblättern voll gestopft wurden und der Tee sehr stark gewesen sei. Die vier kleinen Tassen wurden auf ein Tablett gestellt, erst mit Tee übergossen und dann mit heißem Wasser aufgefüllt. So wurde der Tee nie kalt, sagt der Verkäufer. Er packt alles hübsch ein und faltet das Papier so, dass kein Klebeband nötig ist.

Kanne und Tassen sind winzig. Wenn ihr das Geschenk nicht gefällt, kann sie es ja in eine Schublade räumen, ohne dass ich es merken würde.

Ich fahre mit dem Bus zu dem Häuserkomplex am Stadtrand, wo sie wohnt. Die Gebäude sind drei- bis viergeschossig und vermitteln den Eindruck sorglos fließender Unregelmäßigkeit. Ziegeldächer schwingen sich empor, Balkone blicken herab,

Dächer und Gärten enden in runden Mondtoren. Ich betrachte alles mit geschultem Auge. Diese Anlage wurde von einem organischen Ingenieur oder Architekten entworfen. Von Woo Eubong selbst?

Das Tor überprüft mich, schwingt auf und ich gehe, der Wegbeschreibung von Woo folgend, an drei Häusern vorbei und biege dann nach links in einen Seitenweg. Dort stoße ich auf einen Bogengang, wie in der Wegbeschreibung angekündigt, und neben dem Bogengang schimmert ein Kinderdreirad so rot wie die Dachziegeln.

Über eine Rampe gelange ich zum Aufzug, der mich in den zweiten Stock befördert. Alles ist so sauber und ordentlich. Es muss ziemlich teuer sein, das Gebäude so sauber zu halten. Die Tür zu Woo Eubongs Wohnung ist blau, und bevor ich anklopfen kann, macht ein Kind sie auf. Ich schätze sie auf vier. Sie lutscht an einem violetten Eis und blickt stumm zu mir auf.

»Hallo«, sage ich.

Das Mädchen mustert mich mit ernstem Blick, läuft dann in die Wohnung zurück und lässt mich in der Tür stehen. Sie trägt einen blauen Overall und gelbe Schuhe.

Ein älteres Mädchen mit langen Zöpfen schaut um die Ecke und ruft: »Mama, er ist da!« Sie lächelt, zeigt mir dabei ihre Zahnlücken und verschwindet.

Ein Mann kommt um die Ecke, er ist groß und hat helle Haut. »Ingenieur Zhang?«, sagt er. »Ich bin Zhang Chunqing, Eubongs Ehemann. Kommen Sie rein.«

In der Wohnung riecht es nach Essen, und aus irgendeinem Zimmer höre ich Woo Eubong rufen: »Ich weiß, dass er da ist, ich komme gleich. Unterhaltet euch so lange mit ihm.«

Zhang Chunqing ruft: »Kinder? Kommt ihr?« Er nimmt mir die Jacke ab, und die Mädchen schliddern wie kleine Hunde über das Parkett herbei. »Das sind meine ungezogenen Töchter Xiuping und Xiu-lin.«

Die beiden Mädchen kichern wie verrückt und fliehen in die Küche.

Er seufzt: »Sie müssen entschuldigen. In unserem Haushalt geht es nicht sehr vornehm zu.«

Es fällt mir schwer, mich hier nicht zu Hause zu fühlen. Woo Eubong kommt herein und bringt Klöße und klein geschnittene Rohkost. Zhang Chunqing holt Bier. Die Mädchen wollen Vid schauen und werden nach nebenan geschickt. Nach einer Viertelstunde tauchen sie wieder auf, besorgen sich etwas zu naschen und betrachten mich mit unverhohlener Neugier, bevor sie kichernd ins Schlafzimmer verschwinden. Zhang Chunqing sagt, dass Xiu-ping, die ältere der beiden, eine Spezialschule besucht, wo sie Klavierunterricht nimmt und Japanisch lernt, und wir unterhalten uns darüber, wie man am besten eine Fremdsprache lernt. Woo Eubong will wissen, wie ich Mandarin gelernt habe. Chunqing ist Biologielehrer an einer Mittelschule für Schüler, die sich auf die Universität vorbereiten.

Das Zimmer ist hübsch, doch vor der Balkontür steht ein Paar kleine rote Schuhe. Ein Stoß Zeitungen liegt auf einem Regal voller Keramiksachen (vielleicht war meine Teekanne doch eine gute Wahl). Die Wohnung ist nicht so schön wie mein Apartment, doch sie gefällt mir. Das Bier tut seine Wirkung, und ich entspanne mich langsam. Es fällt mir schwer, mich ganz zu entspannen, da ich unablässig auf mein Verhalten achte und möglichst chinesisch wirken möchte. Ein *huaqiao*-Sprichwort besagt, dass, wer China betritt, unwillkürlich zum Chinesen wird. Vielleicht trifft das für die erste Generation zu, womöglich auch noch für San-xiangs Kind, dem Enkel von Vorarbeiter Qian, aber sicherlich nicht für mich. Ich glaube, ich komme doch mehr auf meine Mutter als ich mir je eingestanden habe.

Aber ich mag Woo Eubong sehr und mit ihrem Mann kann ich mich gut unterhalten. Das Essen ist vorzüglich: »tausendjährige« Eier, Schweinefleisch süßsauer, mit Anis gewürzter Kohl, gebackenes Hähnchen (den Kopf unter den Flügel geklemmt), frische, mit Puderzucker bestreute Tomatenscheiben und kandierte Yamswurzeln. Die Mädchen müssen ermahnt werden, ihre Reisschale in die Hand zu nehmen, sie wollen die Schalen auf dem

Tisch stehen lassen, stecken die Stäbchen hinein und versuchen vorsichtig, den Reis in ihren Mund zu befördern, ohne dass etwas danebengeht. Woo Eubong ist ein bisschen verlegen, aber ich bin froh, mit dem wirklichen Leben konfrontiert zu werden. Wuxi scheint nur aus polierten Oberflächen und müheloser Perfektion zu bestehen – mit mir als einzigem Makel. Es tut gut zu sehen, dass Kinder immer noch Kinder sind.

Nach dem Essen unterhalten wir uns, und ich gebe unumwunden zu, dass mich die Arbeit frustriert.

»Sie strengen sich zu sehr an«, sagt Woo Eubong. »Sie glauben, dass das, was Sie versuchen, äußerst schwierig ist, aber das ist es nicht. Wenn Sie einmal den Einstieg gefunden haben, ist es überhaupt nicht mehr schwierig.«

Ein Einstieg. Ein Einstieg wohin?

Montag bei Wuxi Engineering Technologies. Ich verbringe den Morgen damit, Entwürfe durchzusehen. Das fällt mir zunehmend leichter, nach immerhin drei Wochen. Ich esse mit Woo Eubong in der Kaderkantine zu Mittag (am Tellerrand sind fünf rosafarbene Garnelen wie Dachziegel nebeneinander aufgereiht; dazu Kiwischeiben aus Australien, gekochte Gurken und Tomaten).

»Heute werden Sie keine wirren Entwürfe anfertigen, sondern Türen entwerfen«, sagt sie.

»Warum das?«

»Ich möchte etwas anderes ausprobieren.«

Aha. Na gut. Am Nachmittag entwerfe ich also Türen. Ich stelle mir eine Tür vor und das System liefert die entsprechende Zeichnung. Eine Holztür. Eine Metalltür. Ein Garagentor. Eine große chinesische Doppeltür, deren Flügel jeweils an einundachtzig Messingbeschlägen aufgehängt sind. Ein Mondtor mit kreisrundem Ausschnitt. Und dann wieder Holztüren. Ohne Fenster, mit Kassetten, mit Schnitzereien, mit Fenster, mit quadratischen Scheiben, mit fächerförmigen Scheiben. Ich lege alle Skizzen meiner Mentorin vor. Sie nickt.

»Weiter so«, sagt sie.

»Türen?«, frage ich.

»Türen«, sagt sie.

Also mache ich Türen mit Querbalken. Türen mit Sicherheitssystemen. Falt- und Schiebetüren. Kleine Türen in großen Türen. Als mir die Ideen ausgehen, entwerfe ich Türen in unterschiedlicher Breite. Türen mit unterschiedlicher Oberfläche. Eine Steintür. Ich beginne, einen Eingangsbereich zu skizzieren, aber Woo Eubong schaut mir über die Schulter und sagt: »Nein, nur Türen.«

Glastüren. Buntglastüren. Drehtüren. Rundtüren. Türen, die oben spitz zulaufen und mit Schindeln verkleidet sind. Ich suche krampfhaft nach immer neuen Variationen. Rolltüren, Pendeltüren, Jalousietüren, Bambustüren, halbe Türen. Mein Schreibtisch ist mit Türen bedeckt. Leute kommen vorbei, bleiben stehen und schütteln den Kopf. Gegen halb fünf bin ich mir sicher, dass ich alle nur denkbaren Türformen durchhabe. Doch Woo Eubong besteht darauf, dass ich bis fünf Uhr Türen entwerfe.

Auf dem Nachhauseweg springt mir jede Tür ins Auge, an der ich vorbeikomme.

Es gibt eine ganze Menge Türen, an die ich nicht gedacht habe. Teufel auch, als ich in meiner Wohnung ankomme, stelle ich fest, dass mir nicht einmal die Tür zum Wandschrank eingefallen ist. Kurz entschlossen setzte ich mich hin und entwerfe noch mehr Türen. Anschließend nehme ich mir die Baupläne des Wuxi-Komplexes vor und gehe sämtliche darin enthaltenen Türen durch.

Li Jian-fen war unglaublich einfallsreich, was Türen angeht.

Langsam wird mir bewusst, wie wichtig Türen sind. Sie lassen den Charakter eines Hauses erkennen, sie sind der Dreh- und Angelpunkt zwischen Mensch und Gebäude. Ich denke an das schwarze Eingangsportal des Wuxi-Komplexes. Die Flügel haben eine undurchsichtige, matte Oberfläche, die nicht nur Energie absorbiert, sondern auch eine bestimmte Wirkung auf diejenigen hat, die das Gebäude betreten. Das Portal gleicht einer schützenden Mauer.

China ist von Mauern besessen. Die Universität ist von einer Mauer umschlossen, jede Fabrik, jede Schule, jeder Bürokomplex und jedes Hotel ist von einer Mauer umgeben. Darum sind Türen von so großer Bedeutung – sie repräsentieren gleichermaßen Verwundbarkeit und Chance, eine großartige Metapher für jedes Bemühen schlechthin.

Ich brenne darauf, Woo Eubong mit meinem neu gewonnenen Verständnis von Türen zu überraschen. Ich weiß jetzt, warum sie mich all diese Türen hat entwerfen lassen. Doch sie ist beschäftigt und ich habe keine Gelegenheit, mit ihr zu sprechen. Auch zur Mittagszeit ist sie nicht zu sprechen, also gehe ich mit einigen Kollegen aus der Abteilung essen. Als ich aus der Kantine zurückkomme, finde ich eine Nachricht von Woo Eubong im System.

Entwerfen Sie Fußböden.

Also entwerfe ich Fußböden. Am nächsten Tag: Treppen (ein langer, anstrengender Nachmittag). Am Donnerstag sind Fenster dran – ein Vergnügen nach all den Treppen. Am Freitag beschäftige ich mich mit Leuchtkörpern. Samstags habe ich für gewöhnlich nach Mittag frei, doch das System fordert weiter: Leuchtkörper. Montag desgleichen. Am Dienstag sind – welch Wonne – Spülbecken an der Reihe.

Ich lerne wieder, die Nachmittage zu fürchten. Zwar gelingt mir alles, ich stümpere nicht mehr zwanzig Sekunden lang an Entwürfen herum, aber es ist so ermüdend. Ich sitze da und starre Leuchtkörper an. Spülbecken. Treppen. Der Wuxi-Komplex genügt mir nicht mehr, ich studiere die Entwürfe anderer organischer Architekten und sehe mir genau an, was für Türen, was für Fenster und Treppen sie verwendet haben. Noch nie habe ich mir so viele Gedanken über Treppenabsätze oder Entresols gemacht. Li Jian-fen ist in dieser Hinsicht besonders erfinderisch gewesen.

Um halb vier sitze ich immer noch am Schreibtisch und mühe mich mit Spülbecken ab, aus Angst, Woo Eubong könnte vorbeikommen und mich beim Faulenzen ertappen. Sie sagt nie etwas, registriert aber alles sehr genau.

Ich mache Wände und Decken. Ich habe bereits eine Menge gelernt, als ich mich an Wände und Decken heranwage, mir kommen immer neue Ideen. Allerdings werde ich auch immer schneller und dann sitze ich da. Diese Arbeit könnte auch ein Kind schaffen. Sie ist bedeutungslos, reine Katalogisierung. Ist sie zu der Feststellung gelangt, dass ich zur wirklichen Ingenieurarbeit nicht tauge? Von einem einzigen Auftrag zur Installation von Leuchtkörpern abgesehen, habe ich seit drei Wochen nichts mehr getan, was meiner Ausbildung entspricht. Ob Woo Eubong über die Anzahl meiner Entwürfe Buch führt? Registriert das System die Zeit, während der ich tatenlos dasitze?

Am Samstagabend setze ich mich wieder hin und versuche mich an einem Gesamtentwurf. Vier Wände, indirekte Beleuchtung. Was für Fenster soll ich einsetzen? Ich denke an all die Fenster, die ich entworfen habe, und versuche zu entscheiden, welche mir am besten gefallen –

Sechzehn Sekunden. Schlechter als am Anfang.

Ich gebe es auf.

Nach der neunten Praktikumswoche eröffnet mir Woo Eubong, dass ich bei einem Projekt gebraucht werde. Es geht um eine öffentliche Ausschreibung zu einem Bauvorhaben, das konventionell durchgeführt werden soll und nicht organisch. Vier Tage lang arbeite ich mit anderen Ingenieuren an echten Ingenieuraufgaben. Wir sammeln Ideen, lassen das System Entwürfe anfertigen, modifizieren und ändern sie. Zu dem Zeitpunkt, als ich zum Team stoße, ist es schon über eine Woche bei der Arbeit. An einem Samstagabend um neun Uhr reichen wir unsere vorläufigen Pläne ein und gehen in die Stadt, um den Abschluss der Arbeit zu begießen.

Ich fühle mich als gleichberechtigtes Mitglied der Gruppe, ich habe vier Tage lang zwischen zehn und zwölf Stunden mit den anderen zusammengearbeitet. Sie akzeptieren mich als ihren Kollegen. Während ich zufrieden mein Bier trinke, wird mir bewusst, dass ich es geschafft habe, ich bin Ingenieur. Wenn ich nach New York zurückkehre, werde ich zumindest ein Diplom als Bauingenieur von der Universität von Nanjing vorweisen können. Obendrein bin ich Experte für Systemanalyse, ganz zu schweigen von meiner besonderen Fähigkeit, Türen zu entwerfen.

Das ist beruhigend, fast gelingt es mir, darüber meinen letzten Sechzehn-Sekunden-Absturz zu vergessen.

In der Folgezeit erledige ich Routinejobs und variiere Themen, die mir von Woo Eubong vorgegeben werden. Zehn Wochen, elf Wochen. Der Wuxi-Komplex verliert von Tag zu Tag an Bedeutung. Es ist Ende Mai. Am ersten Juli werde ich wieder in New York sein.

Jetzt muss ich mich nur noch für eine Abschlussarbeit an der Universität von Nanjing entscheiden, die auf meiner Praktikumszeit basiert. Ich beschließe, das Ausschreibungsprojekt zum Thema dieser Arbeit zu machen. Die Arbeit ist zwar durchaus interessant und abwechslungsreich, aber eigentlich ist sie mir gleichgültig. Obwohl meine finanzielle Situation nichts zu wünschen übrig lässt und ich mich in meiner schönen Wohnung überaus wohl fühle, will ich nur noch nach Hause. Dort werde ich wieder Brathähnchen und Toastbrot zu essen bekommen, sowie Pasta, mit Käse überbacken (in China gibt es nur selten Käse). Peter hat mir versprochen, zur Feier meiner Rückkehr eine Woche lang Lasagne zu kochen. Danach gibt es Reis und Bohnen. Die koche dann ich, denn davon versteht Peter nichts.

Woo Eubong zeigt mir die Unterlagen ihrer neusten Bauvorhaben: ein Wohnkomplex, ein Büroturm. Ein Strandhaus.

Das Strandhaus klingt nett, und ich bitte sie um nähere Angaben. Es soll auf der Insel von Hainandao gebaut werden. Hainandao war neben Hongkong, Shenzhen und Taiwan eine der ersten Freihandelszonen und ist es immer noch. Was dort auf erzkapitalistische Weise erwirtschaftet wird, soll dem sozialistischen System zugute kommen. Bauherr des Strandhauses ist der Chef eines alteingesessenen Familienunternehmens.

Woo Eubong macht mich auf die Besonderheit des Projekts aufmerksam. Keine Vorgaben, sagt sie. »Dass der Auftrag an uns und nicht an ein Architekturbüro gegangen ist, hat einen einzigen Grund: Genosse Gao, der große alte Mann bei Wuxi Engineering, ist mit Genosse Wang befreundet und möchte, dass ihm eine Reihe von Entwürfen vorgelegt werden. Ingenieurin Li Jian-fen wird einen Entwurf einreichen.«

»Und Sie auch«, sage ich.

Sie schaut zu Boden.

»Auch demütige Verwalter bauen Gärten«, sage ich in Anspielung auf den *Zhouzheng*, den »Garten des demütigen Verwalters«, einer berühmten Gartenanlage in Suzhou.

Sie schaut mich an, antwortet aber nicht, und ich frage mich, ob ich sie beleidigt habe.

»Sie sollten sich daran versuchen«, sagt sie.

»Aber ich kann mich nicht mit organischen Ingenieuren messen«, wehre ich ab.

»Na schön, dann probieren Sie es eben mit der Heizung und der Klimaanlage«, sagt sie. Das ist eine ziemlich provozierende Antwort. Warum macht sie mir einen solchen Vorschlag? Traut sie mir tatsächlich zu, ein Gebäude zu entwerfen? Sie hat meine kümmerlichen Fingerübungen nie kommentiert, und ich weiß nicht, was sie von meiner Arbeit hält.

Wie dem auch sei, ich mache mich daran, Heizungs- und Lüftungssysteme zu entwerfen. Wärmeübertragung. Isolation. Teure Installationen. Aufwändige Installationen. Ein weites Feld, vermutlich werde ich mich noch eine ganze Weile mit Heizungen und Klimaanlagen beschäftigen.

Hainandao. Südseeinsel. »Hai« heißt Meer und entspricht der ersten Silbe in Haitaos Namen. Meereswoge. Ich denke über Heiz- und Kühlsysteme nach. (Auf der Insel wird vor allem Letzteres nötig sein, denn dort gibt es jede Menge Sonnenschein.) Ich stelle mir ein Haus am Strand von Hainandao vor, fast ganz aus Holz. Vielleicht mit Trennwänden aus Papier, wie man sie in Japan verwendet.

Ich bastle an den Klimaanlagen und Heizungen herum. An Hainandao denke ich schließlich gar nicht mehr, genauso wenig wie an Haitaos ordentlich zusammengefalteten weißen Anzug vor der zerborstenen Fensterscheibe.

Am Abend verbringe ich viel Zeit damit, mit lokalen Zutaten Reis und Bohnen zu kochen. Das Ergebnis ist passabel, auch wenn es nicht mit den Kochkünsten meiner Mutter mithalten kann. Meine Mutter kocht auf einem Herd. Hier aber stehen mir nur Mikrowelle und Schnellkoch-Wok zur Verfügung. Gerichte mit langer Garzeit lassen sich so kaum angemessen zubereiten.

Während das Essen kocht, setze ich mich an den Schreibtisch und greife auf das System zu. Ich will mir bloß ein Strandhaus vorstellen und verzichte auf den Ausdruck einer Skizze. Ich suche nach einer Form, die so leicht und durchlässig ist wie Papier und eventuell aus verschiebbaren Wänden besteht.

Dreiundzwanzig Sekunden.

Angewidert stehe ich auf und sehe nach dem Reis. Doch der gart auch ohne mein Zutun. Ich versuche es wieder mit dem Strandhaus.

Achtundzwanzig Sekunden.

Zurück zu Reis und Bohnen. Und dann wieder das Strandhaus.

Neunzehn Sekunden.

Woo Eubong schafft zwanzig, dreißig Minuten am Stück. Sie sitzt stundenlang am Schreibtisch, arbeitet, beantwortet Fragen und findet immer wieder zum Entwurf zurück. Ich habe sogar versucht, ihre Sitzhaltung zu kopieren. Vergeblich. Am liebsten würde ich meine Wut an den Möbeln auslassen, zwinge mich aber zurück an den Schreibtisch. Ich werde nicht locker lassen, bis mir ein akzeptabler Entwurf gelingt. Ich stelle mir ein Strandhaus vor.

Der Kontakt bricht ab.

Ich stelle mir ein Strandhaus vor.

Der Kontakt bricht ab.

Ich klinke mich ein.

Der Kontakt bricht ab.

Das Papier stapelt sich vor dem Drucker. Ich befehle dem System, ohne meinen ausdrücklichen Wunsch keine weiteren Skizzen mehr auszudrucken.

Und schließlich gebe ich auf, stehe auf, räume Bohnen und Reis weg, ohne etwas gegessen zu haben, und gehe ins Bett. Ich bin kein taoistischer Ingenieur und werde es auch niemals werden.

Ich wache auf. Eine schwere Last ist von mir gewichen. Ich habe entdeckt, dass ich unfähig bin, und brauche mich nicht länger abzustrampeln. Und selbst wenn ich doch fähig bin, spielt das keine Rolle mehr. Wenn ich heute Abend nach Hause komme, werde ich Reis und Bohnen essen und an meinem Projekt für die Universität arbeiten.

Die Arbeit im Büro geht mir locker von der Hand. Woo Eubong hatte Recht, als sie sagte, dass ich gegen Ende meines Praktikums am Tag dreißig bis vierzig Entwürfe schaffen würde. Ich habe viel dazugelernt. Wie seltsam ihre Lehrmethoden auch sein mögen, ich bin ihr dankbar. Sogar dafür, dass sie mich gezwungen hat, zahllose Heizungen und Klimaanlagen zu entwerfen.

Es wird Feierabend, und ich bin zufrieden mit mir und meiner Leistung. Darum macht es mir nichts aus, dass mir Woo Eubong Hausaufgaben aufgibt.

Ich warte. Ich würde lieber an meinem Bericht arbeiten, doch mir bleiben noch drei Wochen und ich bin schon fast fertig.

»Ich möchte, dass Sie sich wieder an Entwürfen versuchen, wie am Anfang.«

»Wie viele?«, frage ich.

»Drei«, sagt sie.

Einverstanden. Mir bleibt genügend Zeit für mein Projekt. »Gut«, sage ich. Wenn mein Projekt abgeschlossen ist, werde ich groß einkaufen gehen und ein paar Sachen nach New York schicken.

Ich gehe nach Hause, hole Bohnen und Reis heraus und setze mich an die Entwürfe. Die drei Skizzen sind bestimmt schnell erledigt. Danach werde ich essen und an meinem Projekt arbeiten. Auf der Schriftrolle über meinem Schreibtisch steht »Untätigkeit«.

Zum ersten Mal kann ich sagen, dass es mir wirklich egal ist. Ich denke kurz, dass ich nachher noch ein bisschen an meinem Projekt arbeiten kann, aber mein Kopf ist leer. Ich versuche nicht, erfolgreich zu sein.

Ich klinke mich ein und gebe dem System den Befehl, alle Entwürfe auszudrucken. Einen Moment lang denke ich an gar nichts, mir muss erst noch etwas einfallen, das ich umsetzen möchte. Warum nicht das Strandhaus? Ganz in Weiß, aber diesmal stelle ich mir nicht ein Stück Papier vor, sondern Eis. Wieder taucht Borden-Station in meiner Erinnerung auf. Ich stelle mir ein riesiges Fenster vor. Das ist nicht unbedingt typisch chinesisch, sondern entspricht eher den Glas- und Stahlkonstruktionen New Yorks. Etwas Langgezogenes, Niedriges – ich habe den Verlauf der Wände genau vor Augen. Ein großer Raum, eine Küche mit niedriger Trennwand, nur geringfügig höher als das lang gestreckte Zimmer, dessen Fenster auf den Sund hinausgeht –

Ich greife in den Raum. Zunächst fehlt jede Perspektive, ich spüre Panik in mir aufsteigen, doch stattdessen gebe ich nach, ich lasse mich von der Leere verschlingen und stattdessen dehne ich mich aus, das System wird meine eigene Erinnerung. Ich falle hindurch. Ich spüre die Grenzen meines Geistes, ich weiß, wie wenig ich gleichzeitig zu denken vermag, und dann werden diese Grenzen unvorstellbar weit und ich bin ich selbst, ich selbst, aber fähig zu denken, und ich habe diese Sache, die ich denke, in meiner Vorstellung, ohne sie festzuhalten, ohne mich zu konzentrieren, weil ich es dem System überlasse, sich für mich zu konzentrieren. Das System ist für mich da, es ist Teil von mir. Um das Haus zu modifizieren, muss ich es nur denken und es geschieht. Ich stehe davor und sehe den lang gestreckten Teil des Hauses, in dem die Küche und das Wohnzimmer untergebracht sind. Von der Küche aus führen Stufen hinunter an den Strand (oben auf dem Treppenabsatz platziere ich meine Trennwand aus Papier, allerdings muss ich mir ein Material einfallen lassen, das zwar so durchscheinend ist wie Papier, aber weniger empfindlich). Hinter der Küche liegen die Schlafzimmer, leicht erhöht in den Hang gebaut (die Vermessungsdaten liefert der Speicher). Das Gebäude sieht amerikanisch aus; ich finde, es braucht ein Ziegeldach. Blaue, chinesische Ziegel. Dadurch wirkt der Übergang von einer Deckenhöhe zur anderen etwas weicher und das Dach wird zu einer Welle.

Ich halte inne und sehe mich im Zimmer um. Der Drucker seufzt und macht einen Ausdruck. Alles, was ich entworfen habe (kaum mehr als eine Muschel und längst nicht fertig), ist da. Vierzehn Minuten.

Ich beginne zu zittern. Was, wenn es mir nie wieder gelingt? Ich schließe die Augen, klinke mich ein, halte nach dem Strandhaus Ausschau, dehne mich aus –

Ich breche ab und betrachte den Ausdruck in meinen Händen. Ich spüre meine Grenzen, vermisse das System. Ich schließe die Augen, dehne mich aus –

Und während ich dasitze und meine Strandhausmuschel vor mir sehe, spüre ich, dass ich weine. Weil ich es geschafft habe, ich habe es geschafft.

Ich fühle mich als ein Ganzes, jetzt kann ich nach Hause zurück.

Drei Düfte

San-xiang

Es ist schrecklich, mit einem neuen Gesicht zur Arbeit zu gehen. Ständig befühle ich die neue Kieferpartie und das Kinn. Soll ich mich schminken? Ist es richtig, dass ich besser aussehen möchte? Aber wo ich jetzt ein hübsches Gesicht habe, ist es da nicht richtig, etwas daraus zu machen? Wenn ich mich nicht schminke, bedeutet das nicht, dass ich denke, ich hätte es nicht nötig?

Bei Cuo wissen alle, dass ich ein neues Gesicht habe. All die Glückwunschkarten: »San-xiang! Süßes Kind! Möge dein neues Gesicht zu deinem Herzen passen!« Ich hätte mich der Operation schon vor Jahren unterzogen, aber Vater hat alle Ersparnisse ausgegeben, um *quanxi*, Beziehungen, zu pflegen. Er wollte unbedingt nach China zurück. Dabei war daran gar nicht zu denken, nachdem Amerika im Zuge der Großen Läuterung außer Rand und Band geriet. In China wären wir davon natürlich verschont geblieben. China ist zu alt, die Verhältnisse sind zu gefestigt, eine Große Läuterung wäre dort gar nicht möglich.

Sooft ich in den Spiegel blicke, muss ich an all die Wochen denken, in denen das Virus meine Knochenzellen zur Teilung veranlasste. Ich hatte solche Angst. Sie haben mir alles genau erklärt, doch ich bin oft nachts aufgewacht und habe gedacht: Was, wenn der Prozess nicht mehr aufzuhalten ist? Riesige Kieferknochen wuchsen unterhalb meiner Ohren zu zerklüfteten Berghängen, meine Zähne schmerzten und bewegten sich wie Gesteinsschichten in einem Gebirge. Ich stellte mir vor, mein Unterkiefer würde lang und schwer, bis mein Kopf einem langgesichtigen Pavian glich, einer Gottesanbeterin. Und dann wurde mir ein zweites Virus injiziert, dessen RNA-Boten meinen Knochenzellen Einhalt gebieten sollten. Und sie hörten zu wachsen auf.

Ich finde, es ist ein wunderschönes Gesicht. Mama sagt, dass ich hübsch aussehe, ganz normal, nicht wie ein Vidstar. Wann immer ich in den Spiegel schaue, kann ich es kaum fassen. Meine Augen sind größer, natürlich nicht so groß wie die eines *waiguoren*, aber deutlich größer als zuvor. Mein Kinn ist wunderschön oval. Das ist nicht das erste Mal, dass ich ausgehe, ich war mit Mama einkaufen. Die Leute reagieren so anders auf mich. Manchmal sind sie richtig unfreundlich. Es ist herrlich, nicht bemitleidet zu werden.

In der Firma werden mich bestimmt alle anstarren. Obwohl ich weiß, dass ich nicht mehr hässlich bin, fürchte ich mich davor. Sie werden an mein altes Gesicht denken und es mit meinem neuen vergleichen. Ich will nicht mehr die alte San-xiang sein, das bedauernswert hässliche Ding, die mit ihren winzigen Augen und ihrem nicht vorhandenen Kinn aussah, als wäre sie von Natur aus tumb. Von nun an wird alles anders. Ich werde mein Leben von Grund auf ändern. Ich werde mir eine neue Arbeitsstelle und neue Freunde suchen. Ich werde ein neuer Mensch sein.

Ich werde mich schminken. Wenn ich eine neue Stelle habe, wird keiner der Kollegen wissen, dass ich einmal hässlich war. Dort werde ich Make-up tragen, also kann ich genauso gut jetzt damit anfangen. Übung kann nicht schaden. Wenn ich den neuen Job antrete, werde ich mich an mein neues Gesicht gewöhnt haben und niemand wird ahnen, dass ich einmal hässlich und tumb ausgesehen habe. Ich ziehe neue Sachen an, ich habe eine neue Frisur, die zu meiner neuen Gesichtsform passt. Die Schläfen sind ausrasiert und der Pony fällt mir tief in die Stirn. Sehr gewagt, wie man sagt.

Die Welt ist neu.

Den ganzen Tag haben die Leute zu mir gesagt: »Wie schön du bist.« – »Komm mit auf einen Drink«, sagt Celia. »Lass uns feiern. Es wird auch nicht spät.«

Nach der Arbeit gehen wir ins *In-Between,* wo viele nach Feierabend noch auf einen Drink vorbeischauen. Ich bestelle mir ein Bier. Celia und Carol lassen sich neonfarbene Cocktails bringen, in denen Plastikfasern stecken, deren Enden hell aufglimmen. Ich sehe sie immer nur in Drinks, woher beziehen die Bars nur diese Dinger? Tim und Qing Yang trinken *baijiu*, männliche Drinks, harter Stoff. Ich halte mich an Bier. Früher mochte ich es überhaupt nicht, doch ich habe mich daran gewöhnt.

»So ein braves chinesisches Mädchen«, neckt Tim, »wie sie an ihrem Bier nippt.«

»Von *baijiu* wird mir schwindelig«, antworte ich und Tim und Qing Yang lachen, obwohl es stimmt. Sie lachen ständig über das, was ich sage. Zuerst macht es mich nervös, aber dann denke ich, dass sie wohl nur nett sein wollen. Sie vermitteln mir das Gefühl, klug zu sein. Sie lachen, als ich sage, dass ich meine Mutter anrufen muss, um ihr zu sagen, dass ich später nach Hause komme.

»Mama«, sage ich auf Mandarin. »Es wird etwas später werden. Ich bin noch mit Kollegen in einer Bar.«

»Hao, hao«, sagt sie und nickt zustimmend. Beim Anblick ihres Doppelkinns überrascht mich der Gedanke, dass ich hübscher bin als meine Mutter.

»Qing ni gaosu baba«, sage ich. Sag bitte Papa Bescheid.

»Meishi«, antwortet sie, *»ni gen nide pengyou, wanba.«* Mach dir keine Sorgen, amüsier dich mit deinen Freunden.

Das klingt seltsam, eine englische Redewendung auf Chinesisch. Dass ich in einer Bar sitze, scheint ihr überhaupt nichts auszumachen. Ich setze mich wieder zu meinen Kollegen. Hinter der Bar ist ein kleiner Zwischenraum für die Barkeeper und eine Theke, auf der jede Menge Flaschen stehen. Eine hübsche Chinesin im Anzug spiegelt sich darüber.

Sie wirkt ein bisschen nervös, amüsiert sich aber. Das ist offensichtlich.

Am Donnerstag fragt Qing Yang, ob ich mit ihm ins *In-Between* gehe. Obwohl an dem Abend meine politische Runde stattfindet, sage ich zu. Dann rufe ich Gu an und sage ihm, dass ich nicht kommen kann, dass ich Überstunden machen muss.

Qing Yang ist ein ABC. Ich freue mich, dass er mit mir ausgeht. Er sieht nicht zu gut aus, er hat eine runde Glatze wie ein Mönch, nur kleiner. Er sieht nicht so gut aus wie Zhang, ein anderer ABC, mit dem ich ein paar Mal aus war. Zhang ist überhaupt der einzige Mann, mit dem ich je ein Rendezvous hatte, und das auch nur, weil ihn mein Vater – für den er gearbeitet hat – darum bat. Ich frage mich, was er denken würde, wenn er mich jetzt sähe.

Qing Yang ist nett. Gut aussehende Männer sind selten nett, anscheinend haben sie das nicht nötig. Also gehen wir ins *In-Between*, und ich trinke Bier. Ich weiß nicht, worüber ich mit ihm sprechen soll. Am Anfang lächeln wir ziemlich oft, eine ausgesprochen unangenehme Situation, aber dann reden wir über seinen Job, und er erzählt von all den Leuten, die er kennen lernt, und den Leuten, denen er Systeme verkauft. Bislang wusste ich nicht, welchen Posten Qing Yang in der Firma hat. Wahrscheinlich bin ich einfach davon ausgegangen, dass Leute, die ein System brauchen, zu Cuo kommen. Ich habe mir nie Gedanken darüber gemacht, dass es bei Cuo Leute gibt, die aktiv verkaufen. Ziemlich naiv von mir, das muss ich zugeben.

Anscheinend ist Qing Yang ein ziemlich guter Verkäufer, all seine Geschichte drehen sich darum, wie er immer einen Kniff findet, dass die Kunden ihn mögen, wie zum Beispiel diese Frau, die ABCs nicht mag und Qing Yang nicht mochte, bis sie herausfand, dass er wie sie aus West Virginia stammt. »Wir waren damals Nachbarn, verstehst du?«, sagt er. »Über die persönliche Schiene kommt man an jeden Kunden ran.«

Ich täte mich schwer damit. Wenn er nicht zufällig aus West Virginia käme, was hätte er dann gemacht? Ich war überhaupt noch nie in West Virginia.

Qing Yang geht auf die Toilette und ich schaue auf die Uhr.

Wir sind schon eine Stunde hier. Ich weiß nicht, wann ich nach Hause gehen sollte, außerdem bekomme ich langsam Hunger. Er kommt zurück. »Möchtest du etwas essen?«, fragt er.

»Gern«, sage ich.

Wir gehen in ein indisches Restaurant an der Seventh Avenue. Auf dem Schild über der Tür steht, dass es über hundert Jahre alt ist. »Warst du schon mal indisch essen?«, fragt Qing Yang.

»Ist es wie thailändisch?«

»So ungefähr.« Der Gastraum besteht aus altmodischen Ziegelwänden. Auf den Tischen liegen silbern-weiße Damastdecken. Es sieht nicht besonders indisch aus, eher so wie in jenen altertümlichen Restaurants, wo zu jedem Gedeck zwei Gläser und drei Gabeln gehören; es sieht aus, als wäre auf dem Tisch kaum mehr Platz für unser Essen. Qing Yang bestellt für mich, ein Gericht namens Tandoori Chicken: mit Yoghurt überbackenes Huhn, aber vom Yoghurt ist nicht viel zu sehen. Es schmeckt nicht schlecht. Ich lobe seine Wahl. Das Brot heißt Poori und sieht aus wie ein Luftkissen. Damit schöpfen wir die würzigen roten und grünen Saucen aus einer Schale in der Mitte des Tisches. Das Brot ist wirklich gut.

Zum Essen trinke ich noch ein Bier. Es ist indisches Bier und heißt Golden Eagle, aber es schmeckt genauso wie das einheimische Bier. Bier ist Bier ist Bier. Ich kann keinen großen Unterschied feststellen.

Nach dem Essen nimmt mich Qing Yang mit in eine Kneipe, wo Musik gespielt wird. »Nur für eine Stunde oder so.« Er fordert mich zu einem traditionellen Tanz auf, doch ich kenne die Schritte nicht. Schließlich zeigt er mir eine einfache Figur. Sie besteht aus zwölf Schritten, oder eigentlich vierzehn, den Knicks und die Verbeugung mit Handkuss am Ende mitgerechnet. Beim Knicks streifen meine Jackenschöße den Boden. Ich komme mit dem Zählen durcheinander, doch Qing Yang ist gut im Führen. »Ich werde dir die Quadrille beibringen«, verspricht er. »Siehst du das Paar dort drüben?«

Der Mann hält die Hand der Frau in die Höhe. Sie trägt einen

Ring, der blau und weiß funkelt. Beide machen zwei Schritt nach vorn, rutschen auf den Sohlen ein Stück weiter und wirbeln auf dem Absatz herum, so dass sie vor ihm zu stehen kommt. Dann legt er ihr die Hände auf die Hüften, und sie lehnen sich zur Seite, biegen sich voneinander weg wie grazile Bäume, wie große balzende Vögel. Dann tanzen sie weiter, die Schrittfolge sieht sehr kompliziert aus. Ich glaube nicht, dass ich das jemals lernen könnte. Aber es sieht so schön aus. Die Musik plätschert dahin, zuerst kann ich keinen Takt erkennen, doch dann spüre ich den Rhythmus, und so schwer ist es gar nicht.

Um neun sagt Qing Yang, dass er gleich zurückkommt und mich dann zur U-Bahn bringt. Ich warte an der Bar.

»Entschuldigung, wie spät ist es?«

Dass ich gemeint bin, merke ich erst, als der Mann die Frage wiederholt. »Entschuldigen Sie, wissen Sie, wie spät es ist?«

»Oh«, sage ich und werfe einen Blick auf die Uhr, obwohl ich das eben erst getan habe. »Kurz nach neun.«

Er ist ein *waiguoren*. Er lächelt mich an und ich lächele zurück. Er hat dichtes, hellbraunes Haar, das er zu einem Zopf zurückgebunden hat. Er erinnert mich ein bisschen an Zhang, den ABC, mit dem ich einmal aus war. Er trägt einen bordeauxroten Kapuzenpulli, keinen Anzug als käme er von der Arbeit.

»Ihr Freund?«, fragt er und nickt in Richtung Toilette.

»Nur ein Bekannter«, antworte ich. Wie beiläufig das klingt. Es gefällt mir. Qing Yang könnte mein Freund sein, aber er ist es nicht, er ist nur ein Bekannter.

»Wie heißen Sie?«

»Qian San-xiang«, antworte ich.

»San-xiang«, wiederholt er. »Das ist ein hübscher Name. Was bedeutet er?«

»›Drei Düfte‹.«

»Ich heiße Bobby«, sagt er schulterzuckend. »Leider bedeutet das gar nichts.«

Ich muss kichern. Er ist witzig.

»Wohnen Sie in der Nähe? Ich habe Sie hier noch nie gesehen.«

Er hat große, wunderschöne Augen. Wie ein Hündchen. Er vergleicht mein neues Gesicht nicht mit meinem alten Gesicht.

»Nein«, sage ich. »Ich arbeite für Cuo, unten in der Water Street. Ich wohne in Brooklyn.« In diesem Augenblick sehe ich Qing Yang von der Toilette zurückkommen und frage mich, ob es sich gehört, dass ich mich auf ein Gespräch mit Bobby eingelassen habe. Doch Bobby lächelt mir kurz zu und dreht sich taktvoll um. Na bitte, nicht alle gut aussehenden Männer sind Idioten.

Ich spüre, wie sich mir ein neues Leben öffnet, so wie eine jener Papierkugeln, die sich im Wasser zu Blüten öffnen.

An meinem Arbeitsplatz finde ich einen Brief von Aron Fahey vor. Aron Fahey ist ein Marssiedler, mit dem ich Kontakt aufgenommen habe, nachdem ich ein Interview mit ihm im *Xin Gongshe*, einer politischen Theoriezeitschrift gelesen hatte. In dem Interview ging es um die Leitung einer Kommune, und er äußerte sich zur politischen Infrastruktur seiner Kommune. Unsere politische Runde hofft, irgendwann eine Stadtkommune zu gründen, und Aron Fahey vertrat ein paar sehr interessante Meinungen über die politische Struktur einer Kommune im Verhältnis zur politischen Struktur einer größeren Gesellschaft, und er sprach auch darüber, was die politische Struktur einer kleinen Kommune von der einer großen Kommune unterscheidet. In seiner Kommune leben über zweihundert Familien, in unserer Kommune wären es nur etwa sechzehn. Also habe ich ihm einen Brief geschrieben.

Wir korrespondieren über die elektronische Mailbox von Cuo, weil ich mir die Gebühren privat nicht leisten könnte. Ich habe Aron eine Zugangsberechtigung erteilt, so dass er es sich leisten kann, mir zu antworten. Seine Briefe sind sehr interessant. Es ist seltsam, dass ich ihn bislang weder gesehen noch seine Stimme gehört habe, ich weiß alles über ihn. Ich weiß über seine Frau und seine Tochter Bescheid und über seine Farm. Er scheint sein Leben fest im Griff zu haben, er weiß, wofür er arbeitet. Wenn er nicht auf dem Mars leben würde, hätte ich ihn wahrscheinlich längst gefragt, ob ich seiner Kommune beitreten darf.

Ich hebe mir den Brief für die Frühstückspause auf, aber als ich ihn mir gerade zu Gemüte führen will, funkt mir Celia dazwischen und sagt, dass ein privater Anruf für mich vorliegt. Ich vermute, Mama will mich beauftragen, nach der Arbeit einkaufen zu gehen. Umso überraschter bin ich, als Bobby, der Typ aus der Bar, auf dem Monitor erscheint.

»Ah«, sagt er. »Sie sind es tatsächlich. Ich meinte mich zu erinnern, dass Sie gesagt haben, Sie würden bei Cuo arbeiten.«

»Hallo«, sage ich überrascht.

»Ich will Sie nicht stören«, sagt er. »Ist der Zeitpunkt ungünstig?«

»Nein«, sage ich. »Ich habe gerade Pause.«

»Gut.« Er lächelt, richtig nett. »Es ist mir wirklich unangenehm, Sie an ihrem Arbeitsplatz anzurufen, normalerweise rufe ich niemanden bei der Arbeit an, aber ich wusste nicht, wie ich Sie sonst erreichen kann. Ich fand Sie so nett gestern Abend in der Bar, und ich muss dauernd an Sie denken. Ich wette, Sie erinnern sich gar nicht an mich? Ach was, ich wette, Sie bekommen ständig solche Anrufe.«

Ich werde rot, ich spüre, wie mein Gesicht ganz heiß wird, und muss lachen, obwohl es schrill und albern klingt. »O nein, ich erinnere mich sehr wohl. Sie saßen an der Bar und haben mich nach der Bedeutung meines Namens gefragt.«

»Drei Düfte, stimmt's?«

»Stimmt.«

Er sagt, er hätte mich noch nie in der Tanzbar gesehen, fügt aber hinzu, dass er selbst auch nicht dauernd dorthin geht. Ich erzähle ihm, dass ich gestern Abend zum ersten Mal dort war.

»He, vielleicht könnten wir uns dort treffen? Darf ich Sie auf einen Drink einladen? Ich würde Sie wirklich gern näher kennen lernen. Aber« – er wirkt niedergeschlagen – »an einem Freitagabend haben Sie bestimmt schon etwas vor.«

Fast hätte ich ihm zugestimmt, schließlich kenne ich ihn kaum, aber ich überlege es mir. Ich kann einfach etwas trinken und dann nach Hause gehen. Ich muss nicht bleiben. Es wäre nett, jemanden zu treffen. Und er kennt niemanden, den ich kenne, er kennt nur die neue San-xiang. Er hält mich für ein Mädchen, das ständig Verabredungen hat, und er sieht gut aus. »Nein«, antworte ich. »Ich habe noch nichts vor. Ich würde gerne mit Ihnen ausgehen.«

Seine Miene hellt sich auf. »Großartig! Wann passt es Ihnen? Um sieben?«

Ich habe ein Rendezvous. Ich bin mit diesem Mann verabredet. Wie ein ganz normales Mädchen.

Die Arbeitszeit zieht sich in die Länge. Und dann muss ich auch noch die Zeit bis sieben rumbringen. Es lohnt sich kaum, nach Hause zu fahren, ich müsste sowieso gleich wieder los. Ich esse in der Stadt und mache einen Einkaufsbummel. Ich will zu spät kommen, ich will gegen fünf nach sieben dort eintreffen, damit ich nicht schon dasitze, wenn er kommt. Doch ich laufe zu früh los und bin fast zehn Minuten zu früh in der Bar. Er ist nicht da.

Sieben. Er ist immer noch nicht da. Ich warte am Eingang, weil ich mich nicht hinsetzen will, ehe er kommt. Die Leute schauen mich an. Ich weiß, ich sehe albern aus, wie ich da herumstehe.

Um zehn nach sieben geht endlich die Tür auf, und er ist es. Er runzelt die Stirn wie in Gedanken, aber als er mich sieht, strahlt er übers ganze Gesicht. Wenn er lächelt, sieht er wie ein kleiner Junge aus.

»Tut mir Leid, dass ich mich verspätet habe«, sagt er. »Warten Sie schon lange?«

»Nein«, sage ich, um ihn nicht in Verlegenheit zu bringen. »Ich bin auch gerade erst gekommen.«

Er legt mir eine Hand in den Rücken, nimmt meinen Arm und führt mich an einen Tisch, der etwas abseits steht. Er hat einen merkwürdig rauchigen Duft an sich, eine Mischung aus Leder, Deo und seinem Körpergeruch. So wie er hat mich noch nie jemand berührt. Wahrscheinlich will er nur galant sein, aber mir wird ganz mulmig. Ich weiß nicht, was ich davon halten soll.

Zhang hat mich kein einziges Mal berührt, abgesehen von dem flüchtigen Gute-Nacht-Kuss.

Wir setzen uns und er sagt: »Ich habe das Gefühl, als würde ich Sie kennen.«

Ich weiß nicht, was ich sagen soll, also sage ich gar nichts.

»Sie verstehen mich doch, oder? Haben Sie nicht auch das Gefühl, mich zu kennen?«

»Ja«, sage ich, denn das will er von mir hören.

»Ich wette, Sie trinken gerne Chrysanthemum.«

»Ja, klar«, sage ich, obwohl das nicht stimmt, und ich fühle mich etwas unbehaglich.

»Na bitte«, sagt er. »Ich kenne Sie.«

Er bestellt unsere Drinks. Wir geben bestimmt ein hübsches Paar ab. Es würde mich nicht wundern, wenn andere neidisch auf uns wären.

Bobby möchte, dass ich ihm von meiner Arbeit erzähle. Ich tue ihm den Gefallen, obwohl es da nicht viel zu sagen gibt. Er fragt mich, ob ich aus China komme, und dann, warum ich hier lebe. Ein Chrysanthemum ist ein heller, klarer Blütencocktail, garniert mit diesen glimmenden Plastikfasern. Er schmeckt süß, aber etwas scharf, wie Zimt. Während ich Bobby erzähle, dass wir wegen meines Vaters herkommen mussten und wie altmodisch mein Vater ist und dass unsere Verwandten in China meinen Vater schrecklich feudalistisch finden, bestellt er mir einen zweiten Drink. Anfangs denke ich, er ist einfach nur höflich, aber er hört nicht auf, Fragen zu stellen – ob ich nicht traurig gewesen sei, meine Freunde zu verlieren, ob ich mich hier zu Anfang nicht schrecklich fehl am Platz gefühlt hätte. »Sie wirken auf mich wie eine Aristokratin«, sagt er allen Ernstes und ohne mir schmeicheln zu wollen. »Sie stammen offensichtlich aus einer vornehmen Familie und waren in Ihrer Jugend von edleren Dingen umgeben.«

So habe ich mich noch nie gesehen. Zugegeben, Mama kauft immer wieder Dinge aus China und sie legt Wert darauf, dass unsere Wohnung chinesisch eingerichtet ist. Nicht so schäbig wie bei anderen Leuten, wir haben ein System, mit dem sich die Wandfarben beliebig wechseln und die Fenster verdunkeln lassen. Unsere Möbel stammen fast ausnahmslos aus China. Sie sind nicht so modern, dass sie bereits mit dem System verbunden sind und die Farben dem Dekor anpassen, aber sie sind sehr viel besser als das, was man hier kaufen kann.

»Eines Tages werde ich nach China zurückkehren«, sage ich, obwohl ich daran bis zu diesem Moment nicht geglaubt habe. Aber als ich es ausspreche, weiß ich, dass es stimmt, ich muss dorthin zurück. Ich weiß nicht, wie ich es anstellen soll, aber ich habe die chinesische Staatsbürgerschaft. »Mein Job bei Cuo ist nur vorübergehend. Ich werde bald die Stelle wechseln.«

»Schön für Sie«, sagt er. »Sie leben bei Ihren Eltern?«

So wie er es sagt, so wie es klingt, wünschte ich, es wäre anders. Da sitze ich in meinem Kostüm aus China, trinke Chrysanthemum und unterhalte mich mit einem gut aussehenden Mann. Ich sollte eigentlich nicht bei meinen Eltern leben. Ich kann nicht sagen, dass ich bei den Eltern wohne, er würde mich für ein Kind halten. »Nein«, sage ich. »Ich habe eine Wohnung.«

Er ist überrascht und reißt voller Respekt die Augen auf. »Tatsächlich. Allein?«

»Nur für den Übergang«, sag ich. »Ich habe vor, mit Freunden außerhalb von Brooklyn eine Kommune zu gründen, bei Brighton Beach oder auf Coney Island.« Beiläufig schaue ich auf meinen Drink. Das mit den Freunden stimmt, allerdings habe ich mich schon oft gefragt, ob wir jemals über die reine Theorie hinauskommen. Nun ja, die Gründung einer Kommune will gut überlegt sein.

Dann kommt mir der Gedanke, dass manche Leute nichts von Privateigentum an Wohnraum halten. Vielleicht ist er enttäuscht von mir. Schnell füge ich hinzu: »Eigentlich halte ich nichts von Privateigentum. Die Wohnung habe ich nur, um nicht nach Pennsylvania oder West Virgina umziehen zu müssen. Und wie gesagt, sie ist nur fur den Übergang.«

Er nickt nachdenklich.

Ich würde ihn gern fragen, wie er über Privateigentum denkt, aber was soll er antworten, nachdem ich ihm von der Wohnung erzählt habe?

»Wo wohnen Sie?«, frage ich.

»In New Jersey«, antwortet er. »Aber zur Zeit wohne ich bei Freunden. San-xiang« – er lächelt mir zu –, »ich sage Ihren Namen gern, er klingt so schön, so altmodisch. San-xiang. Ich bin später noch zu einer Party eingeladen. Würden Sie mich begleiten?«

»Gern«, sage ich und fühle mich als Dame von Welt.

Ich fühle mich seltsam, als wir auf die Party gehen. Sie findet in einer sehr kleinen Wohnung statt, die nur spärlich möbliert ist, es gibt nicht einmal ein Bett. Doch dann fällt mir auf, dass das Weiche auf dem Boden ein Futon ist. Die Wohnung ist weiß gestrichen: der Boden, die Decke, die Wände, die Leitungsrohre, selbst die Ziegel, aus der die Trennwand zur Kochnische besteht. Aber die Farbe ist alt und überall sind hässliche Flecke zu sehen.

Alle kennen Bobby. Niemand trägt Kostüm oder Anzug. Einige Gäste könnten von der Universität stammen, aber sicher bin ich mir nicht. Man kann sich nirgendwo hinsetzen. Einige Frauen sind merkwürdig gekleidet, und einer der jungen Männer trägt einen Lendenschurz. Ich finde, Lendenschurze sehen komisch aus, ganz nach vor der industriellen Revolution. Warum zieht jemand so etwas an?

Auch die Musik ist seltsam, voll melodischem Singsang und komplizierten Rhythmen. Bobby führt mich ins Nebenzimmer. Im Vorbeigehen höre ich eine Frau sagen: »... Identität von Mensch und Musikinstrument, also weg von der Subjekt-Objekt-Beziehung zwischen Musiker und Instrument – hallo, Bobby.«

»Hallo, Cara«, sagt er und geht weiter. Dann lässt er mich mitten im Zimmer stehen und sagt, er sei gleich wieder zurück. Ich weiß nicht, wie ich mich verhalten soll, also bleibe ich stehen und versuche so auszusehen, als würde er gleich wiederkommen. Ich weiß nicht, was ich hier soll. Manche Gäste schlendern umher, andere stehen in kleinen Gruppen zusammen und plaudern. Ich schnappe ein paar Worte auf:

»... also habe ich ihm gesagt, ›Empathie ist ein Maßstab für emotionale Reife‹ ...«

»... Debra, also wirklich, todschick. Wo hast du ...«

»... das ist bloß eine Frage des unangetasteten Bewusstseins. Neu konfiguriert wüsste ich nicht, wer ich bin; mein Bewusstsein wäre durch ein neues, identisches, ersetzt worden, und das käme dem Tod gleich ...«

»... das Verhältnis von Strecke und Zeit, wenn sie vorbeifliegt, bevor sie auch nur erkannt werden kann, falls das irgendeinen Sinn ergibt ...«

Ich komme mir sehr dumm vor. Hoffentlich spricht mich niemand an.

Bobby kommt zurück und ich lächle ihm entgegen. »Tomas ist nicht da«, sagt er. »Aber er wird wohl noch aufkreuzen. Das ist ein Freund von mir. Hier, ich habe dir eine Granate mitgebracht, was anderes war nicht aufzutreiben.« Er reicht mir eine weiße Packung, schüttelt dann seine und öffnet sie. Ich schüttle meine und öffne sie. Ich probiere einen Schluck, es schmeckt bitter. »Warte hier«, sagt er. »Ich muss noch kurz mit jemandem sprechen.« Mir ist nicht entgangen, dass er mich plötzlich duzt.

Ich bin wieder allein. Ich hätte nicht herkommen sollen. Wenigstens habe ich meine Granate. Hoffentlich will Bobby nicht allzu lange bleiben, vielleicht – ich schaue auf die Uhr, es ist halb zehn – gehe ich in einer Stunde. Das ist lang genug. Der Chrysanthemum hat mich ziemlich müde gemacht.

Ich habe die halbe Granate getrunken, bis Bobby zurückkommt. »Komm«, sagt er, »ich will dich ein paar Freunden vorstellen.«

Wir gehen zurück in das andere Zimmer. Das ganze Weiß erinnert mich an eine Beerdigung. Das Licht ist heruntergedreht, alle sitzen auf dem Boden. Ich trage mein gutes Kostüm; obwohl es zu meiner hässlichen Vergangenheit gehört, ist es nach wie vor das Beste, was ich habe. Als Bobby sich auf den Boden setzt, setze ich mich vorsichtig neben ihn. Er sagt: »San-xiang, das sind

Dana, Carlos«, und er stellt mir einen nach dem anderen vor, aber es ist schwer, die einzelnen Namen auseinander zu halten. Alle lächeln mir zu. Ich hocke in meinem guten, roten Kostüm auf dem schmutzigen weißen Fußboden und lächele zurück. Die anderen tragen alle Hosen. Dana ist um die vierzig, und offenbar hat sie ihren Stoffwechsel länger nicht mehr überprüfen lassen, denn sie ist viel zu dick. Sie hat breite, weiche Hüften, aber sie ist nicht schmutzig und lächelt mir zu.

Ich höre mir die Unterhaltung an, sie reden alle über Leute, die ich nicht kenne. Ich würde gerne auf die Uhr schauen, aber das wäre unhöflich. Ich nippe an meiner Granate. Sie ist milchig weiß und schmeckt nach Bittermandeln. Oder vielleicht nach bitterer Vanille. Alles ist weiß, bis auf die Flecken an der Wand. Im Halbdunkel sehen sie fast wie Schriftzeichen aus. Ich entdecke *ren,* Volk, und *xiao,* klein. Bobby legt mir einen Arm um die Schulter.

Es fühlt sich seltsam, aber schön an. Sein Arm ist angenehm schwer. Ich spüre seine Finger an meinem Schlüsselbein. Niemand nimmt Notiz davon. Vielleicht denken sie, ich bin Bobbys neue Freundin. Vielleicht bin ich das.

Bobbys Freundin. *Bobby de nupengyou.* Ich suche an der Wand nach dem Schriftzeichen für Freundin, finde das *nu* für Mädchen und das zweite Schriftzeichen des Wortes für Freund: *you.* Mein Kopf dreht sich, zu viel Chrysanthemum und Granate.

»Komm, Schatz«, sagt Bobby plötzlich. »Lass uns etwas frische Luft schnappen.«

Er hilft mir auf die Beine. Als ich mich umschaue, sehe ich lauter abwesende Blicke.

Lächelnd klopft Bobby mein Kostüm ab und zieht meine Jacke gerade. Ich fühle mich schwach. Nicht unbedingt betrunken, aber schwach. »Mir ist ganz schummerig«, sage ich kleinlaut.

»Komm«, sagt er. »Das war deine letzte Granate.«

Ich lache. Es klingt albern: Das war deine letzte Granate. »Die eine hat mich in die Luft gesprengt.«

Auch Bobby lacht. Offenbar habe ich genau das Richtige gesagt. »Ja, Liebling, das ist wohl wahr. Komm.«

Wir verlassen die Party. Der mittlere und vordere Raum sind hell erleuchtet. »In die Luft gesprengt«, flüstere ich. Ich freue mich, dass ich etwas Kluges gesagt habe, dass ich Bobby zum Lachen gebracht habe. Ich bin genauso klug wie die anderen. Ich könnte Bobbys Freundin sein, wenn er das will. Bobby hat mir seinen Arm um die Taille gelegt und ich lehne mich an ihn. Es fühlt sich schön an und ich kann nichts dafür, ich fühle mich einfach schwach. Es hat nichts zu bedeuten, ich fühle mich einfach schwach.

Wir fahren mit dem Aufzug nach unten und treten auf die Straße. Durch die Gitterroste im Boden hört man die U-Bahn grollen. Lieferwagen dröhnen vorbei. Eine Party in Manhattan. Nun, es ist nicht meine Schuld, dass ich niemanden kannte. Wenn ich Bobbys Freundin bin, werde ich viele Leute kennen lernen, und dann werde ich mich amüsieren. Bobby sagt, wir sollten laufen, also laufen wir: linker Fuß, rechter Fuß, wir marschieren im Gleichschritt. Mir fällt ein chinesisches Marschlied ein und ich würde es gerne singen, lasse es dann aber bleiben, sonst glaubt Bobby, ich wäre betrunken.

Wir biegen um eine Ecke und stehen plötzlich in einer Toreinfahrt. Bobby sagt: »San-xiang, hör zu. Riech mal kräftig hier dran.«

Er hält ein Blatt Papier in der Hand. Eigentlich sind es zwei Blätter, die zusammengeklebt sind. Er reißt sie auseinander und hält sie mir unter die Nase. Ich hole tief Luft –

Es ist kalt und süßlich, als würde ich ein Glas kalte Milch in einem Zug trinken. Mein Kopf schmerzt, er wird größer und weißer und größer und weißer, ich halte mir die Stirn und beiße die Zähne aufeinander und es hört nicht auf, und dann ist mein Kopf plötzlich wie ein Ballon, der immer größer und größer wird und zu platzen droht, jemand lässt die Luft raus und er schrumpft ganz schnell und ist verschwunden.

Bobby sieht mich an. »Besser, Baby?«

Ich nicke. Es geht mir tatsächlich besser, abgesehen von leichten Kopfschmerzen. Immerhin stehe ich wieder fest auf den Beinen. »Was war das?«, frage ich.

»Ein Eispickel«, antwortet er, doch das sagt mir nichts. Er zerknüllt das Papier und wirft es in die Einfahrt. Ich massiere mir die Schläfen. Er nimmt keine Notiz von mir, reißt einen zweiten Eispickel auseinander und schnüffelt daran. Es sieht nicht danach aus, als würde er Kopfschmerzen davon bekommen. »Komm«, sagt er. »Möchtest du tanzen?«

»Ich kann nicht tanzen«, sage ich. »Und außerdem muss ich jetzt nach Hause, na ja, ich bin schrecklich müde, weißt du, ich habe den ganzen Tag gearbeitet.«

Er nimmt meine Hände. »Ich wollte dir einen schönen Abend bereiten, aber so ganz ist mir das nicht gelungen. Das tut mir Leid. Komm, ich zeige dir noch dies eine Lokal, und wenn du danach gehen willst, werde ich nichts sagen. Ich werde dich nicht mehr anrufen, ich werde dich nie wieder belästigen.«

»Darum geht's mir nicht«, sage ich. Sein Gesicht ist wunderschön, alles ist so klar, fast kann ich im Dunklen sehen. Sein Duft, sein rauchiges Parfüm, verdreht mir den Kopf. »Darum geht es mir wirklich nicht.« Ich will nicht, dass er mich nie wieder anruft.

Er beugt sich vor und gibt mir einen Kuss. Mir ist unbehaglich dabei. Er steckt mir die Zunge in den Mund, und ich muss daran denken, dass ich mir seit Stunden die Zähne nicht geputzt habe. Aber er schlingt die Arme um mich und hält mich fest. Ich spüre seinen weichen Pulli und rieche die Lederschleifen. Er drückt mich ganz fest an sich, meine Füße verlassen fast den Boden. Ich weiß nicht, was ich tun soll. Es fühlt sich sehr schön an, ich will, dass er mich noch fester an sich drückt. Ich will nicht unbedingt, dass er mich küsst, aber ich will, dass er mich im Arm hält, ganz lange.

»San-xiang«, sagt er. »Ich liebe deinen Namen. Drei Düfte. Komm mit mir, ja?«

»Ja«, flüstere ich.

Aber zuerst muss er noch einmal zur Party zurück, um diesen Tomas zu sprechen. Er bringt mich in ein Restaurant und bestellt mir eine Tasse Tee. »Du musst nicht wieder dorthin, ich bin bald wieder da. Okay, Süße?« Er lächelt wieder wie ein kleiner Junge. »Was könnte besser zu dir passen als ›Süße‹? Wie ein süßer Duft. Versprich mir, dass du wartest.«

»Versprochen«, sage ich.

Er bleibt über eine halbe Stunde weg. Ich trinke drei Tassen Tee und lese Zeitung. Es ist nicht das, was ich erwartet habe. Die Verabredung mit Zhang verlief völlig anders. Er hat mich abgeholt, wir sind zu den Drachenrennen und anschließend essen gegangen. Dann hat er mich nach Hause gebracht. Wir sind nicht die ganze Zeit durch die Gegend gerannt. Aber Bobby kennt nun mal viele Leute. Die Kopfschmerzen lassen nach, dafür werde ich müde. Es ist zwar erst halb elf, aber mir kommt es später vor. Auf der Toilette schaue ich in den Spiegel. Mein neues Gesicht ist zwar immer noch da, aber es ist mir gleichgültig. Ich versuche, mich darüber zu freuen, wie hübsch es aussieht, aber es ist wie ein Kleid, das ich den ganzen Tag getragen habe, es ist einfach da.

Im Restaurant werden weich gespülte Popsongs für alte Leute gespielt. Eine Tasse Tee ist teuer, Sandwichs und Samosas kosten so viel wie ein komplettes Menü in Brooklyn. Die Tische sind gedeckt, als würden mitten in der Nacht noch zweihundert Gäste erwartet. Auf jedem Tisch steht ein Becher mit Essstäbchen bereit.

Endlich kommt Bobby zurück und schleppt mich aus dem Restaurant hinaus in die Nacht. Ich bin wieder schläfrig. Ich werde mit ihm in dieses Lokal gehen und dann nach Hause fahren, und es ist mir egal, ob er mich je wieder anruft. Hin und her, hin und her, den ganzen Abend lang, und jetzt bin ich müde.

»Hier«, sagt Bobby und holt noch eins dieser Papierstücke aus der Tasche.

Ich schüttele den Kopf.

»Danach fühlst du dich besser«, sagt er.

»Ich bekomme Kopfschmerzen davon.«

»Du darfst nicht so tief inhalieren«, sagt er.

Also schnuppere ich vorsichtig. Ich bekomme trotzdem wieder Kopfschmerzen, wenn auch nicht ganz so schlimm. Es zieht mir eiskalt in die Stirn, vor meinen Augen schwirren weiße Funken, dann sehe ich wieder klar. Bobby sieht mich an, ohne zu lächeln, und ich weiß nicht, was das bedeutet. »Komm«, sagt er.

Wir steigen in ein fast menschenleeres U-Bahn-Abteil und fahren, schaukelnd und nickend, zwei Stationen weit. Bobbys Gesicht schimmert im Licht der alten Stationslampen grünlich weiß. Sein bordeauxroter Pulli sieht rotbraun aus, wie Blutflecken. Während der Fahrt hat er mich kein einziges Mal angeschaut. Er ist wütend auf mich. Vielleicht ist er auch müde. Das hoffe ich, obwohl ich selbst nicht mehr müde bin. Ich kann keinen klaren Gedanken mehr fassen, meine Gedanken hüpfen umher, mein Kopf ist ein Grillenkäfig.

Er wird bestimmt wütend, wenn er feststellt, dass ich nicht tanzen kann. Die neue San-xiang müsste eigentlich tanzen können, aber ich kann es nicht, ich kann nichts dafür. Wenn er böse wird, gehe ich nach Hause. In der gekachelten Wand der U-Bahn-Station sind Mosaike eingearbeitet, die Biber darstellen. Ich frage mich, ob in New York früher Biber gelebt haben.

Wir verlassen den Bahnhof und ich versuche, den Verlauf des Abends zu rekonstruieren. Bar, Party, Restaurant, U-Bahnfahrt. Wenn mich Mama morgen fragt, was ich unternommen habe, was soll ich dann antworten?

»Schwimmst du gern?«, fragt Bobby.

»Ja«, antworte ich. Ich bin zwar schon lange nicht mehr schwimmen gegangen, aber als Mädchen bin ich oft im Sportcenter gewesen. Als ich sechs Jahre alt war, waren wir einmal in Hainandao, in China. Das ist eine Insel wie Hawaii, nur größer. Wir haben in einem großen Hotel gewohnt und waren jeden Tag am Strand. An das Hotel kann ich mich noch gut erinnern. Einmal habe ich mich am Strand verlaufen. Ich habe noch die Treppe vor Augen, die in den blauen Swimmingpool führte. Die erste und zweite Stufe waren kein Problem, die dritte war schon ziemlich tief, und ab da steckte ich bis zum Scheitel im Wasser.

Durch dunkle Glastüren betreten wir eine Art Empfangshalle, wie in einem Hotel. Bobby lächelt dem Mädchen an der Rezeption freundlich zu. Er sagt: »Hallo, Süße«, und erst denke ich, er spricht mit mir, doch dann merke ich, dass er das Mädchen meint, die lächelnd zu ihm aufblickt. Er zahlt in bar, worauf sie einen Kollegen herbeirufen muss, der das Geld in eine verschließbare Kassette legt. Ich kenne kaum jemanden, der bar bezahlt, und frage mich, wieso Bobby so viel Geld bei sich hat. Was wir vorhaben, scheint ziemlich teuer zu sein. Dass sich Bobby das leisten kann ...

Wir gehen durch eine zweite Glastür, und mir weht Chlorgeruch entgegen. Ich werfe Bobby einen Blick zu, doch er beachtet mich nicht. Er hat sich bei mir untergehakt und schaut zu ein paar Fenstern hoch.

Ich weiß nicht, was er vorhat, aber mit rechten Dingen scheint es hier nicht zuzugehen. Sind wir vielleicht in einer Spielhölle? Es ist etwas beängstigend, aber aufregend. Ginny, eine Freundin aus der Gesprächsrunde, hat schon einmal gespielt. Von ihr weiß ich, dass die Kartengeber kurzärmelige Hemden tragen, damit sie nicht schummeln können. Die Manager tragen Anzüge und Pistolen. Zum Spielen braucht man Bargeld, denn die Betreiber der Spielhöllen wollen auf den Bankkonten ihrer Gäste keine Spuren hinterlassen. Außer in Monaco, dort ist es legal. Allerdings könnte dein Chef dahinter kommen.

»Sind wir in einem Spielcasino?«, frage ich.

»Nein«, sagt Bobby, »in einem Badehaus.«

»Was ist ein Badehaus?«, frage ich.

Bobbys Lachen hallt von den gekachelten Wänden wider. »Das hier.« Er zeigt auf eine rosafarbene Tür. »Geh da rein, lass dir einen Badeanzug geben und zieh dich um. Wir treffen uns auf der anderen Seite.«

Er lässt meinen Arm los, geht auf eine blaue Tür zu und winkt mir zu. Ich weiß nicht, was ich tun soll. Vielleicht sollte ich nach Hause gehen. Aber er hat viel Geld für mich ausgegeben. Also gehe ich durch die rosafarbene Tür. Auf der anderen Seite ist alles rosa. Der Boden ist mit einem rosafarbenen Teppich ausgelegt, rosarot sind die Wände. Eine junge Frau in rosafarbenem Badeanzug begrüßt mich und fragt lächelnd: »Wünschen Sie einen Badeanzug?«

Ich darf mir eine Farbe aussuchen und entscheide mich für Weiß. Dann zeigt sie mir, wie man das Päckchen öffnet. »Schlüpfen Sie schnell hinein, bevor es fest wird«, sagt sie.

Durch eine weitere Tür gelange ich in den Umkleideraum mit rosaroten Kacheln und Spinden. Ich setze mich auf die rosarote Bank und lese die Gebrauchsanweisung auf dem Päckchen. Es kommt aus China. Ich reiße es auf, pelle den Anzug heraus, steige durch die Beinlöcher und ziehe ihn hoch. Er ist weich und glitschig wie Gelatine, und ich zerreiße ihn, als ich daran ziehe, aber ich drücke den Riss zusammen und er schließt sich. Dem bebilderten Beispiel auf der Verpackung folgend, ziehe ich daran, dehne und strecke es, bis sich an den Schultern Riemchen herausbilden. Als ich alles so weit habe, wie es mir gefällt, verfestigt sich das Material. Der Rückenausschnitt ist nicht gleichmäßig, doch daran lässt sich jetzt nichts mehr ändern. Ich bürste mein Haar, frische das Make-up auf und gehe zurück zu der jungen Frau in den rosafarbenen Raum.

»Alles in Ordnung?«, fragt sie und lächelt.

»Ich glaube schon«, antworte ich.

»Gut, dann gehen Sie jetzt durch die Umkleidekabine hinaus in die Lounge. Wollen Sie einen Bademantel?«

»Ja, bitte.«

Sie reicht mir einen weißen Mantel mit Trompetenärmeln. Ich ziehe ihn an und gehe hinaus, um nach Bobby zu suchen.

Er steht in der Lounge und hält einen Drink in der Hand. Seine Badehose ist schwarz und sehr eng. Bobby sieht darin gut aus, allerdings hat er einen kleinen Bauch. Ich kann *es* sehen, sozusagen neben seinem Bein, so eng sitzt die Hose. Schnell schaue ich wieder auf und bin froh, dass er meinen Blick nicht bemerkt hat. Er ist nicht allein in der Lounge. Die meisten Frauen sind jung, einige sehr hübsch. Ein Mädchen, eine Eurasierin, trägt ein

Schmuckstück in Zweigform im Haar, lauter kleine Sternchen. Hübsch sieht es aus. Solche Zweige kannte ich bislang nur aus Mamas chinesischen Illustrierten. Ich hätte zu gern selbst einen, aber bei welcher Gelegenheit würde ich ihn tragen? Wenn ich mit Bobby ausgehe?

Einige Männer sind in unserem Alter, einige älter. Viele sehen sehr gut aus, aber manche wirken lächerlich in Badehose. Warum kümmert es Männer nie, wie sie aussehen, wenn sie mit einer schönen Frau zusammen sind?

Ein Bogengang neben der Bar führt zum Pool. Darin kann ich einige Leute schwimmen sehen, ihre Köpfen gleiten geschmeidig durchs Wasser. Bobby nimmt meinen Arm und lotst mich an die Bar. Ohne zu fragen, bestellt er einen Chrysanthemum für mich, und obwohl ich eigentlich nichts mehr trinken will, nehme ich das Glas entgegen. »Du siehst gut aus«, sagt er. »Lass mich deinen Badeanzug sehen.«

Ich würde den Bademantel viel lieber anbehalten, lege ihn aber trotzdem ab.

»Warum trägst du das nur, du brauchst dich wirklich nicht zu verstecken«, sagt er. »San-xiang.« Er singt meinen Namen fast. Saaan-xi-aaang. Er spricht ›Xiang‹ wie ein *waiguoren* aus, ›schiang‹, doch es klingt trotzdem nett.

Ich will den Bademantel wieder anziehen, lasse es aber bleiben.

Wir setzen uns an einen Tisch mit Steckerbuchsen. Der Raum ist dunkel, über jedem Tisch hängt eine Lampe. Bobby klinkt sich ein, also tue ich es auch. Es läuft eine Unterhaltungsshow, in der eine Komödiantin auftritt, die Schimpfwörter gebraucht, englische und chinesische, und Dinge sagt, die eigentlich zensiert gehören. Anfangs ist mir das peinlich. Ich traue mich nicht zu lachen, ich will nicht, dass Bobby mich für ein Mädchen hält, dem so etwas gefällt. Er aber lacht ganz unbefangen. Manches ist wirklich witzig, also lache ich schließlich auch.

Bobby hält mich bei der Hand und massiert mit dem Daumen mein Handgelenk, vor und zurück. Erst ist es angenehm, doch er reibt immer über dieselbe Stelle, und das fühlt sich nicht so gut an. Aber die Show ist witzig. Ich nippe nur ein paar Mal an meinem Drink, aber Bobby trinkt zügig.

Dann gehen wir schwimmen. Es ist seltsam, mitten in der Nacht schwimmen zu gehen. Wir paddeln eine Weile herum und springen vom Sprungbrett. Dann wechseln wir in einen anderen Pool. Dort ist es dunkler, nur ein Licht brennt, das sich auf dem Wasser spiegelt. Wie ein Mond, sagt Bobby.

Er hält mein Handgelenk umklammert, als wir über eine Treppe ins Becken steigen. Ich kann ihn sehen, seine Haut schimmert weiß, auch mein Badeanzug leuchtet. Es sind noch andere Leute hier, ich kann sie hören, aber kaum sehen. Das Wasser ist warm, viel wärmer als im beleuchteten Pool. Es duftet nach Pflanzen und ich höre eine Grille. Es ist bestimmt eine Aufnahme, aber ich höre sie zirpen. Grillen bringen Glück. Vielleicht selbst dann, wenn es eine Aufnahme ist.

Das Wasser reicht mir bis zur Brust. Bobby zieht mich zu sich heran und umarmt mich. Ich weiß nicht, wie ich reagieren soll. Er hat fast nichts an, ich spüre seine Haut, und ich spüre ihn an meinem Schenkel, obwohl er eine Badehose trägt, aber ich wage es nicht, ihn wegzustoßen. »San-xiang«, flüstert er mir ins Ohr und streichelt meinen Rücken. Ich sage nichts, ich lasse ihn gewähren und rühre mich nicht. Meine Arme liegen auf seinen Schultern, und ich hoffe, dass er aufhört. Es sind noch andere Leute im Pool, die wahrscheinlich das Gleiche tun.

Er küsst mich. Ich weiß nicht, was ich tun soll, also erwidere ich seinen Kuss. Wenn ich ihn nicht küsse, wird er glauben, dass ich ihn nicht leiden kann. Nachher werde ich nach Hause gehen und ihn nie wieder sehen, also spielt es keine Rolle. Es wird nichts weiter passieren.

Er küsst mich und geht leicht in die Hocke – ich muss es auch tun –, bis nur noch unsere Köpfe über Wasser sind. Er zieht sich zurück, ich atme erleichtert auf, aber dann berührt er meine Brüste und ich zucke zusammen.

Einen Moment lang rührt er sich nicht, dann sagt er: »Okay.«

Ich kann seinen Gesichtsausdruck nicht sehen, also weiß ich nicht, ob er wütend ist oder nicht, er sagt einfach nur: »Okay.«

Wir gehen zurück in den anderen Pool und schwimmen noch ein paar Runden. Aber wir schwimmen nicht lange, ziemlich bald fragt er, ob wir gehen sollen. Er scheint nicht wütend zu sein. Ich bin einverstanden, es ist bestimmt schon spät. In dem rosafarbenen Umkleideraum ziehe ich den Badeanzug aus und werfe ihn in einen Plexiglasbehälter mit der Aufschrift: Gebrauchte Badeanzüge. Mein Anzug ist der einzige in dem Behälter, und jetzt sehe ich auch warum: Er löst sich auf und ist spurlos verschwunden, als ich fertig angezogen bin.

»Gute Nacht«, sagt das rosafarbene Mädchen.

»Hat es dir gefallen?«, fragt Bobby auf dem Weg nach draußen.

»Ja«, antworte ich. »Wirklich. So etwas habe ich noch nie gesehen.«

»Wusste ich doch, dass es dir gefällt.« Er blickt sich um und scheint hellwach zu sein. Er hat wohl wieder einen Eispickel inhaliert. »He, komm doch noch mit zu mir nach Hause, auf eine Tasse Tee. Ich wohne nicht weit von hier.«

»Das geht nicht, Bobby«, sage ich. »Es ist schon spät, ich muss nach Hause.« Fast hätte ich mich verplappert und gesagt, dass meine Mutter auf mich wartet. Mir fällt noch rechtzeitig ein, dass ich ihm von einer eigenen Wohnung erzählt habe.

»Du musst ja nicht lange bleiben«, drängt er. »Samstags arbeitest du doch nicht, oder? Wir könnten auch zu dir gehen, aber zu mir ist es näher.«

»Es ist wirklich schon spät.«

Er geht einfach weiter und achtet nicht auf mich.

»Ich meine, ich habe den ganzen Tag gearbeitet«, entschuldige ich mich.

»Großartig«, sagt er verärgert. »Ich gebe jede Menge Geld für dich aus, und du gehst einfach nach Hause.«

Ich fühle mich schrecklich. Es ist wahr, er hat viel Geld ausgegeben, doch das hat ihm scheinbar nichts ausgemacht.

»Ich möchte nur, dass du kurz bei mir reinschaust und eine Tasse Tee mit mir trinkst.«

Ich blicke zu Boden, betrachte unsere Füße.

»Ich weiß, ich bin kein Chinese wie dein Freund«, sagt er mit gehässiger Stimme. »Als *waiguoren* darf ich mich wohl geschmeichelt fühlen, dass du überhaupt mit mir ausgegangen bist. Tut mir Leid, ich habe dich anders eingeschätzt, San-xiang. Ich dachte, du wärst ein nettes Mädchen.«

»Er ist nicht mein Freund«, erwidere ich kleinlaut. »Und was du sagst, stimmt nicht. Ich mag dich. Dass du ein *waiguoren* bist, stört mich nicht im Geringsten.«

»Nun, dann lass dich noch zu einer Tasse Tee einladen«, sagt er fast bittend.

»Na schön.« Ich werde nicht lange bleiben. »Auf ein Viertelstündchen.«

»Ja, natürlich«, sagt er, und seine Stimme klingt wieder normal.

Es ist halb eins. In einer Stunde werde ich zu Hause sein. Spätestens. Das nehme ich mir fest vor.

Meine Absätze klappern auf dem Pflaster. Wir gehen zu Fuß. Meine Haare sind noch nass, aber so kalt ist es gar nicht, jedenfalls friere ich nicht. Ich bin müde, will aber nicht, dass Bobby auf die Idee kommt, mir noch einen Eispickel zu geben.

Das Haus, in dem er wohnt, hat nicht einmal einen Aufzug. Also steigen wir Treppen, bis in den dritten Stock. Meine Beine sind müde, das ist immer so nach dem Schwimmen. Meine Knie zittern, außerdem habe ich Hunger, aber vor allem bin ich müde.

Er schließt drei Schlösser auf. Die Wohnung riecht muffig. Er schaltet das Licht an und sie besteht nur aus zwei winzigen Zimmern. Eigentlich ist es nur ein Zimmer, es gibt keine Tür, nur einen offenen Torbogen. Das Bett steht im hinteren Teil und ist nicht gemacht. Die ganze Wohnung riecht nach Mann, nach schmutziger Männerwäsche.

»Setz dich«, sagt er und deutet auf die Couch. »Ich mache uns Tee.«

Ich setze mich. Ich bin schrecklich müde. Mama wird sich Sorgen machen. Die Küche ist winzig, das Badezimmer auch. Ich kann ins Badezimmer hineinschauen und der Boden ist dreckig. Zhangs Wohnung war dagegen aufgeräumt. Ich erinnere mich an die Nacht bei Zhang. Ich hoffte damals, wir würden ein Liebespaar werden. Nicht dass ich sicher war, ob ich Sex mit ihm wollte, aber ich dachte, ich würde mit der Zeit Gefallen daran finden. Und dann könnte ich von zu Hause weg und mit Zhang zusammenziehen, vielleicht würden wir uns verlieben. Aber ich war so hässlich, dass er mich nie wirklich mochte.

Ob er mich jetzt eher mögen würde? Wie dem auch sei, im Augenblick will ich niemandes Geliebte sein. Ich will nach Hause, in mein eigenes Bett. Ich werfe einen Blick auf die Uhr. Es ist fast eins. Um zwei werde ich zu Hause sein.

Bobby kommt mit dem Tee. Er macht mich nervös, obwohl ich nicht weiß warum. Ich trinke einfach eine Tasse Tee und gehe dann nach Hause. So war es abgemacht.

Er reicht mir den Tee und setzt sich neben mich. »Du bist wunderschön«, sagt er.

Ich weiß nicht, was ich sagen soll. »Danke.«

»Im Ernst«, sagt er. »Wie eine Prinzessin. Eine gottverdammte chinesische Prinzessin. Wenn ich dich sehe, möchte ich dich berühren. Als ich dich gestern Abend in der Bar gesehen habe, musste ich dich einfach berühren.«

Ich nippe am Tee. Vielleicht wird er sich zurückhalten, wenn ich nichts sage. Aber er redet weiter und weiter. »Als ich dich sah, so strahlend und kühl in deinem weißen Anzug, dachte ich sofort, du bist eine Eisprinzessin, aber ich wusste, dass du nur einen Mann suchst, der dich zum Schmelzen bringt, ganz sahnig golden.« Ich zucke zusammen, als er meine Wange berührt. Er spricht mit weicher Stimme, aber es klingt nicht zärtlich. »Meine persönliche Eisprinzessin. Du hast überhaupt keine Ahnung, was, Herzchen? San-xiang. Drei Düfte.«

Er berührt meine Brust und ich weiche zurück. »Lass das«, sage ich.

»Drei Düfte«, wiederholt er, als hätte ich kein Wort gesagt, und sein Finger zieht auf meinem Arm eine Linie nach.

Die Worte sprudeln aus mir heraus, ich kann nichts dagegen tun. »Bobby, ich muss wirklich gehen, es ist spät, und du bist bestimmt müde. Ich meine, du hast bestimmt eine Menge zu tun, und ich muss jetzt gehen, ich muss wirklich gehen, meine Mama wartet und sie wird sich fragen, wo ich bleibe, denn ich bleibe nie so lange weg –« Ich rutsche zur Seite, weg von seinem Finger, und stelle die Teetasse klappernd auf einem Beistelltisch ab. »Sie ist es nicht gewöhnt, dass ich ausgehe, und sie macht sich sicher Sorgen, weil ich noch so spät U-Bahn fahre und man nie weiß, was so spät in der U-Bahn passieren kann.« Er packt meinen Arm, zerrt mich zu sich, und ich höre mich flüstern: »Bobby, nein, Bobby, nein, Bobby, nein«, und er küsst mich und steckt mir die Zunge tief in den Mund. Er küsst mich lange, hält mich mit einer Hand gepackt, während die andere meine Brüste anfasst und sie kneift, dass es wehtut, und er küsst mich und küsst mich, und endlich hört er auf, ich versuche aufzuspringen und er reißt mich zurück, und dann versuche ich es mit aller Kraft und er lässt mich los und schubst mich so fest, dass ich rückwärts gegen das Bett stolpere und mich setze, aber er hält immer noch meinen Arm gepackt und versucht alles, damit ich mich hinlege, und ich sage: »Ich will nicht, ich will nicht, ICH WILL NICHT!«, und dann schreie ich, aber während ich schreie, schlägt er mich mit voller Wucht ins Gesicht, und ich beiße mir auf die Zunge und höre vor Schmerz auf zu schreien, und er sagt: »Keinen Mucks, Süße.«

In meinem Kopf steht alles still, weil ich weiß, dass ich sterben werde. Also lasse ich mich von ihm küssen, obwohl meine Zunge blutet und wehtut. Reglos liege ich da, während er meine Brüste anfasst, und dann schiebt er meinen Rock hoch, und ich muss das Becken heben, damit er mir den Slip ausziehen kann. Ich spüre die kalte Luft auf mir, und als er aufsteht und sich die Hose auszieht, höre ich ein Winseln wie von einem kleinen Hündchen, das geschlagen wird. Ich bin das, ich gebe diese seltsamen Laute von mir. Aber es ändert nichts. Und dann steigt er auf mich mit seinem Ding, dessen kahler Kopf nach oben ragt, und stößt es in mich hinein. Es tut weh, es tut weh, und ich fange an zu weinen.

Als es vorüber ist, wage ich nicht, mich zu bewegen, aber er nimmt keine Notiz von mir. Er steht auf, ohne Hose, und sein Ding hängt herunter, ganz verschrumpelt, und er geht ins Badezimmer. Dann höre ich die Dusche.

Ich steige in die Schuhe, schnappe mir meine Handtasche und renne los, lasse meine Unterwäsche liegen. Ich renne die Treppe hinunter. Ich erwarte ständig, dass er mich verfolgt, dass ich seine Tür schlagen höre. Ich renne die Straße entlang in die leere U-Bahn-Station und stehe auf dem Bahnsteig und bete, die Bahn möge kommen, weil ich Angst habe, dass er jeden Moment die Stufen herunterkommt. Und so weine ich und die Bahn kommt nicht und kommt nicht, aber er kommt auch nicht, und dann ist endlich eine Bahn da und ich steige ein. Ich sitze in der Bahn, ohne Unterwäsche. Alles tut mir weh.

Leute steigen ein und aus, und ich fürchte mich vor jedem Einzelnen. Weil ich weine, sieht mich niemand an. An der Atlantic Avenue muss ich umsteigen. Ich habe diesen schrecklichen Geruch an mir, ich kann es riechen. Ich habe keine Unterwäsche an. Drei Leute sind auf dem Bahnsteig, zwei davon Männer, und ich habe Angst, dass einer von ihnen mich anfasst, weil er Bescheid weiß, weil er es riecht. Aber meine Bahn kommt.

Es ist Viertel nach zwei, als ich zu Hause ankomme, Mama und Baba schlafen. Ich hoffe inständig, dass Mama mich hört, aber sie hört mich nicht. Sie kommt nicht aus der Tür, sie schläft einfach weiter. Also mache ich meine Tür zu, ziehe mich aus und renne unter die Dusche und wasche mich ab. Aber der Schmutz geht nicht ab. Ich schlüpfe in mein sauberes Nachthemd und in mein sauberes Bett, aber der Geruch ist immer noch da, Männergeruch, es stinkt nach schmutziger Männerwäsche. Ich weine und weine, bis ich einschlafe, und niemand kommt.

Ich habe immer noch vor, die Stelle zu wechseln, finde aber kein Angebot, das mir zusagt. Also bewerbe mich um eine Versetzung bei Cuo, aber die Konkurrenz ist groß und die Stelle wird an jemand anderes vergeben. Ich erzähle niemandem etwas von Bobby. Celia fragt mich, wie der Abend gelaufen ist. »Langweilig«, sage ich.

Am Freitag ruft er an. Ich sitze da und arbeite. Ich denke fast nie an ihn, nur manchmal, aber als er anruft, habe ich wirklich nicht an ihn gedacht. Ich habe sein Gesicht nicht erwartet. Als ich es sehe, weiß ich nicht, was ich tun soll.

Er lächelt und sagt: »Hallo, störe ich?« Er trägt sein Haar offen, er sieht, na ja, ziemlich billig aus. Eine Minute lang starre ich ihn nur an.

»San-xiang?«

Ich unterbreche die Verbindung. Dann lege ich meine Anrufe auf Celias Apparat um. Um eine Entschuldigung zu haben, gehe ich auf die Toilette. Mir ist übel, aber nach einer Weile geht es mir besser. Solange es niemand weiß, ist es, als wäre es nie geschehen.

Also gehe ich wieder an die Arbeit. Ich erwarte, dass Celia mir ausrichtet, er hätte angerufen, aber sie tut es nicht. Aber er kann jederzeit wieder anrufen. Er könnte mich sogar bei der Arbeit besuchen. Er weiß, wo ich arbeite. Oder er könnte in der U-Bahn warten, wenn ich Schluss habe.

In der Station halte ich nach ihm Ausschau. Einmal glaube ich, ihn beim Einkaufen zu sehen. Ich wünschte, ich könnte mein altes Gesicht zurückhaben, wenn ich U-Bahn fahre. Aber wir können niemals zurück.

Rafael

(Zhang)

Tut mir Leid, wir haben nur noch Unterkünfte in Pennsylvania anzubieten.« Der Beamte mustert meinen gelben Kittel, die graue Hose, meine chinesischen Stiefel. »Wo wohnen Sie zur Zeit, Genosse?«

»Bei einem Freund in der Stadt«, antworte ich.

»Nun ...« Der junge Mann beugt sich vor und senkt die Stimme. »An Ihrer Stelle würde ich dort bleiben. Hier gehen jede Menge Beschwerden über den Zustand der Gebäude ein.«

Ich nicke. »Sie sind wohl zu schnell hochgezogen worden.«

»Das Grundwasser reicht nicht. Der Wasserdruck ist so gering, dass nur die ersten sechs Stockwerke versorgt werden können.«

»Wie viele Stockwerke gibt es?«

Er kramt eine Broschüre hervor. Weiße Gebäude, aus der Ferne aufgenommen, Bäume. »Neun«, sagt er und zeigt mir den Prospekt.

»Was machen die Leute, die oben wohnen?«

»Im Hof gibt es Wasserhähne. Dort können sie sich das Wasser in Eimern holen.« Er schüttelt den Kopf. »Es ist verrückt.«

»Hm«, sage ich und nicke. »Kann ich das haben?«

»Klar«, sagt er und reicht mir den Prospekt.

Wieder in New York. Ich habe die ganze Zeit nur den einen Wunsch gehabt, nach Hause zurückzukehren. Und jetzt stehe ich Schlange vor dem Wohnungsamt, um mir eine Bleibe ohne fließend Wasser anbieten zu lassen. Dafür habe ich in Wuxi lukrative Angebote ausgeschlagen. Heute Morgen war ich bereits im Arbeitsamt, wo ich eineinviertel Stunden warten musste, um schließlich zu erfahren, dass ich dort an der falschen Adresse bin. Als Ingenieur habe ich mich an das Vermittlungsbüro für Fachkräfte zu wenden. Und jetzt höre ich nach fünfundzwanzigminütiger Wartezeit, dass diese verdammte Wohnung in Pennsylvania kein fließend Wasser hat. Ich frage mich, ob der Architekt dieses Bürohauses auch für den Wohnungsbau in Pennsylvania zuständig ist. Wie die meisten Ämter ist es in Grün gehalten und braucht dringend einen neuen Anstrich. Der Betonboden muss irgendwann auch grün gewesen sein. Von der Decke hängt ein verdrallter Streifen Fliegenleim.

In China muss es auch Fliegen gegeben haben, denke ich, als ich durch ein enges Treppenhaus steige, das mit rutschfestem Industriematerial ausgelegt ist; sie sind mir nur nie aufgefallen. (Fliegen im Wuxi-Komplex, klar doch. Eine Fliege in Wuxi hätte ihre Hybris erkannt und wäre vor Scham gestorben.) Alle öffentlichen Treppenhäuser in New York sind mit diesem rutschfesten Gummizeug ausgelegt. Ich verwende es nie in meinen Entwürfen, denn es lässt sich nicht sauber entsorgen und ist außerdem hässlich. Die Stadt umgeht das Entsorgungsproblem, indem sie das Zeug nie entsorgt. Es ist zwar unverrottbar, aber an strapazierten Stellen wie in der U-Bahn voller Löcher. Die Löcher bilden Stolperkanten und Absatzfallen, die dem einzigen Nutzen, der Rutschfestigkeit, hohnsprechen.

Alles verkommt, nicht nur hier in New York, sondern im ganzen Land. Zugegeben, Pflege und Restaurierung kosten Geld. Aber was ist mit den Neubauten in Pennsylvania? Warum hat man weitergebaut, als klar war, dass der Wasserdruck nicht ausreicht? (Wo sonst sollen sie all die Leute unterbringen?)

Der Gestank in der U-Bahn ist mir vertraut. Endlich wieder daheim. Die Leute um mich herum heben oder senken ihre Stimmen am Ende eines Satz, je nachdem, ob sie eine Frage stellen oder eine Aussage machen. Ganz anders als das Stakkato des Mandarin. Ich lehne an der Tür unter einem Schild, auf dem in Englisch, Spanisch und Chinesisch »Nicht an die Tür lehnen!«

steht. Wie die Ermahnung, nicht zu drängeln, auf chinesischen Bahnhöfen sind manche Dinge dazu da, missachtet zu werden.

Eine junge Frau sitzt unter einem Plakat der Informationsstelle für Marsbesiedlung und liest in einem medizinischen Lehrbuch. Sie macht einen ernsten Eindruck. Ihre Berufskleidung verrät, dass sie den ganzen Tag in der Küche eines Schnellrestaurants steht. Ich stelle mir vor, wie sie im Unterricht Feuer und Flamme ist und mit dem neu erworbenen Wissen im Kopf am nächsten Tag zur Arbeit geht; sie wird Anatomie und Bewegungsabläufe der Kollegen ins Auge fassen und so ihrer Umwelt ganz neue, faszinierende Aspekte abgewinnen.

Sie will bestimmt medizinisch-technische Assistentin werden, was wohl kaum anspruchsvoller ist als das Bedienen einer Mikrowelle in der Küche. Aber mit dem Zertifikat kann sie den freien Arbeitsmarkt verlassen und eine sichere Stelle annehmen, die etliche Vergünstigungen mit sich bringt. An der Haltestelle De Kalb steigt sie aus, überquert den Bahnsteig und wartet auf den G-Zug. Geisterzug haben wir ihn als Kinder genannt, weil wir die Haltestellen nicht kannten, die er anläuft.

Auch ich steige aus und passiere die Unterführung in Richtung Ausgang Atlantic Avenue. Plötzlich ruft jemand meinen Namen. »Zhang Shan?«

Die junge Frau ist mir fremd, eine ABC, wie es scheint. Kurz geschnittene Haare, wie sie die meisten Mädchen in New York im Moment tragen, mit ausrasierten Schläfen und glanzlackiert.

»Du kennst mich wohl nicht mehr«, sagt sie. »Ich bin San-xiang. Qian San-xiang.«

Erst kann ich sie nicht einordnen, das Gesicht will zu niemandem passen, doch dann erinnere ich mich an San-xiang. Die hässliche kleine San-Xiang. Sie hat sich das Gesicht richten lassen. Sie sieht ganz normal aus.

»San-xiang«, sage ich. »Du bist hübsch. Wie geht es dir?«

»Ganz gut«, sagt sie. »Und dir?«

»Gut. Was machst du so? Arbeitest du immer noch bei Cuo?« Gut, dass mir noch einfällt, wo sie gearbeitet hat.

Sie nickt. »Ja, aber nur noch bis März.«

»Und dann?«

»Dann ziehe ich auf den Mars um und trete dort einer Kommune bei, die sich *Jingshen* nennt«, sagt sie beiläufig und beobachtet meine Reaktion.

»Shentong de shen?«, frage ich. In welcher Bedeutung? *Jingshen* kann viel heißen, unter anderem »Essenz« oder »profund«.

»Kraft«, sagt sie, was sehr nach Großer Läuterung klingt.

»Ich erinnere mich, dass du dich schon immer Kommunen interessiert hast«, sage ich lahm und frage mich, wie jemand freiwillig auf den Mars übersiedeln kann, frage mich, ob sie überhaupt eine Ahnung hat, was sie erwartet. Nun, es wäre nicht das erste Mal, dass sie umzieht, als Kind musste sie mit ihrer Familie China verlassen. Aber ich wette, ihr ist nicht klar, was es heißt, von zu Hause wegzugehen.

»Dir scheint es gut zu gehen«, sagt sie.

»Ich habe in China studiert und bin erst seit einer Woche wieder hier.«

Sie stellt die üblichen Fragen, wie es in China gewesen ist und was ich studiert habe. Sie hat sich verändert, sie wirkt älter. Sie *ist* älter, es ist vier Jahre her, dass ich San-xiang zuletzt gesehen habe. Wie alt mag sie sein? Sechsundzwanzig?

»Komm, wir trinken einen Kaffee zusammen«, schlage ich vor.

Sie zögert einen Moment und zuckt dann mit den Schultern: »Warum nicht?«

In der Unterführung ist ein kleines Café, trist und ungemütlich wie alle Läden in der U-Bahn, in die kein Tageslicht dringt. Wir setzen uns an einen der Metalltische, deren Oberflächen wie Holzmaserung strukturiert sind. »Wie geht es deinem Vater?«, frage ich.

Sie lächelt. »Wie immer. Er denkt immer noch, er darf allen vorschreiben, wie sie zu leben haben.«

Wir sprechen nicht über unsere letzte Begegnung, als ihr Vater sie in meiner Wohnung abholte, aber wir sprechen ein bisschen über Drachenrennen. Die Unterhaltung gerät ins Stocken.

»Warum willst du zum Mars?«, frage ich.

»Dort lebt jemand, mit dem ich seit Jahren korrespondiere«, sagt sie. »Mir gefällt die Philosophie seiner Kommune, sie ist ein guter Kompromiss zwischen Ideal und Pragmatik. Ich glaube, es wird mir gut tun, an einem Ort neu anzufangen, wo die Leute auf das achten, was wichtig ist.«

Das klingt wie auswendig gelernt, sie scheint es oft zu sagen. »Du gehst also allein?«

»Ja«, antwortet sie leicht trotzig. »In der Kommune werde ich schnell Anschluss finden.«

»Was sagen deine Eltern dazu?« Ich bin sicher, dass Vorarbeiter Qian zu den Plänen seiner Tochter nicht geschwiegen hat.

»Sie haben sich damit abgefunden«, sagt sie ausweichend.

Wieder stockt die Unterhaltung, wir nippen an unseren Tassen. Wir waren Fremde, als wir uns kennen lernten, Fremde, als wir auseinander gingen, und auch jetzt sind wir Fremde.

»Was machst du jetzt, wo du aus China zurück bist?«, fragt sie.

»Ich weiß nicht. Warten, bis ich mein Leben auf die Reihe bekomme. Ich muss zum Vermittlungsbüro für Fachkräfte und mich nach einem Job erkundigen.«

»Hier in New York?«

»Ja, sicher«, sage ich. »In China ist mir klar geworden, dass ich ein echter New Yorker bin.« Ich lache. »Obwohl es das letzte Loch ist.«

San-xiang sagt nichts dazu, und mir fällt wieder ein, dass sie Chinesin ist. Ich nehme sie nicht als solche wahr, weil sie schon so lange hier ist. Würde sie nach China zurückgehen, wenn sie könnte? Ich frage mich, ob sie sich nicht fremd fühlen würde, sie ist in New York groß geworden.

Ich suche nach etwas, das ich sagen könnte; das Einzige, was mir einfällt, ist, wie hübsch sie aussieht, und ich weiß nicht, ob ich es sagen soll oder nicht.

»Du bist wahrscheinlich sehr beschäftigt«, sagt San-xiang.

»Es geht«, sage ich. »Aber du arbeitest und hast sicher wenig Zeit.«

Höflich durchtanzen wir die rituellen Formeln des Abschieds. Wir gehen zurück auf den Bahnsteig und sagen Dinge wie: »War schön, dich wieder zu sehen«.

Die Züge lassen natürlich auf sich warten, und so stehen wir da, befangen und hilflos.

»Weißt du«, sagt sie plötzlich, »es tut mir Leid, wie es geendet ist. Aber ich bin froh, dass wir zusammen ausgegangen sind.«

»Ich habe deine Gesellschaft genossen«, sage ich.

»Lag es an meinem Gesicht?«

»Lag was an deinem Gesicht?«, frage ich, obwohl ich weiß, dass ich die Antwort nicht hören will.

»Dass du mich nicht wirklich mochtest.«

Ich könnte sagen, dass ich sie durchaus mochte, aber das meint sie nicht. Ich schaue zur Anzeige auf, die San-xiangs Zug ankündigt. Ich will es erklären, aber ich weiß nicht, wie sie reagieren wird, ob sie angewidert sein wird. Es ist schwer, das Schweigen zu brechen, ich bin so daran gewöhnt.

»Lag es daran, dass du nur zum Teil Chinese bist?«, fragt sie.

Ihr Zug donnert in den Bahnhof und hält sanft an. »Viel Glück auf dem Mars«, sage ich, während die Leute an uns vorbeidrängen. Ich weiß nicht, wie ich ihr antworten soll, was ich sagen soll. Ihre hübschen Augen sind auf mich gerichtet und fragen, was ihr fehlt, dass ich nicht mit ihr tanzen wollte, jenen Tanz, für den Mann und Frau bestimmt sind. Sie duckt sich, um einzusteigen.

Ich berühre ihren Arm und sage: »San-xiang, es lag nicht an dir.«

Ihr Gesicht ist verschlossen. Es klingt wie alles, was ich je zu ihr gesagt habe, eine höfliche Lüge, um mich vor Gefühlen zu schützen. Gleich wird die Tür zugehen. »San-xiang, ich bin schwul«, sage ich und gebe ihr einen sanften Stoß.

Sie bleibt in der Tür stehen und dreht sich zu mir um, schaut mir ins Gesicht, während ihr Mund das Wort formt. Sie begreift es nicht sofort. Doch dann, als sich die Tür schließt, scheint ihr ein Licht aufzugehen. Der Zug fährt los, beschleunigt. Ich hoffe, dass sie erleichtert ist und versteht, dass es nicht ihr Fehler war.

Ich bin froh, nicht sehen zu müssen, ob sich ihre Verwunderung in Abscheu verwandelt. Und jetzt, rede ich mir ein, kommt es sowieso nicht mehr darauf an.

Ich betrete Peters Wohnung und kann noch im letzten Moment einen Anruf entgegennehmen. Auf dem Bildschirm sehe ich den Grund, warum ich mir eine eigene Wohnung suchen muss.

»Hallo«, sagt der Grund. »Ist Peter da?«

Ich werfe einen Blick auf die Uhr. »Er hat sich verspätet, vielleicht will er unterwegs noch etwas erledigen.«

»Richte ihm aus, dass Zinnober angerufen hat«, sagt er.

»Klar«, sage ich und er unterbricht die Verbindung. Jetzt weiß ich also seinen Namen. Peter hat eine Beziehung, was er vor mir geheim hält. Es tut weh, zurückzukommen und festzustellen, dass Peter verliebt ist. Vier Jahre lang haben Peter und ich uns abwechselnd ver- und entliebt, und ich hatte gehofft, dass wir es nach meiner Rückkehr noch einmal versuchen könnten, dass wir erwachsener geworden sind und es jetzt vielleicht klappen wird. Aber ich habe nie etwas zu ihm gesagt, und er hat nie etwas zu mir gesagt. Wahrscheinlich hätte es nicht geklappt, aus allen bekannten Gründen. Und jetzt sind wir gute Freunde.

Dieser Zinnober scheint, nun ja, ziemlich klein geraten. Ich kann nicht erklären, wie jemand auf dem Bildschirm klein aussehen kann, aber er sieht klein aus. Ich glaube, er ist Drachenflieger. Peter hatte schon immer ein Faible für Drachenflieger. Er sieht nicht sonderlich gut aus, längst nicht so gut wie ich. Er wirkt nett. Hätte er wie ein Arsch gewirkt, wäre es anders. (In welcher Hinsicht, Zhang?)

Kaum bin ich eine Woche zu Hause, und schon ist mein Leben so kompliziert. Peters Wohnung ist so klein: eine winzige Küche, ein Wohnzimmer, ein Schlafzimmer. Ich schlafe auf der Couch, was nicht gerade bequem ist. (Manchmal wache ich morgens auf und weiß nicht, wo ich bin.) Ich sollte hier wohnen bleiben, das

Geld, das mir aus Wuxi geblieben ist, sparen und warten, bis mir eine Stelle angeboten wird, aber ich weiß nicht, wie lange ich es hier aushalte. Ich muss hier raus. Ich kann nicht ertragen, dass Peter so tut, als würde ich sein Leben nicht komplizieren, ich kann das alles nicht ertragen.

»Hallo, Rafael.« Peter steht in der Tür, beladen mit einer vollen Einkaufstasche. »Hast du die Wohnung aufgeräumt?«

»Und frisch gestrichen.«

Er sieht sich um. »Und du hast den alten Farbton genau getroffen, bis hin zu den Flecken.«

»He«, rufe ich ihm nach, als er in der Küche verschwindet, »ich bin schließlich Ingenieur.«

»Ein *pijiu* gefällig?« Er wirft mir ein Bier zu. »Ich hab es extra für dich durchgeschüttelt.«

»Zinnober hat angerufen«, sage ich.

Er steckt den Kopf durch die Tür. »Ach ja?« Er weiß nicht, was er sagen oder wie er sich verhalten soll. Trotz des heißen Juliwetters trägt er die gelbe Jacke, die ich ihm aus China geschickt habe. Sie ist aus glänzender Seide, mit Medaillons und einem stilisierten Phönix bestickt. Mit solchen Jacken laufen fast alle rum, bei jedem Wetter. Mode.

»Ich soll dir nur ausrichten, dass er angerufen hat«, sage ich und schalte das Vid ein. »Ich war heute beim Wohnungsamt, die nächstgelegene Wohnung ist oben in Pennsylvania. Ohne fließend Wasser. Ich habe dir einen Prospekt mitgebracht.« Jetzt muss ich mir etwas einfallen lassen, irgendwas Dringendes erledigen gehen. Damit Peter diesen Drachenflieger anrufen kann.

Ich treibe mich gern am Strand herum. Die Luft riecht heute wunderbar salzig. Es stinkt nicht mehr so verbrannt wie früher, die Aufräumarbeiten am Hafen scheinen tatsächlich voranzukommen. Beruhigend, dass überhaupt noch etwas vorankommt. Aber ich vermisse den Geruch, ich finde ihn erregend. Erotisch. Nicht dass ich auf der Jagd bin. Wohin sollte ich meine Eroberungen auch abschleppen, zu Peter in die Wohnung vielleicht?

Und ich bin zu alt, um unter einen Holzsteg zu kriechen und es mir von einem jungen Kerl am Strand besorgen zu lassen.

Ich kann mich noch erinnern, wie ich im Sand kniete, zitternd, während das Licht durch die Bretterritzen fiel. Tagsüber ging ich zur Schule und tat, als wäre ich genau wie alle anderen, immer mit dem Gefühl, über ein geheimes Wissen zu verfügen, ein Verständnis von der wirklichen Welt, das meinen Mitschülern fehlte. Gänsehaut und der Geruch von Asche. Ein alter Falke, der sich mit den Fingern in meinen Haaren verkrallt.

Ich gehe jeden Abend von acht bis neun spazieren, pünktlich wie ein Uhrwerk. An den ersten Abenden ist es angenehm, aber am Freitagabend ist es unerträglich heiß, die Uferpromenade ist völlig überlaufen. Paare, Mädchen in billigen, grellen Fummeln. Die jungen Mädchen haben die Haare im Nacken bis zu den Ohrläppchen ausrasiert und nur einen dünnen, geflochtenen Pferdeschwanz stehen lassen.

»Schon mal ein Hotdog probiert?«

Ich lehne am Geländer und schaue zu, wie die jungen Leute vorbeiflanieren. Er ist älter als der Durchschnitt, ein paar Jahre vielleicht.

»Si«, sage ich. *»Yo habito aquí.«* Ich wohne hier.

Einen Moment schaut er mich verblüfft an. Er sieht spanisch aus, aber das heißt nicht, dass er auch Spanisch versteht. Ich sollte nicht so vorschnell urteilen.

Doch dann grinst er: *»Donde?«*

»Coney Island«, antworte ich.

Er schüttelt den Kopf. »Im ersten Moment habe ich dich überhaupt nicht verstanden, weißt du, ich habe nicht erwartet, dass du Spanisch sprichst. Chinesische Klamotten und so.«

»Ich bin an der Utica Avenue aufgewachsen«, sage ich. Er sieht gut aus. Ist billig angezogen, knappe Bolerojacke (ohne Hemd) und enge Hose. In seinen linken Augenwinkel ist eine Träne tätowiert, sie hängt über einem ausgeprägten Wangenknochen. Er ist dunkelhäutiger als ich. »Du wolltest also einen Besucher aus der Fremde mit einem einheimischen Würstchen vergiften.«

Er zuckt mit den Schultern. »Ich dachte mir, da ist dieser Fremde, ganz allein auf der Promenade. Jemand sollte ihn in die regionale Küche einführen.«

Wir gehen ein paar Schritte zusammen. Er stolziert neben mir her, gestikuliert herum. Die Jungs stehen in gleichmäßigen Abständen Spalier. Sie lehnen am Geländer und beobachten uns. Häschen. Die Paare werden zu statischem Rauschen. Die Jungs sind das hervorstechende Merkmal dieser Landschaft, und natürlich dieser erstaunliche junge Mann, der neben mir hergeht und mir erzählt, wie er hier draußen aufgewachsen ist, in jenem Teil von Brooklyn, der von manchen Leuten Bangladesh genannt wird.

»Weißt du«, erklärt er, »es wird immer Leute geben, die ideologisch nicht auf Linie zu bringen sind. Es wird immer gesellschaftliche Randgruppen geben. Solange sich das auf Bangladesh beschränkt, drückt die Partei ein Auge zu. Wir sind sozusagen ein Sicherheitsventil rund um Coney Island. Hier draußen sind wir frei.«

»Was ist mit all den Kommunen, die hier gegründet werden?«, frage ich. Die Mädchen kleiden sich bunt, die Häschen tragen dunkle Farben. Eine Häschen in dunkler Hose und dunklem, ärmellosem Hemd mustert uns aus den Augenwinkeln. Sein muskulöser Arm ruht auf dem Geländer.

»Die halten sich nicht lange«, antwortet er. »Hier draußen ändert sich im Grunde nichts. Hin und wieder gibt es eine Razzia, aber sie verhaften nur ein paar Abweichler und alle anderen verstecken sich, und zwei Stunden später ist der Fleischmarkt wieder geöffnet.«

Heißer Abend für einen Fleischmarkt. Ich habe erlebt, wie sich die Gegend veränderte. Früher war hier draußen nichts, keine Pärchen, keine Hotdogs, nur Bretterverschläge, Häschen und Falken und Hausbesetzer. Die Hausbesetzer sind zum größten Teil verschwunden, und es gibt nur noch den freien Markt und Leute, die alles in Kauf nehmen, um in der Stadt wohnen zu können. Die zweihundert Jahre alten Gebäude werden saniert, hier soll eine ordentliche Wohngegend entstehen.

Er ist so jung und frisch. Wartet er darauf, dass ich den ersten Schritt tue? Ich würde, wenn ich könnte. »Ich muss zurück«, sage ich bedauernd.

»War nett, mit dir zu plaudern«, sagt er.

»Ich gehe oft hier spazieren«, sage ich. »Wie heißt du?«

»Invierno«, antwortet er. Der Name ist spanisch und bedeutet Winter. Wie kann man sich bloß so nennen? Natürlich ist das nicht sein richtiger Name. Hier draußen verrät niemand seinen richtigen Namen.

»Ich bin Rafael«, sage ich. »Wie der Engel.«

Er bleibt grinsend stehen und segnet mich von der obersten Stufe herab.

Als ich mich das zweite Mal nach ihm umsehe, hat er sich schon umgedreht und schlendert davon. Die Jagd geht weiter.

Bei Peters Haus angekommen, sehe ich zwei Frauen Kartons durch die Eingangstür schleppen und auf dem Bürgersteig stapeln. Sie mustern mich mit ausdrucklosen, feindseligen Blicken. Ihre gesamte Habe beschränkt sich auf den üblichen, kümmerlichen Stapel Kartons auf dem Gehweg. Ich steige über blaugrüne Kissen, wie sie auch bei Peter auf dem Boden liegen, und lege meine Handfläche auf den Türöffner.

Die Luft in der Halle und im Fahrstuhl ist stickig und heiß. Ich frage mich, wie viel es kosten würde, im Treppenhaus eine Klimaanlage einzubauen, wie es in China üblich ist. Die alten Leitungen und Anschlüsse sind noch vorhanden, früher waren auch hier die Flure temperaturgeregelt. In einem alten Gebäude wie diesem würde es den Mietern helfen, ihre Kosten zu reduzieren.

»He«, sage ich. »Da zieht jemand aus.«

Peter zappt durchs Vidprogramm. »Wer denn?«

»Zwei Frauen. Ich kenne sie nicht.« Peter muss genauso frustriert sein wie ich. Ich lasse Häschen auf der Promenade zurück, er spricht mit seinem Drachenflieger. »Vielleicht könnte ich ihre Wohnung mieten.«

»Spar dir das Geld, bis du einen Job hast«, sagt Peter.

»Du brauchst deine Wohnung für dich.«

»Du störst mich nicht und du zahlst die halbe Miete.«

»Wie geht es Sowieso, diesem Flieger?«, frage ich spitz. Wie geht es deinem Liebesleben? Ich habe diesen Mitbewohner und er macht mich wahnsinnig.

Peter wirft mir einen flüchtigen Blick zu. »Zinnober ist bloß ein Freund. Er ist kein Flieger, das war einmal«, sagt er steif. Ich hätte nicht fragen sollen.

»Ich brauche eine eigene Wohnung«, sage ich und setze mich neben ihn.

»Du wirst keine Arbeit finden«, sagt er. »Du wirst anfangen, dir Geld von mir zu leihen. Und am Ende schmeißen sie uns beide raus.«

»Ach was«, sage ich. »Ich miete die Wohnung für ein paar Monate und dann ziehen wir zusammen nach Pennsylvania.«

Ich hole ihm ein Bier und massiere seine Schultern.

»Eine wahre Florence Nightingale«, sagt er.

Durch das Zimmer spuken Gespenster.

Also werde ich Mieter. Ich ziehe in den fünften Stock, murrend, weil ich mit dem psychopathischen Fahrstuhl bis ganz nach oben fahren muss. Der Umzug ist schnell erledigt; wie Peter sagt, für einen Mann mit einer erstaunlichen Garderobe habe ich peinlich wenig Besitztümer. (Nicht dass ich wirklich viele Klamotten hätte, sie sind bloß alle chinesisch.) Die Wohnung hat zwei Zimmer, die winzige Küche und das Bad nicht mitgerechnet.

Ich hause in einem Loch. »Der Bodenbelag muss raus«, sage ich. Er besteht aus blaugrünem, rutschigem Kunststoff. Die Wände sind blau gestrichen. Ich komme mir vor wie in einem schlechten Unterwasserfilm. Billig. Das Gebäude stammt aus der Zeit vor der zweiten Depression, als noch für die Ewigkeit gebaut wurde. Unter dem Bodenbelag ist ein massiver Boden, und die Wände bestehen aus einer soliden Balkenkonstruktion. Ich frage mich, ob es möglich wäre, die Wand zwischen den beiden Zimmern herauszureißen. Der vordere, als Wohnzimmer gedachte

Raum hat kein Fenster, und das Schlafzimmer ist kaum groß genug für ein Bett. Zusammen würden sie ein ordentliches Zimmer ergeben.

Aber es ist meine eigene Wohnung. Nach dem Umzug beschließe ich, dass ich mein Leben in die Hand nehmen muss. Ich bin seit zwei Wochen wieder zu Hause und habe nichts getan, außer bei Peter auf der Couch gelegen und Spaziergänge am Strand gemacht.

Nach meiner ersten Nacht in der neuen Wohnung ziehe ich meinen schwarzen Anzug an und gehe zum Vermittlungsbüro für Fachkräfte.

Die Behörde ist mit Teppich ausgelegt, ein Zeichen dafür, dass hier Beamte im gehobenen Dienst tätig sind, aber warum ist alles so hässlich? Das Büro ist schmutzig grün; graugrüner Teppich (dem weder Flecken, Abnutzung noch Geschmack anzusehen sind), die Wände bis zur halben Höhe tümpelgrün, darüber abgenutz weiß. Für mich ist eine Frau um die vierzig zuständig, die einen kastigen, beigefarbenen Anzug trägt, dessen Jackenschöße exakt bis zu den Kniekehlen reichen.

»Genosse Zhang?«, sagt sie. »Mein Name ist Cecily Hester. Ich bin dafür zuständig, Sie bei der Stellensuche zu beraten.«

Man hat mir eine Beraterin zugeteilt. Ich weiß nicht, was ich davon halten soll. »Guten Tag«, sage ich höflich.

Sie bittet mich, Platz zu nehmen, nicht etwa vor dem Schreibtisch, sondern am Fenster zur Straße. Die Glasscheibe ist voller Fliegendreck. Sie setzt sich neben mich. »Klären Sie mich doch bitte auf. Was macht ein organischer Ingenieur? Haben Sie mit Medizin zu tun?«

Ich beschreibe kurz meinen Ausbildungsgang.

»Wir sollten zunächst überlegen, wer Ihre besonderen Fähigkeiten brauchen könnte«, sagt sie nachdenklich. Vermutlich weiß sie immer noch nicht, worauf ich spezialisiert bin.

»Was für Leute vermitteln Sie normalerweise?«, frage ich.

»Ärzte und Techniker, hochspezialisierte Fachkräfte wie Sie.« Sie steht auf. »Ich muss ein paar Informationen ins System eingeben«, sagt sie und setzt sich hinter ihren Schreibtisch. Ich laufe hinter ihr her und nehme ihr gegenüber Platz.

»Wie lange dauert es normalerweise, jemanden unterzubringen?«, frage ich.

»Das kommt auf die Ausbildung an. Ein, zwei Monate. Haben Sie irgendwelche besonderen Wünsche, was den Wohnort betrifft?«

»New York City«, antworte ich, ohne lange zu überlegen.

»Ostküste«, sagt sie und gibt die Information ein. »Nordost.«

»Ich würde wirklich gern in New York bleiben.«

»Genosse Ingenieur«, sagt sie, »Sie haben eine sehr spezielle Ausbildung. Ich werde hoffentlich eine Firma in der Stadt finden, die sich für Sie interessiert, aber sehr wahrscheinlich ist es nicht.«

»Soll das heißen, ich werde keine Stelle bekommen?«, frage ich. »In China hat man mir eine angeboten.« Ich klinge geradezu verzweifelt.

»Sie werden eine Stelle bekommen«, sagt sie. »Auf Anhieb fallen mir zwei Unternehmen ein, die an Ihnen interessiert sein könnten. Das eine ist in Kalifornien, das andere in Arizona.«

»Im Korridor«, sage ich. Die Wüste. Wie auf Baffin Island, aber dieses Mal für immer.

»Es sind wunderschöne Anlagen«, sagt sie.

Sie bittet mich, meinen Ausbildungsgang in Stichworten zu wiederholen, und speist alles ins System. Ich gebe ihr ein Band mit einem Bericht über mein Abschlussprojekt, den Entwurf des Strandhauses.

Mir schwant, dass es Probleme geben wird. Wahrscheinlich bleibt mir nichts anderes übrig, als New York zu verlassen. Ich fühle mich schrecklich müde, als einfacher Bautechniker war mein Leben viel einfacher.

Was zur Hölle soll ich tun? Diese ganze lange Zeit, Baffin Island, Nanjing. All das, nur um im Korridor zu landen? »Wenn die Vermittlung ein paar Monate dauert, können Sie mir dann nicht einen Job als Bautechniker besorgen? Mir ist zwar eine staatliche Unterkunft angeboten worden, aber sie ist in Pennsylvania und hat nicht einmal fließend Wasser, also wohne ich in einer Kommune auf Coney Island und muss bei der Wartung des Gebäudes mithelfen.«

»Nun, wir finden bestimmt etwas Besseres für Sie«, sagt sie, als wäre ich ein promovierter Wissenschaftler, der gerade um eine Anstellung als Hausmeister gebeten hat. »Ich werde mich erkundigen und melde mich bei Ihnen.«

Die Rückfahrt nach Coney Island dauert eine Ewigkeit.

Ich habe viel Zeit totzuschlagen. Als ich von Baffin Island zurückkam, musste ich zehn Monate auf die Ausreise nach China warten, aber bis auf den letzten Monat habe ich auf dem Bau gearbeitet. Ich kann mich nicht erinnern, dass ich mich während dieses Monats gelangweilt hätte. In China war ich ständig damit beschäftigt, nicht den Anschluss zu verlieren, die Sprache zu lernen und mir den Stoff von drei Jahren in zwei Jahren und einem Sommer reinzupauken.

In meiner Erinnerung ist China in zwei saubere Hälften geteilt – nicht chronologisch, die erste »Hälfte« dauerte nur drei, vier Monate, die zweite »Hälfte« fast zwei Jahre. Aber es gab Haitao und es gab die Zeit nach Haitao, die weiße Zeit. So denke ich daran zurück, ich weiß nicht warum. Oder besser gesagt, ich weiß ein paar Gründe, aber sie scheinen nicht ausreichend, um das Gefühl zu beschreiben.

Während der weißen Zeit war ich unglaublich rührig. So intensiv wie nach Haitaos Tod habe ich noch nie studiert und werde es wohl auch nie wieder tun. Für die Dauer eines Jahres habe ich mich in jenes erstaunliche Wesen verwandelt, auf das alle meine Kommilitonen neidisch waren, der *huaqiao*, der den ganzen Notendurchschnitt durcheinander brachte. Ich erledigte nicht nur meine Hausaufgaben, sondern las weiterführende Fachliteratur. Ich wurde zum Tutor ernannt, denn ich hatte einem Marsianer Nachhilfe in Systemanalyse gegeben und dabei selbst eine Menge gelernt (insbesondere weil Alexi seine eigenen Vorstellungen hatte, seine Fragen brachten mich dazu, anders über Systeme nachzudenken als die Lehrbücher vorgeben).

Ich tat das, so wie andere Leute Nachmittage lang Solitär spielen, weil die Alternative war, mit mir allein zu sein.

Die Wohnung schlägt mir aufs Gemüt. All dieses Grün. Ich versuche zu lesen, denke aber ständig darüber nach, was sich hier verändern ließe. In China haben wir einmal Sandsteinböden verlegt. Die Wohnung ist nicht sehr groß, der Sandsteinboden wäre nicht übermäßig teuer und besser als dieser blaugrüne Kunststoff. Ich frage mich, wie der Unterboden aussieht.

Ich schalte die Klimakontrolle aus, öffne die Wohnungstür, räume das neue Bett und die Umzugskisten hinaus in den Flur und reiße an einer Ecke den Belag ab. Ich stoße auf eine rund hundert Jahre alte Isolierschicht, darunter liegen Pressspanplatten. Kaum vorstellbar, so viel Holz zu haben, dass man es als billiges Baumaterial verwenden kann.

»Was machen Sie da?« Im Türrahmen steht Yoni, einer der beiden Vorsitzenden des Verwaltungskomitees unserer Wohngenossenschaft.

»Ich will den Boden auswechseln«, sage ich.

»Das hätten Sie erst mit dem Komitee abklären müssen«, sagt er.

»Ich bezahle es aus eigener Tasche.«

»Darum geht es nicht. Was ist, wenn Sie sich übernehmen? Dann müsste die Genossenschaft einspringen. Sie beschädigen das Gebäude.« Er zwirbelt seinen Walross-Schnäuzer.

»Ich hinterlege etwas Geld auf einem *zhuazhu*-Konto, bis ich fertig bin«, sage ich.

»Auf einem was?«

»*Zhuazhu*.« Ich weiß nicht genau, wie ich das Wort übersetzen soll. »Auf ein Sonderkonto. Ein Sperrkonto. Ich hinterlege das Geld für die Reparaturarbeiten auf ein Konto unter dem Namen der Genossenschaft. Sobald ich mit der Arbeit fertig bin, erhalte ich das Geld zurück. In China ist das so üblich. Sehen Sie mal hier, wissen Sie, was unter dem Belag ist? Pressspan.«

»Pressspan?«

»Holzspäne, die zu Platten gepresst sind. Schauen Sie es sich an.«

Er geht neben mir in die Hocke. »Oh, das ist wirklich hübsch. Meinen Sie, dass alle Böden so aussehen?«

Ich zucke mit den Achseln. »Keine Ahnung. Kommt darauf an, wie die Wohnung gebaut wurde, ob sie im Nachhinein renoviert wurde. Ich würde sagen, nebenan haben sie den gleichen Boden, sieht aus, als hätten die Wohnungen mal zusammengehört. Die Wand ist nur aufgesetzt, sehen Sie?«

»Vanni würde so ein Boden bestimmt gefallen«, sagt Yoni.

»Man müsste ihn versiegeln.« Er will wissen warum, und ich erkläre ihm, dass Holz weich und empfindlich ist. Dann beschreibe ich ihm die Eigenschaften von Siegellack.

Er geht nach nebenan, um meine Nachbarin Vanni zu holen. Es ist schon Mittag, aber sie arbeitet in einer Bar und ist zunächst überhaupt nicht begeistert darüber, am späten Vormittag geweckt zu werden, um sich den Boden ihres Nachbarn anzuschauen. Ich habe sie erst ein paar Mal gesehen. Sie ist klein und dunkelhäutig, nicht älter als fünfundzwanzig.

Schläfrig geht sie in die Hocke. *»Das* ist unter dem blauen Zeug?«

»Schwer zu sagen«, sage ich. »Wahrscheinlich schon. Alte Gebäude sind wie archäologische Ausgrabungsstätten. Auf eine Schicht folgt die nächste.«

»He, Yoni«, sagt sie grinsend. »Vielleicht gibt es unter den verkorksten Anschlüssen in meiner Wohnung ja noch eine Schicht mit anständigen Rohrleitungen. Aus Kupfer womöglich.«

»Die meisten archäologischen Ausgrabungen finden auf Müllhalden statt, stimmt's?«, fragt Yoni.

»Will sagen, unter dem Müll ist noch mehr Müll«, sagt Vanni. »Rafael, wollen Sie meinen Belag auch rausreißen? Viel kann ich nicht zahlen.«

»Wenn ich nicht bald eine Anstellung bekomme, reiße ich bei Ihnen den Belag raus, und wenn Spanplatten darunter sind, versiegle ich sie.«

Auf meinem Boden versiegle ich die Spanplatten nicht. Ich reiße die Trennwand heraus, verschale die Bruchstellen, streiche die Wände weiß und verlege Sandsteinplatten, die irgendwo aus dem Korridor stammen. Das Ganze dauert sechs Tage, vor allem weil mir geeignetes Werkzeug fehlt. Für vier Stunden leihe ich mir eine Trennhexe aus, um die Wand zu durchbrechen, und ein kleines Schleifgerät für die Steinplatten. Alles andere ist Handarbeit. Manche Leute deuten aus Teeblättern die Zukunft, ich deute sie aus Baustoffen. Die Steine zu verlegen ist eine mühselige Plackerei, aber am Ende sieht der Boden hell und sauber aus. Demnächst werde ich noch das Fenster vergrößern.

Für ein paar Minuten bin ich zufrieden mit mir. Heute fühle ich mich nicht vom Schicksal gebeutelt, und ich habe jetzt einen Ort, wo ich der deprimierenden Schäbigkeit entrinnen kann.

Aber, Hölle, sonst habe ich nicht viel zu tun. Mein kleines Vid schauen. Ich habe einen Küchentisch, zwei Stühle und ein Bett. Nichts zu tun als über das Vorstellungsgespräch und all die Fragen nachzudenken, die ich hätte stellen sollen. Warum habe ich mir überhaupt die Mühe gemacht, die Wohnung zu renovieren? Ich werde nicht hier wohnen. Ich habe es für einen Fremden getan, dem die Wohnung wahrscheinlich nicht gefällt, weil sie kein Schlafzimmer hat. Zeit, dass ich vor die Tür gehe, sonst verfalle ich vor Grübelei noch in katatonische Starre.

Ich gehe nach unten, um nachzuschauen, ob Peter da ist. Ich möchte mit ihm reden, ihm vom Vorstellungsgespräch erzählen.

»Zhang!« Peter ist sichtlich überrascht, als er mir die Tür öffnet. »Komm rein! Wie steht's mit der Wohnung?«

»Bu-cuo.« Nicht schlecht. »Fast fertig. Sobald ich Bier im Kühlschrank habe, lade ich dich ein. Störe ich?«

»Nein, ich habe nur Besuch von einem Freund«, sagt er und führt mich ins Wohnzimmer.

Es ist dieser kurze, drahtige Typ, der auch angerufen hat. Kein Zweifel, er ist Drachenflieger. »Hallo«, grüße ich. »Ich bin Zhang. Oder Rafael.«

»Ich habe dich vor ein paar Jahren schon mal gesehen«, sagt

er. »Zinnober Zavez.« Er steht auf und reicht mir die Hand. »Du warst mit Peter im *Commemorative.*«

»Stimmt«, lüge ich. Es gab viele Nächte im *Commemorative*, viele Flieger. Doch plötzlich klickt es, sein Nachname kommt mir bekannt vor. Allerdings verbinde ich ihn mit jemandem, der tot ist. Offenbar täusche ich mich.

»Pijiu?«, fragt Peter ausgesucht unbefangen.

»Gern«, sage ich. Mir geht auf, dass ich mit Peter nicht über meine Zukunft reden werde. Jedenfalls nicht heute. »Du bist also Peters Geheimnis«, sage ich.

Peter taucht kurz in der Küchentür auf, er sieht verärgert aus. Irgendwie freut mich das, ich fühle mich herrlich böse. Dann verschwindet er wieder in der Küche.

»Ich habe viel von dir gehört«, sagt Zinnober. »Du und Peter, ihr seid schon lange befreundet. Was ist dir lieber, Zhang oder Rafael?«

»Wie nennt mich Peter?«

»Meistens Rafael.«

»Ist mir recht so«, sage ich. »Peter ist ein guter Freund. Der beste.«

»Das scheint mir auch so«, sagt Zinnober leise.

Aus der Küche meldet sich Peter: »Was soll das werden, eine Lobrede?«

»Allerdings hat er eine Macke«, füge ich hinzu. »Er glaubt, andere ständig bemuttern zu müssen.«

Zinnober weiß anscheinend, wovon ich rede, er lacht schallend. Peter kommt aus der Küche, dunkelrot vor Verlegenheit. Er reicht mir mein Bier und funkelt Zinnober an, als er ihm seins gibt.

»Sieh mich nicht so an!«, protestiert Zinnober. »Ich habe nichts gesagt!«

Ich bin in Not. Diese Jobsache, ich habe zu viel Zeit, darüber nachzudenken.

Ich lese, schaue Vid. Abends schlendere ich am Strand entlang, manchmal sogar bis spät in die Nacht. Freitagabend verkrieche ich mich mit einem Jungen unter den Holzsteg. Er behauptet, zwanzig zu sein, sieht aber aus wie siebzehn. In dieser Ecke haben die Buden dichtgemacht, und es sind nur wenige Pärchen unterwegs. Trotzdem klappern ständig Absätze über uns hinweg. Der Akt ist schnell vorbei, ohne Gefühl und mit einem hässlichen Nachgeschmack.

Ich erinnere mich an meine Zeit als Häschen. Die Falken kamen mir alle schrecklich alt vor.

Weiße Zeit. Wie auf Baffin Island. Zwei Wochen meines Lebens verstreichen. Manchmal gehe ich abends runter und unterhalte mich mit Peter und Zinnober. Zinnober lädt zu einer Party ein und Peter zuliebe sage ich zu. Doch der Freitag, an dem Zinnober feiert, wird ein Meilenstein, ein Wendepunkt, es passiert etwas. Wie ein starkes Schneegestöber, bei dem der Schnee waagrecht fällt und die Fenster der Beobachtungsstation wie weiß gestrichen aussehen. Während eines solchen Sturms kamen wir einmal von der Halsey-Station zurück, konnten nur mit Hilfe von Instrumenten steuern. Ich war so orientierungslos, dass ich kaum gerade stehen konnte, als wir ausstiegen, ich hatte jeden Sinn für rechts und links, oben und unten verloren.

Dann ruft Cecily Hester aus dem Vermittlungsbüro für Fachkräfte an. »Ich habe viele Neuigkeiten«, sagt sie und klingt ganz aufgeregt. »Western Technologies in Kalifornien. Sie bieten zweiundneunzigtausend, aber das scheint mir etwas wenig. Damit wollen sie sowieso nur erreichen, dass Sie hinfahren und mit ihnen reden. Und ich glaube, ich habe etwas für Sie zur Überbrückung.«

»In Kalifornien?«, frage ich blöde. Zweiundneunzig? Als Bautechniker habe ich gerade mal elf bekommen. Auf Baffin Island zweiunddreißig, inklusive Gefahrenzulage. Mein Vater wohnt irgendwo in Kalifornien.

»Ja, Western Technologies. Und dann hätte ich noch eine Firma in New Mexico-Texas, die sich noch deutlich mehr für Sie interessieren. Die wird Ihnen ein wirklich angemessenes Angebot machen. Beide Firmen sind Multis und haben ihren Stammsitz in der Freihandelszone von Hainandao. Deshalb können sie so hohe Gehälter zahlen. Natürlich unterliegen Bezüge von einer unabhängigen Firma hohen Steuern. Vermutlich haben Sie noch nie Steuern gezahlt. Da kommt einiges zusammen, dreißig bis vierzig Prozent. Aber es ist trotzdem noch ein ordentliches Gehalt.« Genossin Hester lächelt mich an. »Ich habe während der vergangenen drei Tage sehr viel über organische Ingenieure erfahren, Ingenieur Zhang. Außerhalb von China gibt es nicht viele. Es freut mich, dass Sie aus China zurückgekommen sind.«

Die gescheitesten und bestausgebildeten Fachkräfte wandern nach China aus und kommen nie mehr zurück. Dass mich Cecily Hester mit denen in einen Topf wirft, ist schon ziemlich komisch.

»Und noch etwas«, sagt sie. »Das Brooklyn College möchte, dass Sie einen Ingenieurkurs geben. Sie waren ganz aus dem Häuschen, als ich ihnen sagte, dass Sie in der Stadt sind.« Sie blickt nun nachdenklich drein. »Leider zahlen sie nicht viel, sonst könnten Sie in der Stadt bleiben. Aber sie werden wohl weit unter sechzigtausend bleiben.«

So viel Geld. »Vielen Dank«, sage ich.

Zinnobers Party. Ich bin nicht sicher, ob ich in Partystimmung bin. Ich würde viel lieber mit Peter über das Angebot aus New Mexico-Texas sprechen, aber dazu werden wir wohl kaum Gelegenheit haben. Ich habe ein ungutes Gefühl, was die Party betrifft.

Ich ziehe den schwarzen Anzug an, von dem Haitao sagte, er sei jenseits von konservativ. Ob Liu Wen immer noch *jiaqiu* spielt? Ich habe nie erfahren, ob er während jener nächtlichen Razzia verhaftet wurde oder entkommen konnte. Hat er überhaupt je erfahren, dass Haitao tot ist? Was würden Zinnobers Partygäste von Liu Wen halten? Ich vermute, er wäre ihnen zu dekadent. Für jemanden, der alles daransetzt, seine Schönheit zu verschleudern, hätten sie bestimmt kein Verständnis.

Ich nehme den Zug nach Brooklyn Heights. Peter ist schon den ganzen Tag dort, um bei den Vorbereitungen zu helfen. Ich habe das Bier besorgt, das ist mein Beitrag.

Zinnober wohnt in einem Altbau, eine ehemalige Familienresidenz, die heute in viele kleine Apartments unterteilt ist. In der Eingangshalle liegen Drachenteile herum, Fahrräder und umgekippte Stühle. Zinnober arbeitet als Berater für eine Firma, die Drachen herstellt. Die Tür ist offen. Die Wohnung ist ziemlich groß, dunkel und kühl. Ich war noch nicht oft in Wohnungen dieser Größe, Zinnober Zavez verdient offensichtlich recht gut. Die Einrichtung dagegen ist eher konventionell.

Es ist ein altes Haus, massiv gebaut und fast unverwüstlich. Im Inneren sieht es auf den ersten Blick schäbig und billig aus, dabei ist die Ausstattung für New Yorker Verhältnisse geradezu gediegen. (Ich muss an den Wuxi-Komplex denken, an die wunderschönen roten Ziegel.) An der Stirnwand hängt ein Vidschirm, über den eine Endlosschleife flackert. Ein Drachenflieger, der sich gerade in sein Drachengeschirr einklinkt und mit einem Jungen aus seiner Crew spricht. Der Flieger ist nicht Zinnober, sieht aber spanisch aus. Schließlich erkenne ich, dass es Zinnober in jungen Jahren ist. Der kurze Film läuft stumm ab. Man sieht nur den Flieger, der sich einklinkt und mit einem altmodischen Drachen aus hellblauer und violetter Seide abhebt. Dann Schnitt auf die Landung eines roten Drachens, mit dem dieses Mal – vermutlich – Zinnober fliegt. Dann das Ganze von vorn.

Im Hintergrund läuft Musik, im gleichmäßigen Rhythmus der traditionellen Tänze. Ich schleppe das Bier in die Küche und packe es in die Kühlbox, die schon fast voll mit Bier und Wein ist. Noch tanzt niemand. Ich sehe Peter im Gespräch mit ein paar Leuten und sage hallo, mache wieder kehrt und hole mir ein Bier, damit ich etwas zu tun habe, bis es richtig losgeht. Zinnober unterhält sich mit einer Frau, anscheinend eine Fliegerkollegin. Sie hat langes, krauses Haar, eine rote Jacke und die Hüften einer Zwölfjährigen. Ich erkenne nicht viele von den Fliegern wieder – ich weiß, in welchen Farben manche von ihnen starten, das ist aber auch alles. Seit meinem China-Aufenthalt habe ich kein Rennen mehr gesehen.

Zinnober scheint nur wenig Möbel zu besitzen. Jede Menge Platz für eine Party.

Ich trinke mein Bier und begrüße ein paar Leute, die ich schon mal in Peters Haus getroffen habe. Am Ende unterhalte ich mich mit Robert, der auch niemanden kennt. »Du wohnst auch bei uns? Wie kommt's, dass ich dich noch nie im Ausschuss gesehen habe?«

»Ich bin erst vor ein paar Wochen eingezogen.«

Wir unterhalten uns über dies und jenes. Smalltalk. Es ist halb neun. Ich schätze, es wird niemandem auffallen, wenn ich mich gegen elf absetze, vielleicht schon um halb elf.

Ich sehe mich um und entdecke zu meiner Verwunderung den jungen Kerl vom Strand. Invierno.

»Na so was, der Engel!«, ruft er und kommt herbei.

»Hallo«, sage ich erfreut. »Bist du mit Zinnober befreundet?«

Er ist, nun ja, der Freund eines Freundes. »Fast wäre ich gar nicht gekommen«, sagt er.

»Schön, dass es doch geklappt hat.«

Er kennt die meisten Gäste. »Die Frau da bei Zinnober, das ist Gargoyle. Eigentlich heißt sie Engel. Und der Typ da drüben, das ist Previn Tabat, der Nachrichtensprecher.«

Er erzählt mir, dass der Flieger in dem Vid Zinnobers älterer Bruder ist, der bei einem Flugunfall ums Leben gekommen ist. Invierno flirtet mit mir. Er flirtet mit Robert. Er hat große, dunkle Augen und sehr lange Wimpern. Er trägt wieder sein Matador-Kostüm.

»Ich habe dich gar nicht mehr am Strand gesehen«, sage ich.

»Ich komme nur selten raus«, antwortet er schulterzuckend. »Ich bin bei einer Bank draußen in Routing beschäftigt, ziemlich idiotische Arbeitszeiten.« Sachbearbeiter in der Kreditabteilung oder so.

Robert lässt uns allein. Invierno ist wie ein Kind, so von sich eingenommen, aggressiv, fast unausstehlich. Ich finde ihn ziemlich komisch.

»Tanz mit mir«, sagt er. Die ersten Gäste tanzen.

»Ich weiß nicht wie«, antworte ich amüsiert.

»Das glaube ich nicht.«

»Im Ernst«, protestiere ich lachend. »Ich kann wirklich nicht tanzen.«

»Dann bringe ich dir ein paar einfache Schritte bei«, verspricht er, packt mein Handgelenk und zieht mich in die Mitte des Zimmers, wo uns jeder sehen kann. Er zeigt mir eine einfache Schrittkombination und wir tanzen. Ich rechne damit, dass er mich bald satt hat. Aber ich habe mich getäuscht. Er variiert seine Schritte mit extravaganten, zackigen Bewegungen, die zu seiner spanischen Aufmachung passen. Seine Haltung gleicht der eines Toreros. Er hebt meine Hände in die Höhe und betrachtet mich mit wimpernschwerem Blick. Je lauter ich lache, desto mehr dreht er auf und markiert den willigen Lustknaben.

Natürlich nehme ich ihn später mit nach Hause. Wir fahren mit der U-Bahn und sitzen gleichgültig nebeneinander. Mein linkes Knie berührt sein rechtes. Uns gegenüber sitzen ein alter Mann und eine junge Frau in Krankenschwesteruniform. Er schläft, sie strickt.

Ich führe ihn in mein Zimmer, heraus aus dem dunklen Flur, wo das Licht ausgeht, sobald die Wohnungstür geöffnet wird, und er sagt: »Hier wohnst du?«

Wahrscheinlich bin ich für seinen Geschmack ein bisschen zu karg eingerichtet, ich besitze nicht einmal einen bequemen Sessel. »Noch nicht lange.«

Dann überrascht er mich. »Es gefällt mir hier«, sagt er leise. »Sieht es so in chinesischen Wohnungen aus?«

»Nein«, antworte ich. »In China werden Beleuchtung und Wandfarbe programmiert, und außerdem hat man dort mehr Möbel.«

Er nickt und berührt die Wand mit den Fingerspitzen. »Weiß. Ist das nicht die Farbe des Todes?«

»Oder die des Lebens, je nachdem, ob du aus dem Osten oder aus dem Westen kommst.«

»Woher kommst du?«

Ich zucke mit den Achseln. »Sowohl als auch.«

Er steht da und sieht mich an. Und wartet. Da ich der Ältere bin, liegt es an mir, den ersten Schritt zu tun. Das ist ein Schock für mich. Bisher war ich immer derjenige, der aufgefordert wurde, oder ich hatte mit Gleichaltrigen wie Peter zu tun. Doch jetzt ist Invierno bei mir, in meiner Wohnung.

Also nehme ich ihn mit ins Bett.

Ich schlafe und wache auf, drehe mich zur Seite, ganz vorsichtig, um ihn nicht zu wecken, schlafe wieder ein, werfe mich im Halbschlaf hin und her. Von Zeit zu Zeit schmiegt er sich an mich, vor allem wenn ich unruhig werde. Wir sind erst gegen vier oder fünf eingeschlafen. Jetzt ist schon später Vormittag und das Licht scheint hell durchs Fenster. Er hat wunderschöne Schultern, unbehaart und teefarben. Breite, flache Schulterblätter wie Äxte.

Früher hätte ich dagelegen und gehofft, dass er endlich geht, so wie all die anderen jungen Kerle, die nie bis zum Morgen geblieben sind, sondern sich gleich danach ihre Hose schnappten und beim Anziehen wie Störche einbeinig im Zimmer standen. Früher hätte ich mich unruhig hin und her gewälzt, bis er aufgewacht wäre, und hätte ihm ein Frühstück angeboten. In vier Monaten werde ich einunddreißig. Ich bin müde, aber es gefällt mir, dass er hier ist, auf dem Bauch liegt und schläft, das Gesicht von mir abgewandt.

Er hat mir erzählt, dass die tätowierte Träne vor hundert Jahren in Gefängnissen üblich war. Heute ist sie Mode. Nach der Befreiung mussten sich homosexuelle Männer bei der Umerziehung durch Arbeit tätowieren lassen. Ein Totem. Ein Zeichen. Ein Signal. Ich hüte mich, ihn zu berühren – er könnte aufwachen.

Es klopft an der Tür. Invierno richtet sich auf.

»Augenblick!«, rufe ich.

»Scheiße«, sagt Invierno und reibt sich die Augen. »Wie spät ist es?«

»Ungefähr halb elf.« Ich angle nach meiner Anzughose, die neben dem Bett auf dem Boden liegt, schlüpfe hinein, streiche mir das Haar aus dem Gesicht und öffne einen Spaltbreit die Tür, um zu sehen, wer da ist. Es ist Vanni, meine Nachbarin. Ihre großen Augen blicken zu mir auf, das krause, schwarze Haar ist am Hinterkopf straff zusammengebunden.

»Oh«, sagt sie. »Haben Sie noch geschlafen?«

Ich trete hinaus in den Flur. Die Luft ist stickig und heiß, ich kann kaum atmen. »Wieso sind Sie schon auf, so früh am Samstagmorgen?« Vanni arbeitet bis spät in die Nacht, ich höre sie meist erst gegen zwei, drei Uhr nach Hause kommen.

Sie wirkt verlegen. »Ich würde gern den Bodenbelag in meiner Wohnung abziehen und wollte Sie um Hilfe bitten. Tut mir Leid, dass ich Sie aufgeweckt habe. Das wollte ich nicht.«

»Kein Problem, ich helfe Ihnen gern, ich langweile mich sowieso zu Tode. Hören Sie, ich habe Besuch, sind Sie gegen Mittag noch zu Hause?«

»Ach, du lieber Himmel«, sagt sie und schlägt die Hand vor den Mund. »Das tut mir wirklich Leid. Ich bin zu Hause.«

Ich lächle sie an. »Gut, bis dann.« Eigentlich müsste ich sauer sein, aber ich bin erfreut. Mir gefällt die Idee, Nachbarn zu haben.

Invierno sitzt auf der Bettkante, die nackten Füße auf dem Boden. »Ich habe nicht gewusst, dass es schon so spät ist.«

»Kommst du zu spät zur Arbeit?«

»Nein, aber ich habe vorher noch was zu erledigen.« Er langt nach seiner Matador-Hose. Ich gehe ins Bad, mein Spiegelbild ist eine Offenbarung. Ein hageres Gesicht, die Haare hängen wirr durcheinander. Ich spritze mir Wasser ins Gesicht, kämme die Haare zurück und binde sie zusammen.

Während er im Bad ist, mache ich Kaffee. Er trinkt hastig eine Tasse, will aber nichts frühstücken. Ich gebe ihm meine Nummer und bitte ihn, mich anzurufen, wenn er Zeit hat. Ohne mich anzusehen, stopft er den Zettel in die Bolerojacke. Der Morgen danach. Im Flur schenkt er mir noch ein Lächeln.

Ein Lächeln ist wie eine Träne. Ein Totem. Ein Zeichen. Ein Signal.

In weißen Zeiten klammert man sich an Zeichen.

Ich werde Lehrer.

Irgendwie ist es zum Lachen. Jemand sagt: »Sie sind Lehrer«, und schon bin ich Lehrer. Ein *Dozent* sogar.

Das Brooklyn College ist eine alte Schule mit einer langen und glanzvollen Tradition. Es war schon vor der Befreiung für alle kostenlos zugänglich, die die Hochschulreife hatten. Vor der Halle der Märtyrer steht ein Standbild von Christopher Brin. Die Inschrift erinnert an die Zeit der unbeschränkten Zulassung und daran, dass Brin Absolvent des Brooklyn Colleges war. Ich verstehe nicht, wie man früher ohne Zulassungsbeschränkung auskommen konnte. Wenn jeder, der studieren wollte, aufgenommen wurde, wie konnte man da verhindern, dass die Klassen zweihundert oder gar zweitausend Studierende umfassten?

In einem Gespräch mit Dekanin Eng bereite ich mich auf meinen Unterricht vor, einen Kurs zum Thema »Angewandte Ingenieursysteme«. Dekanin Eng will wissen, ob ich bereits Lehrerfahrung habe. Ich erzähle ihr von meiner Tutorentätigkeit und dem marsianischen Siedler, und sie fragt, ob ich ihn womöglich dazu bringen kann, sich für meinen Kurs einzuschreiben. Er könne kostenlos teilnehmen.

Über den Terminal in ihrem Büro schicke ich einen Brief an Alexi Dormov.

Dann gibt sie mir noch einen persönlichen Rat: Zu Beginn der ersten Stunde soll ich ohne einen Blick auf die Kursteilnehmer zielstrebig vor die Wandtafel treten und meinen Namen darauf schreiben, dann das Seminarthema benennen, die Teilnehmernummern aufrufen und erklären, dass diejenigen, die noch nicht eingeschrieben sind, im Anschluss an die Stunde vorstellig werden sollen.

Ich vermute, dass dieses Auftreten die Studenten einschüchtern soll.

»Ganz im Gegenteil«, erwidert sie und lächelt mütterlich. »Es soll Ihnen helfen, das Lampenfieber zu überwinden. So haben Sie etwas zu sagen, wenn Sie sich umdrehen und alle Blicke auf sich gerichtet sehen.«

Sie hat völlig Recht. Offiziell sind fünfzehn Studenten für den Kurs eingeschrieben, doch als ich meinen Namen »Zhang Zhong Shan« an die Tafel geschrieben habe und die Klasse in Augenschein nehme, sehe ich mich der doppelten Anzahl von Teilnehmern gegenüber. Vor so vielen Leuten habe ich noch nie gesprochen, und ich fürchte, dass sie mich als Hochstapler entlarven werden, sobald ich den Unterricht beginne. Ich sage meinen Spruch auf und niemand rührt sich. Dreißig Gesichter starren mich an, fast die Hälfte davon ABCs und die meisten in Inviernos Alter. Meine Knie zittern. Zum Glück stehe ich hinter dem Pult.

Ich werfe einen Blick zurück auf die Wandtafel. Anscheinend hat in diesem Klassenraum zuletzt ein Politikseminar stattgefunden. Auf der Tafel ist das historisch-materialistische Entwicklungsschema, wie es in den Ländern, die den Marxismus verwalteten, gepredigt wurde, skizziert: von der primitiven Urgesellschaft zum Feudalismus, mit der industriellen Revolution zum Kapitalismus, durch die Revolution des Proletariats zum Sozialismus beziehungsweise Kommunismus. Mir gehen jede Menge unwichtige Dinge durch den Kopf. Während meines ersten Jahres in China war Xiao Chen mein Zimmergenosse, ein Geschichtsstudent. Ich habe ihm bei der Examensvorbereitung geholfen und erinnere mich noch, was als die drei größten Fortschritte in die Wissenschaftsgeschichte des zwanzigsten Jahrhundert eingegangen ist: die Relativitätstheorie, die Quantenphysik und die Chaostheorie.

»Ich weiß, dass ich Sie alle enttäuschen werde«, sage ich, »aber dies ist ein Seminar der Ingenieurwissenschaften, kein Politikseminar.«

Manche lächeln höflich.

»Sie haben einen Kommilitonen, der ebenfalls an diesem Kurs teilnimmt, aber etliche Minuten hinter uns herhinkt«, fahre ich fort. »Er schaltet sich vom Mars aus zu. Sprechen Sie also bitte laut und deutlich, damit Alexi Sie verstehen kann.« Meine Stimme klingt ziemlich wackelig. Sie werden mir bestimmt nicht abkaufen, dass ich Lehrer bin. Aber sie sitzen alle erwartungsvoll da. Als ich anfange zu sprechen, schalten sie ihre Transkribiergeräte ein und nehmen die Marker zur Hand.

Als ich meinen Vortrag schrieb, hielt ich ihn für brillant. Aber eigentlich will ich heute gar nicht dozieren, ich wollte mich nur eingewöhnen und die Studenten ein wenig unterhalten. Wenn ich nach meinen Notizen vorgehe, werde ich sie zu Tode langweilen. Ich spreche darüber, wie wir denken, dass wir Systeme benutzen, und wie wir uns vorstellen, dass wir uns in die Maschine einklinken.

»Die Stimulation unseres Nervensystems durch künstliche Systeme ist illegal«, sage ich. »Warum?«

Schweigen. *Madre de Dios*, was mache ich nur, wenn niemand die Frage beantwortet? Endlich hebt ein junger Mann die Hand und erleichtert nicke ich ihm zu.

»Weil es süchtig macht«, sagt er.

»Wie viele von Ihnen waren schon mal bei einem Drachenrennen?« Es klingt wie eine typische Lehrerfrage (es überrascht mich selbst, wie lehrerhaft meine Stimme klingt). Die meisten Hände gehen nach oben. »Nun, ein Drachenflieger empfindet sein Gerät als eine Art zweiten Körper«, erläutere ich. »Aus den Segeln werden Flügel, die scheinbar angewachsen sind. Probleme mit dem Gerät vermitteln sich dem Flieger durch körperlich empfundene Schmerzen. Das zentrale Nervensystem der Akteure wird stimuliert.« Ihre Augen werden glasig. Wussten Sie, dass man Langeweile sehen kann? Ich hätte noch andere Beispiele auf Lager – zum Beispiel die chinesische Medizin –, beschließe aber, die Sache mit den Drachen zu Ende zu bringen und es dabei zu belassen. Danach berichte ich vom System in Wuxi und dass sich die Anwender dort nicht mehr einklinken müssen. Einzelne Studenten scheinen interessiert aufzumerken, aber niemand macht Notizen. »In dieser Zukunft werden wir alle Cyborgs sein, an Systeme angeschlossen. In dieser Zukunft werden wir alle organische Ingenieure sein.« Das klingt ganz wie eine Vorlesung. Erstaunlich, dass man keine Ausbildung braucht, um wie jeder langweilige Lehrer zu klingen, den man in der Schule hatte.

Ich erkläre, was es mit organischen Ingenieuren auf sich hat. Ich hatte erwartet, mein Vortrag würde eine Stunde dauern, aber in Wirklichkeit sind nur fünfundzwanzig Minuten verstrichen. Ich rede noch ein bisschen weiter, spreche das Verhältnis von Wissenschaft und Gesellschaft an und dass die gesellschaftliche Auseinandersetzung immer hinter dem wissenschaftlichen Fortschritt herhinkt. Vor allem wohl deshalb, weil ich an Xiao Chen gedacht habe. Dann merke ich, dass ich ein Beispiel brauche.

Was ist ein Beispiel dafür, dass die gesellschaftliche Auseinandersetzung hinter dem wissenschaftlichen Fortschritt herhinkt? Klar, es ist ein Klischee, aber mir fällt nichts anderes ein als dass die Menschen Angst vor den Auswirkungen des wissenschaftlichen Fortschritts haben, es aber nichts daran ändert, dass die Zukunft so aussehen wird. Religion. Aber alle kennen sich mit Religion aus und doch bedeutet sie ihnen nichts.

»Nehmen Sie zum Beispiel das Diagramm hinter mir an der Tafel. Erkennt es jemand wieder?«

Alle starren mich ausdruckslos an. Natürlich kennen sie es alle, aber niemand, der recht bei Sinnen ist, wird sich freiwillig den Mund an einer politischen Äußerung verbrennen. Zieh den Kopf ein, bring dich nicht in Schwierigkeiten. Die Nervosität macht mich zum Tyrannen, ich zeige auf eine junge Frau: »Sagen Sie mir, was es bedeutet.«

Sie blickt sich hilfesuchend um. Normalerweise würde ich Mitleid mit ihr empfinden, aber im Moment ist meine einzige Sorge, wie ich die nächste Viertelstunde herumbringe.

»Äh, das ist die marxistische Lehre –«

Ihre Stimme ist so leise, dass ich sie kaum verstehen kann. »Liebes Kind«, sage ich in dem Versuch, ihr die Scheu zu nehmen, »sprechen Sie lauter, damit man Sie auch auf dem Mars versteht.«

Lauter sagt sie: »An der Tafel stehen geschichtsphilosophische Begriffe aus dem Marxismus.«

»Richtig, und sie besagen, dass sich aus der Sklavenhaltergesellschaft allmählich und auf der Grundlage des Landbesitzes eine feudalistische Ordnung entwickelt. Diese Gesellschaftsformation ermöglicht es einigen Feudalherren, den Landbesitz nicht mehr als Pachtland an arme Bauern zu geben, sondern den Eigentumstitel zur Vertreibung der Bauern zu nutzen und dort erste Monokulturen – wie etwa Schafzucht – zu betreiben. Geerbtes Vermögen, Handelskapital und Ähnliches bilden die Grundlage der industriellen Revolution für die kapitalistische Wirtschaft. Der Kapitalismus beutet die Arbeiter anders aus als der Feudalismus die Leibeigenen. Der Kapitalismus ist ein instabiles System, und ständige Krisen und heftige Klassenkämpfe führen schließlich zu einer proletarischen Revolution und zur Etablierung des Sozialismus. So weit, so gut?«

Eigentlich hätte ich erwartet, dass ich meine Zuhörer zu Tode langweile, diese Formationenlehre beten sie seit der Mittelschule nach. Doch alle hören aufmerksam zu, die offensichtliche Langeweile ist verschwunden. Dass ein Ingenieurwissenschaftler ihnen mit Beispielen aus dem Politikunterricht kommt, ist anscheinend neu für sie.

»Also«, sage ich, »wann fand in China der Übergang von der Sklavenhaltergesellschaft zum Feudalismus statt?«

»Zur Zeit von Kaiser Qin«, antwortet jemand pflichtschuldig.

»Vom Feudalismus zum Kapitalismus?«

Für einen Moment herrscht Schweigen. Schließlich hebt ein ABC die Hand. *»Laoshi«*, sagt er formell, Lehrer, »Mao Zedong hat die marxistische Theorie korrigiert. Die Revolution in China ging nicht vom Proletariat aus, sondern von der Klasse der Bauern.«

»Falsch«, sage ich. Die Augen des jungen Mannes werden groß. *»Lenin* hat die marxistische Theorie korrigiert. Aber ansonsten haben Sie vollkommen Recht.« Meine Stimme klingt wie die von Genosse Wei, meinem Rechenlehrer in der Mittelschule. Bei Marx und Lenin, wie habe ich diesen Mann gehasst.

Nervöses Kichern wird laut. Es ist ein gutes Gefühl, die Aufmerksamkeit der Klasse gewonnen zu haben. »Können Sie mir ein Land nennen, in dem eine proletarische Revolution stattgefunden hat?«

Eine junge Frau antwortet spontan und ohne sich zu melden: »Wir.«

»Richtig. Zu Beginn des einundzwanzigsten Jahrhunderts führten die Staatsverschuldung und das Handelsdefizit in den Vereinigten Staaten zu einer zweiten Depression. Das Land war faktisch bankrott, und alle Länder der Ersten Welt wurden in diesen Abgrund gerissen, mit Ausnahme von Japan, das dem totalen Bankrott entging, aber einen Großteil seiner Märkte verlor, sowie Kanada und Australien, die die Kanadisch-Australische Allianz gründeten, eine Maßnahme, um ihre Wirtschaftssysteme zu erhalten, die bis zum heutigen Tag fortdauert. Die Sowjetunion musste ebenfalls ihren Bankrott erklären, da sie in großem Umfang in den Aktienmarkt der USA investiert hatte, was immer das war –« Sie lachen alle, wir haben alle gelernt, dass der wirtschaftliche Zusammenbruch der UdSSR einen schweren Schlag versetzte, weil sie vom amerikanischen Aktienmarkt abhängig war, aber ich kenne verdammt noch mal niemanden, der wirklich weiß, was das bedeutet. »Und wie zog sich China aus der Affäre?«

»Indem es das weiche Währungssystem wieder einführte«, antwortet einer der Studenten.

»Was ist unter einer weichen Währung zu verstehen?«, frage ich.

Schweigen.

Der Junge, der mich mit *laoshi* angeredet hat, scheint seine Fassung wiedergewonnen zu haben. »Ein Wirtschaftssystem, das seine Währung nicht an den Weltmarkt bindet.«

»Und das heißt?«

»Das heißt«, er holt Luft, »dass der chinesische Yuan innerhalb der Grenzen Chinas einen Wert besitzt – dass man damit etwas kaufen kann –, außerhalb ist er nur ein Stück Papier.«

»Aha«, sage ich und rücke mit der Wahrheit heraus. »Sie sind die erste Person, die mir das je erklären konnte. Es sei denn, ich habe in der Mittelschule geschlafen, was durchaus möglich ist.« Diesmal habe ich schon mehr Lacher auf meiner Seite.

Ich fahre fort. »Die Vereinigten Staaten waren zahlungsunfähig. Soziale Leistungen mussten gestrichen, Schulen, Krankenhäuser und Banken geschlossen werden. Unter Christopher Brin erlebte die Kommunistische Partei schließlich ihren Aufschwung: Sie übernahm die Kontrolle über weite Teile von New York und versuchte, eine soziale Grundversorgung sicherzustellen. Wir überspringen die frühen Anstrengungen der Partei, die, wie jeder weiß, von den Chinesen mit Energiespritzen versorgt wurde. Denn die Chinesen hatten wirschaftlich die größte Scheiße hinter sich.«

Breites Grinsen auf allen Gesichtern.

»Damit kämen wir zum Zweiten Bürgerkrieg, dem Brin nach langen Kämpfen in Atlanta zum Opfer fiel. Seine Nachfolger Darwin Iacomo und Zhou Xiezhi machten aus den Vereinigten Staaten ein sozialistisches Land. Bitte schön: Auf den Kapitalismus folgen die proletarische Revolution und der Sozialismus. So, und nun noch eine Frage: Auf welchen Zeitraum datieren Sie die feudalistische Epoche in Amerika?«

Dieselbe Frage hat mir einmal eine Kanadierin gestellt, Karin, die mich mit Begeisterung mit meiner einseitigen Schulbildung aufzog. Das Seminar hat dieselbe Antwort parat wie ich, will sagen, sie haben keine Ahnung.

»Nun«, sage ich genüsslich und ohne auf Karin Bezug zu nehmen, »von der Sklaverei einmal abgesehen gab es in Amerika keine feudalistische Epoche.«

Eine junge Frau, die bislang geschwiegen hat, hebt die Hand. »Unsere feudalistische Epoche hat in Europa stattgefunden.«

Ich nicke. »Okay«, sage ich. »Einen Punkt für Sie.«

Bislang kommt das, was ich sage, ganz gut an. Jetzt gerate ich ins Stocken. Ich traue mich nicht fortzufahren. Ich blicke auf. Sämtliche Stühle im Seminarraum sind besetzt, und zwei Studenten lehnen an der Fensterbank. Sie alle warten auf die Pointe meines Vortrags. »Also, ich will auf Folgendes hinaus: Von einem politischen Standpunkt aus betrachtet war das bisher alles schön und gut. Aber aus wissenschaftlicher Sicht handelt es sich eindeutig um einen newtonschen Denkansatz.«

Alle Augen sind auf mich gerichtet. Ich habe keine Ahnung, was sie denken.

»Newton«, sage ich. »Der Mann mit dem Apfel.« Marx und Mao, ich bin der Letzte, von dem man erwarten würde, dass ich über Wissenschaft und Politik doziere. Vielleicht erkläre ich nur noch, wie ich auf Newton komme, das scheint mir ungefährlich.

»Für Newton entsprach das Universum einem gigantischen Uhrwerk, einem Mechanismus, der von Gott aufgezogen und in Bewegung gebracht wurde. Darum bewegen sich nach seiner Vorstellung alle Gestirne vollkommen planmäßig. Das neunzehnte und zwanzigste Jahrhundert beschäftigte sich hauptsächlich mit der Beschreibung und Berechnung dieser vermeintlich planmäßigen Abläufe.

Marx hat versucht, die Gesellschaft auf ihre dynamischen Widersprüche zu untersuchen. Für Newton bestanden die Kräfte des Universums im Wesentlichen aus Schwerkraft, Bewegung und Trägheit. Die Kräfte, die Marx in der Gesellschaft ausmachte, waren wesentlich ökonomischer Natur. Er glaubte, dass eine Analyse der Produktionsverhältnisse den Verlauf der Geschichte erklären könne. Mehr noch, er war der Meinung, dass sich anhand der Ergebnisse dieser Analyse zukünftige Entwicklungen voraussagen ließen.«

Manche nicken. Einige Marker blitzen auf. »Es wäre mir lieb, wenn Sie keine Aufzeichnungen machen würden«, sage ich leise. »Das hier ist kein Prüfungsstoff.«

Der junge Mann, der mich *laoshi* genannt hat, lehnt sich grinsend zurück.

»Marx war der Auffassung, dass Dinge entweder vorhersagbar oder zufällig sind. Das leuchtet ein, oder?« Ich will sie mit dieser Frage aufs Glatteis führen. Als Ingenieurstudenten beschäftigen sie sich vornehmlich mit lösbaren Problemen, darum müssen sie das planmäßige Funktionieren einer Sache voraussetzen. »Welches sind die zwei Funktionsarten, die sich extrapolieren lassen?« Sobald ich gefragt habe, geht mir auf, dass sie es vielleicht nicht wissen.

Ein junger Mann: »Die lineare und die periodische.«

»Richtig. Linear. Wenn ich dieses Buch fallen lasse, können Sie die Fallbeschleunigung berechnen. Stimmt's? Linear oder periodisch?«

»Linear«, antwortet er.

Ich deute auf das Schema an der Tafel. »Linear oder periodisch?«

»Das ist keine Funktion«, sagt die junge Frau, die meinte, unsere feudalistische Epoche habe in Europa stattgefunden.

»Nun, aber es sieht aus wie ein Graph. Wäre diese Gleichung linear oder periodisch?«

»Linear«, antworten zwei Studenten gleichzeitig. Natürlich. Von der Urgesellschaft zur kommunistischen Utopie verläuft eine gerade Linie.

»Können Sie mir das Beispiel einer periodischen Funktion nennen?«

»Die Jahreszeiten.« Wieder ist es der *laoshi*-Junge, der antwortet.

»Richtig. Frühling, Sommer, Herbst, Winter, Frühling, Sommer, Herbst, Winter. Der Kapitalismus ging davon aus, dass die Wirtschaft einem Wachstum-Flaute-Zyklus folgt. Wachstum, Expansion, Flaute, Rezession. Die wirtschaftliche Entwicklung ist also nicht unvorhersagbar, oder? Es gilt das Gesetz von Angebot und Nachfrage: Geht das Angebot bei gleichbleibender Nachfrage zurück, steigen die Preise. Ein System, das vorhersagbar ist, ist nicht zufällig.

Wer hat nun Recht, der Marxismus mit seiner linearen Geschichtsauffassung oder der Kapitalismus mit seiner zyklischen?

Offensichtlich nicht der Kapitalismus, denn die Geschichte hat sich nicht wiederholt. Wir haben uns von der Sklavenhaltergesellschaft über den Feudalismus zum Kapitalismus fortentwickelt. Es sei denn, der Zyklus ist länger als wir vermuten und wir fallen alle zurück auf den primitiven Stand einer Urgesellschaft, um wieder von vorn anzufangen.«

»Aber im Sinne einer periodischen Funktion müsste sich alles exakt wiederholen«, sagt die Feudalismusexpertin. »Und das wäre in diesem Fall mehr als unwahrscheinlich.«

»Wir sprechen lediglich in Metaphern«, erkläre ich. »Wissenschaftliche Thesen werden im öffentlichen Bewusstsein sozusagen metaphorisch verarbeitet. Im Großen und Ganzen beschreiben wir unsere Welt, unsere Geschichte gleichnishaft und nicht etwa wissenschaftlich exakt. Für Marx gab es nur zwei Möglichkeiten: Entweder ist die Geschichte dem Zufall unterworfen oder aber vorhersagbar. Im ersten Fall wäre ihr Verlauf willkürlich. Newton sah im Universum dagegen eine strenge Gesetzmäßigkeit walten. Darin bestand Marx' Genie: Er erkannte, dass auch die menschliche Geschichte berechenbaren Faktoren folgt. Und diese wesentlich ökonomischen Faktoren hat er systematisch analysiert und dann für die Gesellschaft das getan, was Newtons System für die Bewegung der Planeten getan hat – er hat die Zukunft vorhergesagt.«

Ich sollte hier aufhören. Doch es würde lächerlich wirken, wenn ich jetzt aufhöre. Und es ist aufregend, hier vorn zu stehen, das alles zu denken, das alles zu sagen.

»Das hat man Ihnen so beigebracht und das ist die gültige Lehrmeinung. Ihr Ansatz entspricht dem der newtonschen Physik. Nun hat es seit Newton mehrere Revolutionen gegeben, was unsere Sicht des Universums betrifft, drei davon im zwanzigsten Jahrhundert: die erste war die Relativitätstheorie, die zweite die Quantenmechanik und schließlich die Chaosforschung. Was ist Chaosforschung?«

Laoshi sagt: »Sie ist das Studium komplexer, nicht-linearer Systeme.«

»Gut. Kennen Sie den Schmetterlingseffekt?«

»Wie bitte? Ich verstehe nicht, *laoshi.*«

»Ist jemand von Ihnen an physikalischen Fragen interessiert?«, sage ich. »Kann mir jemand erklären, was ›sensitive Abhängigkeit von kontingenten Ereignissen‹ bedeutet?«

Die Feudalismusexpertin meldet sich zu Wort: »›Sensitive Abhängigkeit von kontingenten Ereignissen‹ bezieht sich auf die Art und Weise, in der kleinste Faktoren nicht-lineare Systeme beeinflussen.« Die Definition klingt nach Lehrbuch, der Akzent nach Brooklyn. Die junge Frau und der ABC gefallen mir.

»Richtig«, sag ich. »Ein klassisches Beispiel ist das Wetter. Gewitterstürme ereignen sich am Rand von Tiefdrucksystemen. Das ist ein Gesetz, also nicht zufällig. Aber das Wetter ist auch nicht zyklisch. Wenn es am neunten August letzten Jahres geregnet hat, kann ein Jahr später durchaus die Sonne scheinen. Die Durchschnittstemperatur dieses Jahres braucht nicht der Durchschnittstemperatur des vergangenen Jahres zu entsprechen. Im Gegenteil, das Klima der Erde hat sich im Lauf der Zeit drastisch verändert, es gab Eiszeiten und Wärmeperioden, und bisher ist es niemandem gelungen, ein sich wiederholendes Muster zu erkennen.

Wenn ich das Wetter vorhersagen will, kann ich eine immense Fülle von Daten in ein System einspeichern: Temperatur, Windrichtung und Luftfeuchtigkeit an verschiedenen Orten unserer Erde, die Auswirkungen der Erdrotation, Landmassen, Gebirgserhebungen, Ozeane, und erhalte eine vergleichsweise zutreffende Darstellung der Wetterverhältnisse. Aber wenn ich *eine* Temperatur an *einem* Ort der Erde um *ein* Zehntel Grad verändere, wird das Wetter in meinem Modell vom wirklichen Wetter zunehmend abweichen. Nach ein paar Monaten wird das Modell rein gar nichts mehr mit der Wirklichkeit zu tun haben. Das Wetter zeigt eine sensitive Abhängigkeit von kontingenten Ereignissen. Es reagiert so empfindlich, dass die Flügelbewegung eines Schmetterlings in New York Staubstürme über Beijing beeinflussen kann.«

Hör jetzt auf, die Schlussfolgerungen sind offensichtlich. Ich lege eine Pause ein. Aber sie warten, dreißig Studenten wollen, dass ich endlich auf den Punkt komme. Auch ich will das, ich bin stolz auf meine Theorie und will dieses eine Mal nicht vorsichtig sein.

»Auch die Geschichte ist ein komplexes System. Es ist weder dem Zufall unterworfen noch ist es linear. Marx hat manchmal den Eindruck hinterlassen, er könne Geschichte als linearen Prozess vorhersagen. Wenn aber das Wetter ein komplexes System ist, scheint die Annahme vernünftig, dass auch die Geschichte ein komplexes System ist. Die Geschichte ist sensitiv abhängig von kontingenten Ereignissen. Die Zukunft lässt sich nicht vorhersagen.«

Ein Seufzen läuft durch das Klassenzimmer. Ich habe ausgesprochen, was alle wissen, aber nicht zu sagen wagen. Es schwebt im Raum.

Marx hatte nicht immer Recht.

»Lesen Sie für Donnerstag bitte das erste Kapitel und bereiten Sie die Aufgaben zwei, sechs und sieben vor«, sage ich. »Ich weiß, dass wir die Aufgaben nicht besprochen haben, aber ich möchte wissen, wie Sie mit Fragen systemgestützter Verfahrenstechnik zurechtkommen. Wir sehen uns am Donnerstag, vorausgesetzt, ich bin dann noch Lehrer.«

Sie bleiben noch einen Moment sitzen. Ich werfe einen Blick auf die Uhr, wir sind ein paar Minuten über die Zeit. Ich bin tropfnass unter meinem schwarzen Anzug, aufgedreht und mehr als ein bisschen verängstigt. Plötzlich packen alle ein, und sechs oder sieben Leute stehen um mein Pult und wollen sich nachträglich für den Kurs einschreiben.

Anscheinend hat niemand Meldung gemacht, denn am Donnerstag bin ich immer noch Lehrer. Alexi Dormov hat mir wie üblich eine Liste von Fragen zugeschickt und sie mit einer Anmerkung versehen: »Wenn Sie so weitermachen, landen Sie bald hier oben. Ich hoffe, Sie mögen Ziegen.«

Genossin Cecily Hester vom Vermittlungsbüro für Fachkräfte ruft mich an. Die Aufregung steht ihr ins Gesicht geschrieben. »Ich lese gerade die Reaktionen auf Ihre Bewerbung und rate Ihnen, sich schnellstens mit meinem Vorgesetzten in Verbindung zu setzen. Sie sind mir inzwischen eine Nummer zu groß. Gratuliere. Können Sie heute noch herkommen?«

Warum nicht? So gegen zehn.

Ich ziehe meinen chinesischen Anzug an und fahre in die Stadt, wo ich Genosse Huang treffe, den Vorgesetzten von Cecily Hester. Genosse Huang ist ein ABC. An der Spitze der Hierarchie trifft man mehr und mehr gebürtige Chinesen. Er setzt mir auseinander, was ich von den einzelnen Unternehmen zu erwarten habe, worauf ich unbedingt achten soll. Außerdem erklärt er mir den Unterschied zwischen ausgezahltem Gehalt und dem Wert von Vergünstigungen. »Wenn Sie bei einem großen multinationalen Unternehmen einsteigen, werden Sie gleichzeitig Mitglied einer Gemeinschaft. Sie sollten sich über die unternehmerische Philosophie im Klaren sein, die diese Gemeinschaft prägt.«

Was auch immer das bedeutet.

»Ist es möglich, dass mir eine Probezeit eingeräumt wird?«, frage ich. »Eine Frist von drei Monaten etwa, innerhalb derer ich oder die Unternehmensleitung entscheiden kann, ob ich in diese Gemeinschaft hineinpasse oder nicht?« Er hält das für möglich.

Genosse Huang ruft zwei Unternehmen an, Western Technologies und New Mexico-Texas Systems, während ich in einem schäbig grünen Wartezimmer mit staubigen Schonbezügen auf Sesseln aus dem Behördenfundus warte.

Wenig später kommt er zu mir heraus und sagt: »Ingenieur Zhang, wäre es Ihnen möglich, am Freitag zu einem Vorstellungsgespräch nach Arizona zu fliegen?«

Nein, denke ich, so weit bin ich noch nicht. »Ich muss unterrichten«, antworte ich.

»Wenn ich richtig informiert bin, unterrichten Sie dienstags und donnerstags. Sie wären nur Samstag und Sonntag unterwegs.«

Mir fällt keine Ausrede ein.

Ich fliege also nach Albuquerque, um mich mit Vertretern von New Mexico-Texas Light Industrials zu treffen. Am Flughafen werde ich von einer Frau und einem Chauffeur abgeholt. Ms. Ngyuen ist so dunkelhäutig wie meine Mutter und sieht trotz ihres asiatischen Namens wie eine Chicana aus. Sie hat eine konservative Kurzhaarfrisur und trägt eine sandfarbene Bluse mit kurzen Ärmeln und lange Hosen, wie eine Geologin oder Archäologin. Albuquerque liegt im Westkorridor, die Wasserversorgung ist ein Dauerproblem. Während der Fahrt zur Niederlassung des Konzerns unterhalten wir uns ausschließlich über Wasser.

Ich erwarte etwas Prachtvolles wie Wuxi Technologies, vielleicht eine grüne Oase inmitten der felsigen Landschaft. Wir gelangen an einen Maschendrahtzaun und fahren kilometerweit daran entlang. Jenseits des Zauns liegt das Nichts, die Landschaft ist auf beiden Seiten identisch. Wir halten am Wachhaus, biegen ein und fahren durch ein Tor. Auf dem Schild steht »New Mexico-Texas Light Industrials«, aber das Schild ist sehr klein.

Die Landschaft brütet unter glastigem Licht, dabei ist es erst zehn Uhr. Ich hoffe immer noch auf eine Oase, sehe aber während der fünfzehnminütigen Fahrt nichts als Steine und Büsche. Die Büsche sehen tot aus; Ms. Ngyuen erklärt mir, dass sie im Frühjahr wieder zum Leben erwachen. Ich stelle mir vor, dass die lebenden Dinge wie auf Baffin Island ihr ganzes Leben in dieser kurzen Zeitspanne leben, in der die Bedingungen günstig sind, und der Rest ist Warten.

Schließlich entdecke ich in einiger Entfernung einen Gebäudekomplex, flache Häuser, farblich ihrer Umgebung angepasst, ein verblichenes Braun. Als wir näher kommen, sehe ich, dass sie von Schotter und Kies umgeben sind. Na ja, warum Wasser für Gras verschwenden? Kein Vergleich mit dem gepflegten Steingarten hinter meiner Wohnung in Wuxi. Die Anlage besteht aus einer Gruppe von sechs Häusern. Sie sind allerdings größer und höher als ich auf den ersten Blick angenommen habe, nicht einstöckig, sondern dreistöckig. Der Chauffeur steuert den Wagen in eine Tiefgarage.

Als Ms. Ngyuen die Tür öffnet, ist die Hitze nicht so schlimm wie ich erwartet habe; aber wir befinden uns natürlich im Schatten. Wir fahren mit dem Fahrstuhl in den dritten Stock.

Der Fußboden besteht aus poliertem und gestrichenem Beton, die Wände sind aus Lehm und voller Schrammen. Die Büros sind trist, die einzige Farbe bieten die Abreißkalender. Das Personal trägt khakifarbene, kurzärmelige Kleidung. Von einer Uniform kann wohl nicht die Rede sein, denn einige haben Overalls an, andere Hosenanzüge oder Röcke mit weißen Blusen. Einige wenige blicken auf, als wir vorübergehen, die meisten sind jedoch in ihre Arbeit vertieft. Wir treten durch eine Doppeltür, hinter der sich offensichtlich die Büros der Führungskräfte befinden, denn alles sieht deutlich gepflegter aus. Unsere Schritte werden von einem sandfarbenen Teppich gedämpft. Auf Holztischen steht indianische Keramik, aus indianischen Körben wachsen üppige Pflanzen. Ganz hübsch, aber kein Vergleich mit Wuxi.

Ich treffe Vizepräsident Wang. Er kommt aus dem Stammhaus in Hainandao und bleibt für fünf Jahre hier – ein kleiner, adretter Mann mit Bürstenschnitt. Sein Büro ist sandfarben mit riesigen Fenstern, die auf eine endlose Wüste hinausblicken. In seiner khakifarbenen Kleidung erweckt er den Eindruck militärischer Korrektheit. Er beugt sich lächelnd vor und reicht mir die Hand. »Ingenieur Zhang«, sagt er, die Stimme kräftig und voller Energie, »wir freuen uns, dass Sie kommen konnten.« Sein Englisch ist gut, wenn auch mit einem leichten Akzent.

Wir trinken Tee und unterhalten uns über meine Reise und über die Wasserknappheit. Schließlich deutet er auf eine Röhre auf seinem Schreibtisch, in der Ausdrucke von Entwürfen und Grundrissen aufbewahrt werden. »Meine Ingenieure haben sich Ihr Projekt für die Universität von Nanjing angesehen und waren äußerst beeindruckt. Sie haben diese Entwürfe nach der organischen Methode angefertigt?«

Mein Strandhaus. Ich erkläre ihm, dass dieser Entwurf im Rahmen meines Praktikums entstanden ist. (Der Entwurf von Woo Eubong hat schließlich den Zuschlag erhalten; meiner war nicht nach dem Geschmack des Bauherrn, zumindest rede ich mir das ein.) Vizepräsident Wang erklärt, dass New Mexico-Texas eine organische Ingenieurin beschäftigt. »Ich nehme nicht an, dass Sie für einen Mann Verwendung haben, der Strandhäuser entwerfen kann«, sage ich.

»Wir brauchen nicht allzu viele Strandhäuser, obwohl wir eins auf Hainandao haben und ein weiteres in San Antonio planen.« Vizepräsident Wang lächelt. »Es würde genügend Arbeit für Sie geben, da bin ich sicher.«

»Können Sie mir ein Beispiel nennen?«

»Ich schlage vor, dass Sie darüber nach dem Mittagessen mit unserer Ingenieurin sprechen.«

Wir essen zu Mittag. Es gibt geräucherte Makrele und eiskaltes mexikanisches Bier. Die Cafeteria ist sandfarben mit ein paar dunkelgrünen Farbtupfern. Ziemlich steril. Vor den Fenstern nichts als dürres Buschwerk unter glastig weißem Sonnenlicht.

Nach dem Essen werde ich Mang Li-zi vorgestellt, der organischen Ingenieurin, die in Shanghai ausgebildet wurde. Auch ihr Büro ist mit Teppichen ausgelegt, doch das Mobiliar besteht aus Metall. Sie ist im Austausch hier und hat gerade zwei Jahre ihrer fünfjährigen Pflichtzeit hinter sich. Danach wird sie nach Hainandao zurückkehren. Sie ist Chinesin, und die ersten Worte, die sie an mich richtet, lauten: *»Ni shuo poutonghua ma?«* Sprechen Sie Mandarin?

»Shuo«, antworte ich. Ja.

»Gut«, sagt sie auf Chinesisch. »Das vereinfacht die Sache. Benutzen Sie ein Implantat?«

»Nein«, sage ich. »Ich verstehe Sie auch so. Sie sprechen sehr deutlich.« Dabei hat sie einen breiten Shanghai-Akzent und spricht zum Beispiel »Shanghai« wie »Sanghai« aus.

Mang Li-zi ist die erste Person hier, die nicht khakifarben gekleidet ist. Sie trägt einen blassgrünen Kittel über einer gelben

Hose. Weiche Frühlingsfarben. Ihr Gesicht ist oval und hübsch, die Nase klein, ihr Mund gleicht einer Rosenknospe – eine makellose Erscheinung. Kein Wunder, sie kommt aus Shanghai, der Modestadt des Ostens. »Tja, wir sind hier nicht in China«, seufzt sie. »Aber das System ist gut, wir stehen mit Hainandao in Verbindung, ein besseres System werden Sie im Westen nicht finden.«

»Was ist Ihre Aufgabe hier?«

»Ich leite die Ingenieurabteilung, hauptsächlich Verwaltungsdinge. Gelegentlich überarbeite ich Pläne oder fertige eigene Entwürfe an. Nicht ganz das, was ich erwartet habe, aber so weit in Ordnung. Ich freue mich schon darauf, wieder nach Hainandao zurückzugehen. Aber ich versuche in Übung zu bleiben. Abends setze ich mich ans System, zur Entspannung sozusagen. Kommen Sie, ich will Ihnen etwas zeigen.«

Das System ist konventionell und bei weitem nicht so fortschrittlich wie in Wuxi, wo man ohne Direktanschluss auskommt. Wir klinken uns ein und sie zeigt mir einige ihrer Entwürfe. Unter anderem zwei Bürokomplexe, die bereits angenommen worden sind. Sie sagt, dass sie verfügbare Baustoffe verwendet hat. Es ist offensichtlich, dass die Bürokomplexe hier gebaut werden, nicht in China oder Japan. Im Augenblick arbeitet sie an einer Fabrikanlage, die sie mir am Monitor und auf Ausdrucken erläutert. Mang Li-zi hat einen interessanten Stil, sehr chinesisch, aber ganz anders als bei Woo Eubong. Woo Eubongs Entwürfe sind subtil, voll schicker Technik. Viele von Li-zis Entwürfen sind weniger kompliziert. Sie bestechen durch Schlichtheit, ohne billig zu wirken.

»Diese Entwürfe, haben Sie die für New Mexico-Texas angefertigt?«, frage ich. Sie sehen nicht aus, als würden sie in die Wüste passen, ich frage mich, wo die Firma sonst noch Büros unterhält.

»Ja«, sagt sie, als würde sie ein Geheimnis verraten. »Für beide Arbeiten habe ich einen Bonus bekommen.«

Sie sind nicht schlecht, aber nicht unbedingt einen Bonus wert, finde ich. Natürlich, ermahne ich mich, hat sie die Entwürfe in ihrer Freizeit gemacht. Wird das von ihr erwartet? Ich finde, das sie das durchaus während ihrer regulären Arbeitszeit erledigen könnte. »Tritt man mit Aufträgen an Sie heran oder bewerben Sie sich darum?« Im Grunde will ich in Erfahrung bringen, ob New Mexico-Texas von mir erwartet, dass ich meine Freizeit für das Unternehmen opfere.

»Nein, die Aufträge werden ausgeschrieben. Hier, ich zeige es Ihnen.« Sie steigt aus dem Programm aus und holt eine Liste von Ausschreibungen auf den Bildschirm. Hunderte von Firmen rufen zum Wettbewerb auf. Hier wird zentral erfasst, was landesweit an Aufträgen zu vergeben ist. Aus dem aktuellen, für den heutigen Tag gültigen Index lässt sich ablesen, dass keines der Projekte von New Mexico-Texas ausgeschrieben wurde.

»Wie läuft das hier?«, frage ich. »Warten Sie, bis New Mexico-Texas ein Projekt ausschreibt?« Das kommt mir seltsam vor. Warum bieten sie ihr den Auftrag nicht direkt an?

»Nein«, antwortet sie und runzelt die Stirn. »Sie verstehen das falsch. Die Aufträge stammen nicht von New Mexico-Texas. Die Bürokomplexe, die ich entworfen habe, werden nicht für New Mexico-Texas gebaut, sondern für andere Unternehmen. Der erste war für Intek, der zweite für die West-Filiale von Senkai. Wenn ich eine Ausschreibung entdecke, die ich interessant finde, reiche ich im Namen von New Mexico-Texas einen Entwurf ein. Auf diese Weise bleibe ich im Geschäft.«

»Und die Honorare? Wie rechnen Sie ab, wenn Sie das Angebot unter dem Namen der Firma abliefern?«

»Nun, das Honorar geht an die Firma und ich bekomme einen Bonus.«

Es dauert einen Augenblick, bis ich es verstehe. Sie sieht die Ausschreibungen durch, entwirft in ihrer Freizeit Pläne und die Firma kassiert. »Aber Sie machen doch die ganze Arbeit«, sage ich.

»Ich nutze das firmeneigene System«, entgegnet sie. »Ich bin nicht selbständig, sondern bei New Mexico-Texas angestellt. Gelingt es mir, ein Projekt zu verkaufen, gut, dafür bekomme ich einen Bonus. Wenn nicht«, sie zuckt mit den Schultern, »auch nicht schlimm. Dann bleibt mir immer noch mein Gehalt. Außerdem genieße ich jede Menge Vorteile. Mir wird eine Wohnung gestellt, im Krankheitsfall bin ich versorgt und so weiter. Wäre ich selbständig, müsste ich das alles aus eigener Tasche bezahlen.«

Ich nicke. Jetzt verstehe ich, doch die Sache gefällt mir nicht. »Den größten Teil Ihrer Arbeit als organische Ingenieurin erledigen Sie also abends oder am Wochenende.«

Sie schüttelt den Kopf. »In der Hauptsache leite ich die Abteilung. Die Zeit reicht nicht für alles.«

»Bilden Sie auch aus?«, frage ich in Erinnerung an Woo Eubong.

»Nein«, sagt sie und starrt auf den Bildschirm, die sparsamen, klaren Linien ihres Bürokomplexes. Ohne mich anzuschauen, sagt sie: »Wir sind hier nicht in China. Warum sind Sie nicht in China geblieben?«

»Ich wollte nach Hause.«

Beim Abendessen sprechen Vizepräsident Wang und ich über meinen Lohn und meine Unterkunft. Er erklärt mir, dass ich mit Mang Li-zi zusammenarbeiten würde, bis sie wieder nach Hainandao zurückkehrt. Danach würde ich ihre Stelle als Chefingenieur übernehmen. »Wenn ich richtig informiert bin, ist Ihnen eine Stellung bei Wuxi angeboten worden«, sagt er. »Darf ich fragen, warum Sie dieses Angebot ausgeschlagen haben?«

»Das Angebot war eine große Ehre für mich, aber mir war nicht wohl dabei. Genosse Huang vergleicht eine berufliche Anstellung immer gern mit einer Ehe.« Ich werde diesem Mann auf keinen Fall sagen, dass ich nicht in China leben wollte.

»Falls Sie an dem Posten interessiert sind, ab wann würden Sie uns zur Verfügung stehen?«, fragt er.

»Ich gebe ein Seminar am Brooklyn College«, sage ich. »Das müsste ich zuerst abschließen.«

Er ist einverstanden. »Sie sehen sehr chinesisch aus«, sagt er beiläufig.

Ich bin sicher, dass er sich meine Personaldatei angesehen hat. »Dank eines genetischen Eingriffs«, sage ich und füge auf Chinesisch hinzu: »Es ist egal, ob eine Katze schwarz oder weiß ist, Hauptsache, sie fängt Mäuse.« Ein altes politisches Sprichwort.

Vizepräsident Wang lacht zustimmend. Wir essen ein pikantes Gericht aus dem Südwesten: geschnetzeltes Huhn mit einem Salat aus Avocados, Tomaten und Zwiebeln. Wie schon zum Mittagessen gibt es wieder eiskaltes mexikanisches Bier. Draußen geht die Sonne unter. Die Landschaft glüht erst wundervoll rot, dann lavendelfarben, und als wir bei Kaffee und einem Schokoladendessert sitzen, wird sie schwarz. Wir spiegeln uns in der Glasscheibe. Wer uns nicht kennt, würde mich in meinem chinesischen Anzug für einen chinesischen Staatsbürger halten, Wang in seiner khakifarbenen Kluft dagegen für einen ABC.

»Sie sind nicht verheiratet, Ingenieur. Gibt es in Ihrem Leben einen besonderen Menschen?«

Nur einen Schwuchtelknaben, den ich am Strand aufgegabelt habe, und zwar in jenem Teil von New York, der Bangladesh genannt wird. Wer weiß, ob er sich je wieder melden wird. »Nein«, sage ich. »Ich habe in letzter Zeit so oft meinen Wohnsitz gewechselt, dass mir die Gelegenheit fehlte.«

Er nickt. »Falls Sie fürchten, auch hier keinen Anschluss zu finden, kann ich Sie beruhigen. Wir beschäftigen einige allein stehende Frauen.« Er lächelt. »Vermutlich sind Sie bereits Gesprächsthema, ein attraktiver Junggeselle. Für jemanden wie Sie sollte es kein Problem sein, hier Freunde zu finden.«

Im Gästehaus führt man mich in ein gemütliches Zimmer. Darin steht ein großes Doppelbett, der Boden ist mit Teppich ausgelegt und an den Wänden hängen bunte Landschaftsfotografien. Alles sehr hübsch.

(Mitten in der Nacht wache ich auf, völlig desorientiert, es dauert eine Weile, bis ich mich wieder beruhigt habe, und ich denke: DORT ist die Tür, DORT das Fenster, das Badezimmer befindet sich in Richtung meiner Füße.)

Am Morgen erfahre ich, was ich verdienen und wie ich wohnen würde. Das Gehaltsangebot ist außergewöhnlich hoch. Hundertdreitausend. Davon werden vierzig Prozent Steuern abgezogen, worum sie sich kümmern würden. Netto blieben mir also rund zweiundsechzigtausend. Außerdem hätte ich eine kostenlose Wohnung und unbeschränkten Zugriff aufs System.

Ich verspreche, mir das großzügige Angebot durch den Kopf gehen zu lassen und meine Entscheidung dem Vermittlungsbüro für Fachkräfte beizeiten mitzuteilen. Ausgesprochen höflich bedanke ich mich bei Vizepräsident Wang auf Mandarin. Ich höre meine eigene Stimme, meine altmodischen Formulierungen, meine schulmäßige Aussprache, über die sich Haitao immer lustig gemacht hat.

Vizepräsident Wang scheint beeindruckt, vielleicht sogar zufrieden.

Ich für meinen Teil habe Angst. Ich kann so nicht leben – ich kann nicht mitten in der Wüste in einer Firmenkaserne leben, umgeben von Maschendraht. Wie Buffin Island, nur für den Rest meines Lebens.

Ich muss nachdenken. Was will ich?

Ich will weiter Seminare geben, auch wenn das Unterrichten nie wieder so aufregend war wie in der ersten Stunde. Aber die Arbeit gefällt mir. Auf keinen Fall will ich in einer Firmenkaserne enden. Also muss ich irgendwie Geld verdienen.

Während ich nachdenke, wähle ich die Nummer an, die mir Mang Li-zi genannt hat, um die Ausschreibungsliste aufzurufen. Sie hat weit über hundert Einträge. Ich gehe die einzelnen Projekte durch, und was meine Aufmerksamkeit erregt, schaue ich mir genauer an. Ich lese gerade die Planungsvorgaben für ein Bürogebäude, als ein Anruf hereinkommt, und schalte auf Audio.

»Hier ist Zhang«, sage ich und überlege, ob das Bürohausprojekt nicht eine Nummer zu groß für mich ist.

»Entschuldigen Sie? Bin ich richtig bei Rafael?«

Es ist Invierno. »Ich bin es selbst.« Ich schalte auf Vid um.

»Rafael«, sagt er. »Rafael Zhang. Oder Zhang Rafael?«

Ich lache. »Weder noch. Entweder Rafael Luis oder Zhang Zhong Shan.«

»Gut.« Er mustert mich argwöhnisch. »Welcher ist dein richtiger Name?«

»Beide. Meine Mutter ist spanischer Abstammung, mein Vater ein ABC. Auf der Arbeit benutze ich Zhang, aber viele meiner Freunde nennen mich Rafael.«

Er klimpert mit den langen Wimpern, während er darüber nachdenkt.

»Hör mal, ein Mann mit einem Namen wie ›Winter‹ sollte sich mit Kritik lieber zurückhalten. Was treibst du so?«

»Nicht viel«, sagt er. »Mit Vornamen heiße ich Jeremy. Invierno ist mein Nachname, er gefällt mir aber besser.«

»Wollen wir zu den Drachenrennen gehen?«, sage ich.

Er geht darüber hinweg. »Deshalb sprichst du also Spanisch.«

»Was man so Spanisch nennt. In Bogotá würde mich kein Mensch verstehen.«

»Du siehst wirklich nicht spanisch aus.« Er runzelt die Stirn.

»Ich erzähle dir alles, wenn du mit mir zu den Drachenrennen gehst.«

»Noch etwas«, sagt er. »Wo zur Hölle hast du gesteckt?«

»Was soll die Frage? Hast du deine Brieftasche bei mir liegen lassen?«

Er wird sichtlich sauer. »Nein, aber ein Freund von mir hat gestern eine Party gegeben, und ich dachte, du wärst vielleicht gern mitgekommen. Man wird wohl noch fragen dürfen.« Da ist er wieder, der Torero, schmollend und leicht zu kränken.

»Ich war zu einem Vorstellungsgespräch in Arizona.«

»Arizona?«, sagt er entsetzt. »Verdammt, was willst du in Arizona?«

»Gar nichts.«

»Und warum bist du dann hingefahren?«, fragt er etwas ruhiger.

»Seit wann bist du meine Mutter?«, frage ich lachend. Er bringt mich zum Lachen, Invierno, und wie immer ist er nicht wirklich beleidigt. Also gehen wir zu den Drachenrennen und Invierno kommt mit zu mir, denn es ist Freitag und er muss am Samstag nicht arbeiten.

Am Morgen rollt er sich zu mir herüber, und ich starre an die Decke und denke an Mang Li-zi. Denke daran, wie ich selbst in Arizon festsitzen würde ...

Er bettet sein Kinn auf seine Arme. »Du siehst nicht gerade glücklich aus.«

»Ich mache mir Sorgen«, sage ich.

»Oh«, sagt er. Nach einer längeren Pause fragt er vorsichtig: »Worüber machst du dir Sorgen?«

»Man hat mir einen Job angeboten, der sechzigtausend im Jahr einbringt, aber ich müsste kaserniert in Arizona wohnen und mich mit Verwaltungsaufgaben befassen, und nebenbei soll ich auch noch eine der Angestellten heiraten.«

»Sechzigtausend im Jahr?« Seine Stimme folgt mir in die Küche, er ist verblüfft. »Ich dachte, du bist Lehrer!«

»Ich bin Ingenieur«, sage ich.

Ich höre, wie er sich im Bett herumwälzt. »Nimmst du die Stelle an?«

»Nein.«

»Wie kannst du so viel Geld ausschlagen?«

»Weil ich dort durchdrehen würde. Ich müsste wie ein Mönch leben. Die Leute hängen einander auf der Pelle.«

»Ich verstehe, das wäre ein Problem«, sagt Invierno. »Kannst du nicht einfach ein paar Jahre dort arbeiten? Das Geld sparen, du weißt schon?«

»Nein.«

»Warum nicht? Ich an deiner Stelle würde zuschlagen.«

»Weil ich es nicht kann.« Ich bin wütend.

»Ist ja gut«, sagt er. Ich bringe ihm Kaffee. »Warum bindest du dir immer die Haare zusammen?«, fragt er und setzt sich im Bett auf. »Ich mag sie offen lieber.«

»Weil ich mal in einen Typen verliebt war, der den Pferdeschwanz lieber mochte.«

Invierno schlürft nachdenklich seinen Kaffee. »Trefft ihr euch noch?«

»Nein«, sage ich. »Er ist tot. Er ist aus dem Fenster gesprungen. In einem großen Wohnkomplex in China.« Ich stelle die Tasse auf den Boden und reibe mir die Augen. Es ist zu kompliziert, zu früh am Morgen, um darüber mit einem Zweiundzwanzigjährigen zu reden.

»He«, sagt er. »Tut mir Leid, Rafael.« Er lehnt seine Wange an meinen Rücken, ein angenehm kratziges Gefühl. »Ich habe nur gefragt, um das Thema zu wechseln.«

»Zerbrich dir nicht den Kopf«, sage ich. Invierno will natürlich mehr wissen, verkneift sich aber weitere Fragen. Er bleibt zum Frühstück, was ich ihm hoch anrechne. »Ich rufe dich an«, verspricht er im Flur. »Wirklich, ich rufe dich an.«

Plötzlich fühle ich mich wie eine tragische Figur. Der Dichter Byron hat einmal zu einem Freund gesagt, er hätte gerne Schwindsucht. Der Freund – der an Schwindsucht erkrankt war –, war entsetzt und wollte wissen, warum. Weil ihn die Frauen dann interessant finden würden, erklärte Byron. Alter Angeber.

Mir missfällt es ganz und gar nicht, dass Invierno mich interessant findet.

Ich setze mich wieder vor den Bildschirm, gehe die Liste der Ausschreibungen durch und denke an Mang Li-zi. Eigentlich sollte ich lieber Wäsche waschen, aber ich bin zu faul, in den Keller zu gehen. Mir sticht die Ausschreibung für einen kleinen Bürokomplex ins Auge. Ich drucke mir die Informationen aus und beschließe plötzlich, dass ich etwas tun sollte, also gehe ich in die Bibliothek und miete Systemzeit.

Es ist kein sehr gutes System, zu viele Anwender. Manchmal muss man darauf warten, dass es etwas tut. Und lange Benutzerzeiten sind teuer. Ich habe nicht mehr sehr viel Geld. Es ist ärgerlich, sich etwas vorzustellen und dann warten zu müssen, wohl wissend, dass die Wartezeit kostet. Aber es ist das einzige System, auf das ich Zugriff habe.

Es ist interessant, diesen kleinen Bürokomplex zu entwerfen.

Es ist verrückt, es mit einem öffentlichen System machen zu wollen, aber ich habe den Vorteil, dass es in diesem Land nicht viele organische Ingenieure gibt. Ich kann wahrscheinlich bessere Arbeit leisten als ein normales Team.

Ich könnte mich selbständig machen. Viel muss nicht dabei herausspringen; wenn ich weiter unterrichte, könnte ich davon die Miete zahlen.

An diesem Samstag arbeite ich fünf Stunden an dem Entwurf, am Sonntag hänge ich drei weitere Stunden dran. Das Honorar wird nicht besonders hoch sein, ich hoffe also, dass sich nur wenige Firmen an der Ausschreibung beteiligen.

Am Montag ruft Mr. Huang vom Vermittlungsbüro für Fachkräfte an und sagt, dass ich mich bei Sung in Wisconsin vorstellen soll.

»Sie haben allerdings bereits eingeräumt, dass Sie Ihnen nicht so viel bieten können wie New Mexico-Texas, sie können also genauso gut absagen.«

Eigentlich würde ich lieber hier bleiben und an meinem Entwurf weiterarbeiten. Andererseits ist das System bei Sung um Klassen besser als das in der Bibliothek, in ein paar Stunden könnte ich wahrscheinlich eine Menge schaffen.

»Ich würde mir gern ihre Vorschläge anhören. Ich bin unsicher, ob ich mich im Korridor wohlfühlen würde«, sage ich und schlage wieder jenen weichen Tonfall an, den Haitao fälschlicherweise für Höflichkeit hielt. Ich flüstere immer, wenn ich etwas verbergen, schützen muss. In China wollte ich mich vor Fehlern schützen, vor Irrtümern, und letztlich davor, aufzufallen. Jetzt lüge ich einfach nur. Ich verspreche mir etwas von Sung. »Dienstagnachmittag könnte ich im Anschluss an mein Seminar hinfliegen und am Mittwoch wieder zurück sein.«

Ich fliege nach Eau Clair in Wisconsin. Es ist ein schöner Ort, grün und voller Blumen. Am Flughafen begrüßt mich ein freundlicher junger Mann. Ein Chauffeur bringt uns zur Firma, wo ich mich bis zum Abend mit der Geschäftsführerin, Genossin Cui, unterhalte – mit jener weichen Stimme. Sung beschäftigt noch keinen organischen Ingenieur. Das Unternehmen erscheint mir sympathischer und weniger straff organisiert als New Mexico, es gibt mehr Menschen. Aber beide Orte sind fremd für einen wie mich, einen Stadtmenschen, und wieder geht es um die Leitung der Ingenieurabteilung. Wie kommen sie auf die Idee, meine Ausbildung hätte etwas mit Verwaltung zu tun?

Zum Abendessen gibt es Forelle und Folienkartoffeln mit Sahne. Vor den Kantinenfenstern erstreckt sich eine grüne Weide.

Genossin Cui ist eine Frau mit einem kräftigen Händedruck. Eine ABC. Dass ich eine spanische Mutter habe, lässt sie unkommentiert, kommt aber auf mein Ledigsein zu sprechen. Das Zimmer im Gästehaus ist blau.

Und darin habe ich Zugriff auf das System von Sung. An Schlaf ist nicht zu denken. Es ist kurz nach vier, als ich meine Datei im Pfad des Bibliothekssystems abspeichere. In der Simulation habe ich mich die ganze Zeit in meinem rot und cremefarbenen Bürokomplex aufgehalten. Als ich aufblicke, stelle ich überrascht fest, dass ich in einem blauen Zimmer sitze.

Dann der Flug nach Hause. Ich schlafe im Sitzen ein und bin ganz benebelt, als ich den Flughafen verlasse. Aber es gibt zu viel zu tun und so wenig Zeit und Geld.

Das Projekt verschlingt mein Leben. Ich muss den Materialaufwand kalkulieren. In Wuxi hätte das der Rechner oder irgendein Angestellter für mich gemacht. Aber jetzt muss ich Lieferanten anrufen und fragen: »Wie viel kostet eine Tonne davon?« »Wie viel pro Kubikmeter?« Ich rechne per Hand, weil ich dafür nicht das teure System in Anspruch nehmen will und es abends erledigen kann, wenn die Bibliothek geschlossen ist. Doch immer wieder tauchen Schwierigkeiten auf, die meine Pläne umstoßen, so dass ich erneut aufs System zugreifen muss.

Ich gebe meinen Studenten ein Projekt auf. Sie sollen einen Raum entwerfen, den sie ohne das System nicht darstellen können. Mein ABC-Schüler fragt, ob er stattdessen nicht eine Schallinstallation entwerfen könne. »Es handelt sich um meine Abschlussarbeit«, sagt er. Ich bin einverstanden.

Mir geht das Geld aus.

Bis auf den letzten Pfennig. Ich kann mir nicht mal mehr eine Tasse Kaffee oder Reis leisten. Und die Arbeit ist längst nicht fertig. In spätestens vier Tagen muss ich meine Pläne eingereicht haben und ausgerechnet jetzt geht mir das Geld aus. Also rufe ich Peter an.

»Was ist?«, fragt er.

»Ich habe ein Problem.«

Er kneift die Brauen zusammen. »Schieß los.«

»Ich bin dabei, mich selbständig zu machen. Als organischer Ingenieur.«

»Aha«, sagt Peter, betont sachlich. »Du wolltest dir doch nach einem Job umsehen.«

»Ich hatte zwei Vorstellungsgespräche«, erkläre ich, »eins in New Mexico, eins in Wisconsin. Aber ich will nicht weg aus New York. Das Unterrichten gefällt mir, meine Wohnung gefällt mir, und es gefällt mir, Freunde zu haben. Ich habe es satt, immer wieder von vorn anzufangen. Bei Lenin und Mao, Peter, hast du eine Vorstellung davon, wie es ist, allein in einem Land zu leben, wo du als Schwuler mit einer Kugel im Hinterkopf enden kannst? Ich will Freunde haben, eine Art Gemeinde.«

»Klar doch«, sagt Peter. »Warum kommst du nicht runter und wir reden darüber? Oder soll ich hochkommen?«

»Ich komme.« Dann schenke ich ihm ein Lächeln. »Mein Bier ist alle.«

Er grinst. »Schon gut, China Mountain.«

Peter leiht mir etwas Geld. Zwei Stunden später ruft Zinnober Zavez an und sagt: »Ich habe mit Peter gesprochen. Hör zu, ich mache dir einen Vorschlag. Wir werden Partner. Du bringst dein Know-how ein und ich mein Kapital.«

Jetzt bleibt nur noch eins: arbeiten.

Am Freitagabend um sechs, pünktlich zum Bewerbungsschluss, schicke ich meinen Entwurf ab und verlasse die Bibliothek. Die Treppe hinunter, an den Löwen vorbei und nach

Manhattan. Mir ist nach einem Drink, aber es kommt mir nicht richtig vor, Zinnobers Geld auf diese Weise auszugeben. Also rufe ich ihn an und erzähle ihm, dass wir unser erstes Projekt eingereicht haben.

»Wie findest du es?«, fragt er.

»Ich finde es genial, aber wer weiß, wie die anderen es finden«, antworte ich achselzuckend. »Ehrlich gesagt, habe ich die Nase voll davon. Aber die Sache ist abgeschlossen. Habe ich dir schon mal mein Strandhaus gezeigt?«

Er sagt, dass Peter ihn zum Essen eingeladen hat, ich soll doch mitkommen. Aber ich bin müde und lehne dankend ab.

Danach rufe ich Invierno an.

Es dauert eine Weile, bis er sich meldet.

»Hallo«, sage ich. »Ich bin's, Rafael.«

»Hallo«, sagt er herablassend.

»Ich habe deine Nachrichten bekommen und wollte mich längst melden, aber ich war einfach zu beschäftigt.«

»Schon gut«, sagt er. »Ich bin ziemlich in Eile.«

»Hör zu, es tut mir Leid, dass ich mich so lange nicht gemeldet habe. Ich versuche gerade, mich selbständig zu machen.«

Er verzieht das Gesicht. »Viel Glück«, sagt er und macht Anstalten, die Verbindung zu unterbrechen.

»He«, sage ich. »Augenblick. Hast du heute Abend schon was vor?«

»Allerdings«, sagt er.

»Tja. Ich kann mir vorstellen, dass du nicht dasitzt und wartest, dass das Telefon klingelt.«

Er schürzt die Lippen. »Nun, morgen Abend hätte ich schon eher Zeit.«

»Prima. Was sollen wir machen? Ich bin pleite.«

Er kann es nicht glauben. »Nach zwei Wochen Funkstille rufst du endlich an, fragst, was ich vorhabe, hast den Nerv, mir zu sagen, dass du pleite bist?«

»Genau«, sage ich. »Dafür macht es Spaß, mit mir zusammen zu sein. Du könntest mich zu den Drachenrennen einladen.«

Er lacht. Und dann unterhalten wir uns. Er fragt mich nach meiner Firma und ich erzähle ein bisschen.

»Du musst also nicht nach Arizona«, sagt er. »Was ist das für ein Krach im Hintergrund?«

»Die U-Bahn. Ich rufe vom Bahnhof aus an. Ich habe zwei Wochen ununterbrochen gearbeitet. Gerade bin ich fertig geworden und habe dich sofort angerufen.«

»Ach ja?« Die Vorstellung schmeichelt ihm.

»Ja, vor einer Viertelstunde habe ich das verdammte Ding eingereicht. Ich habe noch nicht zu Abend gegessen.«

»Rafael«, sagt er, »hast du zu Mittag gegessen?«

Mütterliche Typen scheinen mich anzuziehen. Ich runzle nachdenklich die Stirn. »Wahrscheinlich schon.« Natürlich habe ich zu Mittag gegessen. Ein Sandwich.

»Hör zu«, sagt er. »Eigentlich wollte ich auf eine Party, aber das ist nicht so wichtig. Wie wär's, wenn ich uns etwas zu essen besorge und zu dir komme?«

»Gerne«, sage ich. »Ich würde mich freuen.«

Ich steige in die Bahn und fahre nach Hause. Mit der alten D-Linie raus nach Coney Island, unterirdisch (mit Ausnahme der Brücke), bis Prospect Park und dann hoch ins Abendlicht. Es ist der zweite November. Auf Baffin Island bricht bald wieder die lange Nacht an. In Nanjing ist es sechs Uhr früh. Ich habe keinen Cent mehr, aber ich fühle mich seltsam leicht.

Wenn mein Entwurf angenommen wird, kassiere ich ein Honorar, das für den Kauf eines kleines Systems reichen könnte. Dann brauche ich nicht mehr in der Bibliothek zu arbeiten. Vielleicht überlässt mir die Universität eine studentische Hilfskraft, die die Fleißarbeit für mich erledigt; im Austausch könnte ich ihr die Grundlagen der organischen Methode beibringen. Früher oder später werden wir außerdem eine Bürokraft anstellen müssen. Zinnober meint, dass unsere Firma einen Namen braucht und angemeldet werden muss. Taoistische Ingenieurkunst. So will ich sie nennen.

Vielleicht kann ich jemanden aus der Hausgemeinschaft zur

Mitarbeit bewegen? Vor Jahren habe ich mich von Qian San-xiang zu einer politischen Gesprächsrunde mitschleppen lassen. Ich erinnere mich, dass irgendjemand – San-xiang vielleicht – die Ansicht vertrat, ein Kollektiv brauche ein gemeinsames Ziel. Nun, neben Entwürfen für Büroneubauten könnte Taoistische Ingenieurkunst auch Instandsetzungsarbeiten machen, so wie ich meine Wohnung und die meiner Nachbarin Vanni renoviert habe. Es gibt sicher ein paar Leute, die ihre Wohnung gern verschönern würden.

»*Una luz brillara en tu camina.*« Mit diesem Spruch hat die Kirche früher in der U-Bahn für sich geworben. Während der Zeit der Großen Läuterung war Religion verpönt, doch seit fünf Jahren ist auch in dieser Hinsicht eine Liberalisierung spürbar. Eine Zeit lang konnte ich in keinen Zug steigen, ohne auf diesen Spruch zu stoßen. »*Una luz brillara en tu camina. Descube lo que has perdido.*« Ein helles Licht auf deinem Pfad. Entdecke, was du verloren hast.

Die tief stehende Sonne wirft ihr rotes Licht auf Brooklyn. Es dringt durch die Zugfenster. Sonnenuntergänge haben mich früher depressiv gemacht. Auf Baffin Island habe ich gelernt, dass man sich an das Licht erinnern muss, es im Innern bewahren muss, und warten. Die Sonne kehrt jeden Morgen zurück.

Nachbemerkung

Es scheint sich eingebürgert zu haben, dass Schriftsteller, die chinesische Begriffe verwenden, erläutern, welche Transkription sie gewählt haben. Wenn Sie eine Erklärung benötigen, hier ist sie.

Aus guten Gründen setzt sich das geschriebene Mandarin (die Hochsprache in China) aus Schriftzeichen zusammen. Wird es alphabetisch ausbuchstabiert, gehen wichtige Informationen für den Leser verloren. Ein einfaches Beispiel: Das gesprochene »jui« hat zwanzig weit verbreitete Bedeutungen – es kann unter anderem »alt« bedeuten oder »Alkohol«, »Wein«, »neun«, »Onkel« (genauer: »Bruder der Mutter«) oder »Geier«. Für diese Begriffe stehen zwanzig verschiedene Schriftzeichen. Wird dieses Wort durch ein Alphabet transkribiert, lässt sich allenfalls aus dem Zusammenhang erschließen, welche Bedeutung gemeint ist.

Es gibt zahllose Transkriptionen für chinesische Schriftzeichen. Am gebräuchlichsten ist wohl das Wade-Giles-System. (Beispiele dafür sind die Schreibweisen »Mao Tse-tung«, »Chungking« oder »Peking«.) Außerdem noch das Yale-System sowie eine Version, die in Taiwan verbreitet ist. Ich persönlich kenne mich am besten mit der Transkription aus, die in der Volksrepublik China gebräuchlich ist, der so genannten Pinyin-Transkription (»Mao Zedong«, »Chongqing« oder »Bejing«). Ich habe mich aus zwei Gründen für Pinyin entschieden: Zum einen setzt der fiktive Rahmen des Romans die weltweite Hegemonie Chinas voraus; zum anderen – und das ist, um ehrlich zu sein, der eigentliche Grund – habe ich dieses System von Grund auf gelernt, sowohl in den Vereinigten Staaten als auch in China.

Maureen F. McHugh

In Ausnahmefällen (Dao – Tao, daoist – taoistisch) wird in der überarbeiteten Übersetzung zum besseren Verständnis und in Absprache mit der Autorin von diesem Prinzip abgewichen.

Hannes Riffel

SF - Social Fantasies *ariadne*

Herausgegeben von Else Laudan und Hannes Riffel

Myra Çakan, *When The Music's Over*
Social Fantasies 2045; ISBN 3-88619-945-6

Sarah Dreher, *Stoner 4 - Gefangene der Zeit*
Social Fantasies 2055; ISBN 3-88619-955-X

Sarah Dreher, *Stoner 7 - Der Rat der Schamanin*
Social Fantasies 2047; ISBN 3-88619-947-9

Hartwig Hilgenstein, *Digitale Tänzer*
Social Fantasies 2034; ISBN 3-88619-934-7

Ursula K. LeGuin, *Das Wort für Welt ist Wald*
Social Fantasies 2027; ISBN 3-88619-927-4

Ursula K. LeGuin, *Planet der Habenichtse*
Social Fantasies 2043; ISBN 3-88619-943-6

Maureen F. McHugh, *ABC Zhang*
Social Fantasies 2053; ISBN 3-88619-953-3

Maurilia Meehan, *Furie hinter den Spiegeln*
Social Fantasies 2039; ISBN 3-88619-939-8

Florian Nelle, *Kalter Frühling*
Social Fantasies 2032; ISBN 3-88619-932-0

Ulrike Nolte, *Jägerwelten*
Social Fantasies 2052; ISBN 3-88619-952-5

Marge Piercy, *Er, Sie und Es*
Social Fantasies 2036; ISBN 3-88619-452-3

Marge Piercy, *Frau am Abgrund der Zeit*
Social Fantasies 2015; ISBN 3-88619-915-0

John Shirley, *Es werde Licht*
Social Fantasies 2046; ISBN 3-88619-946-0

John Shirley, *Stadt geht los*
Social Fantasies 2054; ISBN 3-88619-954-1

Sean Stewart, *Die Nachtwache*
Social Fantasies 2044; ISBN 3-88619-944-4